THE HEARTBREAK KING

F.V. ESTYER

THE HEARTBREAK KING

♛
ICE HOCKEY DYNASTY

Avertissement de contenu :

Ce livre comporte des scènes explicites pouvant heurter la sensibilité du jeune lectorat. Lecture réservée à un public adulte et averti.

Copyright 2024 ©F.V. Estyer
Tous droits réservés.
ISBN : 9798882652912
Dépôt légal : mai 2024
Jaquette : Flower Raven
Couverture : Юлия Озерная
Correction : Audrey K. Lancien
Maquette intérieure et couverture : Blandine Pouchoulin
Illustrations internes :
Pages de garde et jaspage :
Design intérieur : Covers by combs
Illustrations : Юлия Озерная, Flower Raven, Trifia
f.v.estyer@gmail.com
https://www.facebook.com/fv.estyer

AVANT PROPOS

Du hockey ? Encore ?

Si vous me lisez depuis longtemps et me suivez sur les réseaux sociaux, vous connaissez ma passion pour le hockey sur glace. Elle est née lorsque j'ai dû effectuer des recherches sur ce sport pour «Hide & Sick», le tome 2 de ma saga Elites, en 2018. À l'époque, j'avais jeté mon dévolu sur l'équipe des *Maple Leafs* de Toronto, qui est toujours une équipe que je suis activement depuis (je suis même allée à Toronto à deux reprises pour les voir jouer!). À l'époque, cependant, je n'étais pas encore allée jusqu'au Canada, mais je me suis rendue à l'aréna près de chez moi pour aller voir un match des *Jokers*. Depuis ce jour, j'assiste quasiment à tous leurs matchs à domicile, et j'ai développé une véritable passion pour ce sport.

C'est d'ailleurs lors d'un match des *Jokers* qu'est née l'idée de cette histoire. En vingt minutes, et avec l'aide de mon amie Amélie, j'avais une trame de base et le nom des personnages (en plus les *Jokers* ont gagné ce soir-là, que demander de plus !).

Malgré tout, et après avoir écrit «Hide & Sick», «(in)teammate», «il suffira d'un peu de poussière d'étoile», ainsi que les tomes 5 et 6 des Dieux du campus, qui mettent en scène des joueurs de hockey, j'ai longuement hésité à en écrire d'autres. Pourquoi? Parce que dernièrement, le marché de la romance est saturé par ce sport et je craignais que vous en ayez un peu marre.

Mais finalement, la passion a été plus forte, et j'ai décidé de continuer à écrire sur un sport que j'aime profondément.

Et surtout, j'espère à travers cette histoire vous transmettre un peu de ma passion. Dans *The Heartbreak King*, le hockey tient une place importante, ce n'est pas simplement une toile de fond. J'ai essayé de retranscrire au plus juste le quotidien d'un hockeyeur, entre entraînements, matchs, déplacements constants, blessures… (et je tiens à remercier particulièrement mon amie Maude, la pro du hockey, pour m'avoir aidée) J'ai voulu coller au plus près à la réalité (en prenant tout de même quelques libertés scénaristiques, notamment concernant les nuits à l'hôtel ^^) et j'espère que cet aspect du roman vous plaira.

Quoi qu'il en soit, je vous souhaite une belle lecture en compagnie de Farrow & Dean.

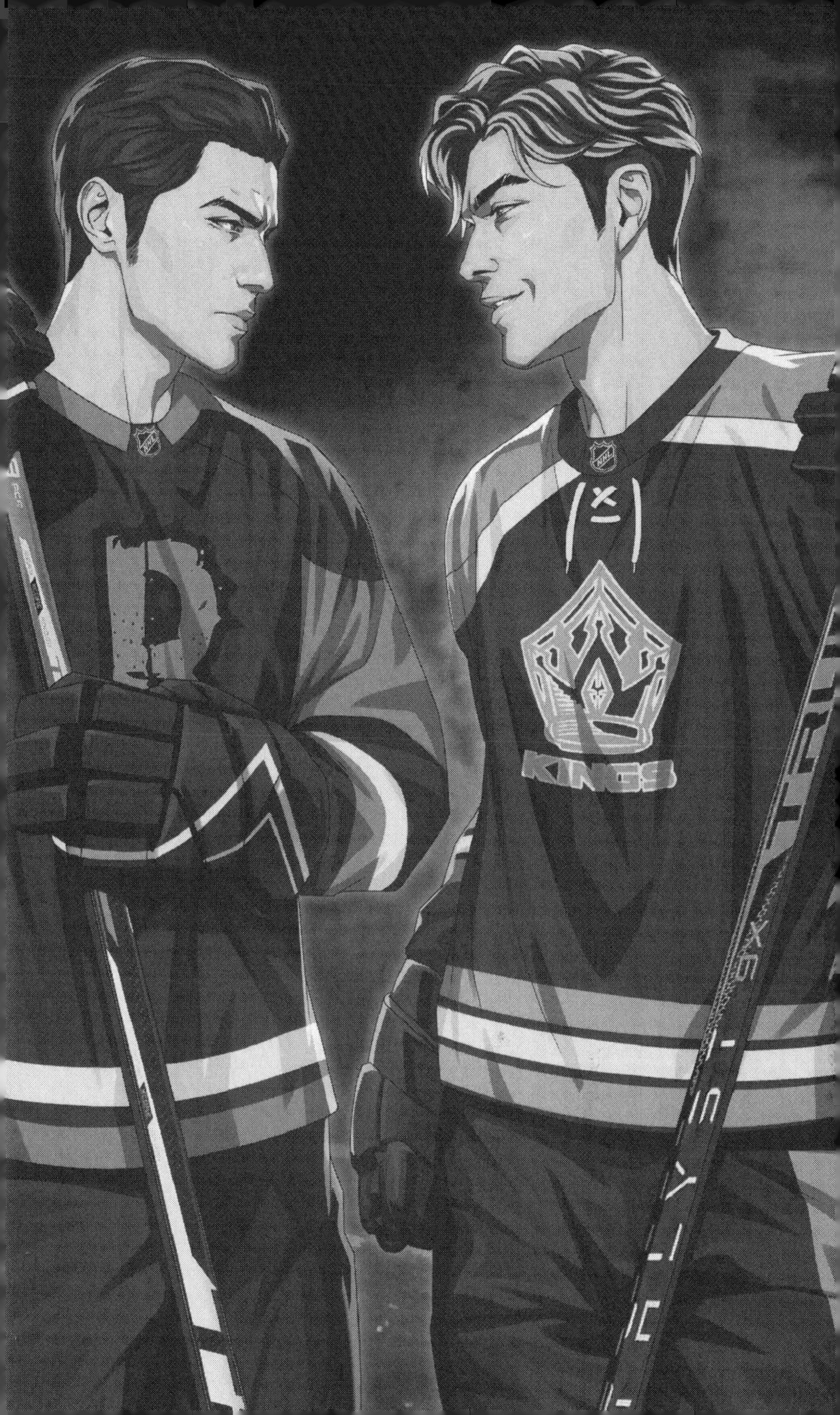
KINGS

CHAPITRE 1

Dean Kesler

Février

Je pensais connaître le stress, la montée d'adrénaline et la peur. Sans rire, ma vie est pareille à de foutues montagnes russes. Elle est faite de joie, de larmes, d'envie de me dépasser. Elle est faite de sueur, de muscles abîmés, d'envie de gerber à cause de l'effort.

Mais ce soir… putain, ce soir, ça n'a rien à voir.

Je voudrais ne pas trembler, ne pas être blanc comme un linge. Je voudrais afficher de la confiance en moi, mais c'est à peine si mes genoux parviennent à me porter.

Ce soir, je joue mon premier match au sein de la NHL et j'ai l'impression que mon cœur va éclater.

Voir mon nom floqué au dos de ce maillot noir et violet au-dessus du numéro 17, c'est un rêve de gosse devenu réalité, et soudain, je ne suis plus certain d'avoir les épaules pour assurer.

Sauf que si. Bien sûr que si.

Je ne suis pas là par hasard. J'ai été sélectionné, choisi parmi des centaines d'autres parce que je représente le haut du panier.

Mes stats parlent pour moi, mais ça ne m'empêche pas d'avoir les mains moites et envie de me rouler en boule.

— Kesler est en train de chier dans son froc, s'esclaffe Tyler, un de mes nouveaux coéquipiers.

— Allez, le rookie, ça va bien se passer, tente de me rassurer Derek depuis sa place attitrée.

C'est décidé, lui, je l'aime bien. Il est celui qui a fait le plus d'efforts pour m'intégrer au sein de l'équipe et bien que personne n'ait été vraiment désagréable, son sourire joyeux m'aide à me détendre.

J'enfile mon maillot, caressant brièvement le R violet qui me ceint le torse.

Les Renegades. Je suis intégré au sein des Renegades.

Et je vais jouer sur la même ligne d'attaque que Carter Banes, le prodige du hockey.

Un prodige qui a actuellement le nez rivé sur son portable et qui se fout bien de ce qui se passe autour de lui.

Je m'installe à ma place et enfile mes patins. Mes doigts tremblent légèrement quand je fais mes lacets. Ma fébrilité aura raison de moi.

Or, je ne peux pas la laisser gagner. Je dois tout donner ce soir, je dois prouver à mon équipe, aux coachs, au public, que je mérite ma place au sein de cette équipe. Qu'ils ont fait le meilleur choix possible, qu'ils ne le regretteront pas.

— Lâche ce foutu portable, Banes, ou je te l'enfonce dans le cul, déclare coach Stevens.

— Arrête, il aimerait bien trop ça, renchérit Derek avec amusement.

En d'autres circonstances, cette remarque m'aurait fait grimacer, mais je sais que pour le coup, ce n'est rien de plus que de l'humour… pas terrible, certes, mais de l'humour quand même. Carter et Derek sont comme cul et chemise, je l'ai tout de suite remarqué.

Pour toute réponse, Carter lui fout un coup de coude dans les côtes.

— N'abîme pas mon joueur, gronde Stevens.

— Écoute le coach, Carter.

Ce dernier lui colle l'écran de son portable devant le nez et Derek écarquille les yeux.

— Il ne peut pas faire ça ! souffle-t-il, et Carter éclate de rire.

Je ne comprends pas vraiment ce qu'il se passe, et honnêtement, ça m'est égal. Je suis bien trop occupé à essayer de me concentrer et à arrêter de paniquer.

La NHL. J'y suis, j'y suis vraiment.

Pourvu que je ne merde pas.

♛

Une dernière tape dans le dos de la part de mes coéquipiers, et nous nous dirigeons vers la glace. Je me demande comment je parviens à entendre la musique par-dessus les battements de mon cœur qui résonnent jusque dans mes tempes.

— On est tous passés par là, mon pote. Ça va le faire, tu verras, murmure Derek à mon oreille en me pressant l'épaule.

Yep, je l'aime décidément vraiment bien celui-là.

— Allez le rookie, c'est ton heure de gloire, déclare Tyler.

Je prends une profonde inspiration en hochant la tête, puis m'élance sur la patinoire. Le stress est à son comble tandis que je laisse le reste de l'équipe derrière moi. La glace paraît briller si fort quand je m'engage au centre avant de commencer à patiner. Je sens les milliers de paires d'yeux sur moi, même si je me fais sans doute des idées. Mon cœur bat tout de même la chamade, peu importe le nombre de spectateurs qui m'observent. Je tourne la tête vers mes coéquipiers, qui me font un signe d'encouragement, lèvent leur pouce en l'air. Ils finissent par me rejoindre quelques secondes plus tard, et je me sens un peu rasséréné, à l'idée de ne pas être au centre de l'attention.

C'est alors que j'ose enfin lever les yeux, abasourdi devant la foule immense que je découvre autour de moi. Certes, la plupart des sièges sont encore vides, le match ne commence pas avant trente minutes, nous sommes juste ici pour l'échauffement, mais c'est tout de même carrément impressionnant.

Je n'ai jamais connu ça.

Jamais en tant que joueur, en tout cas.

Pas de cette ampleur. Les arénas dans lesquelles j'ai joué n'ont jamais été aussi énormes, aussi éclairées, aussi pleines.

Ce genre de patinoire, je l'ai connu en tant que spectateur, j'ai acclamé mon équipe à grands cris, tout en rêvant de me retrouver un jour exactement où je suis aujourd'hui.

Tu l'as fait.

Tu l'as fait, putain.

Ma peau se couvre de chair de poule tandis que je patine. Je me concentre sur les palets lancés sur la glace, en attrape un et le fais glisser jusqu'à la cage de but.

Je me focalise sur mes mouvements pour ne pas être tenté de simplement rester là, à observer le public.

Après tout, je suis dans mon élément, je suis doué pour le hockey, et s'il y a bien une chose qui me rend heureux, c'est ça.

Et il est temps de profiter à fond de ma nouvelle réalité.

De mon entrée dans la cour des grands.

En croisant les doigts très fort pour y rester.

♛

M'écrasant contre le plexiglas, je lutte contre mon adversaire pour récupérer le palet. Nous sommes en *powerplay* et c'est le moment de tout tenter. Nos crosses s'entrechoquent et je pousse cet enfoiré pour tenter de reprendre le palet. J'y parviens enfin et le passe à Derek, qui le glisse jusqu'à Carter. Me mettant en position, je me concentre sur l'action, sur chaque mouvement, décidé à assurer.

Carter passe le palet à Tyler qui me l'envoie aussitôt. Je patine jusqu'à une zone dégagée, observant du coin de l'œil Carter se placer. Mon adversaire se rue vers moi, sur le point de me le voler et je n'hésite pas avant de le passer à Carter…

Qui tire.

Qui marque.

Putain !

Putain.

Le public applaudit et crie, et je rejoins mes coéquipiers qui se félicitent gaiement.

— Bien joué, le rookie, déclare Banes avec un léger coup de poing sur l'épaule.

Ses mots résonnent dans mon esprit tandis que nous patinons jusqu'aux bancs pour taper dans les mains de nos coéquipiers.

Bon sang, Carter Banes m'a félicité.

Je crois que je peux mourir en paix.

Sauf que je n'ai pas prévu de mourir ce soir. Pas avant d'avoir gagné ce match.

Alors je donne tout ce que j'ai, et même ce que j'ignorais posséder. Je suis à fond, hyper concentré. Je patine plus vite que je n'aie jamais patiné, je ne lâche rien.

Je tombe, me relève.

Je heurte le plexiglas à de multiples reprises.

J'intercepte des dizaines de passes, fais barrage de mon corps pour éviter que nos adversaires marquent.

Quand je suis sur le banc, je suis des yeux chaque action, les enregistre, observe les erreurs et les performances de mes coéquipiers. J'enregistre tout mentalement, j'apprends.

Je n'aurai jamais d'autre premier match.

Je ne revivrai jamais l'expérience de cette première fois en NHL.

Certains rêvent de leur premier baiser, leur première relation sexuelle, la première fois où ils tomberont amoureux. Pas moi.

Moi, je me suis rêvé ici. Malgré les coups durs, les échecs, l'envie d'abandonner… je n'ai jamais renoncé. J'ai sans doute sacrifié de belles choses au passage, de merveilleuses expériences.

Peu importe, je n'ai aucun regret.

Pour moi, rien ne sera jamais plus gratifiant que ça.

Que cette foule qui hurle, que ces applaudissements.

Que cette victoire que nous parvenons à arracher après nous être démenés.

« Avoir des étoiles dans les yeux » ne m'a jamais paru plus vrai qu'en cet instant. Et je suis certain que les miens brillent de mille feux. Ils brillent d'humidité lorsque mes partenaires m'enlacent une fois le match terminé.

Mais surtout, surtout, ils brillent de fierté.

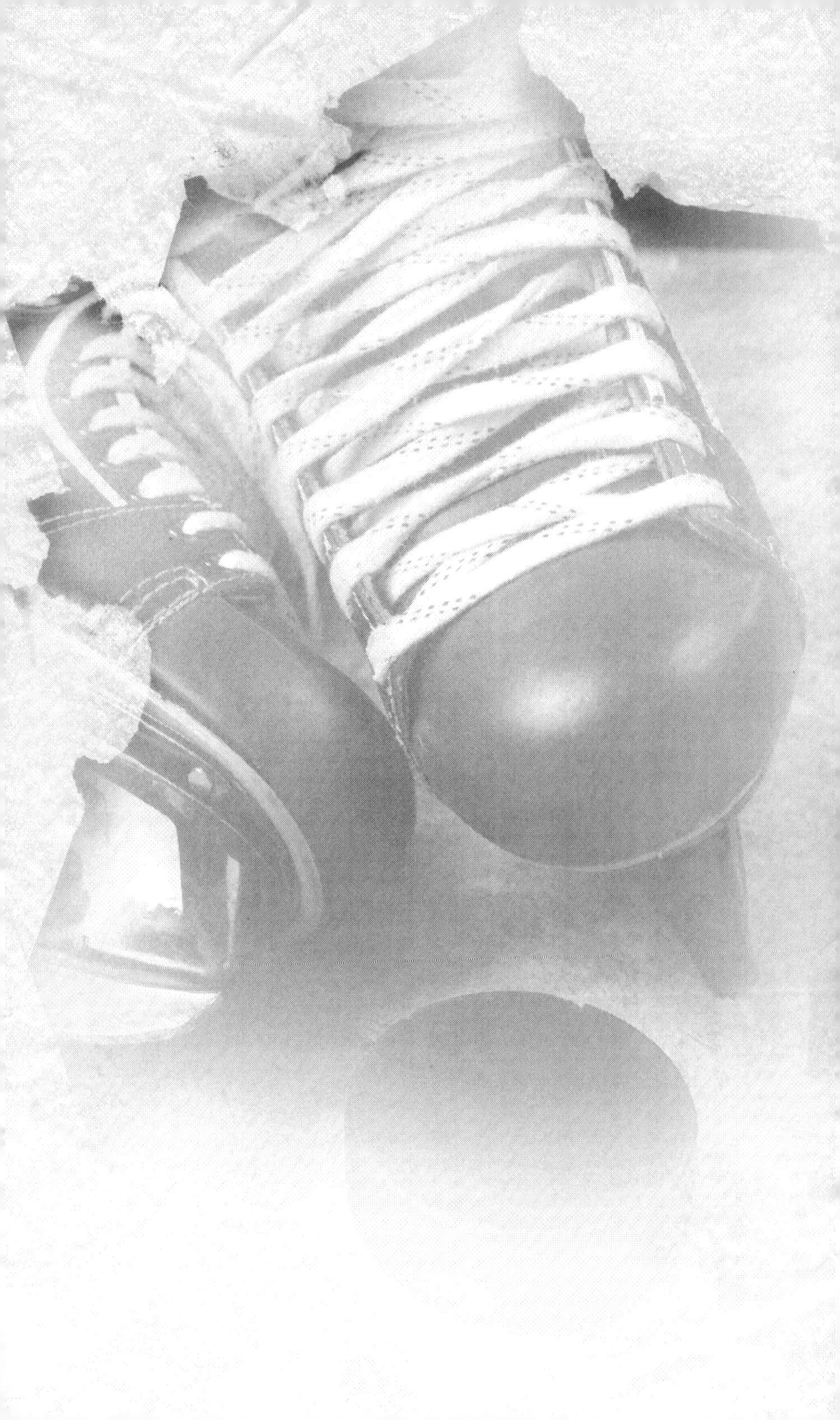

CHAPITRE 2

Farrow Lynch

Mars

Malgré le froid qui ne semble pas décidé à nous foutre la paix, c'est en sueur que je passe le seuil de mon appartement. Ce footing matinal m'a tué. Je dépose le sac contenant quelques courses que j'ai faites à la supérette du coin en rentrant et continue ma conversation par texto.

> Comment ça se passe avec le rookie ?

> Très bien. Il est doué, très doué.

Je sais, j'ai maté quelques matchs des Renegades, je m'en suis rendu compte. Il a commencé il y a un mois et c'était sans aucun doute un choix judicieux de l'intégrer au sein de l'équipe. S'il continue sur sa lancée, Kesler va casser la baraque. J'ai hâte de voir ce qu'il vaut en face-à-face, et il me tarde d'être à ce soir pour le découvrir.

> Il me rappelle toi quand tu avais son âge.

> Et moi qui étais persuadé d'être une exception.

> Du coup, je rajouterai qu'il me fait penser à toi, mais l'humilité en plus.

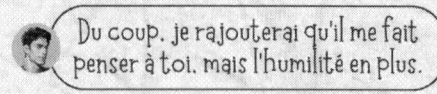

J'éclate de rire et secoue la tête.

> Je t'emmerde. À tout à l'heure.

Glissant mes doigts dans mes cheveux rendus humides par la transpiration et le crachin qui n'a pas cessé de tomber, je repousse les mèches collées sur mon front tout en me dirigeant vers la cuisine pour me préparer un smoothie protéiné. Tandis que le mixeur tourne, je jette un coup d'œil sur l'horloge murale. Putain. Il faut que je me bouge le cul, ou je vais être à la bourre pour notre vol.

J'aime aller à Boston, pas seulement parce que j'aime jouer contre les Renegades, mais parce que je vais retrouver mon pote et ancien coéquipier. Un ancien rival également. Quand il a débarqué en NHL, tout le monde n'avait que son nom à la bouche «Carter Banes, le joueur prodige». Je ne suis pas du genre à être jaloux... mais je l'ai été de lui. De sa dextérité, de son talent. Son manque de compétence sociale était compensé par ses prouesses avec une crosse en main. Et autant dire que Banes a toujours zéro compétence sociale, mais est un as de la glace. J'ai fini par ravaler ma jalousie, et ensemble, nous avons fait vibrer les spectateurs à des dizaines de reprises... jusqu'à ce qu'il soit *tradé* au sein des Renegades.

Depuis, nous avons peu l'occasion de nous voir, évidemment, mais nous faisons notre possible pour trouver un moment pour rattraper le temps perdu.

Adversaires sur la glace, amis dans la vie, ça arrive plus souvent qu'on ne le croit.

Ma mixture prête, je la verse dans un verre et l'avale d'un trait avant d'aller dans la salle de bains. Je me lave rapidement, ôtant la sueur et la poussière, et en profite pour délasser mes muscles. Une fois propre, je fouille dans mon dressing à la recherche d'un costume que j'enfile tout en parcourant mentalement ma liste pour être certain de n'avoir rien oublié. Un dernier coup d'œil au miroir pour m'assurer que ma chemise n'est pas froissée, puis je jette le bouquin qui trône sur ma table de nuit dans mon sac de voyage, rajoute une écharpe au cas où je perdrais la mienne – ce qui m'arrive constamment – et ferme le zip avant de balancer mon sac sur mon épaule.

Comme toujours lorsque je quitte l'appartement, je m'assure que toutes les lumières sont éteintes, fais une ultime vérification des poches de mon manteau puis claque la porte.

Deux tours de clé plus tard, je remonte le couloir en direction de l'ascenseur. L'immeuble est calme, comme toujours, ce n'est pas encore ce matin que je croiserai mes voisins. Je ne suis pas le seul à mener une vie effrénée, c'est le cas de beaucoup d'habitants de New York, et c'est pour ça que j'aime autant cette ville.

Mon portable vibre lorsque j'arrive au parking. Je ne prends pas le temps d'ouvrir le message, me doutant qu'il s'agit de Travis qui veut vérifier que je ne serai pas à la bourre.

Je déteste l'avouer, mais ça m'arrive souvent. J'ai beau mettre des horloges dans toutes les pièces, posséder une montre en plus de mon portable, j'ai un réel problème avec les horaires. Je suis toujours persuadé d'avoir le temps même quand je suis déjà en retard.

Le moteur de ma caisse vrombit lorsque je démarre, je quitte ma place et le parking en direction du soleil timide de l'extérieur.

Je profite de la circulation pour parcourir mes différentes playlists, en choisis une, et entreprends de chanter par-dessus la voix de Taylor Swift. Travis tue ma *vibe* en m'appelant, et je lui offre un grommellement en guise de bonjour lorsque je décroche.

— Parfait, je voulais juste être sûr que tu étais en route. Je te laisse, tu peux continuer à chanter.

Il raccroche avant d'avoir l'occasion de m'entendre éclater de rire. Ce type me connaît vraiment trop bien.

À peine l'avion a-t-il décollé que je cale mes écouteurs dans mes oreilles et me plonge à nouveau dans mon bouquin. J'ai dû arrêter en plein suspens hier soir pour dormir, et j'avais hâte de le reprendre.

Lorsque je lève les yeux en sentant un regard sur moi, je découvre Jake, qui me lance un coup d'œil amusé en scrutant la couverture. Ses lèvres bougent, mais avec la musique, je n'entends pas ce qu'il me raconte.

— Quoi ? demandé-je en ôtant un écouteur.

— Je disais qu'ils auraient pu m'appeler pour la couverture de ton roman. Je suis certain que celui à qui appartient ce torse n'est même pas hockeyeur, alors que moi, si.

— Et gay ? répliqué-je. Parce que le seul à avoir les critères qui correspondent à ce livre dans cet avion, c'est moi.

Vraiment, je pourrais presque être ce héros. *Presque*. Parce que le hockeyeur va clairement finir avec son coach… À cette pensée, je lève la tête vers les miens, de coachs, les scrutant tour à tour. Nope. Certainement pas. Sans compter que je n'ai aucune intention de trouver l'homme de mes rêves. Pas le temps. Pas l'envie. S'envoyer en l'air avec des types différents est plus marrant et moins chronophage. En parlant de ça, je me rends compte que j'ai oublié de prendre des capotes. Fait chier. C'est sans doute un signe du destin pour m'indiquer que je ne baiserai personne ce soir. Tant pis, je survivrai.

— Mais tu n'as pas de tatouages, insiste Jake en matant toujours la couverture, me sortant de mes réflexions.

Certes. J'y ai pensé. Pour être honnête, j'ai toujours eu un faible pour les mecs tatoués. J'adore retracer les dessins de mes doigts, de ma langue, avoir l'impression qu'ils prennent vie, parfois, lorsqu'un amant ondule contre moi. Bref.

— Toi non plus.

Apparemment, ma réponse suffit à le faire taire, et je peux enfin reporter toute mon attention sur mon livre. Je m'y plonge durant le reste du voyage et ne laisse plus personne me déranger.

Quand les roues de l'avion heurtent le tarmac, j'ai fini mon bouquin et mes yeux sont embués. Évidemment, mes coéquipiers me regardent toujours avec amusement, mais aucun ne prend la peine de faire le moindre commentaire. Ça fait bien longtemps qu'ils ont arrêté de m'asticoter sur mes choix de lecture.

Je me frotte les paupières et me lève de mon siège, m'étirant de tout mon long.

Tandis que j'attends que la porte s'ouvre pour nous laisser sortir, je rallume mon téléphone et envoie un message à Carter.

> On vient d'atterrir. J'espère que tu es prêt à te prendre une raclée.

> Ça te ferait trop plaisir. On se voit après votre entraînement. Blake sera là 😊

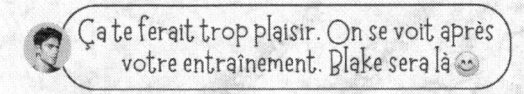

Je souris devant son message. J'adore Blake. C'est un chouette type et un photographe sacrément talentueux. J'ai posé pour lui à l'époque où il cherchait à se faire un nom sur la scène artistique, et j'ai d'ailleurs une de ses photos de moi encadrée dans mon salon. Certains trouvent ça narcissique, mais je m'en fous pas mal.

> Tant mieux, c'est plus facile de te supporter quand il est dans le coin.

👍

Je m'esclaffe, range mon portable dans la poche de ma veste de costume et suis la troupe hors de la cabine.

♛

Lorsque le bus se gare devant la patinoire des Renegades, des photographes et journalistes sont déjà plantés sur le trottoir.

Les premiers à sortir sont évidemment les membres de l'équipe de com, dégainant leur téléphone dernier cri pour nous filmer et alimenter nos réseaux sociaux.

Je termine de boutonner ma chemise et de nouer ma cravate avant d'affronter la petite foule qui s'est agglutinée. J'ai déjà hâte de me déshabiller pour revêtir des fringues plus confortables. Sérieusement, parfois, j'ai envie d'étrangler les types qui ont décidé qu'on devait se mettre sur notre trente-et-un. Nous sommes des hockeyeurs pour l'amour du ciel, pas de foutus *traders*.

Je glisse une main dans mes cheveux pour être certain d'être présentable, malgré la coupure sur ma gorge due à mon rasage trop précipité de ce matin.

Nous nous prêtons au jeu des photos, mais si certains de mes coéquipiers traînent les pieds pour rester plus longtemps sous le feu des projecteurs, ce n'est pas mon cas, et je hâte le pas en direction de l'entrée de la patinoire.

Tout ce cirque me fatigue, parfois. Tout ce à quoi j'aspire, c'est jouer au hockey, pas faire le clown. Si cette attention m'amusait autrefois, elle me gonfle maintenant, mais je tente du mieux que je peux de faire bonne figure. Je me prends déjà suffisamment de remarques de la part de mes coachs pour mon comportement trop sanguin sur la glace, autant éviter d'apporter davantage d'eau à leur moulin.

Le bon petit soldat, j'arrive à l'être parfois. Ils aimeraient que ce «parfois» se transforme en «de façon permanente», mais hé, je ne peux pas changer ma personnalité, pas vrai? Et puis, après tout, les bastons, ça fait partie de l'ambiance, c'est ce que le public veut voir. Je leur offre toujours un sacré spectacle, et personne ne me remercie.

Bandes d'ingrats.

CHAPITRE 3
Dean Kesler

Tandis que j'enroule du *tape* noir autour de ma crosse, je me demande si je serai un jour moins impressionné. Impressionné d'avoir des joueurs d'exception pour coéquipiers, impressionné par la taille des arénas dans lesquelles j'ai la chance de jouer, impressionné d'affronter des types que j'ai longtemps adulés. Que j'adule toujours, pour certains d'entre eux.

C'est le cas de Farrow Lynch. Honnêtement, j'étais à deux doigts de lui courir après pour lui demander un autographe. Et d'ici quelques minutes, je me retrouverai face à lui sur la glace. C'est surréaliste.

Derek s'est un peu foutu de ma gueule quand il m'a vu rougir, et a proposé à Carter de me filer son numéro. Je sais que lui et Lynch sont toujours amis, qu'ils étaient proches lorsqu'ils évoluaient ensemble chez les Kings[1]. Ça doit être étrange de jouer contre une équipe dont nous avons fait partie. Je suppose que je finirai moi aussi par connaître ça un jour, si on me trouve suffisamment bon pour rester en NHL en tout cas.

---

1   Équipe fictive de New York.

Pour l'instant, c'est le cas. Et je donne tout ce que j'ai pour ne pas être relégué. Cette place au sein de l'élite du hockey, j'ai craché comme un fou pour la gagner, et je compte bien la garder.

— Ne t'évanouis pas quand tu vas devoir voler le palet à Lynch, s'esclaffe Tyler en finissant de nouer ses patins.

C'est une tête de con, parfois, un peu bourru et brut de décoffrage, mais pas méchant. De toute façon, je savais bien que j'allais me prendre des réflexions sur mon instant fanboy. S'ils savaient que je n'avais pas fait qu'admirer Farrow sur la glace... qu'il a nourri pas mal de mes fantasmes également. Comme beaucoup de joueurs, clairement, surtout ceux ouvertement gays. Comme si ça m'offrait la moindre chance de voir mes rêves se concrétiser.

— Arrête de le faire chier, on est tous passés par là, renchérit Carter avant de me lancer un sourire compatissant.

Je suis si content d'avoir si facilement intégré cette équipe. Honnêtement, les gars sont tous cool avec moi. Ils m'ont accueilli à bras ouverts sans rechigner. Je pensais que ce serait plus difficile de me faire une place parmi eux, je me suis trompé. Et tant mieux. Nous passons la plupart de nos journées ensemble, et ce qui est primordial, c'est la cohésion et l'esprit d'équipe. Et nous sommes plutôt doués pour ça.

Ce qui est une bonne chose, surtout lorsque nous nous apprêtons à affronter l'équipe la mieux classée de la saison – et des précédentes également – au sein de la division. Sans compter que les *playoffs* vont bientôt commencer, et que nous n'avons pas le droit à l'erreur si nous espérons être qualifiés.

Bon sang, rien que de penser à ça me file le tournis.

Jouer les *playoffs* de la NHL. C'est un rêve que je touche du bout des doigts.

— Tu as intérêt à être aussi en forme que mardi dernier, déclare Ty en se levant.

Je souris, l'air confiant, un peu rêveur malgré tout, en me souvenant des deux buts marqués. Encore une raison de prouver que j'ai bien mérité ma place ici.

— Baker, Donahue et Lynch forment une ligne d'attaque très agressive, ne te laisse pas impressionner, me prévient Carter.

Ouais, je sais. Je connais la façon de jouer de la plupart des joueurs, et je mate souvent des rediffusions des matchs des équipes que je suis sur le point d'affronter. Tout comme je sais que Farrow Lynch a le coup de poing facile. Il fait un très bon *enforcer*. Le pire, c'est qu'il a beau finir sur le banc des pénalités à chaque match, ça ne l'arrête pas. Et personne ne l'arrête non plus.

— Et il adore s'en prendre aux rookies, ajoute Tyler avec un clin d'œil.

Je sais qu'il cherche simplement à me faire flipper, ou peut-être à me détendre, de sa manière toute particulière. Est-ce que ça fait de moi un type légèrement masochiste d'avoir hâte que Lynch essaie de me coller un pain ? Sans doute.

Je suppose que je vais vite le découvrir.

♛

Rien ne va plus. Nous nous prenons une sacrée branlée. Et il nous reste moins de vingt minutes pour corriger le tir et remonter au score. Notre coach est furieux, je l'ai rarement vu aussi en colère. Nous nous en sommes tous pris plein la gueule.

Du coin de l'œil, j'observe Derek qui joue avec son protège-dents avant de reporter mon attention sur la glace. Je me tends lorsque Tyler tente de marquer un but intercepté par le goal des Kings. Je peux sentir la nervosité de mes coéquipiers. La bonne nouvelle, c'est que tout le monde est carrément remonté, à présent, une rage nouvelle gronde dans nos veines.

Je me lève en voyant Tyler regagner le banc et saute par-dessus la rambarde pour le remplacer. Je m'élance sur la glace, droit sur Baker, qui se rue vers notre but. Je n'ai pas le temps d'intercepter le palet qu'il le passe à Lynch.

Je n'hésite pas.

Je fonce sur Farrow.

Le plexiglas tremble lorsque je m'écrase contre lui tandis qu'un de mes coéquipiers en profite pour subtiliser le palet. Farrow me repousse, et nos regards se croisent. Je ne saurais décrire la lueur qui passe dans son regard à cet instant, mais je n'ai pas le temps de m'attarder dessus. Je m'éloigne rapidement, le sentant juste derrière moi.

Ne te déconcentre pas.

Je tente de trouver une zone dégagée, et Carter me fait une passe. Je patine à toute vitesse vers la cage, Carter d'un côté, Derek de l'autre.

Les cris résonnent autour de nous tandis que nous essayons de garder le palet. Je suis sur le point de le récupérer lorsqu'une masse s'abat sur mon dos, m'empêchant de frapper.

Putain.

Si près.

Je me retourne pour découvrir Farrow qui me lance un sourire narquois avant de glisser plus loin. Enfoiré. Il pense m'intimider ? Il ne sait pas à qui il a affaire. Je me rue à sa suite, lui donne un violent coup d'épaule pour récupérer mon bien que je passe aussitôt à Derek. Du coin de l'œil, j'avise Baker s'élancer vers Derek, et je fonce vers lui, le plaquant contre le plexiglas avec tant de force qu'il chute sur le sol.

J'ai à peine le temps de m'éloigner que c'est à mon tour de me retrouver projeté contre la vitre et qu'un coup de poing percute mon estomac.

— Enfoiré, crache-t-il à mon oreille.

Lynch.

J'agrippe fermement son maillot pour le repousser, mais il ne m'en laisse pas le temps. D'autres coups pleuvent sur moi non-stop. Je cogne à mon tour, sans vraiment regarder où.

Nos gants disparaissent, mon casque vole. Farrow me frappe à la mâchoire, je ne lâche rien.

L'adrénaline coule dans mes veines.

Le besoin de me montrer à la hauteur aussi.

La foule hurle, les arbitres nous tournent autour, n'osant pas encore intervenir de peur de se prendre un coup. Tant mieux. Parce que je ne compte pas laisser Farrow Lynch gagner.

Nos mains accrochent le maillot de l'autre, nous sommes à bout de souffle et en sueur.

Mon poing s'enfonce dans la joue de Lynch, le sien me pète l'arcade. Génial.

C'est à cet instant qu'on intervient pour nous séparer.

Je halète et pose ma main sur mon arcade pour arrêter le flux de sang, me dirigeant vers le banc.

S'il croit qu'une arcade pétée va m'arrêter, il me connaît mal.

— Bien joué mon pote, s'exclame Tyler que je croise sur ma route pour aller consulter le médecin.

Je souris, fier de moi. J'ai tenu tête à Farrow Lynch. Je ne me suis pas laissé impressionner. Ça vaudra bien le savon qu'on va me passer.

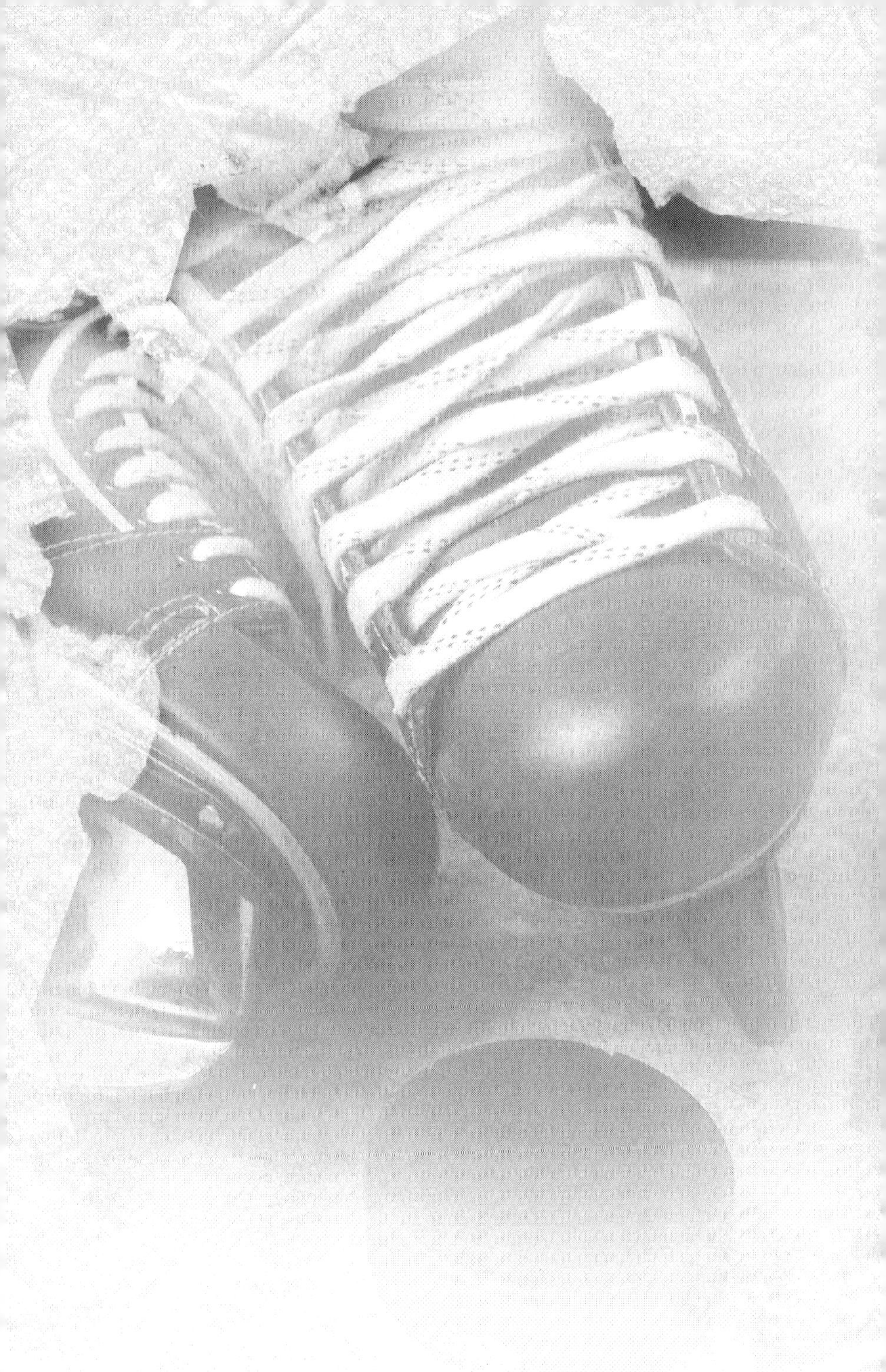

CHAPITRE 4

Farrow Lynch

Assis sur le banc de la prison, j'observe mes adversaires et coéquipiers foncer sur la glace. Ma joue me fait mal, Kesler ne m'a pas raté. Je ne l'ai pas raté non plus, d'ailleurs. Même si je ne me serais jamais douté qu'il aurait rendu mes coups avec autant de force et de volonté. Je sais que je vais passer un sale quart d'heure, mais j'ai un faible pour les rookies. J'aime les intimider, leur montrer qui est le plus fort. Clairement, cette fois-ci, j'ai eu un adversaire à ma hauteur, mais c'est ce qui rend ces foutues bagarres plus marrantes.

Nous avons mis le feu à la patinoire, nous avons assuré le spectacle, et la vidéo de notre baston va bientôt tourner en boucle sur les réseaux sociaux. Si ça ne va pas amuser l'équipe de com, de mon côté ça m'amuse profondément.

Je sais ce que je fais, je sais jusqu'où je peux aller. Je ne suis jamais violent gratuitement, et nos rixes sont surtout une manière de faire le show. Je n'ai jamais abîmé personne sérieusement, et l'inverse non plus.

Des yeux, je suis l'action des Renegades qui patinent droit vers le but. Banes fonce sur la glace et je souris en le voyant tirer…

et marquer. Le public s'égosille, les spectateurs scandent le nom de mon pote. Je devrais être contrarié qu'il soit parvenu à marquer, réduisant l'écart, mais une part de moi est sacrément impressionnée par son tir parfait.

Tandis que les Renegades se félicitent, je jette un coup d'œil sur le banc des pénalités adverses, où est assis Johnson. Où aurait dû se trouver Dean s'il n'avait pas eu besoin d'être remplacé pour être soigné.

Au moins, il ne pourra pas dire que je ne l'ai pas accueilli comme il se devait. Et je sais qu'il a aimé ça, qu'il l'attendait, presque. Ses yeux brillants, son léger rictus, je ne les ai pas imaginés. Il avait envie que je m'en prenne à lui, que je me montre à la hauteur de ma réputation.

Comme si se prendre une droite de ma part lui donnait l'impression d'être important.

J'espère qu'il est satisfait…

♛

Encore une victoire.
Toujours numéro un au classement.

Il y a quelque chose d'assez jouissif dans le fait de gagner à l'extérieur. Nos supporters sont plus rares, la majorité du public est contre nous. Dans l'antre de l'adversaire, nous devons nous battre plus fort pour mener, et c'est un pari réussi ce soir.

Et si je me fais engueuler par les coachs comme prévu – alors qu'ils savent pertinemment que ça ne changera rien – ils ne peuvent pas m'enlever le fait que j'ai tout de même joué comme un chef. Un but, deux assist… Sérieux, je leur manquerais, si je n'étais plus là.

Une fois douché et changé, j'attrape mon portable et découvre un texto de Carter.

> 🧑 Il ne t'a pas loupé…

Je passe une main sur ma mâchoire tuméfiée. Sachant exactement à quoi il fait allusion.

> Ouais, il a une bonne détente. Un peu d'entraînement et il se battra peut-être aussi bien que moi.

> Tu as une mauvaise influence sur les gamins, Lynch.

> Et j'en suis fier.

Tout comme je sais qu'il est fier du rookie pour m'avoir tenu tête.

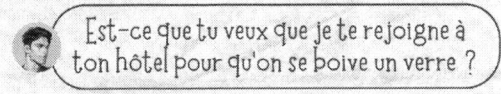

> Est-ce que tu veux que je te rejoigne à ton hôtel pour qu'on se boive un verre ?

> Tu n'as pas assez vu ma gueule pour la soirée ?

> C'est la tradition. En plus, Blake insiste.

> Et comment lui refuser quoi que ce soit ?

En temps normal, je serais sans doute sorti faire un tour afin de trouver quelqu'un avec qui passer la fin de la soirée, décompresser, fêter la victoire. Mais quand je joue contre les Renegades, je laisse de côté mes envies de baises rapides et éphémères pour passer davantage de temps avec Carter. Et avec Blake. Il m'arrive d'envier leur couple. Cette complicité, cet amour profond et si solide. De voisins de palier, ils sont devenus amis, faux petits amis… fiancés. Une histoire d'amour digne d'un livre de romance.

Tout le monde aime le trope *fake boyfriends*, c'est d'ailleurs l'un de mes préférés. Peut-être qu'une fois que je serai à la retraite, je pourrai me lancer dans une carrière d'écrivain ? Leur relation est carrément inspirante. Le hockeyeur et le photographe.

Je songe à ça, entre autres choses, durant tout le trajet jusqu'à l'hôtel où nous passons la nuit, et j'y pense encore lorsque je rejoins le couple au bar.

— J'ai trouvé ce que je vais faire de ma retraite, déclaré-je en me laissant tomber sur la banquette à côté de Blake.

— Je ne suis pas sûr d'avoir envie de savoir ce que c'est, réplique-t-il en grimaçant.

— La confiance règne, ça fait plaisir…, commencé-je avant de me rendre compte que Carter n'est nulle part en vue. Tu as enfin réussi à te débarrasser de ton mec ?

Blake secoue la tête et pointe le bar d'un geste de la main.

— Il aide Dean avec la commande.

Je fronce les sourcils. Ils ont ramené Kesler ? Mais pourquoi ? Pour que je lui pète l'autre arcade ?

— Et que fait Dean ici ? demandé-je.

— Carter lui a proposé de se joindre à nous. Apparemment, il a failli tomber dans les pommes en entendant ton nom.

— De peur ? Il flippe que je lui en colle une ?

Je ne me bats jamais hors de la glace. Aucun intérêt. Je ne suis pas du genre à régler les conflits à l'aide de mes poings. Sur une patinoire, la situation est différente. Il est moins question de violence que d'envie d'intimider.

— Non, réplique Blake en riant. Mais je crois que Dean est assez fan de toi… et moi qui pensais que se prendre une raclée l'aurait calmé.

Je souris et m'attarde sur Kesler, appuyé contre le comptoir du bar, discutant avec Banes. Sa posture est détendue, et sa position, légèrement cambrée, met en avant son cul moulé dans un jean noir. Très joli cul, soit dit en passant, comme tout le reste de son corps. Je le mate toujours lorsqu'il se retourne. Nos yeux se croisent, et se verrouillent un court instant. Dean rougit, et il resserre sa prise sur les boissons qu'il tient entre ses mains.

Je le vois hésiter, comme s'il ne savait soudain plus vraiment quoi faire, comme s'il avait envie de faire volte-face et de se barrer de là.

— Sois gentil, murmure Blake à mon oreille.

— Je suis un putain de labrador, Hamilton.

— Tu aimes te faire caresser ?

Je décroche mon regard de celui de Dean pour me tourner vers Blake.

— Ne me fais pas regretter de t'avoir choisi plutôt qu'un type qui aurait pu se retrouver avec ma bite au fond de sa gorge.

Un bruit étranglé me fait lever la tête. Il provient de Dean qui nous a rejoints et me fixe, les yeux comme deux ronds de flan. Oups.

— Dean, je te présente Farrow Lynch, l'homme le plus classe du monde, déclare Carter en déposant une corbeille de frites et une pinte sur la table.

— On a déjà fait connaissance, répliqué-je.

— Ouais, mais tu n'avais pas encore ouvert la bouche, tu as préféré lui montrer tes poings avant.

— Ça aurait sans doute été mieux que ça reste comme ça, renchérit Blake.

Quand ils se liguent tous les deux contre moi, c'est impossible de gagner. Je les ignore et montre la chaise vide en face de moi à Dean. Il danse d'un pied sur l'autre, l'air mal à l'aise.

— Ne les écoute pas. Pose ton cul, ça ne te coûtera pas plus cher.

Il hoche la tête et finit par déposer les verres sur la table avant de s'installer. Ses joues sont encore plus rouges que tout à l'heure, et je me demande si c'est dû au seul fait de ma présence ou à ce qu'il vient d'entendre.

Quoi qu'il en soit, j'espère qu'il va rapidement se décoincer.

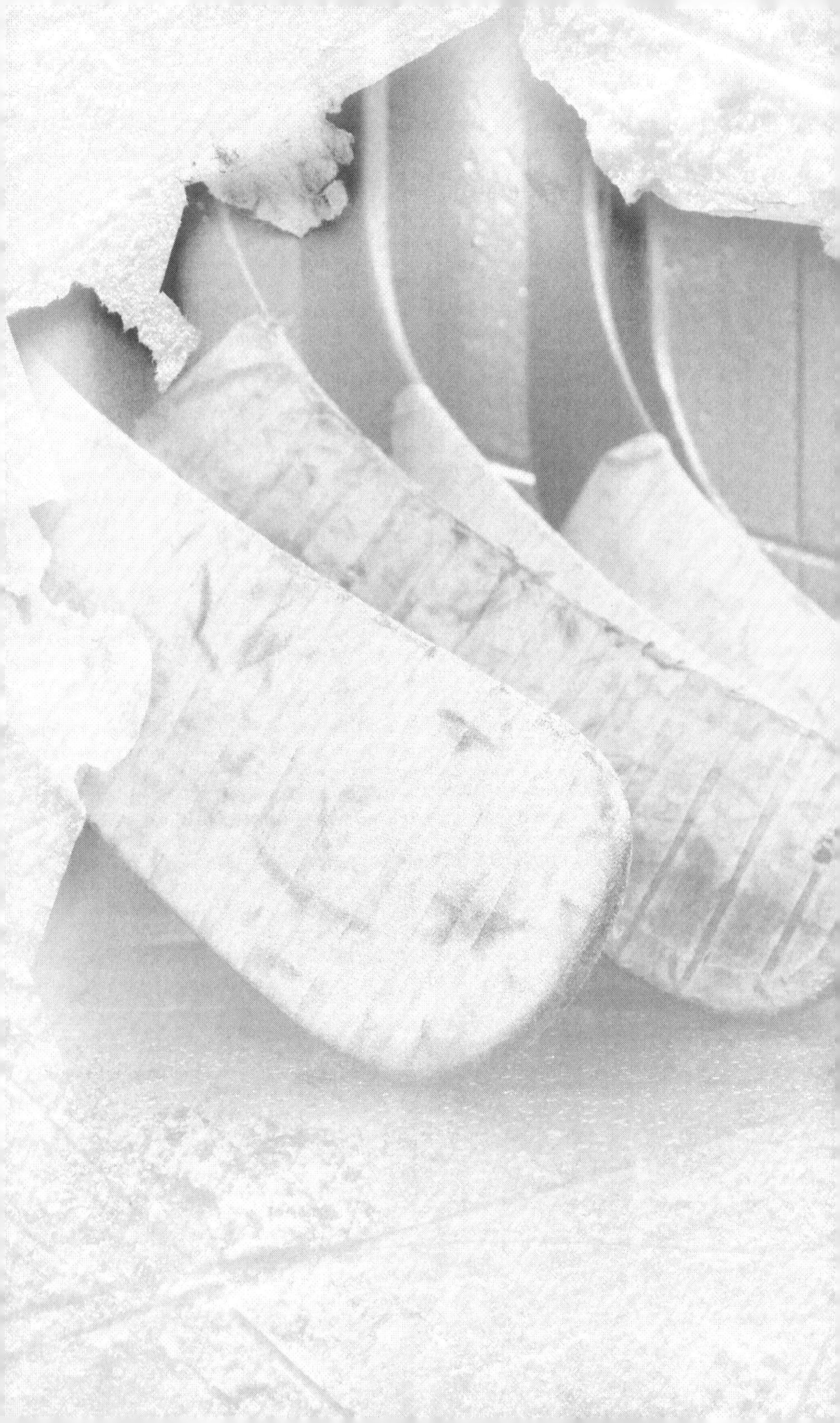

CHAPITRE 5
Dean Kesler

Moi, moi, moi !!!!

Voilà ce que j'étais à deux doigts de crier face aux paroles de Farrow.

Mettre ma bouche autour de sa queue ?

Oui, s'il vous plaît. Mille fois oui !

Sauf que si je fais le malin dans ma tête, en réalité, je n'en mène pas large. Parce que Farrow Lynch est installé sur la banquette, cool et détendu, tandis que tout mon corps est en train de bouillir. Je parviens tout de même à me glisser sur mon siège, tâchant de ne rien renverser au passage. Putain, je ne devrais pas être aussi tendu. Après tout, ce type m'a pété l'arcade il y a moins de trois heures. Je devrais lui en vouloir pour ça, et non avoir envie de me foutre à quatre pattes sous la table pour baisser son pantalon et le sucer.

Seigneur !

Heureusement, il ne fait plus gaffe à moi, reportant son attention sur Carter et Blake lorsque ce dernier déclare :

— Apparemment, Farrow a des projets de retraite.

Je suis toujours un peu abasourdi de voir ces trois mecs autour de moi. Trois hommes… dont deux champions de hockey.

Des champions de hockey gays.

Comme moi.

Out.

Pas comme moi.

Ce n'est pas par peur, puisque la ligue est assez tolérante de manière générale, même s'il reste encore du chemin à faire pour que l'homosexualité soit pleinement acceptée, mais par manque d'opportunités. Je ne suis pas du genre à brandir un drapeau et à crier au monde mon homosexualité. Ça ne regarde personne, après tout. Je n'ai pas envie d'un coming out, j'ai envie que les choses se passent en toute normalité. Un jour, ils me verront tenir la main d'un mec en pleine rue, et ils sauront. Et c'est tout. Rien de plus.

La normalité.

Sauf que cette image mentale de ma main entrelacée avec celle d'un autre me paraît n'être qu'une chimère. Je n'ai pas le temps de sortir, de rencontrer des gens. Je suis mauvais pour la drague, mauvais pour la séduction. Sans doute que ça explique mon peu d'expérience dans ce domaine. Heureusement que ma main droite ne m'a jamais lâché, et qu'internet regorge de sites spécialisés. Je n'ai besoin de personne, je suis passé expert dans l'art de me faire du bien tout seul.

Mais ce soir, en voyant deux de mes joueurs préférés réunis autour d'une table, l'un s'affichant fièrement avec son homme, l'autre parlant sans honte de pipe, je ressens une pointe d'envie.

Comment fait-on pour intégrer leur club ? Existe-t-il une carte de membre ? Y a-t-il un bizutage, qui consisterait éventuellement à coucher avec Farrow ? Parce que je signe. Tout de suite. Avec mon sang si nécessaire.

— Ouvrir un compte OnlyFans ? s'enquiert Carter, et je retourne à la réalité pour écouter leur discussion.

Farrow secoue la tête.

— Trop basique. En plus, je n'ai pas envie que tout le monde voie ma queue. Elle est réservée à quelques privilégiés.

— Qui sont tout de même sacrément nombreux, assène Blake.

— Je t'emmerde.

Cela dit, Blake n'a pas tort. Si Lynch est connu pour ses exploits sur la glace, il est également célèbre pour ses conquêtes. C'est marrant, à première vue, on pourrait penser que Carter serait celui à être sans arrêt sous le feu des projecteurs, à cause de son illustre famille. Un frère à Hollywood, un autre mannequin, une sœur chanteuse en top des charts… la famille Banes est connue dans tout le pays et même au-delà des frontières. Et de tous les membres, Carter est celui qui a toujours tenu à s'en détacher.

Et on peut compter sur Farrow pour faire le bonheur des journalistes. Je n'ose même pas imaginer le nombre de types qui ont eu la chance de le voir – et de le faire – jouir.

Putain, j'aimerais tant être de ceux-là. En fait, je l'ai déjà été de nombreuses fois… Dans ma tête.

Blake attrape sa pinte et avale plusieurs gorgées d'un trait. Il est le seul à boire ce soir, Carter et moi avons préféré un soda, et Farrow n'a encore rien commandé.

— Allez dis-nous, c'est quoi ton plan ?

Je les observe tour à tour puis m'arrête sur le sourire en coin de Farrow. Je me demande s'il se doute à quel point ce foutu rictus me tord l'estomac. J'ai toujours du mal à croire que je me retrouve autour de cette table avec Farrow et Carter. Sous l'invitation de ce dernier qui plus est.

Clairement, ma vie vient de prendre un sacré tournant.

Eux sont très loin de mes tourments intérieurs. En fait, j'aurais pu ne pas être là que ça n'aurait rien changé. Tant mieux d'un côté, rester à les regarder me convient. Mater Farrow me convient encore mieux. Il arbore toujours la marque de mon coup de poing et cette constatation me fait plus plaisir que ça ne le devrait. Pas parce que je suis fier de l'avoir frappé, mais parce que j'imagine qu'il pensera à moi en se regardant dans la glace. Peu importe que ce soit pour de mauvaises raisons.

— Je vais écrire votre histoire. Évidemment, en plus intéressant et avec des personnages carrément plus sympathiques et sexy.

— On est très sexy ! s'emporte Carter.
— Déso, mec, mais tu ne me fais pas bander.
— Encore heureux, rigole Blake.
— Je ne sais pas si je dois éclater de rire, ou être horrifié, murmure Carter.
— Tu devrais surtout être honoré, renchérit Farrow. Et quand tu la liras, tu regretteras de ne pas être aussi génial que ton alter ego fictif.
— J'en doute fort.

Farrow se laisse aller contre le siège et étend ses jambes sur le côté, me tournant légèrement le dos. Je ne sais pas ce que je dois penser du fait qu'il semble à peine remarquer ma présence. Soudain, je me sens de trop à cette table, un intrus venu s'incruster durant une soirée entre potes. J'étais tellement content lorsque Carter m'a proposé de me joindre à eux, à présent, je commence à regretter. Comme si Blake avait senti mon malaise soudain, il braque son attention sur moi.

— Lynch est un fan de romances. Il en dévore sans compter.

J'étais déjà au courant de cette rumeur, mais je ne m'étais jamais vraiment attardé dessus. Je ne suis pas un grand lecteur, je préfère passer mon temps libre devant une bonne série, mais imaginer Farrow en train de lire une histoire d'amour me fait sourire.

— Et j'en suis fier. Au moins, dans les romans que je lis, personne ne finit par perdre la vie.

Je suppose qu'il fait référence à la passion de Carter pour le *True Crime*. C'est marrant, parce que l'Amérique a beau tout connaître de sa vie, cette particularité n'est connue que d'une poignée de gens. Quand je l'ai appris, il m'a d'ailleurs assuré ne pas avoir de pulsion meurtrière, comme pour me rassurer. Ça m'a fait marrer.

— Sans compter que je suis même certain d'avoir inspiré pas mal d'auteurs de romance, ajoute Lynch en se tournant vers moi, l'air content de lui.

— En tant qu'antagoniste, tu veux dire ? demandé-je.

Blake et Carter éclatent de rire tandis que Farrow fronce les sourcils. L'espace d'un instant, je me demande s'il va m'en coller une, mais je comprends rapidement que non lorsque son rictus revient.

Une nouvelle fois, nos regards se verrouillent et un frisson parcourt mon échine. Est-ce que j'imagine son intérêt ? Regarde-t-il tout le monde de cette manière prédatrice, avec des yeux qui disent « j'ai envie de te baiser à fond » ou est-ce un traitement qui m'est réservé ?

Arrête de te faire des films, Kesler.
Plus facile à dire qu'à faire.

Heureusement pour ma santé mentale et pour mon cœur sur le point d'exploser, il détourne son attention pour choper une frite dans la corbeille.

Je suis à nouveau invisible à ses yeux.

Et je ne sais plus vraiment quoi en penser.

♛

La soirée touche à sa fin et je dois avouer que je suis toujours un peu paumé. J'ignore ce que j'espérais. Peut-être un peu plus d'intérêt de la part de Farrow ? Sans doute. Il n'est pas revenu sur notre bagarre sur la glace, m'a à peine adressé quelques mots. Pas par dédain ou par sentiment de supériorité, je crois simplement qu'il voulait passer un moment avec ses amis. Je tente de me persuader que ça ne vient pas de moi, que ça aurait été exactement pareil avec n'importe qui d'autre, mais j'ai du mal à m'en convaincre.

Il se lève, nous l'imitons, et il demande au barman de mettre la note sur sa chambre avant de signer un reçu pour l'addition. Il enlace rapidement Blake et Carter, répétant combien il a été ravi qu'ils puissent passer un peu de temps ensemble, puis se tourne vers moi et me tend la main.

— Sans rancune ? demande-t-il tandis que je la serre dans la mienne.

Sa poigne est grande et chaude, ses doigts épais, et je ne peux m'empêcher de songer à ce que ça ferait de les sentir sur mon corps.

— Sans rancune. Mais sache que je n'ai pas dit mon dernier mot.

Il me fixe, un sourcil haussé, et se passe la langue sur ses lèvres. Seigneur, il faut qu'il arrête de faire des choses comme ça.

Je suis tellement focalisé sur sa bouche que c'est à peine si j'entends son éclat de rire avant qu'il ne me tire à lui et que je me retrouve plaqué contre son torse. Il me tapote le dos en riant, puis me relâche et tourne la tête vers Carter.

— Il me plaît bien, le rookie.

— Il te plaira moins quand il marquera plus que toi.

Mes joues s'empourprent à ce compliment. Il faut dire que j'ai démarré la NHL sur les chapeaux de roues, et je ne compte pas ménager mes efforts.

— Il peut toujours essayer.

Je suis à deux doigts de faire une remarque sur le fait que je suis là et qu'il peut s'adresser directement à moi, mais je suis trop occupé à essayer de rester de marbre face au fait que Farrow tient toujours ma main. L'a-t-il remarqué ? Le fait-il exprès ? Une manière supplémentaire de me déstabiliser ? Parce que ça fonctionne carrément.

Hélas, il finit par me libérer avec un «bonne nuit», disparaît par l'arche menant au hall de réception tandis que Blake, Carter et moi prenons la sortie donnant sur le trottoir.

— Notre Uber arrive dans deux minutes, prévient Blake, le nez fixé sur l'écran de son portable.

— Le mien ne va pas tarder non plus, dis-je, en faisant semblant de commander une voiture.

Les deux minutes qui s'écoulent me semblent soudain interminables et je suis soulagé en avisant la Mercedes s'arrêter devant nous. Après un dernier au revoir et un signe de la main, j'observe la voiture s'éloigner.

Durant quelques secondes, je reste sans bouger, l'esprit en ébullition, à peser le pour et le contre.

Est-ce une bonne idée ? Probablement pas.

Vais-je me faire virer ? Sans doute.

Suis-je prêt à prendre le risque ? Sacrée question.

Mais j'en crève d'envie. Je revois le sourire de Farrow, son regard incendiaire, sa main serrant la mienne un peu trop longtemps.

À vaincre sans péril, on triomphe sans gloire, pas vrai ?

Alors je crois qu'il est temps d'affronter ce foutu péril... et de voir si j'en ressors triomphant.

Glissant mon portable dans la poche de mon manteau, je reviens sur mes pas et passe la porte du bar.

Direction l'ascenseur.

Direction la chambre 1654.

Et advienne que pourra.

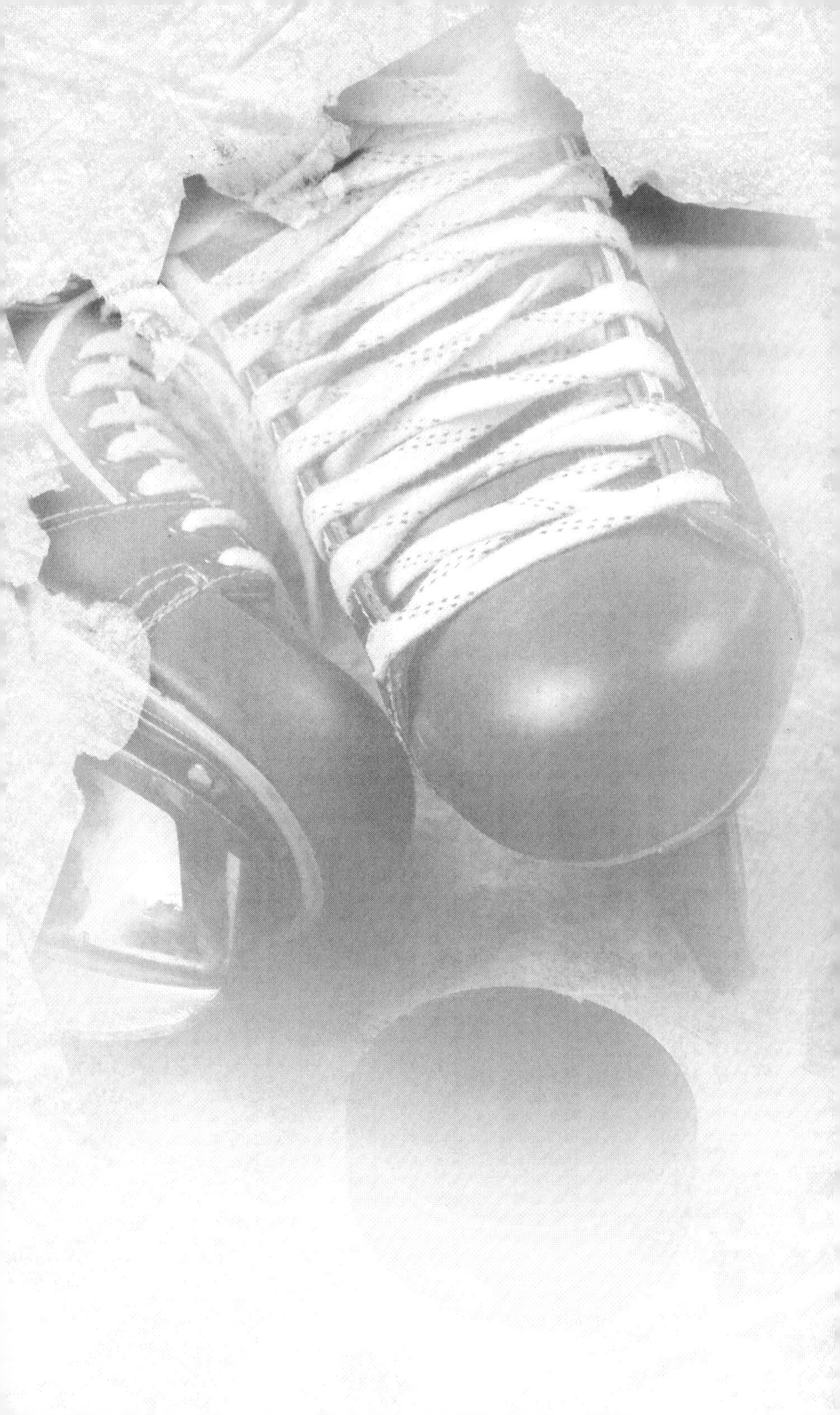

CHAPITRE 6
Farrow Lynch

J'ai l'impression que ma tête va éclater.

J'ai été bien trop stimulé aujourd'hui, et même si j'adore avoir l'occasion de passer un peu de temps avec Cake – un petit surnom que je leur ai donné –, je ne suis pas mécontent de retrouver le silence de ma chambre. Je sais pertinemment que je ne parviendrai pas à dormir tout de suite. Ça tombe bien, j'ai un nouveau bouquin à commencer. Il traîne dans ma PAL depuis des lustres, il est temps de l'en sortir.

Une fois changé et prêt à aller me pieuter, je fouille dans mon sac pour en sortir mon livre. J'adore bouquiner le soir avant de dormir, ça m'apaise, surtout après des journées telles que celle-ci.

J'attrape une bouteille d'eau et m'apprête à me couler sous la couette lorsque j'entends qu'on frappe à la porte. Je fronce les sourcils et avise l'heure sur le réveil de la table de nuit.

Peut-être quelqu'un qui s'est trompé de chambre ? C'est déjà arrivé. Poussant un soupir, je jette ma bouteille d'eau et mon livre sur le matelas et me dirige vers la porte.

Un coup d'œil à travers le judas et je découvre avec surprise qu'il s'agit de Kesler. Qu'est-ce qu'il fout ici ? Et comment connaît-il mon numéro de chambre ?

Je ne prends pas le temps de réfléchir à la réponse et ouvre. Il sursaute légèrement et ses yeux ne semblent pas vouloir se poser sur moi.

— Qu'est-ce que tu fous là ? demandé-je.

Il ouvre la bouche, la referme, puis se racle la gorge.

— Je…

C'est marrant de le voir aussi hésitant, de voir combien il est différent dans la vie et sur la glace. Ce soir, j'ai affronté un adversaire sûr de lui, de ses capacités, qui n'avait aucune intention de se laisser faire. À cet instant, je me retrouve face à un gamin qui semble mal à l'aise.

— Je peux entrer ?

Je pose mon épaule contre le chambranle de la porte et l'observe un long moment. Il se tord les doigts sous mon regard inquisiteur et un sourire étire mes lèvres. Il a l'air d'hésiter à prendre ses jambes à son cou.

— Pour quoi faire ?

Il hausse les épaules, et après avoir jeté un coup d'œil aux alentours, il darde son regard sur moi.

Puis il se mord les lèvres, prend une profonde inspiration et lâche :

— Je veux être le type dont tu as parlé tout à l'heure.

Si je m'étais tenu quelques centimètres plus loin, je ne l'aurais sans doute pas entendu.

— Quel mec ? demandé-je en fronçant les sourcils.

Je n'ai aucune idée de ce qu'il raconte.

Ses joues se colorent de rouge, mais soudain, ses yeux affichent une détermination que je ne lui avais pas encore vue en dehors de la patinoire.

— Celui qui se retrouve avec ta bite au fond de la gorge.

Je manque de m'étouffer avec ma salive et tousse pour cacher mon étranglement. Bordel, il a vraiment dit ça ? La bonne nouvelle c'est que ça répond à mon interrogation de plus tôt, quand j'ai surpris quelques regards intéressés. Malgré tout, je tente de la jouer cool, comme si j'entendais ça constamment... ce qui n'est pas loin d'être le cas. Je le fixe, mon amusement remplace ma stupéfaction en le voyant rougir de plus belle.

— Désolé, c'était un peu... heu... abrupt.

— En effet, mais c'était... mignon.

Ouep, mignon est un terme parfait pour le définir. Son air à la fois paumé et honteux, sa façon de se tordre les mains, de danser sur place comme s'il ne savait pas quoi faire de lui-même.

Je laisse Dean se remettre de ses émotions et le vois se perdre dans la contemplation de mon visage, puis je me redresse et recule en signe d'invitation.

La porte se referme derrière lui et nous nous toisons, l'air s'épaississant autour de nous.

Et maintenant? Je pourrais tout aussi bien baisser mon froc et lui ordonner de s'agenouiller, vu que c'est visiblement la raison de sa présence ici. Mais l'idée me fait grimacer. Tu parles d'un truc. Je préfère quand les choses se font naturellement... deux corps qui se rapprochent, une tension électrique qui nous enveloppe, des lèvres qui s'effleurent, des mains qui explorent... je me vois mal me foutre devant lui et lui assener un «suce ma queue». Pas comme ça, du moins.

En fait, je crois que Dean a besoin d'être guidé, et je suis carrément partant pour jouer ce rôle. Je le laisse se familiariser avec la chambre, prendre ses marques, essayer de se débarrasser de cette gêne tandis qu'il ôte son manteau qu'il pose sur le bras du fauteuil. Il pivote alors vers moi et demande :

— Alors... comment tu veux faire ça?

Je ris et tends la main, l'incitant à me rejoindre. Lorsqu'il la prend et que ses doigts s'entrelacent aux miens, je l'attire à moi, ne laissant que peu d'espace entre nous.

Mes doigts s'attardent sur son visage, jusqu'à son arcade que j'ai ouverte il y a quelques heures à peine. Je n'y suis pas allé de main morte, mais lui non plus, en atteste l'hématome sur ma mâchoire.

— C'était un sacré face-à-face, pas vrai? murmure Dean, comme s'il ne parvenait pas à rester silencieux, comme si cette quiétude l'angoissait.

Je souris, effleure sa joue, puis sa lèvre inférieure.

Qui aurait cru que cette soirée se terminerait ainsi ? Pas moi. Ce n'était pas dans mes plans, mais je ne vais pas me plaindre. Kesler est plutôt beau gosse et il a apparemment très envie de moi... suffisamment pour avoir pris la peine de mémoriser mon numéro de chambre, en tout cas.

— Tu aurais été déçu si je t'avais laissé tranquille, pas vrai ?

— Peut-être.

J'éclate d'un rire bref, remonte ma main le long de sa tempe jusqu'à ses cheveux dans lesquels je glisse mes doigts, les tirant légèrement.

— OK, ouais, j'aurais été déçu. J'avais envie que tu me remarques... et je suis content que tu l'aies fait.

— Pourquoi ?

— Parce que ça m'a donné l'impression d'être entré dans la cour des grands. D'être devenu quelqu'un.

— Tu n'as pas besoin que je me batte contre toi pour ça.

— Je n'en suis pas si sûr.

Je souris. J'aime sa fraîcheur, sa naïveté, son honnêteté.

— J'ai rêvé de cet instant toute ma vie, ajoute-t-il, puis il déglutit lorsque je comble la distance qui nous sépare, plaquant mon corps contre le sien.

— Lequel ? Ce moment-là, ou celui de tout à l'heure.

— Les deux.

Je hoche la tête. Je n'ai pas l'habitude de m'envoyer en l'air avec mes adversaires. En réalité, ce n'est jamais arrivé. J'ai toujours préféré garder ma vie intime et ma vie professionnelle sur deux plans distincts. Mais ce soir, alors que j'ancre mon regard dans celui de Dean, je n'arrête pas de me répéter *pourquoi pas ?*

Pourquoi ne pas partager un peu de bon temps avant que nos chemins ne se séparent ?

— Tu sais que ce sera juste ce soir, pas vrai ?

Je préfère mettre cartes sur table dès le début. Je devine que Dean n'a pas beaucoup d'expérience en matière de sexe sans attache, peut-être même de sexe tout court. Je le discerne à ses gestes hésitants, à la manière dont il paraît toujours un peu effrayé, un peu indécis.

— J'ai juste dit que je voulais te sucer, Lynch, pas t'épouser. Je ris et secoue la tête.

— Ouais, tu me plais vraiment beaucoup le rookie, déclaré-je, faisant écho à mes récentes paroles.

Il rougit à nouveau, son souffle se fait plus court, je peux le sentir contre mes lèvres. Nos doigts sont toujours entrelacés, mais son bras libre pend le long de son corps, comme s'il ne savait pas comment agir, comme s'il n'osait pas prendre d'initiative.

Je délace nos doigts et saisis le bas de son pull, le remontant lentement le long de son torse. Au fur et à mesure que sa peau nue s'offre à moi, je découvre quelques tatouages.

Hum… mon péché mignon. Et je ne suis pas au bout de mes surprises. Une fois son haut totalement retiré et abandonné sur le sol, je me rends compte que ses bras sont couverts d'encre, ainsi que ses reins.

Seigneur… il n'y a rien de plus bandant.

— Ça va ? souffle Dean.

— Tu es sacrément tatoué.

— Et toi, tu as un sacré sens de l'observation.

J'aime sa manière de me lancer des piques mine de rien, je trouve ça… mignon, encore une fois. Je ricane et effleure sa peau, retraçant quelques dessins, puis me penche pour aspirer un de ses tétons.

Il frissonne sous mes caresses, et je lèche son torse, remonte le long de sa mâchoire. Nos respirations erratiques se mêlent tandis que j'attrape sa taille pour le coller contre moi. Je commence à onduler légèrement, créant de la friction, attisant notre excitation.

— Et moi, j'ai le droit de te déshabiller aussi ? s'enquiert-il.

OK. Je fonds complètement. J'aime sa candeur, j'aime qu'il ne cache pas son hésitation, qu'il ne joue pas le mec sûr de lui alors que ce n'est pas le cas.

— Je t'en prie.

Mon autorisation le rend soudain téméraire et il se précipite sur mon tee-shirt avec tant d'entrain que ma tête reste coincée quand il essaie de me le retirer.

— Oh, pardon ! s'exclame-t-il.

Je ris et l'aide à se débarrasser de mon haut. Nos yeux se verrouillent à nouveau, et le brun des siens est plus intense, plus lumineux à chaque seconde qui passe.

Apparemment, me désaper l'a rendu impatient, parce qu'à peine ai-je eu le temps de laisser tomber mon tee-shirt sur la moquette de la chambre que les doigts de Dean se referment autour de ma queue un peu trop brusquement.

— Doucement, cow-boy, dis-je en riant toujours.

Il retire aussitôt sa main, mais j'agrippe son poignet pour qu'il recommence ses caresses.

— Je ne t'ai pas dit d'arrêter, je t'ai dit d'y aller doucement.

Il hoche la tête, son attention rivée sur les mouvements de sa main, l'air concentré, comme pour ne pas faire de conneries.

Et c'est bon. Ouais. C'est foutrement bon, de sentir la large main de Dean me branler. Je rue contre lui, lui intimant de continuer, ma verge gonflant sous mon pantalon, tout en laissant mes doigts vagabonder sur ses dessins encrés.

Les lèvres entrouvertes, Dean laisse échapper des petits soupirs d'excitation tout en continuant ses caresses.

— J'ai vraiment envie de te sucer, murmure-t-il. Promis, je suis doué pour ça.

— Je n'en doute pas.

— Et tu pourras même jouir sur mon visage… enfin si tu veux.

Seigneur. Ce type vient d'une autre planète, c'est certain. Qui ne le voudrait pas ?

— D'accord.

Un sourire timide étire ses lèvres, il est apparemment heureux de ma réponse.

Sans le lâcher, je le fais reculer jusqu'au bord du lit avant de le pousser juste assez fort pour qu'il se laisse tomber sur le matelas.

Son visage se retrouve au niveau de mon entrejambe, ce qui semble le satisfaire pleinement. Sans crier gare, il baisse mon pantalon de survêtement, faisant jaillir ma queue déjà en érection grâce à ses caresses. Je saisis la base, caressant sa joue de mon gland qui laisse une trace humide sur son visage. Puis je dévie le long de ses lèvres qui s'entrouvrent pour me laisser entrer. Je me glisse dans sa gorge, ressors, m'enfonce à nouveau. Les doigts de Dean agrippent mes fesses et il entreprend de me sucer avec force. Il m'avale profondément, des frissons se propagent le long de mon échine. Il me libère et un gémissement m'échappe. Il lèche toute ma longueur, créant des picotements le long de mon corps.

Il ne m'a pas menti, il est doué. Il m'aspire, me suce, alternant le rythme, ralentissant lorsqu'il devine que je suis sur le point de m'embraser. Il joue avec mon plaisir et je le laisse volontiers faire.

Nos regards enflammés se croisent furtivement avant que le désir fulgurant ne m'oblige à fermer les yeux. Je tente de me contrôler, refusant de jouir trop vite, souhaitant faire durer cet instant délicieux. Prenant de profondes inspirations, je finis par porter à nouveau mon attention sur lui. Ses lèvres sont luisantes, de la salive coule le long de son menton. C'est décadent et foutrement excitant.

— Caresse-toi, intimé-je en avisant l'érection qui tend le tissu de son pantalon.

Il ne se fait pas prier pour obéir. Quelques secondes plus tard, sa verge glisse dans son poing tandis qu'il aspire mes bourses.

Je grogne et attrape ses cheveux, rejetant la tête en arrière. Putain…

— Encore, haleté-je. Donne-moi ta main.

Il obéit, et je me penche pour attraper son poignet et lécher ses doigts. Je les suce comme il me suce moi, ce qui semble décupler notre plaisir à tous les deux.

— Baise-moi avec tes doigts, ordonné-je en relâchant son poignet.

Il est tellement perdu dans l'action qu'il met du temps à réagir. Heureusement, il se reprend vite, et quand son index effleure mon entrée, je me tends et pousse un râle qui se transforme en cri lorsque Dean glisse deux doigts en moi.

Putainnn !

L'orgasme ne met pas longtemps à m'envahir. Mes orteils se recroquevillent et des gémissements s'échappent de mes lèvres. Je laisse la vague m'emporter et au moment où je me sens partir j'attrape ma queue pour me libérer de la gorge de Dean.

Il rejette la tête en arrière, son regard enflammé se verrouillant au mien.

J'y lis le désir, le plaisir, l'envie, la satisfaction… et l'attente.

Je grimace lorsque après quelques va-et-vient sur mon membre, je jouis, me répandant sur le visage de Dean.

Mon sperme gicle sur ses joues, ses lèvres, son nez, et un tremblement s'empare de moi devant ce tableau d'un érotisme cru.

Mes jambes sont molles tout à coup, elles ont du mal à me porter, et je me laisse tomber sur le lit aux côtés de Dean, essoufflé, le cœur battant à tout rompre.

Lui ne bouge pas, me tournant le dos, me permettant de découvrir de nouveaux tatouages.

Le silence se fait de nouveau dans la chambre, et je sais que Dean va rapidement être à nouveau mal à l'aise.

— Kesler ?

Il tourne la tête vers moi, il n'a même pas pris la peine d'essuyer mon sperme.

— Viens là, dis-je en tendant la main.

Il hésite quelques secondes, mais finit par me rejoindre, hésitant.

— Besoin d'aide avec ça, peut-être ? m'enquiers-je en avisant son érection.

— Oh, heu…

Je ris et me redresse pour saisir sa nuque et l'attirer à moi.

— J'ai envie de t'embrasser, murmuré-je.

Mes paroles ont surtout pour but de le taquiner, mais je veux aussi m'assurer qu'il est OK avec ça. Si j'adore embrasser mes partenaires, ce n'est pas toujours réciproque. Certains trouvent qu'un baiser est trop intime lorsqu'il s'agit de sexe sans attache, et si je peux le concevoir, je serais déçu que Dean soit de ceux-là.

— Je n'en doute pas.

Je lève les yeux au ciel devant sa réponse, identique à la mienne quelques minutes plus tôt.

— Alors je vais le faire, si tu ne m'arrêtes pas.

— Je t'en prie.

Et son sourire satisfait est rapidement effacé par ma bouche qui percute la sienne avec force, m'arrachant un frisson. Nos lèvres glissent les unes contre les autres, des gouttes de mon sperme s'attardent sur ma langue.

Tenant fermement la nuque de Dean, je me rallonge sur le lit, l'emportant avec moi. Son corps recouvre le mien, sa queue s'enfonce dans mon ventre. Sans jamais cesser de rompre notre baiser, il se frotte contre moi, cherchant la libération, et je le laisse faire, ma main libre effleurant chaque parcelle de sa peau à disposition.

Putain, j'ai carrément bien fait d'inviter Kesler à entrer, finalement.

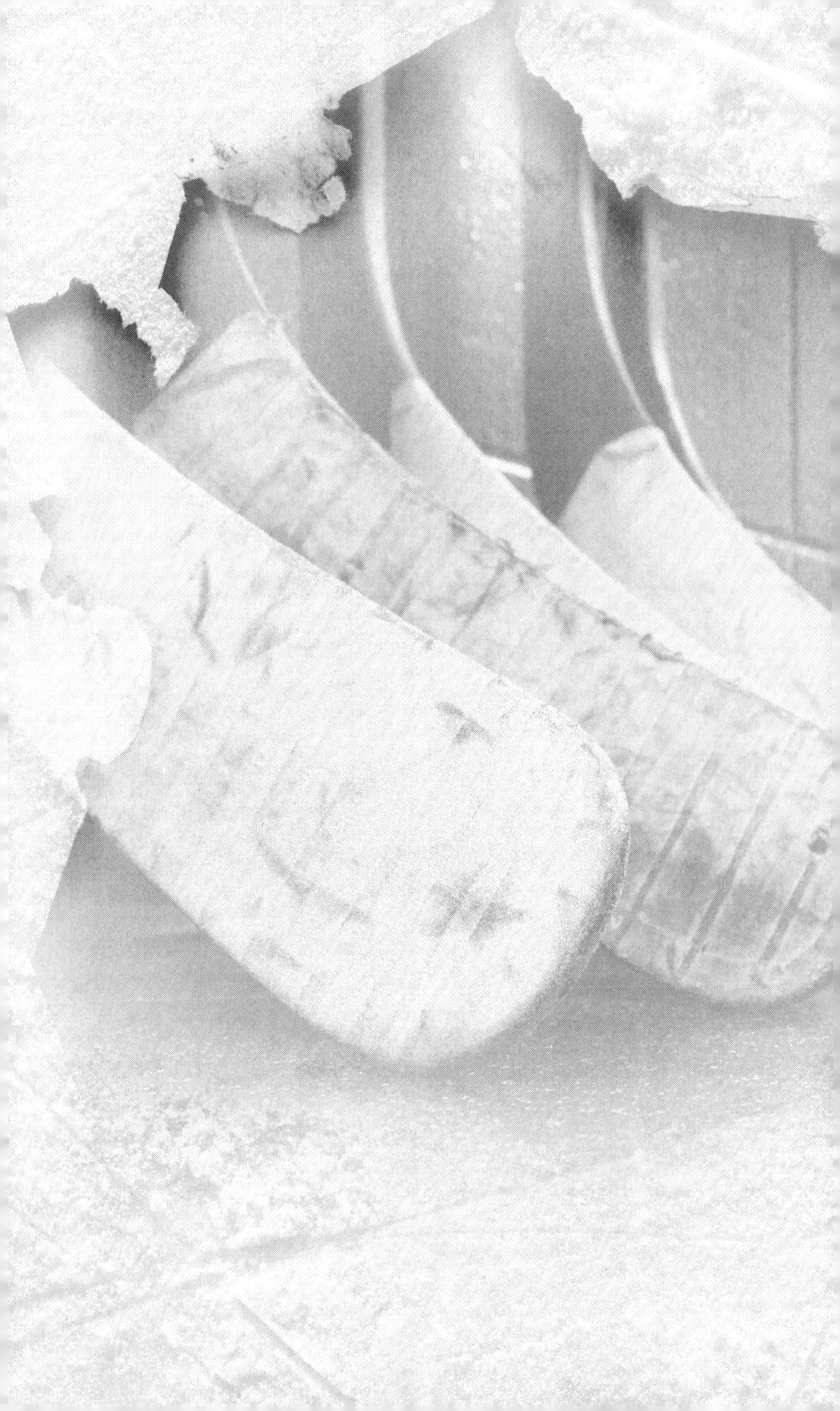

CHAPITRE 7
Dean Kesler

Mon cerveau a court-circuité, en fait, il a carrément fondu. Et le reste de mon être ne va pas tarder à suivre le même chemin… à moins que mon cœur n'éclate d'abord.

Farrow m'embrasse furieusement, comme si j'étais le mec le plus désirable et bandant au monde. Et l'espace de quelques minutes, j'ai envie de croire que c'est le cas. Je m'accroche de toutes mes forces à cette bulle de luxure qui nous entoure.

— Tu as une capote ? murmure-t-il entre deux baisers.

Je secoue la tête.

— Dommage, j'aurais adoré que tu me baises.

Oh, bon sang. Voilà que j'ai presque envie de courir à la réception de l'hôtel pour les supplier de me dépanner. Presque, parce qu'il est hors de question que je quitte Farrow. J'ai peur que tout ça ne soit qu'un mirage, qu'à la seconde où il sera hors de ma vue, tout disparaisse. Alors tant pis, de toute façon, je suis si excité que je ne suis même pas certain que j'aurais pu tenir jusqu'à m'enfoncer en lui. Cette simple idée me fait bander plus fort que jamais et je reprends les lèvres de Farrow dans un baiser affamé.

Mon torse plaqué contre le sien, sa bouche dévorant la mienne, j'ondule contre Farrow, cherchant la délivrance. Ma queue est si dure que je risque d'exploser à tout moment, et je dois me faire violence pour ne pas laisser l'orgasme m'emporter. Je veux faire durer ce moment, parce qu'une fois que ce sera terminé, il ne restera rien d'autre de cette soirée qu'un souvenir, qu'une scène que, je le sais, je rejouerai en boucle dans ma tête.

Mais pas maintenant. Maintenant, je veux prendre tout ce que Farrow est décidé à m'offrir. Ses râles et ses gémissements contre ma bouche, ses mains agrippant mon cul pour me plaquer plus fort contre lui, ses dents qui s'enfoncent dans ma lèvre avant de la sucer.

Nos soupirs résonnent dans la chambre d'hôtel, l'odeur de sueur, de sexe et de désir nous entoure tandis que nous glissons l'un contre l'autre.

J'ai l'impression que tous mes fantasmes ont pris vie. Que je me suis retrouvé au paradis, un paradis en train de prendre feu sous l'incendie dévastateur qui s'empare de moi.

Le nom de Farrow s'échappe de ma gorge telle une supplique alors que je continue de me frotter contre lui. Mes nerfs s'embrasent lorsqu'une vague de plaisir me percute. Mon esprit s'embrume, mes muscles se crispent et dans un cri, je jouis sur le corps de Farrow.

Bordel.

Il mord ma lèvre à nouveau tandis que je me répands sur sa peau. Puis, à bout de force, je me laisse tomber sur lui, haletant, mon cœur battant si fort qu'il résonne dans mes tempes.

Putain, putain, putain... Je me suis envoyé en l'air avec Farrow Lynch. J'ai toujours du mal à le croire.

Farrow Lynch.

Farrow.

Lynch.

Putain.

Mais ce qui me surprend le plus, c'est la manière dont il glisse ses doigts dans mes cheveux et commence à jouer avec. C'est étrangement... intime, et je déglutis pour chasser la boule qui menace de gonfler dans ma gorge. Je pourrais le laisser faire jusqu'à m'endormir, mais je crois qu'il ne serait pas d'accord. Alors, après avoir levé la tête pour l'embrasser rapidement, je roule sur le côté, m'allonge sur le matelas, et sens quelque chose s'écraser dans mon dos.

Oups. Je passe une main sous moi et attrape ce qui semble être un livre. Je le soulève et observe la couverture où s'affiche un type super bien gaulé avec un équipement de football avec pour titre *The quarterback*.

— Tu t'intéresses au football ? demandé-je.

— Juste dans les bouquins. En réalité, je déteste ce sport. Je trouve ça beaucoup trop chiant.

— Et de quoi il parle, ce bouquin ?

Il attrape le livre, le retourne et me le fout à nouveau dans les mains.

— Tu sais lire, pas vrai ?

Je lève les yeux au ciel, davantage agacé par son foutu sourire que par sa pique. Ce foutu sourire qui me tord les entrailles et me fait rougir. Mes joues me brûlent, et je porte mon attention sur le résumé.

— Et alors, il est bien ?

— Aucune idée, répond Farrow en haussant les épaules. J'allais commencer ma lecture quand un type est venu frapper à ma porte pour me dire qu'il voulait me sucer…

— Vraiment ? C'est sacrément audacieux.

Il rit et se penche vers moi pour m'embrasser. Ma surprise ne dure qu'un instant avant que je ne lui rende son baiser, un baiser empli de douceur et de tendresse qui me serre le cœur.

— Tu aurais pu lui dire de dégager, tu sais…, soufflé-je lorsqu'il recule pour me scruter.

— J'aurais pu oui… Mais je l'aurais regretté.

Je m'empourpre à nouveau et tourne la tête, incapable de soutenir son regard plus longtemps. Il le voit, évidemment, et saisit mon menton entre ses doigts pour m'obliger à river mes yeux aux siens.

— Apprends à accepter les compliments.

— C'est le cas.

— Pas vraiment. À chaque fois, tu deviens tout rouge et tu as l'air gêné.
— Désolé.
Il fronce les sourcils.
— Pourquoi ?
— Je ne sais pas...

Même si je peux deviner son agacement, son sourire est doux quand il finit par me libérer. Il se lève du lit, attrape la bouteille d'eau, en avale plusieurs gorgées avant de me la lancer. Il est debout face à moi et je ne peux m'empêcher de m'attarder sur les traces de sperme séché toujours visibles sur son ventre et son aine. Lorsqu'il se penche pour se débarrasser totalement de son pantalon, j'en profite pour admirer son corps, ses muscles saillants, ses cuisses puissantes, ses bras déliés. Il est tellement canon, putain. Et l'espace de quelques minutes, il a été entièrement à moi.

Nous nous fixons quelques instants sans parler, et lorsqu'il m'informe qu'il va prendre une douche, je devine que la soirée est terminée, qu'il attend que je profite de son absence pour disparaître.

C'est sans doute mieux comme ça. Pas d'au revoir embarrassant, pas de «à une prochaine fois», pas de mots dénués de sens pour combler le malaise qui ne manquera pas de s'installer entre nous. Je préfère que les choses se passent comme ça, que nos chemins se séparent de manière plus décontractée, même si j'aurais tout donné pour l'entendre me proposer de passer la nuit avec lui.

J'ai conscience que je rêve, que je ne devrais pas espérer.

Nous avons passé un moment incroyable, et il s'est achevé. Je devrais me sentir heureux d'avoir eu cette chance. De connaître les baisers de Farrow, de découvrir le goût de sa peau, d'entendre ses râles de plaisir.

Pourtant je ne peux m'empêcher de me sentir un peu dépité, un peu déprimé, lorsque la porte de la salle de bains se referme derrière lui, sonnant le glas de cette soirée, de ce que nous avons, l'espace d'un moment hors du temps, partagé.

Je pensais que notre défaite de ce soir m'empêcherait de dormir.

Je pensais que j'allais passer la nuit à rejouer le match, à revoir nos erreurs pour ne pas les commettre à nouveau.

Je pensais que mon cerveau serait trop en ébullition pour trouver le repos, que je tournerais dans mon lit, repensant à chacune de mes actions, jurant contre moi-même pour toutes les fois où j'ai merdé.

Bref, je pensais que ce serait une nuit d'après-match comme les autres.

Mais alors que je me glisse sous la couette dans le silence de mon appartement, ce n'est rien de tout ça qui envahit mon esprit.

Ce ne sont ni les fautes, ni les remontrances du coach, ni les erreurs que j'aurais pu éviter.

Ma tête est emplie de ce putain de Farrow Lynch. De son sourire, de son rire, de ses cris de jouissance.

Si Farrow a été tout ce que je m'attendais à ce qu'il soit : brutal, passionné, sensuel, il a également été tout ce que je ne m'attendais pas à ce qu'il soit : doux, tendre, attentionné.

Je ne sais pas trop ce que j'espérais en frappant à sa porte, mais j'étais loin d'imaginer cette douleur lorsque je l'ai refermée sur notre soirée.

Alors, si je ne parviens pas à trouver le sommeil, ce n'est pas uniquement parce que la réalité a dépassé la fiction, c'est aussi parce que je sais que cette réalité ne se reproduira plus jamais.

Et je ne peux m'empêcher d'en avoir le cœur un peu trop serré.

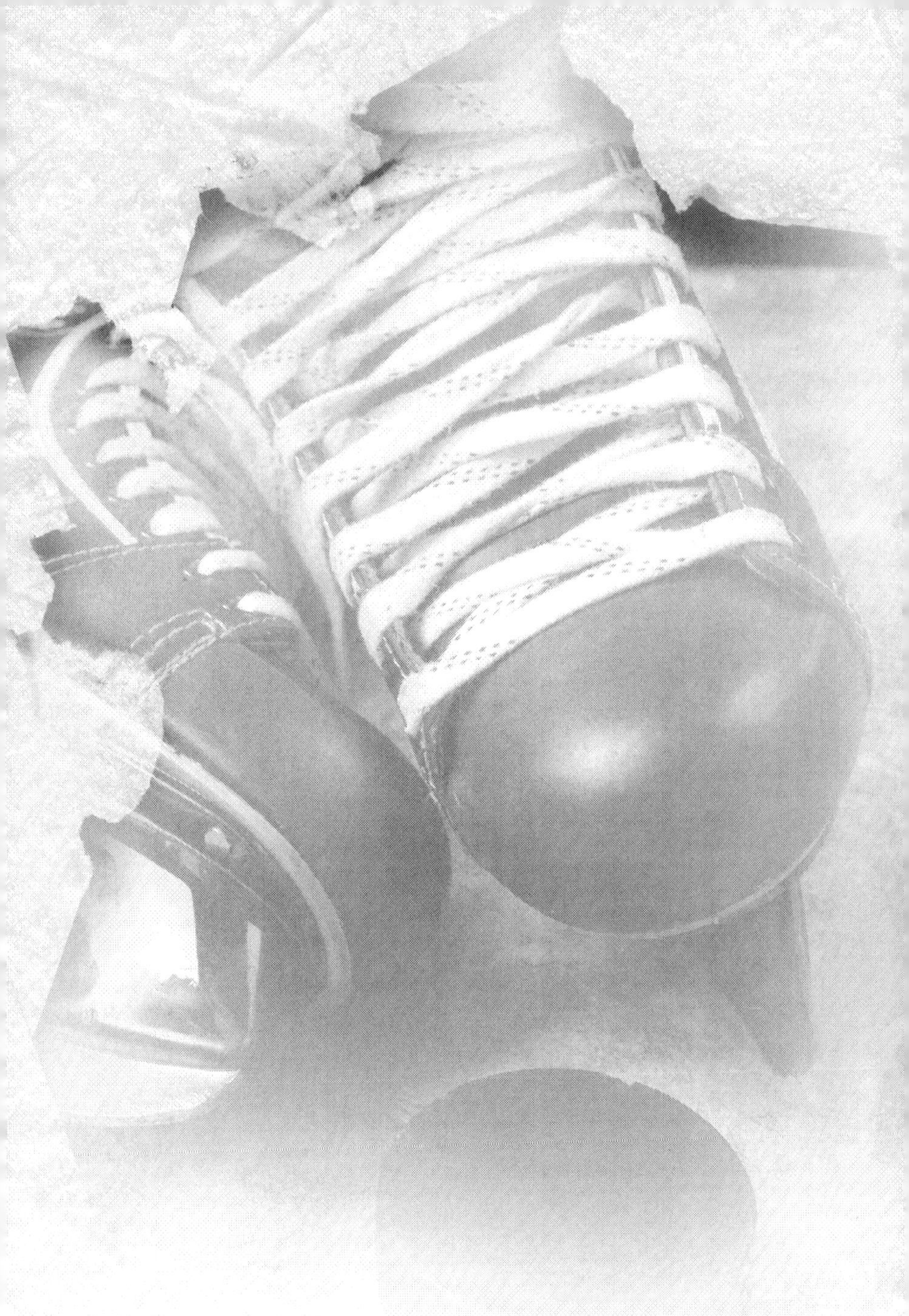

CHAPITRE 8
Farrow Lynch

Avril

La plupart des gens détestent la pluie, ça les rend moroses. Pas moi, surtout quand je suis chez moi, installé devant ma cheminée, à bouquiner. C'est un moment bien trop rare dont je profite à fond. Rien ne vaut le bonheur d'être chez soi. Même si j'adore bouger, voyager, parfois, j'ai besoin de retrouver mes repères, de me retrancher dans mon antre, de rester seul.

Aucun hôtel au monde ne vaut le confort de dormir dans son propre lit.

Être chez moi me manque souvent, même si je ne suis pas du genre à cracher dans la soupe. J'ai conscience que nombreux sont ceux qui tueraient pour être à ma place, et je ne l'échangerais pour rien au monde.

Pourtant, je dois avouer qu'être constamment en déplacement est crevant. Ma vie est faite d'entraînements, de trajets en bus ou en avion, de sacs à faire et défaire sans cesse. Je félicite les joueurs qui parviennent à mener une vie de couple épanouie malgré tout. C'est un boulot monstre d'entretenir la flamme lorsque deux personnes passent la plupart de leur quotidien loin l'un de l'autre. Les appels téléphoniques et les FaceTime ne remplaceront jamais la présence en chair et en os de qui que ce soit. Raison pour laquelle je ne cherche même pas à essayer. Trop d'efforts pour risquer que tout finisse par partir en fumée. L'amour, je le vis à travers les romances que je lis, ces histoires qui se terminent bien, où tous les drames, les disputes, les quiproquos finissent en *happy ending*. Je souris en tournant la page que je viens de finir, impatient de savoir ce qui va advenir des deux personnages. Ils sont actuellement dans une mauvaise passe, ça ne me plaît pas des masses, et je lis avec avidité, souhaitant parvenir au chapitre où tout s'arrange, avant d'aller me coucher.

Malgré tout, mes paupières commencent à papillonner. Le crépitement des flammes, la chaleur de la pièce me plongent dans une agréable torpeur. Après quelques minutes à lutter pour garder les yeux ouverts, je m'avoue vaincu et glisse mon marque-page avant de déposer le livre sur la table basse. Tant pis, l'instant des retrouvailles attendra, mon lit m'appelle avec trop de force pour que je lui résiste.

Moins de dix minutes plus tard, je me coule sous les draps, attrape mon téléphone pour fermer tous les stores et enclencher le système d'alarme, m'allonge sur le ventre et enfonce ma tête dans l'oreiller.

Quelques instants suffisent pour que Morphée m'entoure de ses bras, me plongeant dans un sommeil sans rêves.

♛

Les trajets se succèdent.
Les matchs s'enchaînent.
Les victoires également.
Winnipeg, Minnesota, St Louis, Dallas...
Quatre équipes en une semaine.
D'un hôtel à l'autre, d'une rencontre à l'autre.
Nous sommes détestés, hués, partout où nous mettons les pieds. Je sais que certains de mes coéquipiers n'apprécient pas, pour moi, c'est l'inverse. Cette hostilité me pousse à jouer avec

bien plus de ferveur, à me battre avec bien plus de hargne. Métaphoriquement comme littéralement. Certains de mes adversaires me le rendent bien, et je sens encore les tensions dans mon épaule après m'être fait plaquer violemment par un joueur de Dallas.

Travis m'observe, un sourire au coin des lèvres, tandis que je sors de la pièce où ma chiro vient de me masser pendant plusieurs minutes.

— Tu passes tellement de temps avec Olly que je pourrais presque croire que tu fais exprès de te blesser pour qu'elle te tripote.

Il plaisante, évidemment, il sait qu'Olly ne m'intéresse pas. Ni aucun membre de la gent féminine d'ailleurs, mais Travis a un faible pour notre chiropraticienne, bien qu'il sache pertinemment qu'elle est hors limite. Les relations intimes entre les membres de l'équipe des Kings sont interdites. Ce n'est inscrit nulle part, évidemment, mais c'est une règle tacite. Si l'on veut assurer une parfaite cohésion, mieux vaut ne pas mêler les histoires de cul à tout ça.

— Je peux t'abîmer pendant le prochain entraînement si tu cherches une excuse pour aller la consulter, répliqué-je.

Travis éclate de rire en secouant la tête.

— Non merci, je préfère rester entier. Mais ta proposition me va droit au cœur.

— Quand tu veux mon pote, les amis, c'est fait pour ça.

Certains de nos fans nous attendent à la sortie de l'aréna. Comme toutes les équipes, nous avons nos irréductibles, ceux capables de traverser le pays pour nous voir jouer, mais également ceux qui nous supportent, bien qu'ils ne viennent pas de notre ville. Nous signons quelques maillots, prenons quelques photos, échangeons quelques mots. J'aime ces moments privilégiés, et je fais en sorte de toujours prendre du temps pour le public. Je n'oublie pas que c'est en grande partie grâce à eux que je peux exercer ma passion, que je gagne autant de fric, aussi, et je trouverais ça foutrement ingrat de ne pas leur rendre au moins un millième de ce qu'ils nous offrent.

Une fois installé dans le bus nous ramenant à l'hôtel, je récupère mon portable pour mater le score du match des Renegades.

Ils jouaient en Arizona ce soir, et je souris en constatant qu'ils ont gagné 3-2… avec un but de Carter, évidemment. Je suis certain que s'il continue comme ça, il parviendra à voler la place de Jagr sur la troisième marche du podium du nombre de buts marqués pendant sa carrière. Et il lui reste encore de belles années devant lui pour y parvenir.

Je m'installe confortablement sur mon siège, enfile mon casque et lance une vidéo des meilleurs moments du match des Renegades. Je sais que de son côté, Carter va faire exactement la même chose. C'est une habitude ancrée en nous depuis qu'il a quitté les Kings. Nous suivons la carrière de l'autre avec beaucoup d'attention, et secrètement, je rêve de le voir jouer à nouveau à mes côtés au sein de la ligue.

J'observe l'écran de mon portable, concentré sur les temps forts, sifflant en découvrant l'enchaînement parfait entre Banes, Johnson et Kesler. Cette cohésion, c'est sacrément beau à voir, tout comme le but dément de Carter. Je me repasse ce morceau de vidéo, dans le but de m'arrêter sur Kesler, cette fois. Comme à chacune de ses apparitions à l'écran, je ne peux m'empêcher de me souvenir de la soirée que nous avons passée ensemble. Ce mélange d'excitation, de timidité, ses joues rosies, ses paroles sans filtre. Je souris en songeant à la manière dont il m'a annoncé ce qu'il attendait de moi. Je revois ses yeux se voiler sous l'orgasme qui l'a envahi.

Je pousse un soupir et cligne des paupières pour me concentrer à nouveau sur la vidéo. Je ne devrais même pas penser à ça, ce n'est pas comme si quoi que ce soit allait se reproduire. Je l'ai bien prévenu que c'était l'histoire d'une soirée, que nous n'étions pas voués à recommencer.

En théorie.

Parce qu'en pratique, je ne suis pas certain de résister à un deuxième round lors de notre prochaine rencontre. Soit, dans un peu plus d'un mois, si tout va bien : si aucun de nous n'est blessé, si Kesler n'est pas rétrogradé – ce qui me semble improbable, vu ses stats –, si je ne me fais pas virer pour une baston de trop.

Alors ouais, il y a tout un tas de paramètres à prendre en compte, de mon côté comme du sien. D'autant que me perdre dans une étreinte avec lui une seconde fois soit contre mon code moral : pas deux fois le même mec. Cela dit, j'aurais vraiment aimé qu'il me baise. S'il accepte, j'estime que coucher avec lui ne serait qu'une demi-entorse faite à ma règle tacite du coup d'un soir, ce sera comme une suite, une fin, à quelque chose qui avait foutrement bien commencé.

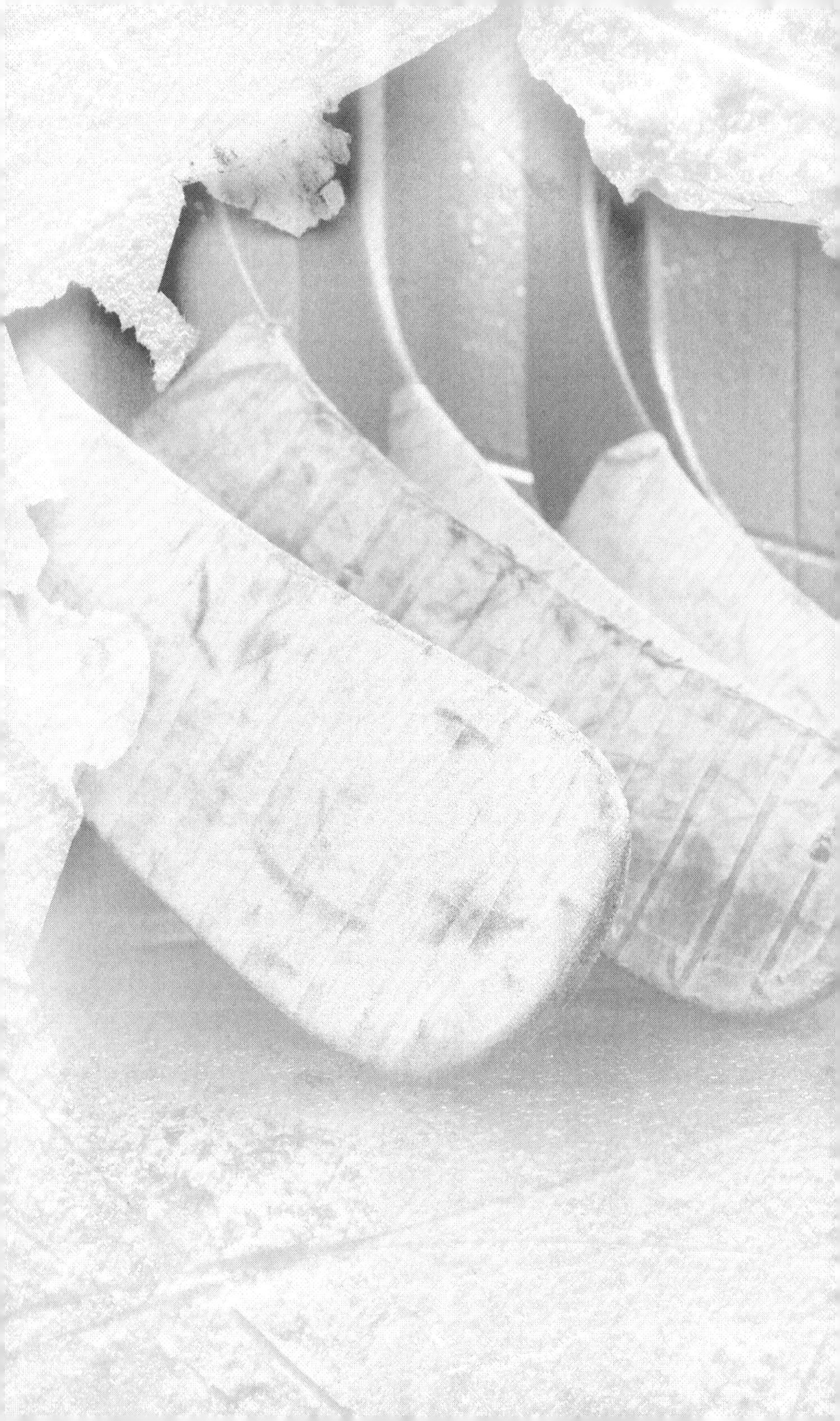

CHAPITRE 9
Dean Kesler

Je ne devrais pas me sentir aussi nerveux à l'idée du match de ce soir. Je commence à prendre mes marques au sein de cette nouvelle équipe, je me suis lié d'amitié avec mes coéquipiers. Sur la glace, je me donne toujours à fond, souhaitant montrer qu'ils ont eu raison de m'offrir ma chance. Mes stats parlent pour moi, les articles qui me concernent sont élogieux, je n'ai commis quasi aucun faux pas.

Sauf que ce soir, nous n'affrontons pas seulement l'équipe numéro un au classement toutes conférences confondues.

Ce soir, nous ne jouons pas uniquement contre les Kings, indétrônables depuis le début de la saison.

Non.

Ce soir, je retrouve Farrow.

La dernière fois que je l'ai vu, il laissait la porte de la salle de bains de sa chambre d'hôtel se refermer sur lui.

Je sais qu'il est passé à autre chose depuis : parce que oui, j'ai fouillé, évidemment. J'ai parcouru des sites à la recherche d'infos, j'ai appris qu'il avait été vu passant un bon moment avec un acteur connu.

Je ne devrais pas être aussi nerveux à l'idée de l'affronter à nouveau.

« Tu sais que ce sera juste ce soir, pas vrai ? »

Il m'a prévenu. Et même si j'ai accepté ce fait, mon esprit, lui, n'a pu s'empêcher de créer divers scénarios torrides de nos retrouvailles. J'ai conscience de mon ridicule, de cette lueur d'espoir, mais je ne parviens pas à la refouler.

Mais ça ne m'empêchera pas de jouer.

Et de gagner.

À bien y penser, j'ai hâte de me retrouver sur la glace avec lui, parce qu'alors, toute pensée parasite disparaîtra pour ne laisser que ma rage de vaincre.

En attendant l'arrivée de notre coach pour son discours d'avant-match, je me tourne vers Carter. Il est en train d'enrouler du *tape* autour de sa crosse et semble concentré sur sa tâche.

— Ça ne te fait pas bizarre de jouer contre ton meilleur pote ?

Je sais que c'est le lot de pas mal de joueurs, même si la plupart du temps, les amitiés ne durent que le temps d'une équipe et sont remplacées par d'autres lorsque l'on est *tradé*. Mais Farrow et Carter ont survécu au changement d'équipe, à l'esprit de compétition, au besoin de surpasser l'autre. C'est assez admirable.

— Honnêtement ? Non. Au contraire, ça me donne encore plus envie de me dépasser.

Je hoche la tête, comprenant où il veut en venir.

— Et de faire fermer la gueule de cet enfoiré, ajoute-t-il en riant.

Peut-on entretenir une amitié saine avec un esprit de compétition aussi exacerbé ? J'aurais envie de répondre non, mais ça paraît fonctionner pour eux.

Je réfléchis toujours à la question lorsque le coach fait irruption dans les vestiaires.

Sur l'écran derrière lui est affiché le visage des arbitres, les points sur lesquels se focaliser, la formation de notre équipe ainsi que celle des Kings.

Mon regard s'attarde sur le nom de Farrow, et un frisson parcourt mon échine.

Parce que, bien que je sois fébrile à l'idée de croiser son regard, j'ai encore plus hâte de lui montrer de quel bois je me chauffe, et lui prouver que je suis plus que prêt à aider mon équipe à gagner.

Les instructions du coach me poussent à reporter mon attention vers lui.

— Cette équipe va nous donner du fil à retordre. On va devoir se battre dès le début. Ne lâchez rien. Et Kesler, essaie de ne pas finir la gueule en sang, cette fois.

Haha, très marrant.

Je grimace aux mots du coach tandis que je reçois un coup de coude de la part de Carter.

— Tu sais que Lynch va s'en prendre à toi, pas vrai ? Tu es sa nouvelle cible.

Génial, je suis ravi, vraiment. Si on doit lutter l'un contre l'autre, je préférerais qu'on fasse ça à poil, et dans un lit.

— Bon match, messieurs, déclare le coach.

Nous répondons par un cri collectif, puis nous nous levons, prêts pour cette rencontre.

Que le meilleur gagne, et j'espère que ce sera nous.

♛

La première période est violente, sans concession. J'ai déjà pris deux minutes de pénalités, tout comme deux autres des joueurs des Kings. La bonne nouvelle, c'est que Farrow n'a pas encore cherché à m'asticoter.

Nous nous sommes heurtés plusieurs fois sur la glace, à en faire trembler le plexiglas, mais j'ai eu l'impression que je n'étais qu'un adversaire comme les autres, pas un type qui a eu sa queue dans sa bouche la dernière fois qu'on s'est vus.

Au temps pour la disparition de mes pensées parasites…

Je ne me laisse cependant pas distraire, j'y vais à fond. Je me concentre sur la victoire.

Lorsque Carter me fait une passe, je n'hésite pas avant de balancer le palet dans la cage. Je prends une fraction de seconde pour viser, pousse un cri lorsque le gardien ne parvient pas à arrêter mon tir. Mes coéquipiers me sautent dessus et le public hurle mon nom.

Je souris et rejoins le banc, sous les félicitations des autres joueurs et de l'équipe d'encadrement.

Peut-être que c'est ce dont j'avais besoin : marquer. Pour me donner confiance, pour me motiver.

Parce qu'à partir de ce moment-là, j'ai l'impression de devenir inarrêtable.

À la moitié de la deuxième période, Farrow et moi en venons finalement aux mains. Il a cherché à défendre son coéquipier que j'ai violemment percuté, et nous nous retrouvons à tenter de nous cogner. J'empoigne son maillot, son casque tombe, il tente de m'en coller une. Les arbitres tournent autour de nous et je le repousse avec tant de force qu'il perd l'équilibre.

Nous sommes rapidement séparés, et après décision de l'arbitrage, nous nous dirigeons tous les deux dans notre prison respective.

Juste avant que nous ne franchissions la porte vitrée, nous nous tournons l'un vers l'autre, et Farrow me lance un clin d'œil.

Quel putain d'enfoiré.

♛

Lorsque la sonnerie de fin de match retentit, toute l'aréna est en transe.

Nous avons gagné.

4-3.

Nous avons eu chaud au cul, mais nous avons réussi à battre les Kings.

Tout le monde s'étreint sur la glace, des félicitations fusent dans tous les sens. J'ai toujours du mal à y croire, et cette victoire me donne tellement de baume au cœur que je pourrais chialer. Une partie du public siffle, applaudit, certains gosses tapent sur la vitre, tenant des pancartes avec nos noms. Je souris, heureux.

Gagner à l'extérieur, alors que nos fans ont pris la peine de faire le déplacement, c'est ce que je préfère. Je peux sentir leur fierté, elle résonne jusqu'au fond de mes tripes et fait battre mon cœur un peu plus fort. Je profite à fond de cet instant, de cette sensation de chaleur qui s'empare de moi, de cette ferveur qu'ils nous offrent.

Certains joueurs sont peut-être blasés depuis le temps, mais ce n'est pas mon cas. Et j'espère ne jamais le devenir. J'espère toujours éprouver de la reconnaissance pour ces supporters qui nous acclament, qui nous poussent toujours plus haut, toujours plus loin.

Mes os continuent à vibrer lorsque je regagne les vestiaires. Notre coach nous félicite, il a un mot pour chacun de nous.

— Vous avez bien mérité votre journée de repos demain ! Encore bravo, vous avez assuré.

Je suis toujours sur mon petit nuage quand je sors de la douche. Alors que je vais récupérer mes affaires, j'avise Carter qui pianote sur son téléphone.

— On va boire un verre avec Lynch, tu nous accompagnes ?

Cette question suffit à me faire redescendre de mon nuage.

Je remarque que je suis le seul à qui il fait cette proposition. La première fois, j'ai cru qu'il avait agi par sympathie, parce que j'étais le petit nouveau de l'équipe et qu'il avait envie de m'intégrer, de me mettre à l'aise. Ce soir, je me demande s'il le fait parce qu'il apprécie sincèrement ma compagnie – alors qu'on passe quasiment notre vie ensemble – ou si…

Nope. Ne t'engage pas sur ce terrain-là.

Ouais, sauf que ma bouche a décidé d'ignorer mon cerveau.

— Je crois qu'il m'a suffisamment vu pour la soirée, et toi aussi, déclaré-je sur le ton de la plaisanterie.

— Pourtant, ça s'est bien passé entre vous la dernière fois. Je suis sûr que ça ne le dérangera pas.

Oh ? Oh.

J'espère que ma déception n'est pas visible sur mon visage. La vérité c'est que ce n'est pas la réponse que j'attendais. En fait, j'espérais un « au contraire, c'est lui qui l'a proposé. »

« *Tu sais que ce sera juste ce soir, pas vrai ?* »

Soudain, les mots de Farrow se rappellent à moi, et je n'aurais jamais cru qu'ils seraient aussi… désagréables, à se remémorer.

— C'est gentil, finis-je par répondre. Mais je crois que je vais aller me pieuter, je suis crevé.

Ouais, c'est la meilleure chose à faire. De cette façon, je pourrai me lever tôt et profiter de mon jour de repos pour flâner dans Manhattan.

Il n'insiste pas, se contente de hausser les épaules.

— Comme tu veux.

Quelques minutes plus tard, nous grimpons dans le bus qui nous ramène à l'hôtel. Certains comptent sortir faire la fête, et là encore, on me propose de me joindre à la troupe, mais ce serait étrange que je refuse une invitation pour en accepter une autre. Quoi qu'il en soit, passer une soirée tranquille ne me fera pas de mal.

Tout le monde se disperse lorsque le bus se gare devant les portes d'entrée, et je ne perds pas de temps pour traverser le hall et rejoindre l'ascenseur.

La chambre est spacieuse et offre tout le confort qu'on attend d'un établissement de luxe. Après avoir allumé la télé, m'être attardé quelque temps sur ESPN, avoir zappé sur toutes les chaînes, n'avoir rien trouvé de bien folichon, j'abandonne et décide de me faire couler un bain.

Rien de mieux pour me relaxer, et faire le vide dans mon esprit.

Dès qu'il est prêt, je me glisse entre les bulles et m'allonge en poussant un soupir de bien-être.

Je lance une playlist sur mon portable, ferme les yeux, et laisse le néant m'emporter.

J'ignore combien de temps je reste ainsi, mais l'eau est en train de tiédir lorsque la notification d'un message se fait entendre.

Je fronce les sourcils, m'essuie les mains sur une serviette et récupère mon portable.

Sur mon écran, un numéro inconnu s'affiche.

J'ouvre le message pour lire les trois mots inscrits : *numéro de chambre ?*

Mon cœur s'arrête de battre l'espace d'une seconde ou deux.

Ça ne peut pas être lui.

« Tu sais que ce sera juste ce soir, pas vrai ? »

Et pourtant, il est la seule personne susceptible de m'envoyer un tel message.

Je me mords les lèvres, me demandant si c'est une bonne idée.

Sans doute pas, clairement. Mais encore une fois, mon bon sens est vite oublié face à l'espoir de retrouver Farrow.

Après quelques secondes d'hésitation, je prends une profonde inspiration. Et réponds.

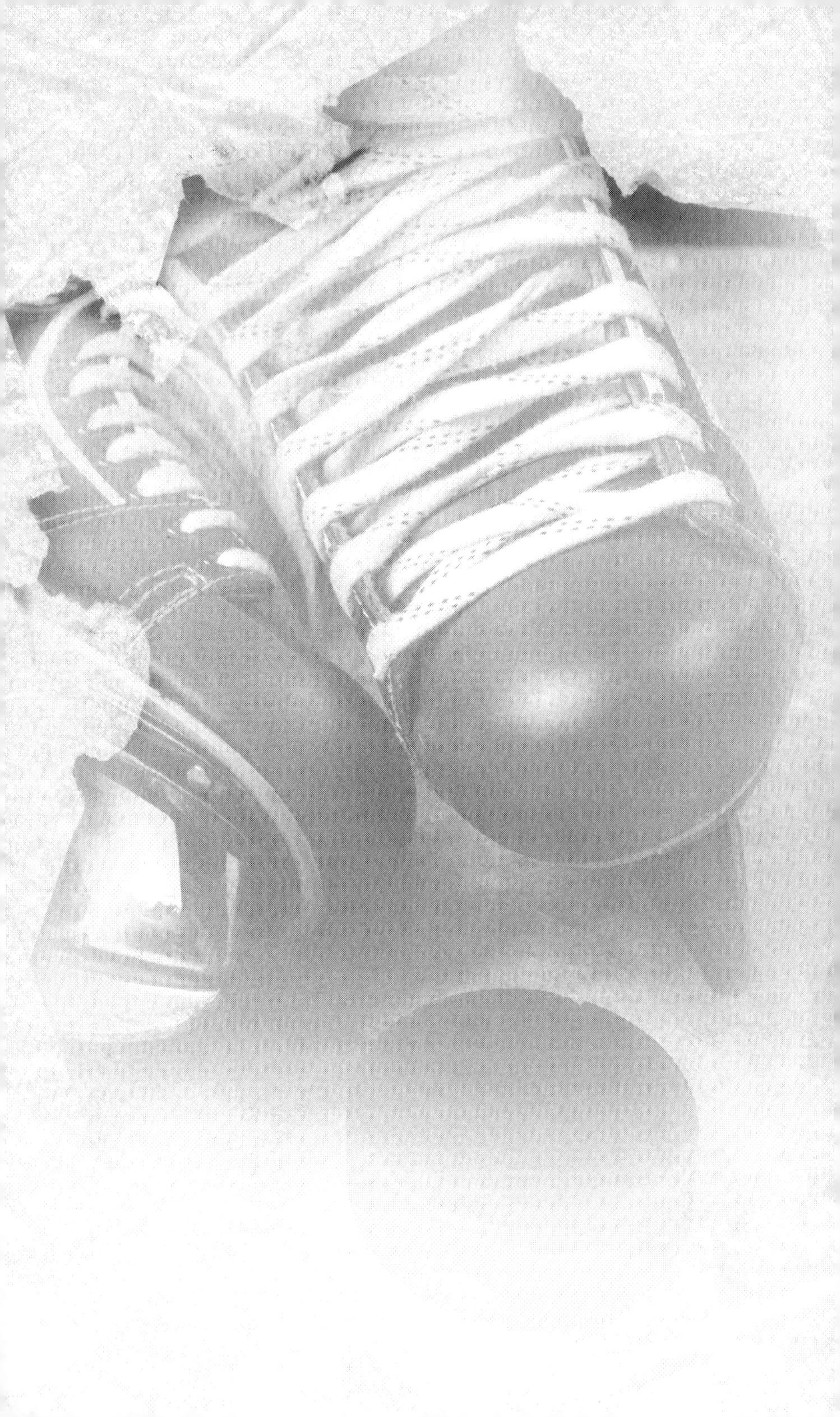

CHAPITRE 10
Farrow Lynch

Honnêtement, j'étais cent pour cent certain que Dean répondrait. Je sais à quel point il a aimé notre petit interlude la dernière fois.

OK. Quatre-vingt-dix-huit pour cent. Parce qu'il restait toujours une infime possibilité qu'il m'ignore, et que je ne voulais pas me montrer trop présomptueux.

J'aurais dû, parce que sa réponse a été quasi instantanée, comme s'il avait passé sa soirée avec son portable à la main dans l'espoir d'avoir de mes nouvelles.

Pourtant, il ne nous a pas rejoints, mes potes et moi, c'était un peu… décevant, pour être franc.

Mais tout est bien qui finit bien, pas vrai ?

Il crève d'envie de me voir, en attestent les quatre chiffres affichés sur mon écran. Si ça n'avait pas été le cas, il m'aurait offert une autre réponse, ou pas de réponse du tout.

— Les gars, je dois y aller, déclaré-je en me levant et en attrapant mon blouson sur le dossier de la chaise.

— Tu as besoin de rester un peu seul pour pleurer ta défaite ? se moque Carter.

Je lui réponds par un doigt d'honneur tout en enfilant mon blouson.

— Moi, je parie plus sur un plan de dernière minute, ajoute Blake.

Enfin un qui me connaît bien.

— C'est vrai qu'abandonner tes potes sur le bord de la route pour un cul, c'est du Lynch tout craché.

Je lève les yeux au ciel, même si je sais qu'il dit ça uniquement pour me faire chier.

Ce n'est pas comme si j'avais envoyé un message à Dean en plein milieu de notre soirée. Non, j'ai attendu le dernier verre, quand il a été clair qu'il serait bientôt l'heure de nous séparer.

— Mais certains culs en valent carrément la peine, rétorqué-je.

C'est tout à fait le cas pour celui de Dean.

Une bonne raison pour trinquer alors que je suis déjà debout, et je termine ma bière d'un trait.

Même si je ne paie pas l'addition – bien que j'aurais été plus que ravi de le faire, parce que ça aurait signifié que mon équipe aurait remporté le match –, je dépose un billet sur la table en guise de pourboire. Après un rapide au revoir aux tourtereaux, je quitte le bar lambrissé à l'ambiance tamisée pour me diriger vers les ascenseurs situés au fond de l'immense hall de l'hôtel.

Quelques membres de l'équipe des Renegades me font signe en me voyant passer, mais je ne m'attarde pas. Sans doute se demandent-ils ce que je fabrique à errer dans leur hôtel à une heure aussi tardive, mais j'espère qu'ils ne se poseront pas trop de questions. Je sais que Dean n'est pas *out*, et ça m'ennuierait que quelqu'un découvre qu'il se tape des mecs – même s'il devrait être fier de se taper un mec tel que moi – avant qu'il ait pris lui-même la décision.

Je m'engouffre dans l'ascenseur et observe les numéros des étages défiler. Arrivé au onzième, je remonte le couloir jusqu'à la chambre de Dean.

Sans attendre, je frappe à la porte, souriant lorsqu'elle s'ouvre dans la seconde suivante.

— Ça fait combien de temps que tu m'attends derrière ? demandé-je.

Il rougit, et bon sang, j'aime toujours autant ça. Cela dit, je n'ai pas vraiment l'occasion de m'attarder sur ses traits, parce que mon regard est aussitôt accaparé par les tatouages qui ornent son torse et ses bras. Vraiment, je crois que j'ai un réel fétichisme pour les types tatoués.

— Je devrais engueuler Carter pour t'avoir filé mon numéro, déclare-t-il alors que je m'appuie contre le cadre de la porte pour le mater tout mon saoul.

Bien que je sois pressé de le sentir onduler contre moi, j'aime aussi faire monter la pression, prolonger l'attente, faire grimper le désir jusqu'à ce qu'il devienne insupportable.

Je souris et secoue la tête.

— Tu aurais préféré qu'il ne le fasse pas ?

— Peut-être.

— Tu n'étais pas obligé de répondre. Ou tu aurais pu m'envoyer bouler. Tu ne l'as pas fait.

— En effet. Tu as déjà souffert d'une défaite ce soir, je ne suis pas suffisamment cruel pour enfoncer le couteau dans la plaie.

Mon rictus s'étire. Voilà ce qui me plaît chez Dean, ce mélange de timidité et de répondant. Ses joues sont toujours un peu roses, comme s'il était gêné de me balancer des piques, mais qu'il ne pouvait s'en empêcher.

— C'est si charitable de ta part, grincé-je.

Il me scrute d'un air amusé, et vraiment, je pourrais bouffer son sourire en coin.

— Et sinon, tu comptes passer ta soirée sur le seuil ? Tu testes la solidité du chambranle ?

Je ris et fais un pas à l'intérieur.

— Tu as autre chose à me proposer ?

Nos regards s'accrochent, et je jurerais presque avoir vu des flammes s'allumer dans ses yeux.

Ouais, il espérait que je me pointerais.

— Et toi ? réplique-t-il. Pourquoi est-ce que tu es là ?

— C'est une question rhétorique ?

Parce que nous savons exactement pour quelle raison nous sommes ici tous les deux, à nous dévorer du regard, attendant que l'autre craque en premier. J'aurais aimé attendre que ce soit lui, mais, putain, je rêve de capturer ses lèvres à nouveau depuis des semaines, et je n'ai plus envie de patienter plus longuement.

J'avance d'un autre pas et ferme la porte d'un coup de pied.

— Peut-être pour tester la solidité du lit.

Et sans attendre, je l'attrape par la nuque et plaque fermement ma bouche contre la sienne.

J'ai souvent repensé au goût de ses lèvres, bien plus que la raison ne le permettait, mais putain, j'avais oublié à quel point elles étaient douces, à quel point elles épousaient les miennes à la perfection.

Dean saisit mon blouson et le fait glisser de mes épaules. Je libère sa nuque pour l'aider à me le retirer, frissonne quand il s'attaque à mon pull. Nous nous écartons le temps que je le passe par-dessus ma tête avant que nos bouches ne se retrouvent à nouveau.

Rapidement, l'urgence, le besoin emplissent la pièce. Notre baiser se fait plus fiévreux, plus puissant. Je mordille ses lèvres tout en ouvrant mon pantalon. Lorsque nous nous séparons pour respirer, je plaque ma paume contre son torse et le pousse jusqu'au lit sur lequel il se laisse tomber.

— Enlève ton short, ordonné-je.

Il obéit, glissant le tissu le long de ses jambes musclées. Il ne porte rien en dessous, et bon sang, son corps nu est une œuvre d'art. J'ai du mal à me soustraire à sa vue le temps de me débarrasser de mes chaussures et chaussettes, et lorsque j'ôte mon jean, je manque de me casser la gueule tant je suis concentré sur la vision de Dean qui a agrippé sa queue, se caressant nonchalamment tout en me regardant lutter pour me foutre à poil. Il sourit toujours, et j'adore ça.

Parce que c'est ce à quoi doit ressembler le sexe. À un putain de bon moment qui nous laisse tous les deux haletants.

Je réussis enfin à me défaire de mes fringues. Sans attendre, je rejoins Dean sur le lit. Le matelas s'enfonce lorsque je recouvre son corps du mien, prenant sa bouche, suçant sa langue, mordillant sa lèvre. J'embrasse sa mâchoire, ma langue parcourt son corps, de sa gorge à son torse. Je m'attarde sur ses tétons, les aspire, puis reprends ma route le long de son sternum. J'en profite pour retracer certains de ses tatouages, frotte mon nez contre la ligne de poils bruns qui court jusqu'à son aine. Parvenu à la hauteur de son érection, je la prends dans ma bouche. J'effleure ses cuisses, Dean tressaille. Je souris face à cette réaction, puis enroule ma langue autour de son gland. Le goût salé de son excitation se dépose sur mes papilles. Ma paume se referme sur son sexe érigé tandis que j'entreprends de lécher ses bourses, de les aspirer doucement. Dean arque le dos, appréciant mes caresses.

Je continue cette délicieuse torture, préparant sa queue pour moi. Ses doigts se perdent dans mes cheveux, guidant mon visage vers chaque zone sensible. Je le laisse mener la danse, le suçant jusqu'à ce que ses gémissements emplissent mes oreilles. Ce bruit de plaisir suffit à me faire frémir. Il ne m'en faudrait pas beaucoup plus pour le faire jouir, alors je le libère, riant de son grognement de frustration.

La bonne nouvelle, c'est que je suis venu équipé, ce soir. Je ne commettrai pas deux fois la même erreur.

Mes jambes sont légèrement tremblantes lorsque je me remets debout, le temps de fouiller dans la poche de mon blouson. J'en sors une capote et un sachet de lubrifiant que je jette sur le lit avant de m'y écraser sans aucune grâce.

Sur le dos, j'écarte les cuisses, attrapant le bras de Dean pour le tirer vers moi. Nos bouches s'écrasent à nouveau, et sa main libre tâtonne le matelas.

— J'ai envie que tu me baises, soufflé-je contre ses lèvres. Tu veux bien ?

Bien que je crève de le sentir en moi depuis la dernière fois, je ne veux présumer de rien. Peut-être qu'il est passif, peut-être qu'il ne pratique pas le sexe anal. Pas grave, il y a des tonnes de moyens de se faire du bien. Me doigter jusqu'à ce que je perde la tête m'irait parfaitement. Pourtant, lorsque son regard croise le mien, qu'il hoche fermement la tête, un frisson d'anticipation parcourt ma peau.

Moins d'une minute plus tard, son index et son majeur rendus froids par le lubrifiant sont en moi, allant et venant tandis que nous nous embrassons passionnément. Mes ongles s'enfoncent dans la peau de son dos, ma poitrine se soulève par saccades.

Dean prend son temps, il fait monter la pression, il joue avec mes nerfs et me rend fou de désir.

— Tu es prêt ? demande-t-il enfin.

Je souris et acquiesce, puis le regarde dérouler la capote sur sa verge veinée.

Mes muscles se tendent à sa première intrusion, mais je le laisse facilement entrer.

C'est si bon, de le sentir me remplir.

Si sexy, la manière dont il me fixe, les yeux brillants, tout en ondulant.

Si agaçant, ce sourire au moment où il sort totalement de mon corps, me laissant vide, avant de revenir brutalement.

Si foutrement incroyable, cette sensation d'embrasement qui me parcourt de la tête aux pieds.

Rapidement, la pièce devient floue.

Je ferme les yeux, me gorgeant du bruit de sa chair claquant contre la mienne, de nos soupirs, nos gémissements, de ces baisers affamés qui me retournent le cerveau.

Notre étreinte torride transpire le désir et le besoin, l'envie de combler l'autre. Je sens ses mains, sa bouche, sa langue, sur chaque parcelle de ma peau.

L'odeur de sueur et de sexe envahit la pièce, mélangée à celle du gel douche de Dean. J'inspire à pleins poumons, me noyant dans cette odeur, dans ce moment délicieux avec cet homme qui me baise comme si la fin du monde n'était pas loin.

Et je le laisse faire volontiers.

CHAPITRE 11
Dean Kesler

Haletant, en sueur, je me laisse lourdement retomber sur Farrow.

Mon sang pulse dans mes veines, mon esprit est sens dessus dessous.

Je viens de baiser avec Farrow Lynch. Pour la seconde fois. Bordel.

Je ne vais jamais m'en remettre.

Sauf qu'il le faudra bien, même si, pour l'instant, je le laisse m'étreindre et m'embrasser paresseusement. Nos peaux sont moites et son sperme colle sur nos ventres lorsque je me laisse aller dans ses bras.

Je n'ai pas envie de bouger. Pour être honnête, je pourrais rester dans cette position toute la nuit, mais je ne crois pas que ce soit dans ses plans. Hélas.

« *Tu sais que ce sera juste ce soir, pas vrai ?* »

Ses mots résonnent dans mon esprit. Maintenant que ma torpeur post-orgasmique a disparu, je ne peux m'empêcher d'y penser.

Pourtant, il est là. C'est lui qui est venu frapper à ma porte. Lui qui a voulu recommencer. Je crève d'envie de l'interroger à ce sujet, mais je ne suis pas certain que la réponse me plairait.

Je devrais être content que Farrow Lynch m'ait offert une seconde soirée torride. Mais je ressens malgré tout une légère douleur au creux de l'estomac. Celle qui me prévient de ne pas m'emballer, de ne pas commencer à me faire des films.

Pourtant, alors que mon nez est niché au creux de sa gorge, que je respire l'odeur de sa peau mêlée à celle de la sueur, je suis à deux doigts de me laisser aller dans mes fantasmes. Je fais de mon mieux pour les rejeter, pour ne pas laisser ces foutus rêves altérer la réalité.

Peut-être que c'était surtout plus simple pour lui ?

Il avait envie de baiser, avait la flemme de perdre du temps à chercher un type qui lui convenait et a choisi la solution de facilité.

Je n'ai pas envie d'être une solution de facilité.

— Qu'est-ce qui se passe ? murmure Farrow, me sortant de mes pensées.

Je me redresse pour pouvoir croiser son regard.

— Comment ça ?

— Je ne sais pas, mec, je t'ai entendu soupirer et marmonner.

Ai-je parlé à voix haute ? Possible.

Je passe une main dans mes cheveux et me détache complètement de Farrow pour m'asseoir sur le lit. J'ôte la capote et fais un nœud avant de la poser sur la table de nuit, décidant de la jeter plus tard.

Les pieds sur le sol, j'observe les rideaux couleur crème, me demandant ce que je dois répondre. Je n'ai pas envie de passer pour un type en manque d'affection, ayant besoin d'être rassuré, mais c'est le cas.

Farrow me plaît. Bon sang, il me plaisait déjà avant que je ne le rencontre en chair et en os, quand il n'était que cet athlète que je regardais jouer avec des étoiles dans les yeux, espérant un jour lui ressembler. Et je ne connais rien d'autre de lui, hormis ses prouesses sur la glace. Et la manière dont il gémit quand il jouit. Et son sourire en coin. Et le timbre plus grave de sa voix lorsqu'il est excité. Et son amour pour les romances.

Mais tout ça ne suffit pas pour… pour quoi au juste ? Pour avoir envie de continuer à le découvrir ?

J'ai conscience du silence étouffant de la pièce, de ce malaise qui s'est emparé de nous. Ce n'est pas ce que je cherchais. Voilà pourquoi je ne fais pas dans les coups d'un soir. Parce que même si le sexe est bon, une fois que c'est terminé, l'ambiance devient pesante.

Je n'aurais jamais dû répondre à son message. J'aurais dû l'ignorer… et risquer de passer à côté de ce moment d'une intensité dingue que nous venons de partager.

— Je ferais mieux d'y aller, déclare Farrow dans mon dos.

Je cligne des paupières, puis me tourne vers lui. Il est déjà en train de récupérer ses fringues.

— Je peux t'emprunter ta salle de bains avant ?

Je hoche la tête sans répondre.

Lorsqu'il se glisse dans la pièce et referme la porte derrière lui, je pousse un soupir las et me laisse retomber sur le lit. Les yeux fermés, j'écoute l'eau couler, essayant de ne pas ruminer, de ne pas éprouver de regrets.

Finalement, Farrow revient, entièrement habillé, et s'arrête devant moi. Je sens son regard brûlant, malgré mes paupières closes et je voudrais lui demander de rester.

Une nuit, ça ne changerait rien, pas vrai ?

Il pourrait toujours filer sur la pointe des pieds au petit matin.

— Tu t'es endormi ? demande-t-il.

Je m'appuie sur mes coudes pour le regarder. Un léger sourire ourle ses lèvres. Il ne semble pas le moins du monde mal à l'aise. Et pour cause, il a l'habitude de ça, des coups d'un soir.

Pas moi. Et même si j'ai adoré chaque seconde passée avec Farrow, chaque caresse, chaque baiser, ce n'était pas une bonne idée.

Il aurait sans doute fallu y réfléchir avant.

Lorsqu'il attrape son blouson et commence à l'enfiler, mes mots sortent avant même que j'aie pu les ravaler :

— Est-ce que je suis une solution de facilité ?

Farrow me fixe, sourcils froncés.

Et merde. Je savais bien que j'aurais dû la fermer. Mon visage s'enflamme et ça me met en colère. Je voudrais être comme Lynch, cool et détendu, et non avoir le cœur battant à mille à l'heure en attendant sa réponse.

Finalement, il comble la distance qui nous sépare et sa main agrippe ma nuque. Ses lèvres sont sur les miennes avant que je n'aie eu le temps de réagir.

Son baiser est bref, mais dur, appuyé, comme une réponse silencieuse. Un *non* silencieux, en fait. À moins que ce ne soit simplement ma façon de l'interpréter.

— J'avais juste envie de passer du temps avec toi, répond-il.

S'envoyer en l'air ce n'est pas passer du temps avec l'autre, d'après moi, mais le dire à voix haute ne servirait à rien. Alors je me contente d'acquiescer, forçant un sourire à étirer mes lèvres.

Il me relâche et à présent, j'ai hâte qu'il s'en aille, pour pouvoir remettre mes choix en question en toute tranquillité. Il ajuste son blouson, puis s'adresse à nouveau à moi.

— Bonne chance pour le reste de la saison. On se verra sans doute aux *playoffs*.

La douleur dans mon estomac est plus forte, cette fois, et je dois me faire violence pour ne pas grimacer. Mais oui, en effet, ce soir était notre dernier face-à-face en saison régulière. Peut-être que nous nous reverrons en mai, ou peut-être pas.

Et alors, notre prochaine rencontre n'aura pas lieu avant septembre.

Cette idée ne devrait pas me déprimer. En fait, elle devrait me laisser complètement de glace. Ce n'est pas comme si j'attendais de Farrow qu'il me propose qu'on se voie en dehors de nos rencontres.

— À toi aussi, Lynch, répliqué-je d'une voix que j'espère égale.

Il se dirige vers la porte et attrape la poignée. Au moment où il l'ouvre, il se tourne une dernière fois vers moi.

— Tu n'étais pas une solution de facilité, Dean.

Sans un mot de plus il disparaît, me laissant seul avec mes doutes et une boule dans la gorge.

Finalement, peut-être que j'attendais plus que ça, plus qu'une rencontre dans une chambre d'hôtel, que quelques heures à laisser nos corps s'embraser. J'aurais pu lui proposer qu'on aille boire un verre, vu que nous restons à New York encore deux jours et que je suis en repos demain. Ça aurait été sympa, d'apprendre à se connaître en restant tout habillés. Parce que c'est ça, pour moi, la définition de «passer du temps ensemble», mais il est clair que Farrow n'a pas la même que moi. Et même si j'étais carrément partant pour sa définition à lui, je me rends compte que ce n'était pas assez.

Passant une main sur mon visage, je me relève et me rends dans la salle de bains pour effacer les traces de Farrow sur ma peau.

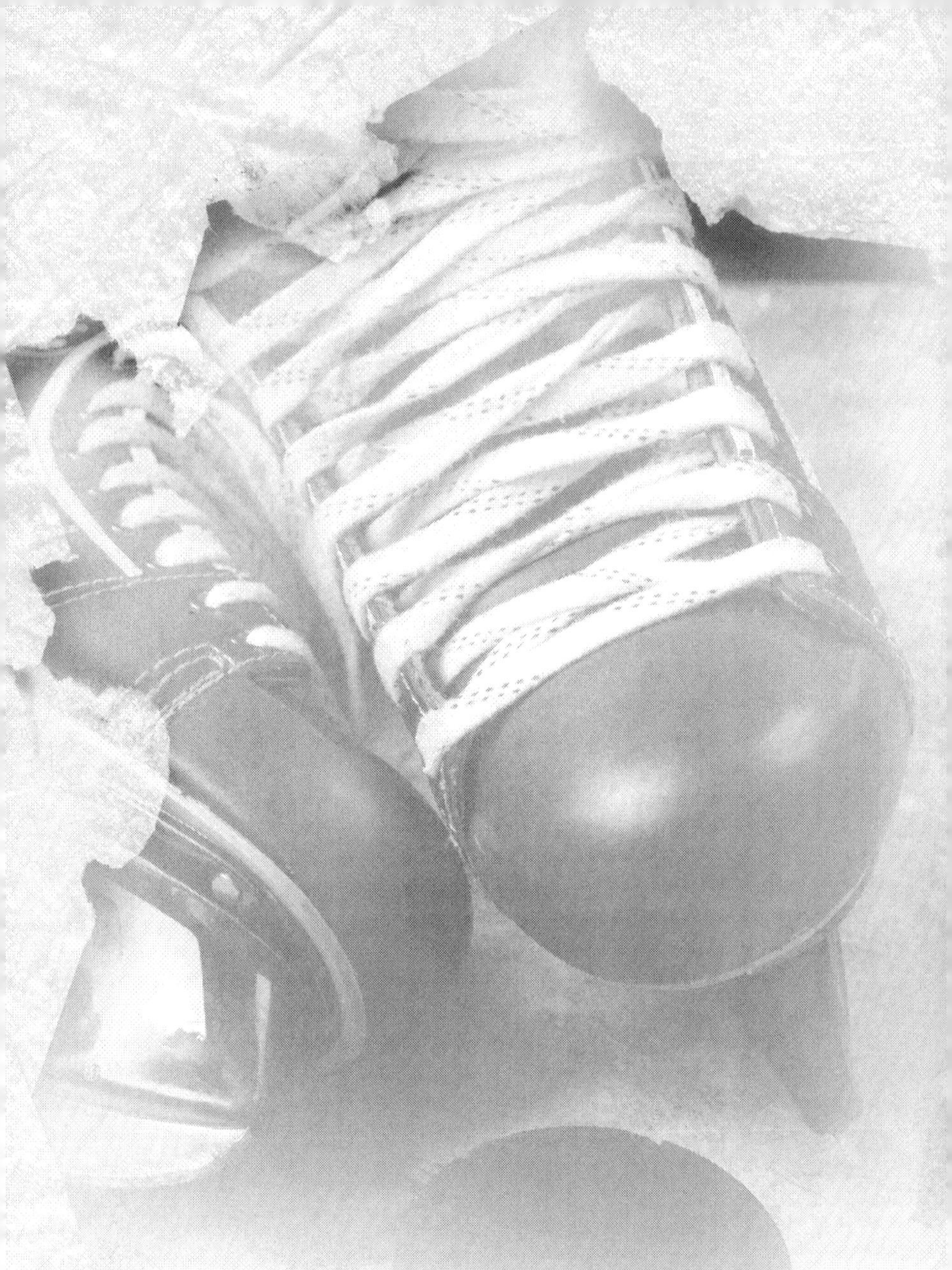

CHAPITRE 12
Farrow Lynch

C'était une mauvaise idée.

Voilà ce que je n'arrête pas de me répéter sur le trajet jusque chez moi. Et ça me conforte dans le fait que les coups d'un soir ne devraient être que ça, des coups d'un soir, et pas plus.

Ouais, j'ai laissé mon désir pour Dean transgresser les règles que je m'étais toujours fixées, je me suis persuadé que ce n'était pas une seconde fois, mais la consécration de la première.

Et c'était une erreur.

Une erreur que j'aurais dû regretter, en voyant la manière dont Dean m'observait, avec cette lueur de tristesse mêlée d'espoir. Sauf que je ne suis pas du genre à regretter. Et ce n'est pas comme si je ne l'avais pas prévenu. J'avais mis les choses au clair dès le début : ce sera juste pour ce soir.

La première fois.

C'est là où j'ai merdé. En déviant de mes propres règles. La vérité, c'est qu'une part de moi voulait qu'il l'ait oublié. Quand je me suis pointé sur le pas de la porte de sa chambre, j'ai cru qu'il allait me le rappeler. Mais ça nous arrangeait bien, au fond, de ne pas le faire remarquer. Ça nous permettait de nous offrir une seconde étreinte.

Pendant que ses lèvres étaient contre les miennes, qu'il s'enfonçait en moi, me caressait, me baisait, j'ai pu oublier ma déception à la suite de notre défaite, j'ai pu me concentrer uniquement sur Dean, sur nous, sur l'instant présent.

J'aurais dû me montrer plus malin que ça, et ne pas chercher à le contacter.

Une fois dans mon appartement, j'allume la cheminée électrique et me laisse tomber sur mon fauteuil.

Je souris en avisant le plaid parfaitement plié sur le bras du fauteuil. Du Blake tout craché. Il n'a pas pu s'empêcher de tout mettre en ordre avant de quitter l'appartement. Comme s'il craignait qu'en laissant le moindre désordre, je refuse de lui permettre de squatter à nouveau. Depuis le temps, il devrait savoir que ça ne me dérange pas. Au contraire. Je n'ai pas beaucoup l'occasion d'occuper le penthouse, alors, au moins, il le fait vivre. Sans compter qu'il cuisine divinement bien et n'hésite jamais à se mettre derrière les fourneaux, ce dont je profite quand je suis sur place avec lui.

Un livre de poche trône sur la petite table à côté. Je l'ouvre et commence à reprendre ma lecture là où je l'avais arrêtée.

Rapidement, cependant, je me rends compte que je ne parviens pas à me concentrer, je relis les mêmes phrases plusieurs fois sans en comprendre le sens.

Ce n'est pas uniquement dû à la fatigue, mais aussi parce que je ne parviens pas à m'ôter le regard triste de Dean de la tête.

Fait chier.

Je zieute mon portable abandonné sur la table, me demandant si envoyer un message à Kesler serait opportun. Ne risque-t-il pas de se faire de fausses idées ? Peut-être, mais j'éprouve le besoin de m'excuser, ou de lui répéter qu'il n'était pas… une solution de facilité.

Ses mots résonnent dans mon esprit et je serre les dents. Il paraissait si inquiet en me posant la question que j'ai perdu contenance.

J'attrape mon téléphone, commence à taper un texto, l'efface, recommence. Inlassablement, et sans jamais rien trouver que j'estime convenable. Je finis par laisser tomber, et décide qu'il est temps d'aller me pieuter. La nuit porte conseil à ce qu'il paraît, peut-être que pendant mon sommeil, une idée de génie aura germé.

♛

Notre prochain match n'étant que dans quatre jours, nous bénéficions d'une journée de repos. Ce qui tombe à pic, vu que Carter et Blake sont encore à New York. D'ailleurs, Blake est à l'honneur de l'exposition de ce soir dans une galerie branchée de Chelsea et nous avons prévu de nous y retrouver avant d'aller dîner.

Blake a bossé comme un dingue toute la semaine pour mettre en place cette exposition – raison de sa présence chez moi – et il va bientôt être l'heure de découvrir le fruit de ses efforts.

Après une séance de sport matinal et un déjeuner léger, je me replonge dans ma lecture, avec bien plus de succès cette fois.

Je ne sors que rarement de l'appartement lorsque je suis en repos. Même si j'adore New York, nous passons tellement de temps à voyager d'un bout à l'autre du pays, et même au-delà des frontières, que j'ai envie de profiter de mon chez-moi. Traîner en jogging et chaussettes, mater du sport à la télé, lire, faire une sieste sur le canapé, écouter de la musique en chantant à tue-tête, surfer sur les réseaux sociaux, observer le coucher de soleil à travers les baies vitrées.

Des plaisirs simples, vraiment, et que j'apprécie à leur juste valeur.

Je suis totalement plongé dans mon bouquin, et les personnages sont sur le point de passer aux choses sérieuses, lorsque mon portable sonne.

Ah non, putain. Ce n'est vraiment pas le moment.

Je décide de laisser le répondeur faire son boulot, le temps de découvrir enfin l'instant où toute la tension qui n'a cessé de grandir depuis le début de l'histoire explose pour nous offrir une scène sulfureuse, mais mon téléphone sonne à nouveau.

Je soupire et avise la tête de Carter sur mon écran. J'ai pris la pire photo qui existe de lui, parce que ça m'amuse d'autant plus qu'il la déteste.

— Ça a intérêt d'être une question de vie ou de mort, mec, grogné-je en décrochant.

— Tu as mieux à faire que d'entendre mon joli timbre de voix ?

— Tu veux une liste ? Parce que ça risque d'être long.

Il rit et répond :

— Tu me vexes, Lynch.

— Grand bien te fasse. Qu'est-ce que tu veux ?

— Te demander dans combien de temps tu penses être là. On vient d'arriver à la galerie et...

Merde ! Je recule mon portable de mon oreille pour regarder l'heure. Je n'ai pas vu le temps passer.

— Désolé, je n'ai pas fait gaffe à l'heure. Je me prépare et je vous rejoins.

Sur ce, je me lève de mon fauteuil et me dirige vers ma chambre. J'active le haut-parleur pour pouvoir me préparer tout en continuant ma conversation téléphonique.

— Prends ton temps, Blake a beaucoup de monde à voir de toute façon.

C'est à mon tour d'éclater de rire :

— Tu te fais chier, c'est ça ?

Carter n'est pas super à l'aise en société, il préfère rester dans son coin et discuter avec les gens qu'il connaît, ne pas attirer l'attention sur lui. Ce qui est marrant, compte tenu du fait qu'il attire très souvent les journalistes et les paparazzis sur lui. L'empire Banes, c'est un peu la royauté américaine, tout le monde s'intéresse aux faits et gestes de cette famille. La bonne nouvelle, c'est que ses frères et sa sœur occupent la plupart des tabloïds. Star de la pop, mannequin et acteur à Hollywood, ils sont bien plus harcelés par ces connards avec des caméras que Carter, même s'il a eu son compte au début de son histoire avec Blake.

— Exactement. Dean ne devrait pas tarder à se pointer, mais...

Le reste de sa phrase se perd dans un bruit indicible tandis que je me concentre sur le prénom qu'il vient de prononcer.

Je referme le poing sur le pull que je viens de sortir de ma commode.

— Tu as invité Kesler à l'expo ? m'exclamé-je.

— Bien sûr. C'est un problème ?

Je secoue la tête, même s'il ne peut pas me voir. Merde. Voilà qui est... gênant ? Ça ne devrait pas. Nous sommes des adultes, pour l'amour du ciel, et ce n'est pas parce que nous nous sommes quittés un peu froidement que les choses vont mal se passer.

— Non, pas du tout. C'est juste que je ne pensais pas que vous étiez si proches que ça.

— Tu es jaloux ?

Sa voix est amusée, et je sais qu'il cherche juste à m'emmerder. J'éclate de rire. Comme si une telle chose était possible.

— Pas du tout, je suis irremplaçable, nous le savons tous les deux.

— Ne t'emballe pas. C'est un type vraiment cool. Je suis sûr que vous pourriez vous entendre.

Je lève les yeux au ciel, puis frissonne en me souvenant de la douceur des lèvres de Dean sur les miennes, de ses grandes mains me caressant.

On s'entend déjà sacrément bien, putain.

Trop peut-être. C'est ce qui m'a poussé à revenir vers lui. J'avais envie de retrouver cette connexion que j'avais ressentie, voir ses yeux se voiler sous le plaisir, sentir son corps puissant contre le mien.

— Si tu le dis, maugréé-je.

— Est-ce qu'il a répondu à ton message, au fait ?

De la meilleure des manières, voudrais-je répondre. Sauf qu'il en est hors de question. Quand j'ai demandé son numéro à Carter, j'ai prétexté vouloir m'excuser pour la violence de mon coup de poing lorsque nous nous sommes battus sur la glace.

Coup de poing qui n'était pas si violent que ça, au final, vu qu'il n'en a gardé aucune trace. Mon pote n'a pas cherché plus loin.
— Ouais. Il m'a dit qu'il n'avait rien senti.
Carter éclate de rire.
— Bon allez, je te laisse te préparer.
Il raccroche et j'obéis, sautant dans un jean avant de chausser des boots.
Lorsque je jette un coup d'œil dans le miroir accroché derrière la porte, je ne peux pas m'empêcher de me demander si Dean va en apprécier la vue.
Puis je pousse un soupir, me souvenant que je m'en tape complètement, puisque rien n'arrivera plus jamais entre nous.
Reste plus qu'à en être convaincu.

CHAPITRE 13
Dean Kesler

J'ai passé la journée à me balader, aujourd'hui. Malgré le froid, j'ai adoré me perdre dans Manhattan, laisser mes pas me porter sans aucune destination précise en tête. Je suis tout de même allé faire un tour à Central Park, et je me suis même fait arrêter par un petit groupe de gamins arborant un maillot des Kings. Nous avons pris des photos, et ils m'ont félicité pour le match d'hier, même si leur équipe a perdu.

J'ai encore un peu de mal à m'habituer à ça. C'est surtout plus flagrant à Boston. En tant que rookie, de nombreux fans ont les yeux rivés sur moi, pour s'assurer que je fais honneur aux Renegades.

Le soleil se couche lorsque je hèle un taxi pour me rendre à la galerie de Chelsea. Le premier s'arrête, je vois ça comme un accomplissement.

Je donne l'adresse au chauffeur et tandis que j'observe les rues défiler à travers la vitre, je me demande si je suis suffisamment habillé pour ce genre d'événement. Je n'ai jamais mis un pied dans une exposition. Ne suis-je pas censé porter un costume ?

La simple idée de devoir en enfiler un pendant mon jour de congé me fait grimacer. Je déteste être en costard, et je dois déjà en mettre un suffisamment souvent comme ça.

Oh, et puis tant pis. Le pire qu'il puisse m'arriver, c'est qu'on me refuse l'accès, et très honnêtement, je ne me battrai pas pour entrer.

J'aime beaucoup Carter, et je lui suis reconnaissant de m'avoir invité à l'événement de Blake, mais je n'ai pas ma place dans ce genre de manifestation guindée. Malgré tout, je suis curieux de découvrir les photographies de Blake. Je suppose qu'il faut un sacré talent pour avoir la chance d'exposer dans une telle galerie. En plus, j'ai toujours voué une véritable admiration aux artistes. Personnellement, je ne sais rien faire de mes dix doigts, hormis tenir une crosse.

Le taxi me dépose quelques minutes plus tard, après avoir bravé la circulation dense de Manhattan. Il commence à pleuvoir, et je serre les pans de mon blouson contre moi, le temps de traverser la rue en courant pour éviter d'être trempé.

Je pénètre dans le vestibule, où une hôtesse me demande mon nom puis me propose de me débarrasser. C'est alors que je jette un coup d'œil aux quelques personnes qui errent dans l'immense espace aux murs blancs sur lesquels sont accrochées des photographies en noir et blanc. Un nœud se forme dans mon estomac. J'avais raison. Je vais faire tache dans cette ambiance où les pulls en cachemire et les chemises cintrées se mêlent aux robes de cocktail et aux talons aiguilles.

J'hésite vraiment à faire demi-tour lorsque j'entends qu'on m'appelle.

Je me tourne vers Carter, qui avance vers moi à grandes enjambées.

— Viens, ne reste pas là.

Il est élégamment vêtu, un col roulé noir qui épouse son torse puissant et un pantalon droit sur des bottines cirées.

— Je…

Je baisse les yeux sur mes Converses trempées, mon jean usé et mon sweatshirt aux couleurs passées.

— Je suis désolé, je n'ai pas pris le temps de rentrer à l'hôtel pour me changer. Je me suis baladé, et je n'ai pas vu l'heure passer, alors…

Je hausse les épaules, penaud, et Carter m'offre un sourire rassurant.

— On s'en fout. Tu es très bien comme ça.

— C'est gentil, mais permets-moi d'en douter.

Pour toute réponse, il m'attrape par le bras et me tire à l'intérieur de la salle.

— Vraiment, Banes, je ne me sens pas à ma place.

Il attrape deux coupes de champagne sur le plateau qu'un serveur nous propose en passant et m'en fourre une d'office dans les mains.

— Écoute, si vraiment tu ne le sens pas et que tu veux partir, je ne vais pas t'en empêcher. Mais on se fout de ces gens. La moitié ne sont là que pour se faire voir par la presse. Les œuvres de Blake ne les intéressent pas. C'est le principe des soirées d'inauguration.

Il est bien placé pour le savoir, j'imagine. Il fait partie de ce monde après tout, même s'il s'en est éloigné.

Je finis par hocher la tête et emboîte le pas à Carter lorsqu'il me guide jusqu'à Blake. Ce dernier est en grande discussion avec un homme d'âge mûr aux cheveux et à la barbe poivre et sel. Son visage est sérieux, et il parle d'une voix posée qui parvient à peine jusqu'à nous. Ses boucles châtains sont parfaitement coiffées, et ses lunettes à monture noire lui donnent un air presque professoral.

Lorsqu'il nous aperçoit dans son champ de vision, il saisit brièvement le bras de son interlocuteur pour prendre congé, puis vient vers nous. Son visage s'éclaire en me voyant et il m'enlace brièvement.

— Dean ! Je suis content que tu aies pu venir.

Il semble réellement sincère et ça me réchauffe le cœur.

Vraiment, ce type est la gentillesse incarnée. Toujours affable, souriant, adorable. Je suis à l'aise avec lui. En fait, je suis à l'aise avec eux deux. C'est agréable de voir un couple si fusionnel, si amoureux. Quand je les regarde interagir, j'espère un jour trouver celui qui me rendra aussi heureux qu'ils semblent l'être.

Nous avons à peine le temps de discuter que Blake est alpagué par un autre invité.

— Désolé, je dois vous abandonner. J'espère que les photos vont te plaire, Dean, et qui sait, peut-être qu'un jour, tu pourras poser pour moi, déclare-t-il avec un clin d'œil.

Je rougis, ne sachant pas vraiment comment répondre à cette pseudo proposition. Ça me fait plaisir, évidemment, mais l'idée est un peu intimidante.

Carter éclate de rire à côté de moi.

— Ne fais pas cette tête. Tu n'es pas obligé d'accepter, tu sais. Mais je suis certain que tu adorerais l'expérience.

— Sans doute, me contenté-je de répliquer.

Plus j'avance dans la galerie, plus j'observe les photos, plus je me dis qu'en effet, poser pour Blake doit être sacrément gratifiant. Il a cette façon de sublimer les corps, de capter la lumière, et je me retrouve fasciné par ses œuvres.

La plupart de ses photos sont des nus d'hommes et de femmes de toute nationalité, de toute corpulence, de toute taille. Et elles sont remarquables. Je m'attarde longuement sur la photographie de deux femmes enlacées, un drap de soie flottant artistiquement autour d'elles, comme pour représenter le lien qui les unit. Je passe à une autre, celle d'un homme assez âgé, dont le torse est recouvert de tatouages, une prothèse remplaçant sa jambe gauche. Je me déplace lentement, hypnotisé par la beauté, la douceur, la douleur parfois, qui se dégagent de ces clichés.

— Elles sont superbes, murmuré-je en m'arrêtant devant la photo d'une femme assise devant un piano.

Le satin dissimule ses jambes, mais laisse entrevoir le haut de ses fesses, son dos gracieux.

— Oui. Blake est incroyablement talentueux.

— Et moi qui ne suis capable que de prendre des photos floues.

Carter s'esclaffe, et est sur le point de rajouter quelque chose lorsque son portable sonne.

— Je reviens tout de suite, m'informe-t-il.

J'acquiesce. À présent, ça ne me dérange plus de rester seul, de prendre le temps d'admirer chaque photographie.

Parmi elles, je reconnais quelques personnalités, des chanteuses, des acteurs et actrices... c'est complètement dingue. En lisant les plaques placées près de certaines photos, je me rends compte qu'elles ont servi pour les couvertures de magazines tels que *Vogue*.

Sacrément impressionnant.

Je continue à déambuler dans la salle, totalement subjugué par le talent de Blake, et reste scotché en découvrant la photographie suivante.

Il s'agit d'un homme allongé sur un canapé, les reins cambrés, la tête dissimulée entre ses bras. La lumière met en exergue son dos puissant, ses fesses bombées, ses cuisses musclées. Un frisson parcourt mon échine. Il est... magnifique.

— Ferme la bouche, Kesler, tu baves... même si je te comprends, je fais souvent cet effet-là aux gens.

Je me fige en entendant à cette voix, puis me retourne doucement... pour me retrouver nez à nez avec Farrow. Mon souffle se bloque l'espace d'un instant. Putain. Il est canon, avec son pull en cachemire bordeaux et son jean noir ajusté. Ses cheveux sont coiffés vers l'arrière, et il me fixe avec un sourire en coin.

— C'est toi ?

— Non, c'est mon clone.

Je pousse un soupir agacé.

— Sur la photo, je veux dire.

Son sourire s'élargit et il se penche vers mon oreille.

— Je suis un peu déçu que tu ne m'aies pas reconnu. Tu as pourtant eu tout le loisir de me mater à poil.

Un frisson se propage le long de mon corps. Seigneur. Comme si c'était le bon moment pour inonder ma tête d'images érotiques. Comme si ce n'était pas suffisamment douloureux de savoir que l'intimité que nous avons partagée n'est déjà plus qu'un souvenir, voilà qu'il est obligé de retourner le couteau dans la plaie.

— Elle a sans doute dû être retouchée, répliqué-je.

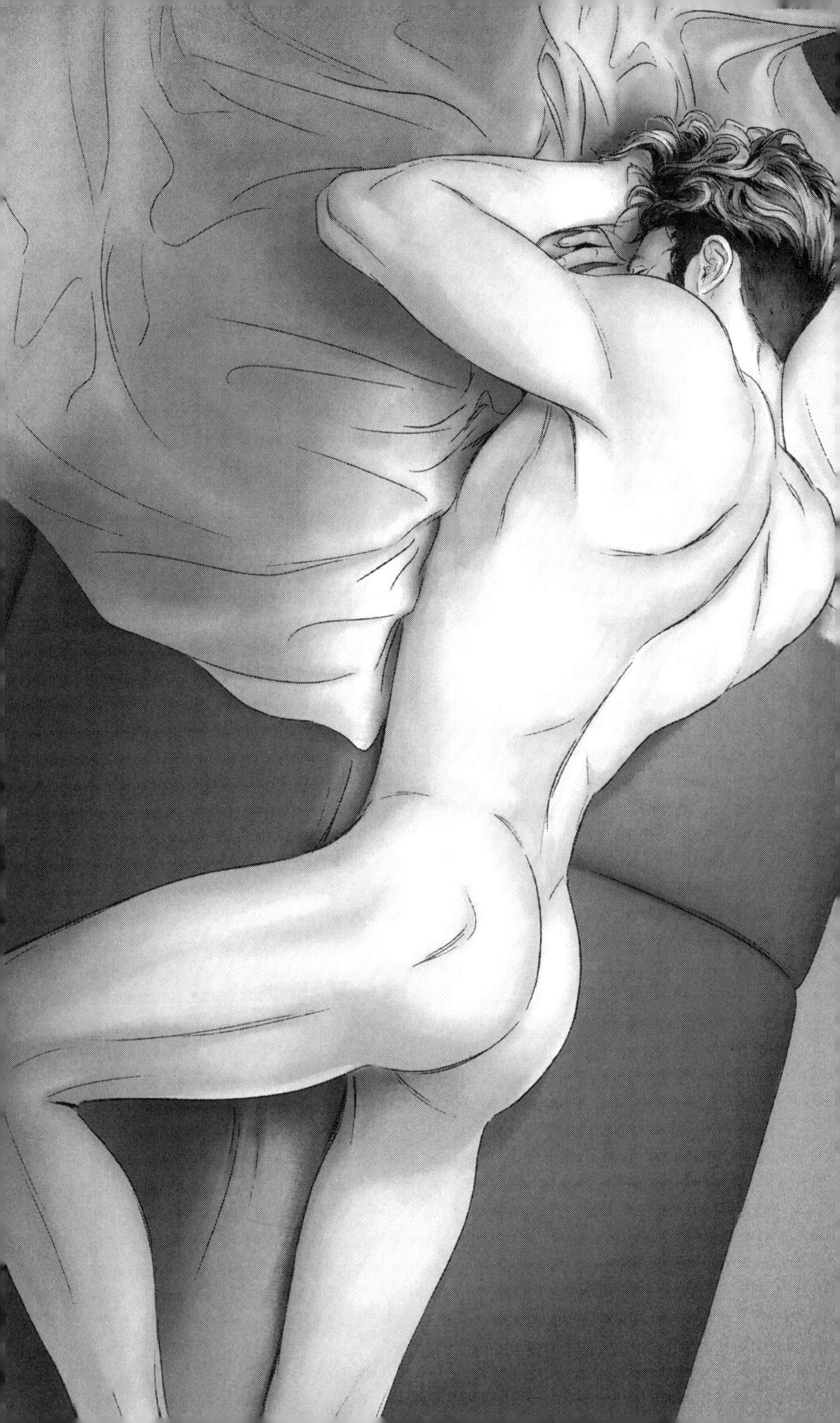

Son éclat de rire est si franc et bruyant que plusieurs personnes se tournent vers nous. Évidemment, mes joues commencent à me brûler face à cette attention soudaine et non sollicitée.

Farrow croise les bras et me fixe avec une intensité qui embrase mes veines. Sa présence me désarçonne totalement, et me fait bien plus plaisir qu'elle ne le devrait. Je fais de mon mieux pour ne pas le montrer, essayant de garder un air détaché.

— Crois-moi, elle ne l'est pas, pas plus que les deux autres que tu n'as sans doute pas encore vues.

OK. Il a trouvé le moyen de titiller ma curiosité. À présent, j'ai envie d'avancer rapidement jusqu'au prochain cliché de Farrow.

— Je ne suis pas certain d'avoir envie de m'infliger ça, dis-je, même si clairement, il ne me croit pas un seul instant.

Il sourit toujours, de ce sourire insolent que je voudrais faire disparaître d'un baiser… même si je suis conscient que plus jamais ses lèvres ne caresseront les miennes, et que c'est une pensée assez déprimante.

— En tout cas, sache que je donne mon accord, si jamais tu souhaites en demander une copie à Blake.

Il ponctue sa phrase d'un clin d'œil avant de s'éloigner sans me laisser le temps de répondre.

Quel enfoiré.

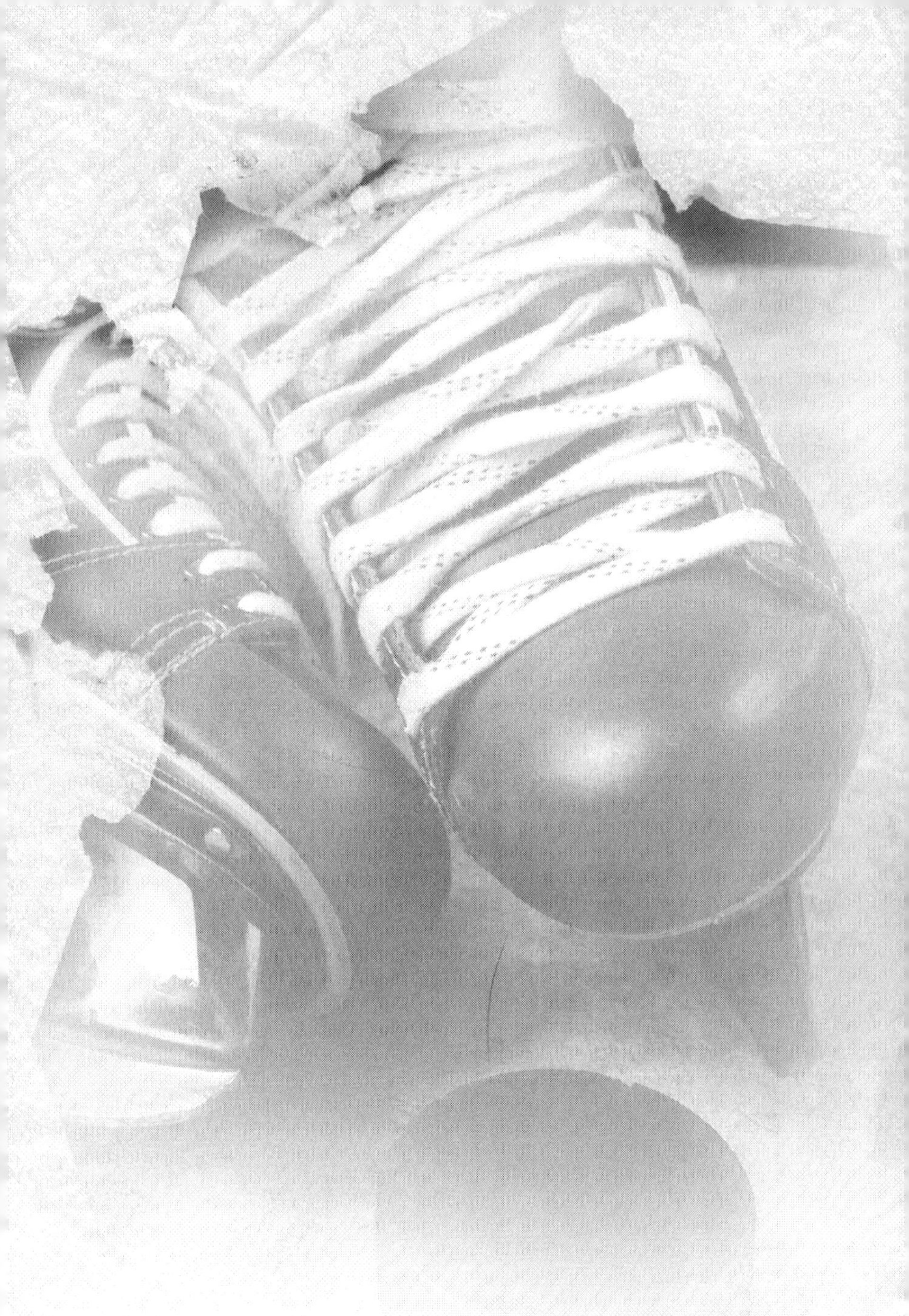

CHAPITRE 14
Farrow Lynch

En attendant que Blake en ait terminé avec ses obligations d'hôte, je discute avec Carter tout en observant Dean du coin de l'œil. Je sais qu'il va chercher les deux autres photos dont je lui ai parlé, même si pour l'instant, il prend le temps de s'arrêter devant chaque cliché. Il semble sincèrement apprécier l'œuvre de Blake, contrairement à la majorité des convives qui préfèrent s'empiffrer de petits fours et sourire aux objectifs des journalistes présents sur les lieux.

D'ailleurs, une grande partie des personnes qui sont venues s'arrêtent pour saluer Carter, demander des nouvelles de sa famille. Il répond en contenant son agacement. Il prend sur lui, et le fait pour son mec.

Blake n'aurait jamais eu le succès qu'il a aujourd'hui sans l'aide de Carter, et honnêtement, ça aurait été injuste. Il mérite d'être reconnu en tant qu'artiste. Je suis toujours soufflé par ce qu'il parvient à dégager des différents clichés. Je souris en me souvenant du calendrier que nous avons fait l'an dernier. Il avait réuni des hockeyeurs de plusieurs équipes de la NHL pour une séance photo plutôt sexy. Les calendriers se sont arrachés par milliers et les bénéfices ont été reversés à une association. Ce serait sympa de le refaire, ça avait été une chouette journée.

— À quoi tu penses ? demande Banes en me voyant dériver.
— Au calendrier.

Il sourit et hoche la tête.

— On devrait en refaire un.
— C'est exactement ce que je me disais. Même si Blake n'a plus besoin de ça pour percer.

Inutile de nier que la conception de ce calendrier a été un gros tremplin pour lui. Voir son nom associé aux plus grands joueurs de la NHL, ça attire l'attention. Son talent a fait le reste, et voilà qu'aujourd'hui, tout le monde se bat pour être invité à une soirée d'inauguration.

— Non, mais je suis sûr qu'il adorerait. Et puis, honnêtement, rien que pour revoir son sourire et sa fierté quand il a donné son chèque à l'association, ça vaut le coup.

Je hoche la tête, au moment où Blake parvient enfin à nous rejoindre.

— Alors, tu as encore passé plusieurs minutes à te contempler ? demande-t-il en haussant un sourcil amusé.

Je ricane et lève les yeux au ciel.

— Je t'emmerde, mec.
— Dit celui qui possède un agrandissement de son cul en quatre par trois chez lui.

J'éclate de rire. Ouais, je ne peux pas lui donner tort. Cela dit, j'adore cette photo, et il n'y a pas de mal à se trouver beau, au contraire. On n'est jamais mieux servi que par soi-même et je ne suis pas avare de compliments sur ma personne.

— Et sinon, ta soirée, alors ? C'était bien ?

Évidemment. Je me demandais quand ils allaient poser la question.

— Je ne suis pas le seul à être fasciné par mon cul, on dirait, déclaré-je en souriant de toutes mes dents à Carter.

Dean choisit cet instant précis pour apparaître à nos côtés.

— C'est incroyable, tu as un talent de dingue, dit-il à Blake, qui rougit de plaisir à ce compliment.

— Ouais, tu lui cireras les bottes plus tard, on a un sujet plus important à traiter.

Je lance un regard en biais à Banes.

— Ta vie sexuelle est si fade que tu es obligé de t'intéresser à celle des autres ? le titillé-je.

Je vois bien qu'il se retient pour ne pas me faire un doigt d'honneur. On ne sait jamais, ça pourrait offusquer certaines personnes.

— Je vois que j'arrive au bon moment !

Je porte mon attention vers Dean. Ouais, je n'en suis pas certain. Évidemment, Blake se fait un devoir de lui expliquer le pourquoi de cette conversation.

— Farrow nous a lâchement abandonnés pour un mec, hier soir.

Dean rougit aussitôt. Bon sang, ça me donne envie de lui mordre les joues. Nos regards se croisent et c'est sans me quitter des yeux qu'il déclare :

— J'espère au moins qu'il en valait la peine.

Ses paroles me prennent par surprise. Des images de notre moment ensemble me reviennent en mémoire et je fais de mon mieux pour ne pas les laisser m'envahir. C'est difficile, surtout quand le protagoniste de ces flashs se tient juste devant moi, avec son sourire timide et sa bouche pulpeuse.

— Ouais, il en valait carrément la peine, murmuré-je.

Nous soutenons le regard de l'autre encore une demi-seconde avant que je ne tourne la tête. Je n'ai pas envie que nos potes se doutent de quoi que ce soit. Par parce que j'en ai honte, mais parce que d'un, il ne me semble pas que Dean ait évoqué sa sexualité avec eux, et de deux, je peux déjà entendre leurs milliers de questions résonner dans ma tête. Ouais, mieux vaut ne pas attirer l'attention. Surtout pour quelque chose d'aussi fugace.

— Oh, ça veut dire que tu comptes le revoir ? s'enquiert Blake.

Évidemment. Ça m'apprendra à ouvrir ma gueule. Je refuse de regarder Dean, je n'ai pas envie de lire son expression ni de voir la peine que mes paroles vont lui causer. Je tente de tourner ma phrase pour qu'elle soit le moins blessante possible.

Pour lui montrer que ça n'a rien à voir avec lui et tout à voir avec moi.

— Ne t'emballe pas. Tu sais comment je fonctionne.

— Je ne désespère pas de te voir changer. À force de dévorer toutes ces romances, tu finiras bien par ressembler à l'un de ces personnages.

— C'est-à-dire ?

— Tu sais… il ne croyait pas en l'amour, mais une seule rencontre a tout changé.

J'éclate d'un rire franc.

— Excepté qu'on est dans la vraie vie, déjà. Et en plus, je n'ai jamais dit que je ne croyais pas en l'amour. Je n'ai juste pas le temps pour ça.

C'est la vérité. Et je suis d'autant plus impressionné par tous ces joueurs qui parviennent à avoir une vie de couple saine et épanouie. Bon, pas tous. Certains ne se font pas prier pour aller voir ailleurs, mais ce n'est pas la majorité.

— Laisse tomber, Blake. Il est impossible à raisonner.

Marrant que ce soit Carter qui dise ça alors qu'il a longtemps été du même avis que moi. Même quand il a commencé cette mascarade avec Blake, que ses sentiments étaient si évidents, que son regard s'illuminait comme une putain de guirlande de Noël dès qu'il mentionnait Blake, il a mis une éternité à se l'avouer.

Tandis que les deux hommes sont hilares, je constate que Dean ne se joint pas à la fête. Je n'y tiens plus. Incapable de l'ignorer plus longtemps, je reporte mon attention sur lui. Sauf qu'il a le nez rivé sur sa coupe de champagne comme s'il espérait découvrir les secrets de l'univers dans les bulles.

— Je dois encore aller discuter avec quelques personnes, mais si vous avez faim, je peux vous rejoindre au resto, nous informe Blake.

— Je ne dirais pas non, j'ai la dalle.

Je n'ai touché à aucun des petits fours parce que… eh bien, ce n'est pas vraiment conseillé dans mon régime alimentaire, mais mon estomac commence à sonner creux.

— Du coup, je crois qu'il est temps pour moi de vous laisser, déclare Dean.

Il relève enfin les yeux, mais évite mon regard.
— Tu ne veux pas venir avec nous ?
Il secoue la tête.
— C'est gentil, mais j'ai crapahuté toute la journée et je suis crevé.
— Je vais vraiment finir par croire que tu détestes traîner avec nous, ajoute Blake. À moins que ce soit la présence de Farrow qui te dérange.

Il plaisante, évidemment, tout le monde aime ma compagnie. Mais je lis dans le silence de Dean que mon pote a mis dans le mille. Ça me fait chier, sincèrement. Je veux dire, on s'entend plutôt bien, et ce n'est pas parce qu'on s'est vus à poil qu'on ne peut pas devenir potes.

Dean finit par laisser échapper un rire forcé, et nous assure que ça n'a rien à voir avec moi.

Cake acceptent sa réponse sans broncher, et nous décidons de laisser Blake à ses occupations tandis que nous nous dirigeons vers les vestiaires pour récupérer nos vêtements. J'attends que Carter s'éloigne et je chope Dean par le bras. Il s'immobilise, surpris par mon geste.

— Tu ne devrais pas t'empêcher de passer une chouette soirée à cause de moi.

Il me fusille du regard et réplique :
— Ça va sans doute te paraître inconcevable, mais tu n'es pas le centre du monde, Lynch. Je suis crevé, c'est tout.

Je plisse les yeux, l'air suspicieux.
— Ouais ? Alors pourquoi est-ce que je ne te crois pas ?
— Je m'en tape de ce que tu crois ou non.

Il a l'air en colère, et ça m'emmerde. Je n'avais pas l'intention de le blesser. Mais peut-être que c'est un mal pour un bien. Je n'ai pas envie qu'il s'attende à quoi que ce soit nous concernant.

N'ayant aucune envie de me prendre la tête, je le relâche et hausse les épaules.

— Très bien, comme tu veux.

Il ouvre la bouche pour répliquer, la referme, puis secoue la tête.

— À plus tard, Farrow.

Je l'observe s'éloigner à regret.
Et cette vérité s'impose à nouveau dans ma tête.
C'était vraiment, vraiment, une très mauvaise idée.

CHAPITRE 15

Dean Kesler

Mai

Bien que j'adore Boston, les montagnes du Colorado me manquent parfois. J'ai toujours aimé me balader dans la nature, pêcher aussi.

C'est pour cette raison que je décide de partir en randonnée. Aujourd'hui est ma seule journée de repos avant le début des *playoffs*.

J'ai besoin de me vider la tête, de respirer le grand air, de m'aérer l'esprit, parce que je vais finir par perdre la boule.

Les *playoffs*, putain. C'est dingue, j'ai toujours du mal à croire que j'ai la chance de vivre ça. C'est à la fois exaltant et complètement flippant.

Alors oui, j'ai besoin de faire une pause pour me ressourcer avant de plonger tête baissée dans ce nouveau challenge.

Il est encore tôt lorsque je jette mon sac à dos sur le siège passager. Le soleil vient à peine de pointer le bout de son nez. Mais Mount Greylock se situe à environ trois heures de route et je compte bien profiter de ma journée.

À cette heure-ci, la circulation est encore fluide, et je parviens à sortir de la ville sans trop de difficultés. Le paysage est morne tandis que je roule sur l'I-90, mais la perspective de pouvoir me balader en pleine nature suffit à me détendre.

Ces derniers mois ont été un tourbillon émotionnel et physique.

J'ai toujours du mal à croire que ma vie ait pris un tel tournant.

En quelques mois, j'ai intégré les Renegades.

J'ai eu la chance de jouer avec, et contre, la plupart de mes idoles.

J'ai vu quantité de gens arborer mon maillot.

J'ai signé des centaines d'autographes.

J'ai été interviewé maintes fois.

J'ai fait la couverture d'un magazine sportif.

Et hier, j'ai appris que je faisais partie des finalistes pour le trophée Calder[2].

Ouais, complètement dingue.

Parfois, j'ai envie de me pincer pour m'assurer que je ne rêve pas. Que c'est bien réel, que ce n'est pas un fantasme dans lequel je me suis perdu et que je ne vais pas finir par me réveiller.

Je vis un rêve, et je jouis de chaque minute, de chaque seconde même, priant de toutes mes forces pour qu'il ne finisse pas par partir en fumée.

♛

Plusieurs voitures sont déjà garées sur le parking lorsque j'arrive enfin à destination. Il fait beau et chaud aujourd'hui, un temps idéal pour une balade. La randonnée que j'ai prévue s'étale sur un peu moins de dix kilomètres et je compte prendre mon temps pour en profiter à fond.

---

2   Le trophée Calder (Calder Memorial Trophy) est remis au joueur de hockey sur glace qui a su démontrer des qualités exceptionnelles durant sa première saison en tant que joueur au sein de la NHL (« Rookie of the Year ») (source : Wikipédia)

M'assurant que mes chaussures sont bien lacées, j'attrape mon sac à dos dans lequel j'ai glissé une gourde d'eau et une collation. J'ai l'intention de m'arrêter au sommet pour un déjeuner léger devant la superbe vue.

Le sentier est balisé, et il est facile de le suivre. Après être passé devant de petites cascades, je pénètre dans la forêt. Je prends le temps de respirer à pleins poumons tandis que j'avance entre les arbres, évitant les quelques flaques boueuses sur mon chemin.

C'est si paisible ici, loin de l'agitation de la ville. Les bruits sont étouffés, une atmosphère douce règne au creux de ces bois. Je prends mon temps, me plongeant à nouveau dans cette nature que j'aime tant. Je tente de faire le vide dans mon esprit, de ne pas songer aux jours à venir, à l'importance de nos prochaines rencontres. Difficile de ne pas stresser quand on sait ce qui est en jeu. Notre équipe n'a pas gagné de coupe depuis 2011, et je croise les doigts pour renverser la vapeur. Je n'ose même pas imaginer ce que ce serait d'enfin poser mes mains sur la coupe Stanley. Une chose est sûre, je vais me donner à fond, faire en sorte d'être un atout.

Je suis toujours en train de rêvasser lorsque mon portable vibre dans la poche de mon pantalon. La surprise m'incite à m'arrêter en découvrant le nom de l'expéditeur du message qui s'affiche sur mon écran.

Farrow.

Je déteste le frisson qui parcourt mon corps, le soubresaut de mon cœur en découvrant son nom. Ni une ni deux, je décide de lire le texto.

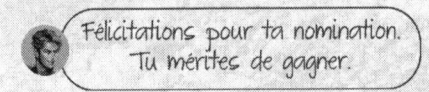

> Félicitations pour ta nomination.
> Tu mérites de gagner.

Je le relis, pour mieux intégrer chaque mot. *« Tu mérites de gagner »*. Je ne m'attendais pas à ça, et je ne peux m'empêcher de réfléchir au sens de ce texto. S'il n'en avait rien à foutre de moi, si je n'étais qu'un mec parmi tant d'autres, il n'aurait pas pris la peine de m'écrire, si ?

Je pousse un grognement, agacé contre moi-même. Voilà… la moindre attention de la part de Farrow Lynch et je pars déjà dans mes délires. C'est pathétique.

Je continue à avancer, mes doigts me démangeant de lui répondre. Je n'ai pas envie d'avoir l'air trop empressé, comme si je me languissais de lui, que je m'accrochais à chaque miette d'attention. Malgré mon cerveau qui me dit d'attendre un certain temps, pour montrer à Farrow que je suis un gars occupé, que j'ai bien mieux à faire de mes journées qu'à sauter sur mon portable au moindre texto, je ne résiste pas longtemps avant de lui répondre.

> Félicitations à toi aussi.

Si je suis en lice pour le trophée Calder, lui est sur la liste des finalistes pour le trophée Hart[3]. Je me demande s'il a ressenti le même frisson en découvrant qu'il fait partie de la sélection. Sans doute pas. Farrow en a déjà gagné deux, je suppose qu'il doit être un peu blasé.

Sa réponse arrive si vite que j'ai eu à peine le temps de parcourir une centaine de mètres.

> Prêt pour les playoffs ?

Arrête de te faire des films, Kesler. Ce n'est pas parce qu'il t'envoie un message que vous allez finir comme dans tes fantasmes les plus ridicules.

> Évidemment. Même si j'essaie de ne pas trop stresser.

> La méditation, il n'y a que ça de vrai.

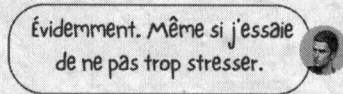

La méditation ? Je pouffe en imaginant Farrow, torse nu, vêtu d'un pantalon de yoga moulant ses fesses… mon rictus se transforme en grimace. Sérieusement, je suis désespérant.

---

3   Le trophée Hart (Hart Memorial Trophy) est décerné au meilleur joueur (Most Valuable Player) de la NHL en saison régulière.

> J'ai une autre technique, mais merci pour le tuyau.

> Laquelle ?

Je souris malgré moi, constatant qu'il tient absolument à continuer cet échange. Ce que je ne comprends pas vraiment d'ailleurs. Il m'a bien fait comprendre lors de notre dernière rencontre que je ne devais pas m'attendre à plus que ce que nous avions partagé, et je sais, au fond de moi, que je ne devrais pas espérer. Malgré tout, je ne peux pas m'en empêcher. Il m'arrive quelquefois – souvent… trop souvent – de fantasmer nos retrouvailles, de croire que nous n'en avons pas fini tous les deux. Puis la réalité me rattrape et me laisse un goût amer.

Pourtant, je n'ai pas envie de l'envoyer balader ; moi aussi, je souhaite prolonger cet instant. Je lève le bras pour prendre une photo du paysage qui m'entoure. Les rayons du soleil se fraient un chemin à travers les branches, et donnent l'impression de scintiller.

J'envoie la photo à Farrow avant de continuer mon chemin.

Moins de dix minutes plus tard, mon portable sonne à nouveau.

En temps normal, j'ai un mental d'acier. Du moins, j'aime à le penser. Dans le cas contraire, je ne serais pas arrivé là où je suis. Mais apparemment, ce mental ne s'applique qu'à ma carrière.

À moins qu'il ne s'applique à tout, excepté Farrow Lynch. Cette éventualité me fait grincer des dents.

Donc, évidemment, je n'attends plus pour ouvrir son message.

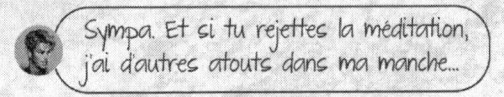

> Sympa. Et si tu rejettes la méditation, j'ai d'autres atouts dans ma manche…

Ses mots sont accompagnés d'une photo qui montre ses jambes tendues, croisées au niveau des chevilles, et ses pieds portant des chaussettes dépareillées. Sur ses cuisses se trouve un livre fermé. Sur la couverture, le titre *On thin ice* est inscrit en lettres stylisées sur la photo d'un type sacrément canon.

Ni une ni deux, je bascule sur Amazon pour lire le résumé, découvrant qu'il s'agit d'une romance entre un hockeyeur universitaire et un étudiant renfermé. Je me rends à peine compte que j'ai cliqué dessus pour acheter la version numérique. Je ne suis pas un gros lecteur, et quand ça m'arrive de me plonger dans un bouquin, c'est généralement un policier. Mais la curiosité l'emporte. J'ai envie de savoir ce qui plaît tant à Farrow dans ces histoires.

> OK. Tu as gagné. Je viens de l'acheter.

> Une photo suffit pour te convaincre ? Ouah, je suis plus influent que je ne le pensais.

> La couverture est assez sexy... c'est ce qui m'a motivé.

C'est faux, évidemment. Même si le gars a de sacrés abdos. La raison est bien plus niaise que ça. L'idée de me dire que nous lisons la même chose en même temps, ça a un côté assez grisant.

> Bonne lecture alors, j'espère que ça te plaira... Si ce n'est pas le cas, il faudra remettre en question tes goûts littéraires, parce que les miens sont excellents.

Mon rire attire le regard de deux randonneurs qui arrivent à ma hauteur. Je leur fais un signe de la tête puis range mon téléphone.

À présent, j'ai hâte d'arriver au point culminant afin de pouvoir me poser pour déjeuner... et plonger dans une nouvelle lecture.

CHAPITRE 16

Farrow Lynch

Les abords de la patinoire sont déjà bondés lorsque je passe devant. Les supporters arborent tous des maillots violet et noir, la majorité sont floqués au nom de Banes. J'en aperçois tout de même quelques-uns avec celui de Dean, et un sourire étire mes lèvres. Je sais pertinemment ce qu'il doit ressentir, ayant moi-même éprouvé la même chose lors de ma première saison en NHL. J'avais vingt ans, et voir mon nom sur les maillots des supporters pour la première fois, c'était foutrement incroyable.

Casquette vissée sur la tête, je contourne l'aréna pour utiliser l'entrée VIP. Je n'ai pas envie d'être reconnu par les fans de l'équipe que nous allons sans doute – je l'espère – affronter au deuxième tour des *playoffs*.

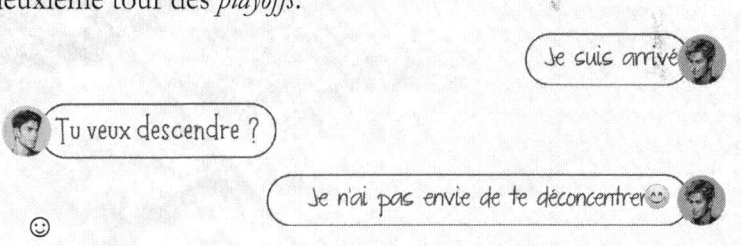

> Je suis arrivé

> Tu veux descendre ?

> Je n'ai pas envie de te déconcentrer 😊

☺

> Ferme-la et ramène ton cul.

Je souris et me dirige vers l'antre de l'aréna. Le pass qu'on m'a fourni me permet d'accéder aux coulisses sans problème, et rapidement, j'arrive à côté des vestiaires de l'équipe des Renegades. Carter arbore une tenue aux couleurs de son équipe et tandis que je m'approche de lui, je ne peux m'empêcher de lui lancer :

— Franchement, le noir et jaune t'allait vachement mieux au teint.

— Je t'emmerde Lynch, réplique-t-il avant de me rejoindre et de m'enlacer brièvement. Encore bravo pour votre victoire, vous les avez écrasés.

Je ne suis pas du genre à faire preuve de fausse modestie, il me connaît suffisamment pour le savoir.

— Le talent, que veux-tu, dis-je en haussant les épaules.

Carter s'esclaffe.

Nous avons tout déchiré. En cinq matchs, l'affaire a été pliée et il ne restait plus à l'équipe de Pittsburgh que leurs yeux pour pleurer.

— Ne t'attends pas à ce que ce soit aussi facile au deuxième tour, réplique-t-il.

— Tu dis ça parce que tu crois que vous allez perdre ?

Pour toute réponse, il me donne une tape sur la nuque. Honnêtement, si je suis là, ce soir, c'est pour les voir gagner. Pour soutenir l'un de mes meilleurs amis et applaudir de toutes mes forces quand ils remporteront ce premier tour.

— J'y crois, tu sais. Je suis certain que cette saison, nous ferons mieux que la dernière.

— J'y crois aussi. Vous avez une sacrée équipe.

— Ouais, et avec l'arrivée de Kesler, on a toutes nos chances.

Je hoche la tête. Sérieusement, depuis qu'il est arrivé chez les Renegades, Dean est exceptionnel. Raison pour laquelle je serais déçu s'il ne remporte pas le trophée Calder.

En parlant du loup, le voilà qui sort des vestiaires pour rejoindre ses coéquipiers dans le large couloir. Certains se font des passes avec un ballon de football, et il est sur le point de les rejoindre lorsque nos regards se croisent. Il se fige, sourcils haussés, surpris de me voir.

Je le salue d'un signe de tête.

Nous n'avons pas échangé de message depuis la dernière fois. Je pensais qu'il allait me recontacter, et j'ai été déçu qu'il ne le fasse pas. J'aime bien Dean. Et même si je n'ai pas envie qu'il espère quoi que ce soit de ma part, ce n'est pas pour autant que nous ne pouvons pas nous lier d'amitié. Sans compter qu'il traîne souvent avec Cake, et que je serai donc amené à le croiser fréquemment. Ce serait dommage qu'il continue de s'effacer rien que parce que nous nous sommes vus à poil.

— Alors, ce bouquin ? demandé-je tandis qu'il arrive à ma hauteur.

Il s'arrête à quelques pas de moi, préférant sans doute garder une certaine distance entre nous.

— Je n'ai pas eu le temps de vraiment avancer. Je ne lis pas très vite.

Il me dit ça d'un air contrit, comme si cet aveu l'agaçait. Alors que perso, je trouve ça chouette qu'il ait voulu s'essayer à la romance. Avec un peu de chance, il finira par y prendre goût et j'aurai enfin quelqu'un avec qui parler de mes livres préférés. Mes tentatives auprès de mes autres potes ont lamentablement échoué.

Carter nous observe tour à tour d'un air amusé.

— J'y crois pas, s'esclaffe-t-il. Tu essaies de convertir Dean ?

— Pourquoi pas ? Je me suis dit que j'étais peut-être tombé sur un homme de goût.

Carter lève les yeux au ciel, mais ne se départ pas de son sourire.

— Encore un peu et vous allez fonder un *book club*.

— Ce serait une excellente idée, répliqué-je.

Dean n'a pas ouvert la bouche, il se contente de m'observer.

— Qu'est-ce que tu fais ici, au fait ? finit-il par demander.

— Je me suis dit que j'allais venir encourager mon pote.

— Tu assistes au match ?

J'acquiesce.

— Ma présence te stresse ?

Il secoue la tête, et si j'ai dit ça sur le ton de la plaisanterie, je devine que j'ai visé dans le mille. Je ne sais pas trop sur quel pied danser avec Dean. J'ai l'impression qu'une partie de lui est impressionnée par ma personne – ce que je trouve flatteur –, mais qu'une autre préférerait tout simplement m'ignorer. Je comprends ses sentiments contradictoires, et peut-être que les choses auraient été différentes si nous n'avions pas couché ensemble, mais il est trop tard pour les regrets.

La voix de leur coach résonne dans le couloir, signe qu'il est temps pour moi de tirer ma révérence et de rejoindre les loges pour assister au match. Comme si Dean avait prié pour que ce moment arrive, il tourne les talons sans demander son reste, me saluant à peine d'un geste de la main. Je ne m'en formalise pas, portant mon attention sur Carter.

— Bon courage, Banes. Ne me fais pas regretter d'avoir conduit jusqu'ici.

— Je vais faire de mon mieux. On se rejoint après ?

De toute façon, il n'a pas le choix. Je squatte chez lui cette nuit, refusant de me taper dix heures de route dans la même journée. Avec un peu de chance, nous aurons une victoire à fêter.

— Yep. J'espère ne pas avoir à sécher tes larmes.

Il éclate de rire et m'adresse un doigt d'honneur avant de s'éloigner.

♛

Les yeux rivés sur la patinoire, j'observe le match avec attention. Je peux sentir la tension sur la glace, les actes désespérés pour marquer des buts. Les arbitres ont déjà mis un terme à au moins six échauffourées. Les pénalités s'enchaînent bien plus facilement que les buts.

À la fin de la deuxième période, le score est de un partout.

— On dirait que c'est ton équipe qui joue, plaisante Blake à côté de moi.

Il tente de ne pas le montrer, mais je peux ressentir son stress, comme celui de la majorité des personnes présentes dans la loge. Il s'agit surtout de famille, de conjoints, venus assister à la rencontre, et nous espérons tous la même chose.

— S'ils perdent, ton mec va m'entendre gueuler si fort que je vais lui briser les tympans.

Il s'esclaffe puis prend une gorgée de bière.

De mon côté, je m'en tiens à de l'eau, et j'évite la nourriture. Même si je commence à avoir faim, la nervosité me tord l'estomac et m'empêche d'avaler quoi que ce soit. J'ai bien conscience des conséquences si les Renegades gagnent cette rencontre : nous nous retrouverons face à face.

Je vais gagner ou perdre contre mon pote.

La saison dernière, nous avons été éliminés sans avoir l'occasion de jouer l'un contre l'autre. Je croise les doigts pour que ce ne soit pas le cas cette fois-ci.

— Tu penses qu'ils ont une chance ? murmure Blake.

— Évidemment. Il faut simplement qu'ils se reconcentrent. Ils mènent le jeu, mais commettent trop d'erreurs.

La pression peut être difficile à gérer. Je suis bien placé pour le savoir. Ils ont l'avantage de jouer à domicile pour cette rencontre, et ils doivent mettre cet avantage à profit. La ferveur des supporters est un soutien primordial. Elle nous pousse à nous dépasser, à les rendre fiers.

Blake m'observe, comme s'il voulait être sûr que je ne cherche pas uniquement à le rassurer. Puis il hoche la tête et demande :

— Et Dean ? Qu'est-ce que tu penses de lui ?

— En tant que joueur, tu veux dire ?

— Pourquoi ? Tu as un avis autre que professionnel à son sujet à partager ?

Je me fige. Évidemment qu'il parlait sur le plan professionnel. Je devrais vraiment apprendre à tourner sept fois ma langue avant de parler.

— Pas du tout.

— Vraiment ? réplique Blake en haussant un sourcil.

Vraiment.

Il éclate d'un rire bref et secoue la tête.

— Tu sais, je me demande si tu penses qu'on est stupides, ou si tu t'imagines plus discret que tu ne l'es.

Merde.

— Qu'est-ce que tu racontes ?

Je feins l'innocence, mais Blake n'est pas dupe. Il jette un coup d'œil autour de lui, mais n'ajoute rien. Je suppose que ce n'est pas l'endroit pour aborder le sujet, alors j'accepte la perche silencieuse qu'il me tend et lui fais un topo sur les capacités *professionnelles* de Kesler. Blake m'écoute sans m'interrompre et je me demande s'il comprend la moitié de ce que je lui raconte. Je ne peux pas lui en vouloir, cela dit, mais il n'avait pas à me lancer sur le sujet.

— C'est marrant, parce que vous vous ressemblez quand vous parlez l'un de l'autre.

Sa remarque me fait froncer les sourcils.

— Comment ça ?

— Il t'admire, je suppose que tu le sais. Tu es l'une de ses idoles, au même titre que Carter. Il connaît ta carrière sur le bout des doigts. Et maintenant, je constate que toi aussi.

Ouais. En effet. Je me suis renseigné quand il a intégré les Renegades. Et j'ai continué à le suivre de près. J'aime me dire que j'aurais agi de la même manière avec n'importe quel rookie aussi talentueux, mais la vérité, c'est que le fait d'avoir couché avec lui a changé la donne. Même si je tente de ne pas trop penser à Kesler, il rôde souvent à l'orée de mon esprit. En fait, je crois que j'ai fait une petite fixation sur lui lorsque nous nous sommes battus sur la glace la première fois. J'ai aimé sa ténacité, son envie de rendre coup pour coup et de ne pas se laisser intimider.

J'aurais voulu l'avoir dans mon équipe.

Voilà la pensée qui me traverse l'esprit.

Au lieu de quoi, je l'ai eu dans mon lit...

— Tu sais ce qu'on dit, répliqué-je. Garde tes amis près de toi et tes ennemis encore plus près.

Blake sourit et avale sa bière tandis que je reporte mon attention sur le décompte qui s'affiche sur l'écran central. Deux minutes avant le début de la dernière période.

J'espère que les Renegades sont prêts à gagner.

CHAPITRE 17

Dean Kesler

La violence du coup d'épaule de mon adversaire est telle que je me retrouve allongé sur le sol, manquant mon tir.

Enfoiré.

Poussant un juron, je me remets debout et avise Banes qui se bat pour le palet, sa crosse cognant contre celle de l'autre joueur.

Bon sang, ce match finira par avoir notre peau.

Tyler arrive à la rescousse et réussit à récupérer le palet qu'il me lance après un appel de ma crosse sur la glace. Je parviens à l'intercepter et contourne le but, le lançant à nouveau à Ty, qui tire… et loupe.

Merde.

Notre équipe ne lâche rien. Nous sommes tous devant le goal à tenter de marquer lorsque l'arbitre siffle l'arrêt de jeu.

Je pousse un grognement et patine jusqu'au banc, passant par-dessus la balustrade pour aller m'asseoir.

Je suis en nage, de la sueur coule le long de mon visage. J'avale quelques gorgées d'eau puis reporte mon attention sur le jeu.

Allez, murmuré-je pour moi-même. *Marquez, putain.*

Dans mon dos, le coach aboie des ordres. Tout le monde est à cran, ça se ressent. Ce ne serait pas la catastrophe si nous perdions ce match, nous avons deux points d'avance sur nos adversaires, mais se qualifier ce soir serait carrément génial.

En avisant Derek se diriger vers nous, je me relève et saute sur la glace pour le remplacer.

Allez, Kesler. C'est le moment de tout donner.

Je suis à fond, hyper concentré. L'adrénaline coule dans mes veines, me pousse à patiner toujours plus vite, à être à l'affût de la moindre occasion.

Ty dégage le palet avec une telle force qu'il s'envole. Je l'attrape dans mon gant pour l'arrêter et le relâche aussitôt. Un bref coup d'œil me suffit pour calculer nos chances de marquer.

Je passe le palet à Carter d'un geste rapide et cours pour me positionner à un endroit stratégique.

J'agis vite, trop vite pour qu'un joueur adverse ait le temps de me contrer. La frappe de Carter est puissante et précise, et d'un mouvement du poignet, je tire, visant le coin droit de la cage.

Le bruit de la sonnerie qui annonce le but résonne jusqu'au fond de mes entrailles. J'ai à peine le temps de cligner des yeux qu'on me saute dessus.

Le public hurle à pleins poumons, un frisson de fierté parcourt ma peau.

Je souris et tape dans la main de Ty avant de rejoindre mes autres coéquipiers.

— Bien joué, Kesler ! me félicite le coach lorsque je pose mes fesses sur le banc.

Mon cœur bat si vite qu'il menace d'exploser.

Nous menons deux buts à un.

Il reste moins de sept minutes avant la fin du match.

Reste plus qu'à tenir le coup et à ne pas se faire rattraper.

Je n'arrive pas à y croire.

J'ai beau me pincer, me frotter les yeux pour m'assurer que je ne suis pas victime d'hallucinations, c'est bien vrai.

C'est bien réel.

Nous avons gagné…

Nous avons gagné !

Je vis un rêve éveillé.

Les gradins sont en liesse, des sifflements, des cris, des applaudissements, bourdonnent à mes oreilles. Je crois même entendre scander mon nom.

Ma peau est recouverte de chair de poule, je suis à deux doigts de m'écrouler tellement je tremble.

Sur la glace, tout le monde s'étreint et se félicite. Des gens me parlent, mais je ne comprends pas vraiment ce qu'ils racontent. J'ai l'impression de ne plus toucher terre.

Ce que je ressens… je ne saurais même pas l'expliquer. C'est puissant, incroyable.

J'ai rêvé de cet instant.

J'ai prié si fort pour avoir la chance de jouer les *playoffs*.

Et non seulement c'est le cas, mais en plus, nous avons passé le premier tour.

Putain.

Après avoir serré la main de nos adversaires, assisté aux récompenses des MVP du match – le nôtre étant Sergei, notre goal – et répondu aux questions des journalistes, nous nous précipitons vers les vestiaires.

Tous mes coéquipiers chantent et crient, et je me mêle à la ferveur générale, avide de partager ce moment avec eux, de mêler mon bonheur au leur.

Le bras de Carter qui vient entourer mes épaules pour m'attirer à lui avec force me fait trébucher. Lorsqu'il me relâche et croise mon regard, un sourire étire ses lèvres.

— Ouais, je sais ce que ça fait. Tu peux chialer, tu sais. On l'a tous fait.

Il me tapote la joue. Je ne m'étais même pas rendu compte que je pleurais, trop perdu dans un tourbillon d'émotions.

— Bravo à tous, nous félicite le coach. On débriefera après-demain. En attendant, reposez-vous. N'oubliez pas qu'on affronte les Kings dans quatre jours, et que ça va nous demander de redoubler d'efforts.

La suite de son discours se perd dans le brouhaha qui résonne dans mon esprit.

Dans l'excitation, j'avais oublié ce détail.

Nous allons affronter les Kings.

Je vais à nouveau me retrouver face à face avec Farrow.

Soudain, je ne sais plus vraiment si je suis impatient ou effrayé.

♛

Quand tout le monde a repris ses esprits, nous filons sous la douche. Une fois propre, je me rends dans la salle de soins pour que Tania puisse s'occuper de moi. Ma cuisse est douloureuse, et mon épaule me lance légèrement. Rien qu'elle ne puisse guérir de ses mains expertes.

Carter me suit de près, s'installant sur la table à côté de la mienne.

Il s'est pris un mauvais coup à la hanche lors d'un combat sur la glace et un léger hématome s'est formé.

Tandis que Tania me masse, mes paupières papillonnent. Bon sang, c'est si bon que je pourrais m'endormir. Comme si elle avait senti que je m'assoupissais, Tania tire fermement sur mon épaule et je pousse un grognement.

— Pour un type de ton acabit, tu es vraiment une petite nature, me taquine-t-elle.

J'aime beaucoup Tania. C'est d'ailleurs souvent elle qui s'occupe de moi. Au fur et à mesure des semaines, nous avons appris à faire connaissance.

Depuis sa place, Carter éclate de rire.

— Ne le maltraite pas trop, on a encore besoin de lui.

— Si je ne le maltraite pas suffisamment, il n'ira pas mieux.

— Le soin par la torture, c'est sa spécialité, ajouté-je. ... Aïe !

— Tu l'a bien mérité, s'esclaffe Carter.

Je lève les yeux au ciel, faussement agacé.

La vérité, c'est que j'adore ces moments, cette complicité que suis parvenu à créer non seulement avec mes coéquipiers, mais également avec tout le staff des Renegades.

— Alors, vous allez fêter ça? s'enquiert Dale, étalant un baume sur la hanche de Carter.

— Honnêtement, je suis lessivé, j'ai juste envie de rentrer chez moi et de pioncer, répond ce dernier. Mais je sais que Farrow ne va pas l'entendre de cette oreille.

Je me raidis à la mention de ce prénom qui refuse de quitter mes pensées, peu importe à quel point j'essaie. Quand je l'ai aperçu tout à l'heure, j'ai dû me faire violence pour jouer le mec détaché, à qui sa présence ne faisait ni chaud ni froid. J'ai réussi à l'oublier le temps du match, trop focalisé sur le jeu pour songer à quoi que ce soit d'autre, mais à présent, je me souviens qu'il était là. Qu'il a assisté au match.

Je me repasse la rencontre dans ma tête, essayant de me souvenir si j'ai tout donné, si j'ai assuré. Merde, c'est n'importe quoi. Évidemment que j'ai assuré, bon sang.

Cette histoire commence à tourner à l'obsession. Peut-être que je devrais consulter. Ou demander à ce qu'on me retire le bout de cerveau où Farrow a élu domicile.

Je ferme les yeux, essayant de faire le vide, de me détendre sous les mains de Tania. Quand elle me libère, j'ai l'impression que mes muscles ont fondu.

Je termine de m'habiller lorsque Carter s'approche de moi. Il est déjà prêt à partir.

— Tu viens à la maison?

Je cligne des paupières, comme si j'avais mal entendu.

— Je...

— N'ai pas le choix. Ordre de Lynch.

Hein? Quoi?

Mon regard perplexe doit parler pour moi, car pour toute explication, Carter tourne l'écran de son portable vers moi.

La photo de Farrow et Blake, installés sur un canapé, une bouteille de bière à la main, apparaît devant mes yeux, accompagnée d'un message.

> On a commencé à fêter la victoire sans toi.
> Bouge ton cul, mec. Et ramène Kesler.

Ramène Kesler? Il me prend pour quoi exactement? Un chiwawa? Mon esprit de contradiction me pousserait presque à refuser l'invitation de Carter, rien que pour faire chier Farrow. Mais évidemment, mon envie de le voir surpasse mon agacement. Et les mots «OK, je viens» s'échappent avant que je n'aie eu le temps de les ravaler, comme si ma bouche craignait que mon cerveau me freine si elle attendait quelques secondes de trop pour parler.

Je suis vraiment trop faible, putain.

Mais autant me rendre à l'évidence.

Je suis prêt à saisir toutes les occasions qui se présentent pour revoir Farrow.

CHAPITRE 18

Farrow Lynch

Installé sur le canapé chez Carter, je sirote ma bière en discutant avec Blake. Nous nous sommes arrêtés pour prendre des plats à emporter en chemin, et attendons que les gars arrivent pour un repas tardif. Blake a même préparé un dessert pour fêter l'occasion. Un brownie au chocolat qui va faire exploser mon nombre de calories. Tant pis, je me rattraperai demain.

— Vous ne comptez pas vous installer ensemble pour de bon ? demandé-je à mon pote alors que la télévision retrace les temps forts du match de ce soir.

— Je n'en sais rien. Ce n'est pas dans nos plans, pour le moment. Et puis nous aimons tous les deux avoir notre espace.

Je hoche la tête. Même si je suppose que ces deux-là passent la majorité de leurs nuits ensemble quand ils se trouvent dans la même ville, je comprends qu'ils aient envie de garder une certaine indépendance. Sans compter que Blake a transformé une grande partie de son salon en studio photo, donc son appartement lui sert également de lieu de travail.

— Et toi, alors ? Tu comptes continuer à t'envoyer la terre entière encore longtemps ou bien ?

J'éclate de rire.

— La terre entière, n'abuse pas non plus.

Certes, j'ai eu de nombreuses aventures, mais elles ne sont pas si fréquentes. Et quand bien même ce serait le cas, il n'y a rien de mal à s'amuser avec des partenaires consentants. Les histoires d'amour, je les vis à travers les livres, et ça me convient parfaitement, même si clairement, certains bouquins mettent la barre bien trop haut.

— Je n'ai pas le temps pour une vie privée.

— C'est une fausse excuse, et on le sait tous les deux.

Poussant un soupir, je me rencogne sur le canapé. Je suis certain de savoir où il veut en venir, mais il est hors de question que je lui fasse ce plaisir. Je commence à le connaître, et il va mettre la charrue avant les bœufs. C'est le problème des potes avec une vie de couple épanouie, ils veulent que tout le monde ait la même chose qu'eux.

Quelle plaie que ces gens heureux.

— Pourquoi personne ne veut comprendre que je suis bien tout seul? Je fais ce que je veux, je n'ai de compte à rendre à personne. Personne ne me manque quand je suis loin, je ne m'inquiète jamais pour qui que ce soit... bref, le rêve.

Blake secoue la tête d'un air dépité.

— Et je comprends tes arguments. Sauf que tu sais très bien que le problème n'est pas là.

— Oh, vraiment? dis-je en croisant les jambes. Je t'écoute. Montre-moi à quel point tu me connais mieux que je ne me connais moi-même.

Ouais, je commence à être agacé. Nous sommes sur un terrain miné, et je voudrais pouvoir envoyer balader Blake et cette conversation, mais je me dis que c'est juste un mauvais moment à passer.

— Ne me fais pas dire ce que je n'ai pas dit. Bon sang, Farrow, tu es tellement de mauvaise foi, parfois.

Je ne réponds rien, me contente de le fixer, attendant qu'il continue.

— Je n'ai pas insisté tout à l'heure au match, parce que ce n'était pas l'endroit pour en parler, mais... et Dean?

Seigneur, voilà qu'il recommence. Je pourrais nier, assurer qu'il n'y a rien entre nous, mais ce ne serait pas juste pour Dean, de le rejeter d'un revers de la main ni pour Blake, à qui je refuse de mentir.

— Tu commences vraiment à faire une fixette sur ce type. Je devrais peut-être en toucher deux mots à Banes...

Il pointe un doigt accusateur dans ma direction, yeux plissés.

— Arrête de détourner la conversation, putain.

— Et toi, arrête de vouloir grappiller des infos. Ça ne te regarde pas.

— Je l'aime bien.

— Moi aussi, je l'aime bien, et alors ?

— Alors tu vas lui faire du mal, et il ne mérite pas ça.

— D'où est-ce que tu sors cette idée saugrenue ? J'ai vu ce type quatre fois dans toute ma vie. La quatrième étant aujourd'hui, et je lui ai à peine touché deux mots. Donc sauf si tu parles physiquement, à force de l'asticoter sur la glace, je ne vois pas de quoi tu parles.

— Et pourtant, tu as demandé à ce qu'il soit là ce soir et... attends...

Il se tait, me fixe intensément, et je commence à flipper. Qu'est-ce qu'il lui prend tout à coup ?

— Comment ça, quatre fois ?

Merde. Merde, merde, merde.

J'avais complètement oublié qu'il n'était pas venu boire un verre avec nous quand je l'ai rejoint dans sa chambre d'hôtel le mois dernier. Et je n'aurais eu aucune raison de le croiser sans le couple de l'année. Putain.

— Je...

Merde.

Un sourire ourle les lèvres de Blake.

— Tu pourras dire à ton pote qu'il me doit cinquante dollars, déclare-t-il avec amusement.

Bon sang, eux et leurs paris constants, ils vont me rendre fou.

— Ce n'est pas ce que tu crois.

— Bizarrement, quand quelqu'un commence une phrase comme ça, c'est parce que c'est toujours ce qu'on croit...

Le bruit de la clé dans la serrure nous coupe dans notre bavardage. Dieu merci.

Je pousse un soupir de soulagement, bien que je devine que ce sujet n'est pas clos. Malgré tout, je ne peux m'empêcher de m'attarder sur la remarque de Blake. En effet, j'ai demandé à Carter d'amener Dean avec lui, et maintenant que j'y pense, je ne sais même pas pourquoi.

Peut-être parce que tu as envie de passer plus de temps avec lui ?

Quel bordel. Et dire que rien de tout ça ne serait arrivé si j'avais gardé ma bite dans mon pantalon. Je me foutrais des baffes, parfois.

À peine les deux hommes ont-ils passé la porte que Blake se précipite vers son mec pour le prendre dans ses bras.

— Félicitations, chaton ! C'était incroyable.

Il l'embrasse sans se soucier des personnes présentes. Soit moi et… Dean, qui s'est arrêté quelques pas derrière Banes et croise mon regard.

— Salut, déclaré-je en me levant à mon tour. Bravo pour ce soir, c'était dément.

Il rougit, comme souvent, et vraiment, j'adore le voir dans cet état.

— Merci, répond-il en se grattant la tête.

Blake finit par lâcher Carter et le sourire qu'il me lance lui bouffe le visage.

— Tes rêves ont été exaucés.

— Oui, en effet.

Je l'enlace rapidement et murmure un «bien joué, mon pote» à son oreille.

Je suis content d'avoir l'occasion d'affronter les Renegades au deuxième tour des *playoffs*, même si ça signifie qu'il y aura des déçus, nous savons que le perdant sera là pour soutenir l'autre durant le reste des séries éliminatoires.

— Bon, c'est pas tout ça, mais j'ai la dalle. Vous avez mis un temps interminable à arriver.

— J'ai le temps de me changer avant ? grommelle Carter.

— Ouais, mais dépêche-toi, intimé-je. Je m'occupe de faire réchauffer la bouffe.

— Tu as besoin d'aide ?

Je me tourne vers Dean, qui était resté silencieux jusque-là. Je hoche la tête et il m'emboîte le pas en direction de la cuisine.

— Tu veux une bière ? demandé-je en sortant les sachets du frigo.

Il acquiesce, et je lui tends une canette avant de déposer la nourriture sur le plan de travail et de sortir de la vaisselle. Je suis venu squatter assez souvent pour savoir où tout se trouve.

Durant quelques minutes, nous travaillons en silence, transvasant les nouilles, le riz frit, les nems et la viande en sauce dans des plats adaptés, puis les mettons à chauffer.

— Pourquoi est-ce que tu m'as demandé de venir ? souffle soudain Dean.

Je lui jette un coup d'œil en coin. Lui ne me regarde pas, trop occupé à faire semblant d'étaler le riz.

— J'avais envie de te voir.

— Pourquoi ?

— Pourquoi pas ?

Son soupir est contrit, et il se tourne pour s'appuyer contre le plan de travail.

— J'aimerais savoir à quoi tu joues, murmure-t-il. Ce n'est pas... je ne sais pas trop ce que tu attends et ça me rend complètement confus.

Soudain, les mots de Blake me reviennent en mémoire.

« Tu vas lui faire du mal, et il ne mérite pas ça. »

Parfois, j'oublie que tout le monde n'est pas comme moi. Que les autres ne cherchent pas forcément la même chose. Le truc, c'est que Dean me plaît. Il me plaît beaucoup. Et j'ai envie de continuer à le fréquenter. La manière dont il me touche, dont il m'embrasse, dont il me baise... j'ai rarement ressenti une telle connexion, un tel désir avec qui que ce soit d'autre.

Je me poste en face de lui pour l'obliger à me regarder.

— Je t'aime bien, Kesler. J'ai envie de passer du temps avec toi. Et peut-être... tu sais... revoir encore tous ces tatouages...

Il ricane et je souris. Ouais, j'ai vraiment un faible pour les mecs tatoués, je sais.

— Où est passé ton « c'est juste pour ce soir » ?

— On sait très bien que c'était foutu quand je suis venu frapper à la porte de ta chambre d'hôtel.

— Donc toi et moi, ce serait… quoi, exactement ? Du sexe sans attaches ?

— Pourquoi pas ?

Ça me plairait. Ça me plairait beaucoup, même.

— On s'affronte sur la glace, on se tape dessus, et ensuite on s'envoie en l'air ? ajoute-t-il.

— C'est moi ou c'est carrément sexy, dit comme ça ?

— Non, c'est toi, Lynch.

OKKKK.

J'ai l'impression que ma proposition ne l'enchante pas des masses.

— Est-ce que… ça ne t'a pas plu ?

Bordel, mais pourquoi je pose cette question, moi ? J'aurais l'air d'un con s'il me répond «non». Et ce serait un sacré coup à mon ego, par la même occasion.

— Ce n'est pas ça… mais… je ne suis pas comme toi. Je ne fais pas dans le sexe occasionnel.

— Pardon, mais c'est bien toi, pourtant, qui es venu me chercher la première fois, qui m'a pratiquement supplié de me sucer.

— N'exagère pas, gronde-t-il.

Il passe une main sur son visage et soupire à nouveau.

— Je… je ne sais pas ce qui m'a pris ce soir-là. Sans doute l'alcool qui m'est monté au cerveau.

Nous savons tous les deux que ce n'était pas le cas, mais je comprends qu'il se cherche des excuses.

Le bip du micro-ondes nous fait sursauter. Dean se mord la lèvre puis s'occupe de sortir les plats.

— J'ai envie d'apprendre à te connaître moi aussi, Farrow. Et c'était sympa de pouvoir discuter par texto avec toi…

— Mais ?

Parce que le «mais» arrive à grands pas.

— Mais je ne peux pas te donner plus que ça. Ce serait trop… casse-gueule.

Je n'insiste pas, bien que je sois déçu, je respecte sa décision.

Lorsque nous sortons de la cuisine, Blake et Carter se taisent. Je leur lance un regard noir, yeux plissés, me doutant parfaitement de leurs commentaires. Ils me lancent un regard empli d'innocence et Blake se lève pour aller chercher les assiettes.

Bientôt, nous sommes tous installés autour de la table basse, piochant dans chaque plat. Et même si nous discutons agréablement de tout et de rien, je peux sentir une certaine tension entre Dean et moi.

Dommage que nous n'ayons plus aucun moyen de l'évacuer.

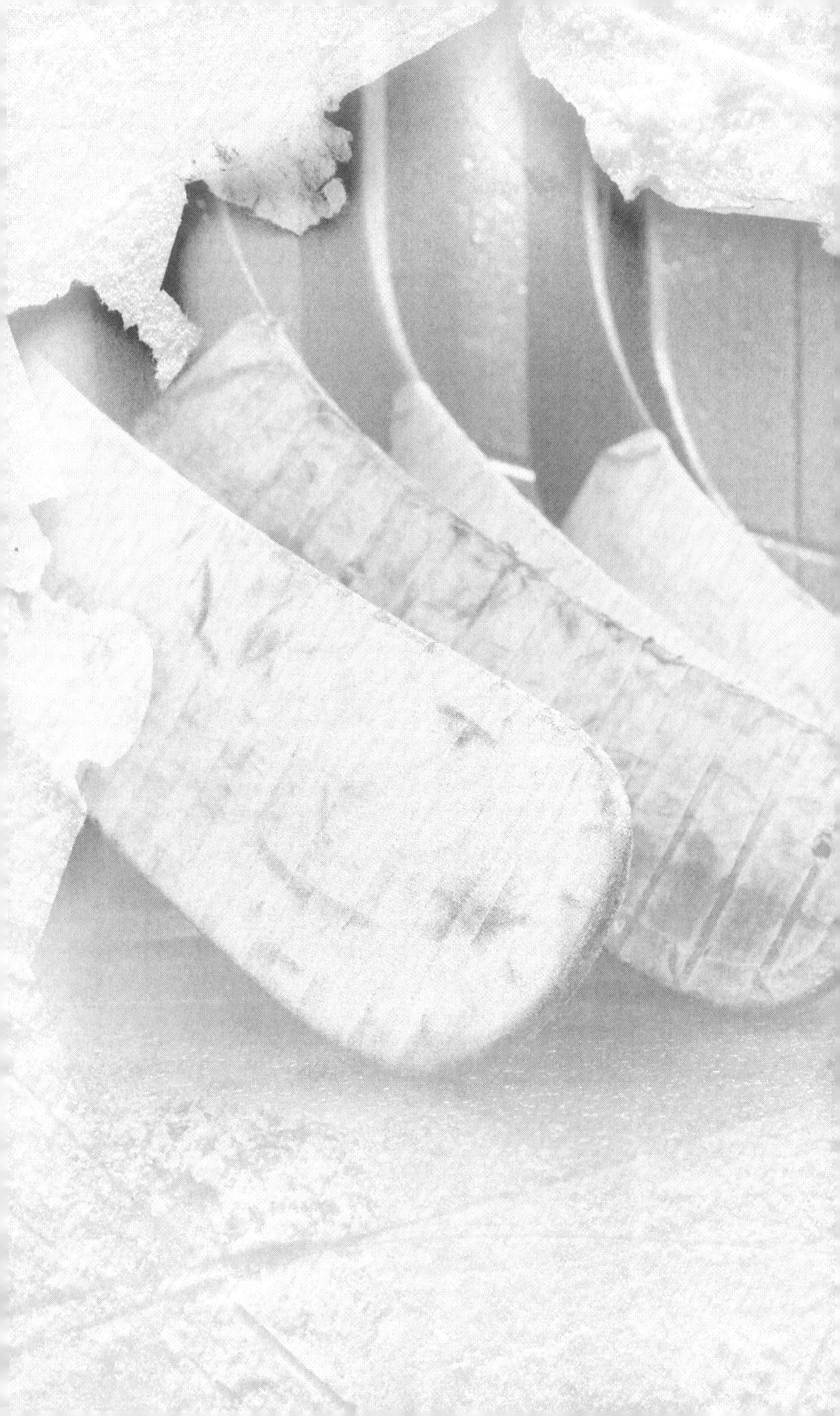

CHAPITRE 19
Dean Kesler

Bien que je tente de participer à leur conversation, mon esprit reste focalisé sur ma discussion avec Farrow dans la cuisine. Je sais que j'ai pris la bonne décision, même si honnêtement, l'idée de ne plus sentir les lèvres de Farrow sur les miennes est un peu douloureux, mais je dois me protéger.

Je ne mentais pas en lui disant que je ne faisais pas dans le sexe occasionnel. En vérité, Farrow a été ma seule exception. Juste parce qu'il est… eh bien… Farrow. Je n'ai pas vraiment réfléchi ce soir-là, j'ai sauté sur l'occasion.

Ainsi que sur la suivante.

Et s'il m'avait attiré à lui pour m'embrasser dans la cuisine, je n'aurais pas protesté. En vérité, je crevais d'envie qu'il le fasse. Sa manière de me regarder, son bras frôlant le mien… voilà pourquoi j'ai dû refuser sa proposition, aussi alléchante soit-elle.

Parce que je me connais. Avant lui, je n'ai couché qu'avec des mecs avec qui j'étais en couple. Même si ma dernière relation date de l'université, et s'est terminée il y a un peu plus d'un an.

Tant pis si c'est un acte manqué, si je passe à côté du meilleur coup de ma vie. *Courage, fuyons*, telle est ma devise dorénavant lorsqu'il sera question de Farrow Lynch.

Malgré toute la volonté du monde, je peux sentir ma nuque s'échauffer dès que nos regards se croisent, mon cœur battre un peu plus vite lorsque nos genoux se cognent par inadvertance. J'aurais sans doute dû m'asseoir de l'autre côté du canapé, et non pas sur le fauteuil trop près de là où il est installé.

Et vraiment, il faut qu'il arrête de lécher les miettes de chocolat sur ses doigts comme il le fait. C'est une torture de le regarder, mais je ne peux pas m'en empêcher. Il a dû sentir mes yeux sur lui, parce qu'il tourne la tête vers moi, me fait un clin d'œil et se lèche les lèvres.

Enfoiré d'allumeur.

Je tente de conserver mon masque d'impassibilité, mais je ne suis pas doué pour ça. Mes joues me brûlent. Voilà pourquoi je n'ai jamais été foutu de gagner au poker. Je suis incapable de contrôler mes émotions.

— Oh, regardez qui passe à la télé ! s'exclame Blake.

Nous l'avons laissée allumée sur ESPN, bien que nous ayons coupé le son.

Nous nous tournons vers l'écran et je vois mon visage en gros plan. Il s'agit d'une rediffusion de mon interview à la fin du match. Je suis en nage, mes cheveux sont trempés, mais mon sourire est éclatant. Je serais incapable de me souvenir de ce que j'ai raconté, tant j'étais euphorique.

— Tu veux qu'on monte le son ? s'enquiert Carter.

Je grimace à cette idée. Sans façon.

— Non, merci. J'espère ne pas m'être trop ridiculisé, grommelé-je.

— Ne t'inquiète pas. On t'a écouté tout à l'heure, tu as été impeccable.

Je me tourne vers Farrow qui m'observe avec bienveillance. J'aime ce côté-là de sa personnalité. Le côté gentil, doux, rassurant.

— Merci.

Il lève sa tasse de café pour toute réponse avant d'en boire une gorgée.

— Tu ne pourras jamais faire pire que Lynch dans tous les cas, ricane Carter.

Je souris, je m'en souviens, évidemment, comme tous les fans de hockey, je suppose. Son rictus narquois et son air sûr de lui alors qu'il venait de remporter la coupe Stanley avec les Kings. C'était il y a cinq ans. Tandis que le journaliste lui demandait si c'était une bonne surprise d'avoir remporté le trophée, Farrow avait répondu d'un air impertinent « si vous êtes surpris, c'est que vous ne regardez pas assez de matchs de hockey » et il s'était barré.

La suffisance de ses propos avait choqué pas mal de monde, et je suppose qu'il avait dû se prendre une soufflante par les bonnets de l'équipe. J'avais éclaté de rire en l'entendant et j'avais songé « je veux être comme lui. Aussi confiant. Aussi sûr de moi et de mes capacités ».

— La fougue de la jeunesse, réplique Farrow.

— À t'entendre, on dirait que tu as quatre-vingts ans, le taquine Blake.

Certes, Lynch n'est plus le jeune premier qu'il a été, mais il n'a que vingt-neuf ans, il lui reste encore de belles années devant lui. Et un sacré palmarès à son actif.

— Moi, j'ai adoré cette interview, déclaré-je. Ce n'est pas souvent que quelqu'un se montre aussi franc.

— Merci, Dean. Enfin quelqu'un de sensé. Pourquoi est-ce que j'aurais dû jouer le modeste ? On était les meilleurs cette année-là, Banes. Tu l'as déjà oublié ?

— Bien sûr que non.

Je me demande quelles ont été leurs réactions à l'un et à l'autre quand Carter s'est fait *trader*. Ils sont si proches, sont amis depuis tant d'années, ils jouaient sur la même ligne d'attaque. Ça a dû être difficile de continuer sans l'autre, au début.

— Promets-moi de ne jamais devenir comme lui, me supplie Carter.

En représailles, Farrow lui assène un violent coup dans les côtes et répond :

— Personnellement, je trouve qu'il n'y a pas assez de types comme moi.

— Merci mon Dieu !
— Tu veux vraiment que je te brise une côte ?

Je les observe se chamailler comme deux gosses. Lorsqu'ils finissent enfin par se calmer, Farrow se tourne vers moi.

— Ne l'écoute pas. Tu es un excellent joueur, et tu l'as encore prouvé ce soir. Ça te donne le droit d'être arrogant.

Ce compliment me touche profondément. Et le fait qu'il me regarde jouer, qu'il ne se focalise pas uniquement sur son pote, mais également sur moi, me gonfle le cœur. Si on m'avait dit un jour que Farrow Lynch s'intéresserait à mon jeu, j'en aurais chialé de bonheur, je crois. D'ailleurs, l'émotion qui m'étreint me laisse la gorge sèche.

Nous discutons encore de hockey en terminant notre café, puis Carter et Blake décident qu'il est temps d'aller se coucher.

— Vous pouvez continuer votre soirée, ajoute ce dernier. Je n'ai pas envie que tu croies que je te mets dehors.

Je secoue la tête.

— C'est gentil, mais je ferais mieux d'y aller aussi.

Il n'est pas loin d'une heure du matin et je suis lessivé. Cette soirée a été riche en émotions à tous les niveaux. Sans compter que me retrouver en tête-à-tête avec Farrow n'est sans doute pas très judicieux.

Je me lève, et leur souhaite une bonne nuit, puis me dirige vers la porte.

— Attends, je t'accompagne.
— Je connais la route.

Un frisson parcourt mon échine aux mots de Farrow. J'avais presque oublié que lui passait la nuit ici. Et je ne suis pas stupide au point de croire qu'il agit simplement par galanterie. Souhaite-t-il reprendre notre conversation là où nous l'avons laissée ? Même si la finalité semblait plutôt claire.

— On ne sait jamais, tu pourrais te perdre en chemin, déclare-t-il avec un clin d'œil avant d'ajouter : je veux juste verrouiller derrière toi, petit malin.

Et voilà que mes joues me brûlent à nouveau. C'est insupportable. Peut-être que je devrais songer à investir dans du fond de teint.

Une fois devant la porte, il se penche légèrement pour actionner la poignée. Ses cheveux effleurent mon nez et je respire son odeur. Je fais un pas dans le couloir, ne sachant pas vraiment comment dire au revoir à Farrow.

Nous restons comme deux abrutis sur le palier, à nous dévisager, attendant que l'autre prenne une décision.

Peut-être que je devrais me contenter d'un signe de la main et d'un «à plus tard»?

Le soupir de Farrow me sort de mes hésitations, et j'observe son corps tendu alors qu'il s'appuie contre le chambranle. Sa tentative de posture décontractée jure avec l'hésitation que je lis soudain dans son regard. Je sens qu'il a envie de parler, et je me tais, attendant. C'est alors qu'il prend une profonde inspiration et déclare :

— Est-ce qu'on pourra quand même... garder le contact?

Sa voix est douce, ses mots sont à peine plus qu'un murmure. Mon Dieu. Si un jour on m'avait dit que Farrow Lynch pouvait se montrer timide, incertain, je ne l'aurais pas cru. J'aurais pu mettre mon compte en banque en jeu parce que j'aurais été sûr de gagner. Mais, là, dans ce couloir, alors que la lumière éclaire son regard vert et son expression emplie de doute, je fonds complètement.

Je suis dans l'incapacité de répondre, une boule au fond de la gorge. Je devrais lui dire «non», parce que, à quoi bon? Dans le but de devenir amis? Je ne suis pas certain que ce soit envisageable. Pour la simple et bonne raison que je n'ai pas envie de devenir son ami. Je veux être plus... ou rien du tout.

Mais j'ai l'impression qu'un refus lui ferait mal, sans que j'en comprenne la raison.

— J'aime parler avec toi, ajoute-t-il devant mon silence prolongé.

Pourquoi? Ce n'est pas comme si nous avions beaucoup échangé, en fin de compte. Malgré tout, je hoche la tête, incapable de refuser.

Tout comme je suis incapable de me dégager lorsque sa main saisit mon poignet.

— Merci, souffle-t-il en serrant brièvement sa prise.

Il est sur le point de me lâcher quand, pris d'une impulsion subite, je comble la faible distance qui nous sépare.

Nos regards s'accrochent, je me perds dans le vert de ses yeux. Doucement, je m'approche de lui, et pose mes lèvres sur les siennes.

C'est un baiser chaste, mais suffisant pour me nouer l'estomac et faire battre mon cœur plus vite. Un baiser qui ne dure que quelques secondes, mais dont la sensation va rester sur mes lèvres des heures durant.

— Bonne nuit, Farrow, murmuré-je avant de m'éloigner.

Ses doigts lâchent mon poignet, le caressant au passage.

— Bonne nuit.

Je sens son regard dans mon dos même après que les portes de l'ascenseur se sont refermées derrière moi.

INTERLUDE

14/05 - 9.10 PM

Non, mais sérieusement ! Comment c'est possible d'être aussi aveugle ????

Bienvenue dans le monde de la romance, mon pote. Où jamais rien n'est simple.

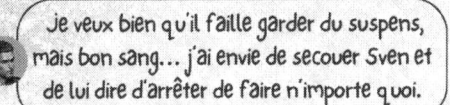

Je veux bien qu'il faille garder du suspens, mais bon sang... j'ai envie de secouer Sven et de lui dire d'arrêter de faire n'importe quoi.

La frustration, il n'y a que ça de vrai... ça rend les choses encore meilleures quand elles explosent...

♛

15/05 - 2.08 PM

Je suis sorti manger un bout et j'ai fini chez Barnes & Nobles...

Et tu as trouvé un livre intéressant ?

— Je ne sais même plus où donner de la tête. Il y a tellement de choix. Par contre, pas sûr d'assumer de passer en caisse avec ce torse sur la couverture.

— Tu es une petite nature, Kesler. Il n'y a aucune honte à avoir.

— Tu as lu "End game" de Thomas Valentine ?

— Pas encore. Mais c'est un tome 4. Tu devrais sans doute commencer par le premier "Fair Game".

— Ah, mais oui. J'avais pas fait gaffe. Merci pour le tuyau.

— Un conseil, prends direct les quatre, vu à quel point tu gères mal la frustration.

— 👆

— Je te préviens, je veux des updates pour ceux-là...

♛

16/05 - 1.14 AM

— Tu dors?

— Je devrais. Je m'étais promis de lire un dernier chapitre avant de dormir et j'en suis déjà à quatre...

— Le plus gros dilemme des lecteurs. Ne pas pouvoir s'arrêter.

— Ouais, et comment j'explique au coach que j'ai tapé une nuit blanche ? Tu me prépares un mot d'excuses ?

Je veux bien, mais on va croire que j'ai fait exprès de te filer un tas de bons livres pour te détourner du droit chemin et gagner au deuxième tour...

16/05 - 10.28 AM

Farrow ?

Ouais ?

Comment tu gères la pression ?

Je ne gère pas. Je me laisse porter.

Ça a l'air si simple, dit comme ça.

Ça l'est.

Ça le deviendra, du moins.

Aie confiance en toi, c'est le plus important.

16/05 - 9.13 PM

Je flippe.

Et si je merde ?

Si on perd à cause de moi ?

Je voudrais te dire que ça n'arrivera pas, mais ça signifierait que le perdant ce sera moi... ~~ Mais n'oublie pas, on gagne en équipe, on perd en équipe.

16/05 - 11.41 PM

tu es là ?

Toujours.

Merci... pour tout ça.

CHAPITRE 20

Farrow Lynch

L'ambiance n'est pas au beau fixe tandis que nous grimpons dans l'avion.

Nous nous apprêtons à rentrer à New York après les deux premiers matchs à Boston. Et nous sommes menés deux à zéro. Ce n'est pas un bon démarrage, même si nous pouvons encore renverser la vapeur. Jouer à domicile va clairement nous aider, et j'espère que nous nous montrerons suffisamment bons pour gagner.

Je n'ai vu ni Dean ni Carter en dehors de la patinoire. Le temps nous manque pour nous retrouver. Les *playoffs* sont cruciaux, et tout notre temps libre est consacré aux entraînements.

Malgré tout, je continue de discuter avec Dean par texto, et nous sommes toujours en pleine conversation tandis que je m'affale sur le siège et pose mon casque sur les oreilles.

> C'est gentil de t'inquiéter pour moi.

> Pour une fois que je ne suis pas la cause de ta blessure 😊

Il a pris un mauvais coup de crosse en plein visage ce soir, s'est ouvert la pommette et a écopé de quelques points de suture. Rien de bien grave, mais je veux tout de même m'assurer qu'il va bien.

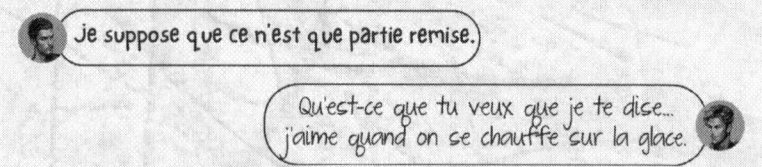

> Je suppose que ce n'est que partie remise.

> Qu'est-ce que tu veux que je te dise… j'aime quand on se chauffe sur la glace.

Faute de pouvoir se chauffer en dehors. Je me suis fait à cette idée, et je suis content qu'il ait accepté qu'on reste en contact. C'est si facile, si agréable de discuter avec lui. Nous parlons de tout et de rien avec un naturel déconcertant, à tel point que j'ai l'impression de le connaître depuis des années.

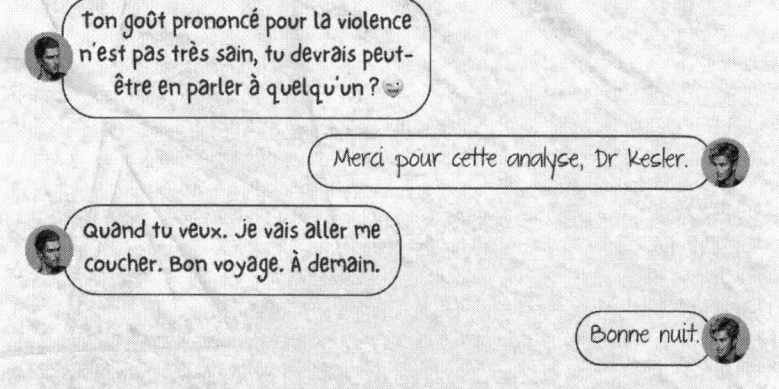

> ton goût prononcé pour la violence n'est pas très sain, tu devrais peut-être en parler à quelqu'un ? 😏

> Merci pour cette analyse, Dr Kesler.

> Quand tu veux. Je vais aller me coucher. Bon voyage. À demain.

> Bonne nuit.

Les Renegades ne prennent l'avion que demain matin pour notre rencontre de demain soir.

Les séries éliminatoires sont toujours exténuantes. C'est intense, c'est stressant, mais c'est aussi euphorisant… enfin, en temps normal. De mon côté, le moral est plutôt en berne pour l'instant. Mais aucun de nous n'a envie de se laisser abattre. Nous savons qu'affronter les Renegades ne sera pas une promenade de santé. Tous les coups sont permis, même les plus bas, et chaque équipe est prête à jouer de la manière la plus sale possible si ça signifie gagner.

L'avantage de jouer contre Boston, c'est que nous n'avons pas à nous taper de longues heures d'avion.

La nuit n'est pas encore trop avancée lorsque je rentre finalement chez moi.

Je laisse tomber mon sac dans l'entrée et me rends dans la cuisine pour prendre un grand verre d'eau.

Demain, nous avons rendez-vous à midi pour le *meeting* quotidien, mais je compte venir bien plus tôt pour commencer l'entraînement. Je dois m'assurer d'être au top de ma forme pour pouvoir réduire l'écart entre les Renegades et nous.

Bien entendu, le sommeil met du temps à venir. Dans ma tête, je rejoue le match, grommelant dans ma barbe pour les fautes, les occasions manquées, les passes avortées. Peu importe à quel point j'essaie, je ne parviens pas à faire le vide dans mon esprit. Je me tourne et me retourne dans mon lit, puis finis par me perdre dans les méandres d'internet.

Instagram me connaît bien et il me propose tout un tas de vidéos sur le hockey. Comme si ça allait m'aider. J'en profite pour m'attarder sur les extraits des matchs des autres équipes, jusqu'à m'arrêter sur une vidéo de Dean. En pleine action, il donne un coup d'épaule à son adversaire puis vole jusqu'à la cage de but. Son tir est parfait, son but incroyable, et le sourire qui illumine son visage tandis qu'il jette un poing victorieux en l'air est le plus magnifique que j'aie jamais vu. Je me la repasse plusieurs fois, jusqu'à ce que ces images se superposent au souvenir de cette nuit dans sa chambre d'hôtel. Ses baisers affamés, sa langue traçant un chemin brûlant le long de mon torse, ses coups de reins furieux qui m'ont fait frissonner.

Je lâche mon portable et m'allonge, laissant ma main s'aventurer jusqu'à mon sexe déjà à moitié dur. Je me caresse doucement, les yeux fermés, essayant de me souvenir de chacune des sensations que Dean m'a procurées ce soir-là. Je serre mes bourses d'une main tout en me branlant de plus en plus vite. Je me rappelle ses doigts en moi, ses lèvres glissant contre les miennes.

Je me cambre, cherchant la délivrance, frémissant lorsque l'orgasme s'empare de moi.

Je jouis dans un gémissement, mon sperme s'écrasant sur mon ventre.

Finalement, peut-être que me faire du bien était ce dont j'avais besoin pour enfin plonger dans les bras de Morphée.

♛

Nous n'avons pas le droit à l'erreur.

Le coach nous l'a répété encore et encore jusqu'à s'assurer que ses mots ont été parfaitement enregistrés. Nous hochons la tête de concert et nous précipitons vers la patinoire pour notre échauffement d'avant-match.

Jake balance les palets sur la glace et nous commençons à les jeter dans la cage pour que Will Thorton, notre gardien, essaie de les repousser.

Le public s'installe doucement, même si la majorité des sièges de l'aréna sont encore vacants.

Tandis que je patine jusqu'au centre de la patinoire, j'avise Banes venir dans ma direction. Ils s'échauffent de l'autre côté, et je cherche brièvement Dean du regard. Je repère son maillot, et souris lorsqu'il me fait un signe de la main.

— Ça a l'air de rouler tous les deux, déclare Carter, son regard voguant de son coéquipier à moi.

— Ça ne m'empêchera pas de m'en prendre à lui s'il me fait chier, répliqué-je.

Il éclate de rire.

— Je m'en doute, oui.

— Et tu n'es pas à l'abri non plus, mon pote.

Nous sommes conscients de ce qui est en jeu ce soir. Et aucun de nous ne fera de cadeau à l'autre. L'amitié n'existe plus une fois les patins enfilés, et je ne pourrais même pas compter le nombre de fois où nous nous sommes salement insultés durant nos rencontres. Mais nous savons que nous agissons dans le feu de l'action, et nous n'avons jamais tenu rigueur à l'autre d'avoir insulté sa mère pendant un match. Surtout que la sienne est adorable.

Nous retournons chacun de notre côté de la ligne pour finir notre entraînement avant de quitter la glace le temps que le match commence.

Le vestiaire est un bordel sans nom, qui pue la sueur, comme toujours. Certains ont ôté leur équipement, Travis se balade torse nu, Jake rigole avec Adam.

Je suis en train de resserrer les lacets de mes patins quand le coach débarque pour son speech d'avant-match. Il nous répète que nous n'avons pas intérêt à merder, nous fait quelques recommandations, et nous souhaite un bon match tandis que nous nous engageons dans le couloir, prêts pour une entrée en fanfare.

♛

— Espèce d'enfoiré ! crié-je quand Reynolds me percute si violemment que je me retrouve le nez sur la glace.

Je me redresse aussitôt et patine vers la cage, où Adam lutte pour ne pas se prendre un but. Je rejoins la mêlée, poussant mes adversaires à coups d'épaule pour les empêcher de marquer. Des jurons s'élèvent de tous les côtés, et l'arbitre finit par siffler l'arrêt de jeu.

On a eu chaud, putain.

Les rugissements de la foule m'incitent à tourner la tête pour découvrir que Kesler se bat avec Travis. Ils ont retiré leurs gants et s'empoignent le maillot en se donnant des coups.

Ouais, je suis un peu jaloux que mon coéquipier m'ait piqué mon activité favorite, mais je les observe avec amusement. Lorsque Trav glisse et pose son genou sur le sol, les arbitres mettent fin à la rixe. Tandis que Dean se dirige vers le banc des pénalités, je me glisse jusqu'à lui, et lui souffle :

— Tu deviens une vraie brute, Kesler, on devrait peut-être aller en thérapie ensemble, tout compte fait.

Malgré son regard noir, il ne parvient pas tout à fait à dissimuler son sourire en coin.

De mon côté, je suis bien content qu'il se retrouve sur la touche pour les cinq prochaines minutes. Chaque équipe possède un groupe de leaders. Ceux que l'on met le plus en avant, mais également les éléments les plus forts, les plus dangereux pour leurs adversaires. C'est clairement le cas de Kesler. C'est dingue à quel point il a réussi à évoluer en si peu de temps. Il était déjà excellent lorsqu'il a été drafté, mais plus les mois passent, plus je constate qu'il s'affirme, prend confiance en lui, trouve sa place dans son équipe.

Alors oui, son absence sur la glace risque de faire la différence, et j'ai bien l'intention d'en profiter.

CHAPITRE 21
Dean Kesler

Comment les choses ont-elles pu changer aussi rapidement ? Nous menions de deux points et voilà que nous nous retrouvons à égalité après avoir disputé six matchs.

— Est-ce que tout va bien ? s'enquiert Carter en s'asseyant près de moi.

Il est déjà en tenue, alors que je n'ai même pas encore eu la force d'enfiler mon maillot par-dessus mon plastron.

Je hoche la tête, même si le cœur n'y est pas.

Je suis sur les rotules. Jamais je n'ai été aussi épuisé. J'ai l'impression que tout mon corps n'est que douleur.

Pourtant, j'ai envie d'y croire. Il nous reste de l'espoir, il nous reste une chance d'accéder aux demi-finales et de jouer contre Tampa, qui est déjà qualifiée. Ce soir, c'est quitte ou double. À l'issue de ce match, l'une des équipes sera éliminée. Et je prie très fort pour que ce ne soit pas la nôtre.

J'observe mes coéquipiers, m'arrêtant sur chacun d'eux. Bon sang, ces gars méritent d'aller plus loin. Chacun d'entre eux s'est donné à fond, et ça me tuerait si tout devait s'arrêter aujourd'hui.

Carter pose une main sur ma nuque et la serre doucement.

— C'est normal de flipper, Dean. On a tous vécu ça. Mais concentre-toi sur ce que tu as déjà accompli. Tu viens de faire tes premiers pas en NHL et tu disputes déjà les *playoffs*.

— Parce que vous êtes une super équipe.

— On, Kesler. *On* est une super équipe. Et on va cartonner, OK ? On va montrer aux Kings de quel bois on se chauffe.

Il parvient à me faire sourire, et c'est avec plus de conviction que j'acquiesce, cette fois.

Oui, il a raison. C'est le moment de tout donner. Nous avons l'avantage de jouer à domicile pour ce dernier match, et je suis certain que le rugissement de la foule parviendra à nous galvaniser.

♛

Alors que j'observe, impuissant, Farrow marquer le cinquième but de la soirée, mon estomac se tord. Ses coéquipiers lui sautent dessus et son sourire est aveuglant. Moi, j'ai juste envie de pleurer comme un bébé.

Ne lâche rien, putain. Il reste encore du temps. Bats-toi. N'abandonne pas.

Je répète ces mots en boucle tandis que je balance ma jambe par-dessus la balustrade pour rejoindre le centre de la glace.

Je me concentre à fond, je reste alerte, mon attention rivée sur Carter qui s'occupe de la remise en jeu. Je me précipite sur le palet, plaquant mon adversaire contre le plexiglas dans une tentative pour le récupérer. Nos crosses s'entrechoquent et nous luttons violemment. Je parviens à le dégager et l'envoie à Carter, qui se le fait choper par Donahue.

Durant de longues minutes qui me paraissent être des heures, nous nous affrontons sur la glace. Nous enchaînons les tirs manqués, soit à cause d'un mauvais jugement, soit parce qu'il est arrêté par le goal des Kings. Ce type est un vrai mur, quasiment infranchissable.

Nous ne lâchons rien, et quand Derek marque notre deuxième but, l'espoir renaît.

♛

La sonnerie de fin de match résonne et je me laisse dériver sur la glace. Du côté du but des Kings, toute l'équipe est réunie. Ils forment un groupe bordélique qui s'enlace de toutes leurs forces.

Quant à moi, j'ai l'impression que mon monde est en train de s'effondrer.

Des larmes s'immiscent sous mes paupières et je retire mon gant pour pouvoir les essuyer.

Cette fois, c'est vraiment terminé.

Fini les *playoffs*.

Adieu la coupe Stanley.

Nous sommes éliminés.

Je n'ai même pas envie de rejoindre mes coéquipiers.

Tant d'occasions avortées à cause d'un manque de rapidité, d'instinct, de réflexe.

Je ne sais même pas comment je tiens encore debout sur mes patins. Je tremble tellement que je suis à deux doigts de m'écrouler.

Les spectateurs commencent à quitter la patinoire. Il n'y a pas de cris ce soir, seulement des applaudissements polis qui rendent cette défaite encore plus amère.

Je suis désolé, voudrais-je hurler. *Je suis désolé de vous avoir laissés tomber.*

Mais même si j'essayais, je crois que je n'y parviendrais pas.

La désillusion me serre tellement le cœur que je me demande même comment je suis encore capable de respirer.

♕

En bon coéquipier, et en ami encore plus génial, Carter m'a proposé de venir chez lui, pour nous soûler, et de dormir dans sa chambre d'amis. L'idée était tentante, mais j'ai refusé, préférant broyer du noir dans mon coin et pleurer jusqu'à ce que la fatigue me terrasse et que je finisse par m'évanouir sur mon canapé.

Lorsque je pénètre dans mon appartement, le silence est assourdissant. J'hésite à enfiler un short et à aller directement me pieuter, mais je n'arriverai pas à dormir. Alors je me jette sur mon canapé, allume la télé, et décide de mater *Brooklyn Nine Nine*. C'est ma série doudou, celle qui me fait toujours sourire, et rire, et ce soir je compte vraiment sur elle pour me remonter le moral.

J'en suis à la moitié du quatrième épisode lorsque mon portable vibre sur la table basse. J'hésite à le laisser là où il est, je n'ai envie de parler avec personne, ce soir. Je veux juste qu'on me foute la paix. J'ai déjà eu mon compte de conversation douloureuse avec mes parents, même s'ils ont fait de leur mieux pour me consoler. C'est dans ces moments-là que je me rends compte qu'ils me manquent. Que j'ai beau avoir vingt-deux ans, ce soir, il n'y a rien dont j'aurais eu davantage besoin qu'un câlin de mes parents.

Lorsque mon téléphone vibre pour la deuxième fois, je pousse un soupir et tends le bras. Le nom de Farrow s'affiche à l'écran et mon cœur rate un battement.

> Salut. Je me doute que tu n'as pas vraiment envie d'entendre parler de moi ce soir, mais je voulais juste prendre de tes nouvelles, et savoir si tu t'étais déjà mis la tête à l'envers comme Banés.

Je souris à son message, et me concentre sur la deuxième moitié. Honnêtement, je me sens si déprimé, à fleur de peau, que je pourrais dire quelque chose que je regretterai, comme « j'aurais aimé pouvoir passer du temps avec toi. »

Nous avons joué six matchs ensemble, et pas une seule fois nous ne nous sommes vus en dehors de la patinoire. C'est sans doute mieux comme ça, mais bon sang, comme j'aimerais qu'il soit là ce soir. Pour pouvoir me reposer sur lui, pouvoir le prendre dans mes bras, lui faire l'amour et oublier le reste du monde. Oublier la douleur et l'acidité au fond de ma gorge.

Parce que quand j'étais avec Farrow, qu'il m'embrassait, me caressait, que nous nous perdions dans une étreinte fiévreuse, plus rien d'autre n'existait.

Ce soir, je regretterais presque d'avoir refusé sa proposition de sexe occasionnel. Je sais que j'aurai repris mes esprits une fois que le soleil sera levé, mais en cet instant, je me sens si seul, si démuni…

Je passe une main sur mon visage pour tenter de faire disparaître mes larmes, et me concentre sur ma réponse.

> Tu crois qu'il est déjà bourré ?

> Il tient très mal l'alcool, alors oui, j'en suis certain…

> Je suis désolé, mon pote. Je sais ce que ça fait.

> Merci. Et félicitations, au fait. Merde, je me sens coupable de ne pas t'avoir envoyé de message plus tôt…

> Hé, pas de ça avec moi. Ok ? Et je comprends. Mais ne t'en veux pas. Tu as été fantastique. Pas seulement ce soir, d'ailleurs. Tu peux être fier de toi.

Un ricanement s'échappe de ma gorge. Fier ? Tu parles. Il n'y a pas de quoi être fier.

Les doigts sur l'écran, je cherche ce que je vais répondre pour ne pas mettre fin à cet échange quand un autre message arrive.

> Sache que moi, je suis fier de toi.

Mon cœur se serre. Je sais qu'il le pense. Farrow n'est pas du genre à brosser les gens dans le sens du poil pour flatter leur ego. Et ces mots venant de lui… je les relis encore et encore, pour m'assurer qu'ils sont bien réels. Farrow Lynch vient de me dire qu'il était fier de moi. Et soudain, dans cette obscurité dans laquelle mon cerveau a plongé, se réveille une étincelle de joie. Une joie vite étouffée cependant, en me souvenant de tout ce que j'aurais pu faire différemment.

> Merci. Je crois que je vais aller me coucher, et essayer de digérer. Profite de ta soirée, tu l'as bien mérité.

> N'hésite pas si tu as besoin de parler, ou juste... tu sais. Bref, je suis là. Bonne nuit.

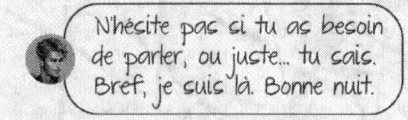

Si nous avions eu cette discussion un autre jour, j'aurais eu des papillons dans le ventre, tout en ne sachant pas sur quel pied danser. Farrow peut se montrer si prévenant, si adorable... et à chaque message, chaque échange, je m'accroche un peu plus à lui. Et je regrette de plus en plus que nous ne soyons pas sur la même longueur d'onde.

Je laisse tomber mon portable sur mon ventre et reporte mon attention sur la télévision. J'ai loupé la fin de l'épisode, mais peu importe, je connais toutes les saisons par cœur.

Mes yeux papillonnent, je dérive doucement, mais mon cerveau refuse de me laisser en paix.

Sans vraiment réfléchir, je récupère mon portable, et écris à Farrow. J'ai besoin de partager le doute qui vient de m'assaillir.

> Et si je n'étais pas à ma place, finalement ? Si j'ai pris celle d'un autre qui la méritait plus que moi ?

Je m'en veux de le faire chier avec mes états d'âme alors qu'il est certainement en train de fêter la victoire de son équipe. Mais j'ai besoin de vider mon sac, de me confier à quelqu'un. J'aurais pu en parler à Carter, mais je n'ai pas envie de l'accabler. Et puis, j'ai l'impression que si quelqu'un peut me comprendre, c'est Farrow.

Je fixe mon portable, attendant sa réponse qui tarde à arriver. Quel con je fais. Je suis là, à déverser tous mes doutes sur lui. Je lui gâche sans doute sa soirée. C'est sûrement pour ça qu'il ne me répond pas. Il a clairement une meilleure manière de passer sa soirée que de s'occuper de moi. Je décide de lui envoyer un autre message pour m'excuser d'être un boulet.

> Je suis désolé, tu as mieux à faire que perdre ton temps avec moi.

> Je t'interdis de dire ça. Tu mérites ta place plus que n'importe qui. Tu es dans cette équipe depuis moins de quatre mois, et regarde ce que tu as déjà accompli.

> Si tu ne me crois pas, tu croiras sans conteste le trophée que tu vas bientôt gagner.

> Alors arrête de te dévaluer. Tu es un excellent joueur, Kesler. Et un jour, tu deviendras un putain de champion. J'en mets ma bite à couper.

Un rire franc résonne dans le salon et je me rends compte tardivement qu'il s'agit du mien.

> Je n'ai pas envie d'être tenu responsable de ta castration. Mais merci pour tout… encore une fois.

Merci de croire en moi, même quand je n'y arrive plus.

Merci d'accepter mes limites et de ne pas m'éjecter de ta vie malgré tout.

Merci de m'écouter, de me rassurer, de me tirer vers le haut quand j'ai l'impression d'être au fond du trou.

Farrow a beau être un connard arrogant la plupart du temps, c'est quand même le plus adorable des connards arrogants.

Et ça me plaît beaucoup trop.

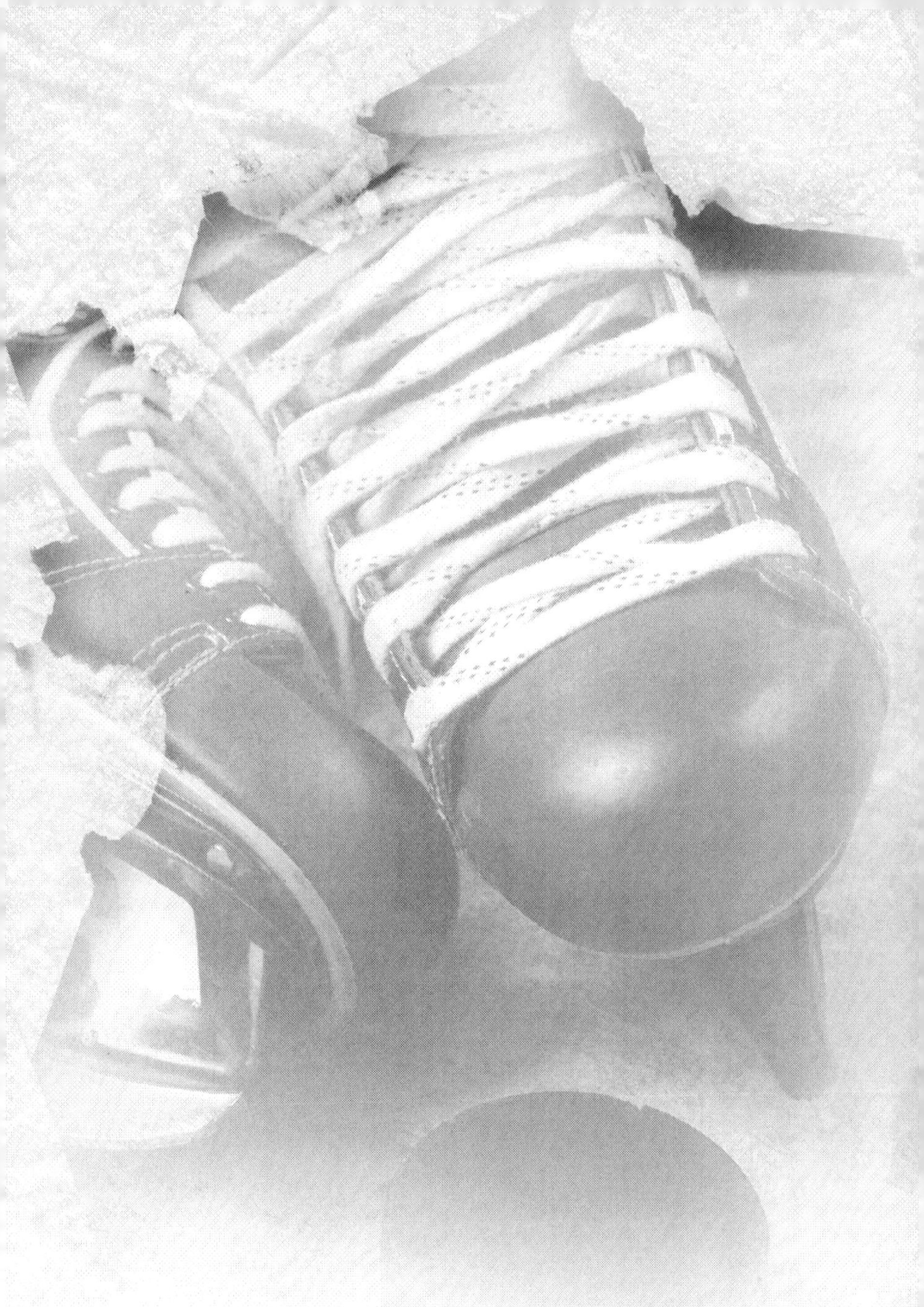

CHAPITRE 22
Farrow Lynch

Juin

Des coups durs, nous en vivons constamment. Mais celui-là est foutrement douloureux, et difficile à avaler. Nous étions si près, putain.
J'ai la haine, j'ai envie de tout fracasser.
Nous avons effleuré la coupe Stanley du bout des doigts… et elle nous a été enlevée.
Et bien que je sache que ce n'est pas la fin du monde, que je vais rebondir, comme toujours, la défaite va être une plaie à digérer.
Ce soir, j'ai besoin d'oublier.
Oublier que cette putain de coupe nous tendait les bras et que nous avons merdé.
L'ambiance dans les vestiaires est morose tandis que je rejoins mes coéquipiers après avoir répondu aux questions des journalistes. Franchement, j'avais simplement envie de les envoyer balader, eux et leurs questions à la con.
« Vous êtes déçu, je suppose ».

« Non, connard, je suis ravi de m'être planté. »
Putain.
Nous nous douchons et nous changeons dans un silence de mort après le briefing du coach. Ses mots ont été durs, mais justes, et il nous a tout de même félicités pour notre parcours durant les séries éliminatoires.

La bonne nouvelle, c'est que nous avons joué à New York ce soir, et que nous pouvons rapidement repartir chacun de notre côté.

La chaleur extérieure me file des frissons et je hèle un taxi en lui donnant l'adresse de ma destination. Je n'ai pas l'intention de rentrer chez moi. Pas tout de suite en tout cas.

J'ai besoin de décompresser, de penser à autre chose... de ne plus penser à rien, en fait.

La voiture me dépose à deux pâtés de maisons du club Enigma.

Casquette sur la tête, je me dirige d'un bon pas vers l'entrée, espérant que personne ne me reconnaîtra, surtout quand je passe devant le sport-bar où des clients arborent le maillot des Kings. Je n'ai pas envie de me retrouver face à eux, lire la déception dans leurs yeux.

Mon portable n'a pas cessé de vibrer dans ma poche depuis que j'ai grimpé dans le taxi, mais je préfère l'ignorer. Et c'est avec soulagement que je m'en débarrasse après avoir pénétré dans le club que je fréquente de temps en temps.

J'aime bien venir ici. C'est un établissement select, secret, parfait pour ceux qui souhaitent faire profil bas, comme moi. Les règles sont strictes, et elles nous permettent de nous laisser aller en toute quiétude, sans craindre d'être pris en photo dans une position compromettante, sans craindre que notre partenaire pour la soirée aille raconter des détails personnels aux médias.

Le club est assez calme, ce soir. Quelques types discutent, installés au bar, et je me glisse sur un tabouret vacant.

En commandant un jus de fruits frais, je laisse mes yeux vagabonder sur l'espace feutré. Des canapés sont disposés çà et là, de la musique lounge résonne dans les haut-parleurs, pas assez forte pour gêner les conversations.

J'observe les déambulations des clients, ceux qui ressortent des alcôves et pièces permettant une certaine intimité, ceux qui y pénètrent, souvent main dans la main, prêts à passer une bonne soirée.

— Salut.

La voix grave dans mon dos m'incite à me tourner. Je me retrouve face à un type séduisant d'une petite trentaine d'années. Je le scrute, me demandant si je le connais. Il n'est pas rare de croiser des sportifs et autres personnalités publiques qui préfèrent ne pas dévoiler leur sexualité.

— Salut.

— Farrow, c'est bien ça ?

Je hoche la tête. Putain, j'espère qu'il ne va pas faire mention du match de ce soir ou l'ambiance risque d'être gâchée. Ce qui serait dommage, parce qu'il est canon.

— Et tu es ?

— Pas familier avec le football, je présume ?

OK. Je comprends pourquoi je ne l'ai pas reconnu. Je déteste le football. Ce que je me retiens de lui dire, évidemment. Cela dit, il en a la carrure.

— Non, désolé.

Il rit. Un rire profond et mélodieux, puis me tend la main.

— Bradley Lawrence.

Je m'attarde sur son bras, sur sa peau couverte de tatouages. Un sourire étire mes lèvres.

Il est parfait.

♛

Coucher avec Bradley m'a fait du bien. Parce que pendant que je gémissais sous ses coups de reins, que je me perdais dans nos baisers profonds, que je léchais sa peau et caressais son corps musclé, rien d'autre n'existait.

Hélas, la réalité reprend aussitôt ses droits à peine ai-je quitté le club.

Il est tard, malgré les rues toujours animées et je décide de rentrer à pied. Durant le trajet, j'en profite pour enfin vérifier mes messages. Ceux de mon père, de Carter… et de Dean.

La pointe de culpabilité que je ressens en voyant son nom me prend par surprise, mais je la chasse aussitôt. Je sais que j'aurais dû lui répondre avant, qu'il voulait être là pour moi comme je l'ai été pour lui lorsque les Renegades ont perdu contre nous, mais sincèrement, je n'avais pas envie de songer à notre match de ce soir, et encore moins en parler.

> Tu n'as peut-être pas gagné ce soir, mais je veux que tu saches que tu m'as fait rêver.

> Je sais que tu t'en tapes, mais je tenais tout de même à ce que tu le saches.

> Farrow ?

> Désolé, tu ne m'as pas habitué à un si long silence.

> Je te laisse tranquille... bonne nuit...

Merde. Quel connard je fais.
Sache que tu m'as fait rêver.
Je relis ces mots qui me font sourire. Mon premier vrai sourire depuis des heures. C'est ce que j'aime chez Dean, cette gentillesse, cette spontanéité.
Je tape rapidement un message.

> Pardon. Je ne voulais pas t'ignorer. Mais la soirée a été merdique et j'avais juste besoin de me vider la tête et de ne pas penser à ce putain de match.

Vu l'heure, je ne m'attendais pas à obtenir une réponse, aussi suis-je surpris en voyant le prénom de Dean apparaître à l'écran.

> J'espère que tu as réussi... en tout cas, ton message est clair et sans aucune faute. J'en déduis que tu n'es pas complètement bourré 😊

Oh, Kesler… si candide, si naïf. J'ai hâte de revoir son sourire, de le voir rougir. Je ne sais pas vraiment ce qui me prend tandis que j'écris mon prochain message. Sans doute est-ce le fait de ne pas l'avoir vu depuis presque un mois, ou peut-être de m'être envoyé en l'air avec Bradley. C'était bon, carrément génial même, mais ça n'avait rien de comparable avec ce que j'ai éprouvé avec Dean. J'ai voulu retrouver les mêmes émotions, sentir mon cœur battre frénétiquement alors que nous nous embrassions, mais les lèvres de Bradley n'étaient pas aussi douces, son odeur pas aussi enivrante, ses caresses pas aussi passionnées.

> Tu me manques.

Je ne réfléchis pas avant d'appuyer sur envoyer. J'aurais sans doute dû, cela dit, puisque seul le silence me répond.

> Pardon. Je n'aurais pas dû écrire ça… tu veux bien mettre ça sur le compte de ma soirée pourrie ? s'il te plaît ?

Je suis tellement concentré sur mon téléphone que je manque de percuter un mec bourré qui pisse au coin de la rue. Je grimace en le frôlant de trop près, et reprends ma route, décidant de regarder droit devant moi. Ce n'est pas en restant focalisé sur l'écran de mon portable que la réponse va arriver.

> Ne t'excuse pas. Et tu me manques aussi.

> En tant qu'ami.

Je ris, un peu jaune certes, devant son deuxième message. Il me paraît si jeune parfois, surtout quand il m'envoie des trucs comme ça.

> Cette précision n'était pas nécessaire, mon pote. Je sais où est la limite.

Même si savoir que nous n'aurons plus l'occasion de la franchir m'attriste un peu.

> Pardon... Enfin, la bonne nouvelle, c'est qu'on se voit bientôt, je suppose. Tu seras là pour la cérémonie, pas vrai ?

J'avais totalement oublié cette histoire. Il faut dire que, jusqu'à aujourd'hui, je n'ai pas pensé à grand-chose d'autre qu'aux *playoffs*. C'était dans ma tête sans arrêt, jour et nuit. Il est temps de passer à autre chose, à présent.

> Bien sûr ! J'ai hâte de t'applaudir quand tu recevras ton trophée.

Ça en fera au moins un de nous à obtenir une récompense. Je sais que je ne gagnerai pas le trophée Hart. Je ne suis pas suffisamment fair-play pour ça. Mes bastons ont clairement joué en ma défaveur, mais hé, c'est aussi ça le hockey, pas vrai ? Je sais pertinemment que la plupart des spectateurs n'attendent que ça. Un peu de sang sur la glace...

> Tu penses prolonger ton séjour à Tampa ? Maintenant que la saison est terminée...

> Yep. Je possède une maison pas très loin, à Saint Petersburg. Je vais en profiter pour y rester quelques jours.

> Si tu veux venir squatter, n'hésite pas...

Je n'ai pas beaucoup l'occasion d'y aller, mais j'adore cette baraque. Elle est tellement différente de mon appartement new-yorkais. Ma piscine offre une vue superbe sur la baie et c'est l'endroit idéal pour me relaxer.

> Vraiment ?

> Bien sûr. Je pense le proposer aussi à Cake, si jamais.

> Cake ?

> Carter et Blake. C'est leur nom de ship. Tu sais, comme dans les bouquins...

> Je crois que j'ai encore beaucoup de choses à apprendre 😊

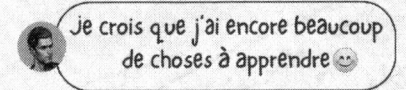

Si seulement il acceptait que je lui en enseigne certaines...

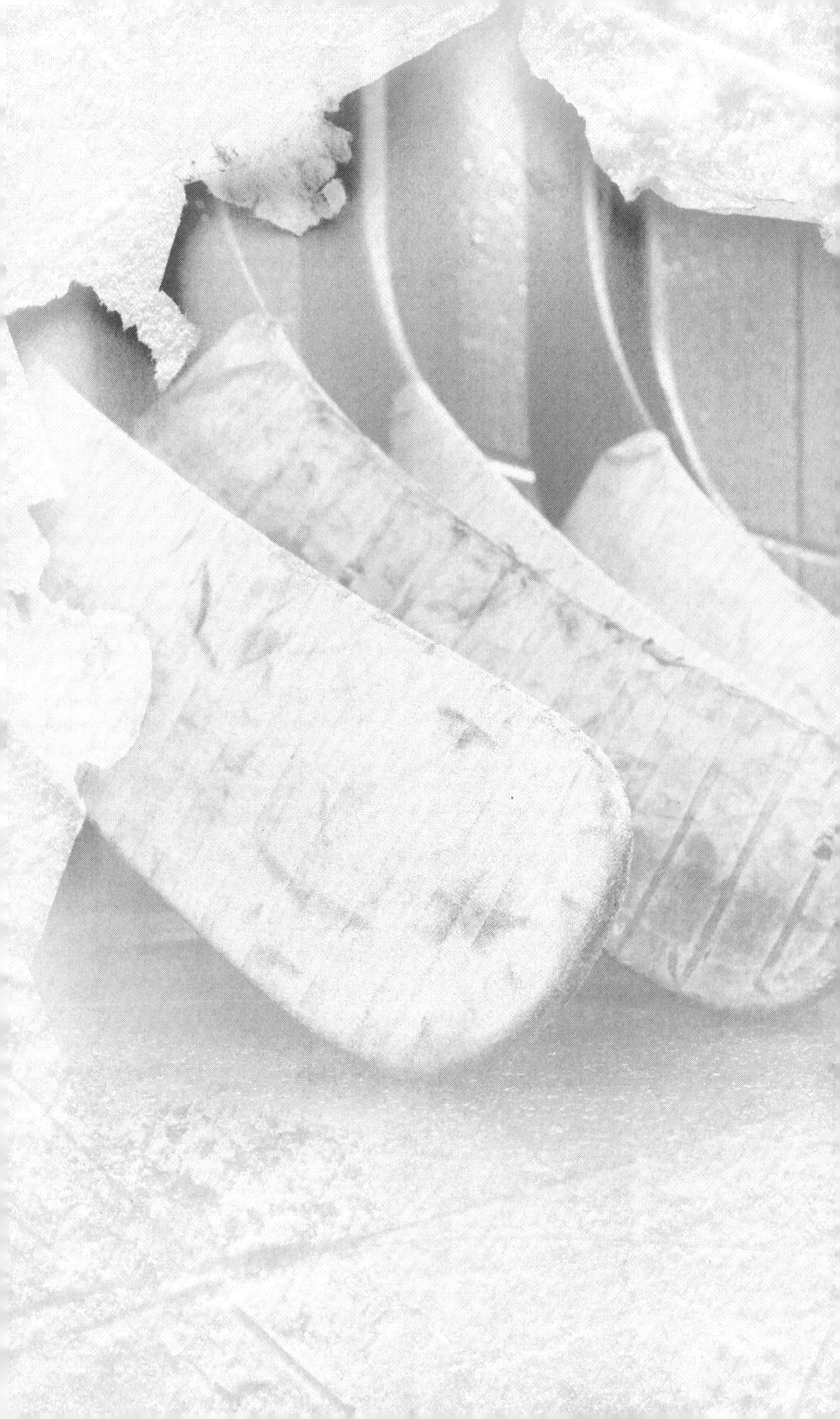

CHAPITRE 23

Dean Kesler

Je stresse à mort. C'est ridicule, j'en ai conscience.
Rien ne risque de mal se passer.
Au pire, je ne recevrai pas de trophée. Au mieux, ce sera le cas et je devrai faire un discours de remerciement. Un discours, pour l'amour du ciel. Je n'ai rien préparé, du tout. J'ai essayé, juste au cas où, mais j'ai fini par contempler ma page blanche sans rien pouvoir écrire. Je me suis même repassé le speech des anciens gagnants, histoire de m'inspirer, mais j'ai juste peur de raconter exactement la même chose. La honte que je me taperais ! Sean, mon agent, a bien essayé de me donner un coup de main, en vain. Il m'a tout de même filé quelques tuyaux que j'aurais dû noter parce que je ne me souviens de rien. Mon cerveau est totalement vide.

À présent, je suis retranché dans les toilettes de l'Armature Works à Tampa, et me passe de l'eau sur le visage pour me calmer.

Ça ne fonctionne pas des masses, et mes mains tremblent lorsque je les essuie sur une serviette en papier.

La porte qui s'ouvre soudain me fait sursauter, et je me retrouve face à Farrow, qui avance d'un pas résolu vers moi.

Il est si beau dans son costume, sa chemise légèrement ouverte et ses cheveux tirés en arrière. Il arbore déjà quelques couleurs, comme s'il avait bien profité du soleil de Floride.

— C'est donc là où tu te planquais !

— Je ne me planque pas, répliqué-je en glissant mes doigts dans mes cheveux.

— Non ? Tu restes ici parce que tu es fan de la déco, sans doute.

Je grimace pour toute réponse, et laisse Farrow combler la distance qui nous sépare. Quand il pose ses mains sur mes joues, un sentiment de bien-être s'empare de moi, et je m'autorise à respirer profondément. L'odeur de son parfum vogue jusqu'à mes narines et je ferme brièvement les yeux.

— C'est ça. Respire, Kesler. Tout va bien se passer.

— Comment est-ce que tu fais pour garder ton calme en toute circonstance ?

— Garder mon calme ? répète-t-il. À croire que tu as déjà oublié que je t'ai pété l'arcade lors de notre première rencontre.

Ouais, en effet. Ce n'est pas la seule chose qu'il a faite lors de notre première rencontre, d'ailleurs, mais ce n'est pas le moment pour faire cette remarque.

Je souris et hoche la tête.

— Je suis content de te voir, murmuré-je.

Nous n'avons pas eu l'occasion de nous croiser depuis notre arrivée à l'Armature Works, et je ne pensais pas que le retrouver en face de moi me ferait autant de bien. Ça me fait peur aussi, parce que je me rends compte qu'il m'a davantage manqué que je suis prêt à l'admettre.

— Moi aussi. Mais je serais encore plus content si on fêtait nos retrouvailles ailleurs que dans les chiottes.

— Sauf que je préfère rester ici, tu sais… si jamais je vomis.

Le rictus amusé de Farrow me coupe le souffle l'espace d'un instant. Et lorsqu'il ôte ses mains de mon visage, un sentiment de perte s'empare de moi.

— Tu devrais boire un coup, ça te détendrait.

Je secoue la tête.

— Non, je crois que rien ne pourrait me détendre.

Son souffle est chaud contre mes lèvres tandis qu'il approche son visage du mien.

— Tu es sûr ? Parce que je peux parier le contraire.

Seigneur. Pourquoi fait-il ça ? Pour découvrir si je suis capable de résister à la tentation ? Parce que je ne crois pas être suffisamment fort pour ça.

Je crève d'envie de l'embrasser, et au diable les conséquences. Rien que de sentir ses lèvres contre les miennes suffirait à me faire tout oublier. Et peu importe la douleur qui s'ensuivrait immanquablement. Ça vaut le coup.

Ma main posée sur son ventre, j'ai deux solutions. La plus censée serait de repousser Farrow. La plus tentante serait d'agripper sa chemise pour l'attirer à moi.

Mes doigts se referment sur le tissu. J'ai déjà fait mon choix.

Nos regards se croisent, s'ancrent, et ma respiration s'accélère. Farrow me laisse le temps, il veut que ce soit moi qui prenne cette décision.

Je vais le regretter amèrement.

Tant pis. On ne vit qu'une fois, pas vrai ? Et je ne me sens jamais plus vivant que lorsque la bouche de Farrow glisse contre la mienne.

La porte s'ouvre à nouveau et Farrow recule d'un pas.

Merde.

Je sais qu'il le fait pour moi, pour ne pas me mettre mal à l'aise devant un inconnu. Inconnu qui ne l'est pas vraiment, vu qu'il s'agit d'un autre joueur : Wallace Reid, de l'équipe de Chicago. Il sourit, sans avoir l'air de se douter de ce qui était en train de se tramer. Ou peut-être qu'il s'en fout.

Mes joues sont écarlates, mon cœur bat dans mes tempes tandis que je libère la chemise de Farrow, à présent un peu froissée par ma faute.

— Lynch, arrête d'embêter les rookies, s'esclaffe celui-ci.

— Je t'emmerde, Reid.

Il plaisante, et Ried le sait, vu que quelques secondes plus tard, ils s'enlacent et se tapotent le dos en échangeant quelques mots. Je profite de la diversion pour m'enfermer dans une cabine.

Je m'assieds sur le couvercle des toilettes et enfouis ma tête dans mes mains.

Tous ces champions réunis dans une même pièce, qui vont – peut-être – me regarder monter sur scène… et si je me casse la gueule façon Jennifer Lawrence à la cérémonie des Oscars ? Bon sang.

Évidemment, je ne suis pas tranquille longtemps, parce que Farrow frappe à la porte moins d'une minute plus tard. Je me penche pour ouvrir le loquet et le laisse se glisser à l'intérieur.

La cabine est suffisamment grande pour qu'il s'agenouille devant moi. Son index effleure ma joue tandis que je fixe le vide. Je n'ose pas croiser son regard, par peur qu'il ne lise à quel point je suis paniqué, et surtout… à quel point j'aimerais combler la distance qui nous sépare en posant mes lèvres sur les siennes.

— À quoi tu penses ?
— À Jennifer Lawrence.

Il éclate de rire. Comme ce bruit m'avait manqué, putain.

— D'accord… mais pourquoi ?
— À cause de cette chute qu'elle a faite aux Oscars. C'était il y a longtemps… bref.
— Tu sais, si tu as peur de tomber en montant sur scène, je suis tout disposé à te prêter mon bras pour te stabiliser.

Mon rire est tremblant, mais l'image mentale qui surgit en moi me plaît assez.

— Les gens trouveraient ça bizarre…
— On se fout des gens, Dean.

Toujours si sûr de lui, c'est vraiment impressionnant. Peu de choses semblent l'atteindre, et il est clair qu'il se moque bien du regard des autres. Farrow Lynch a sans doute des défauts, mais ce sont ses qualités qui l'ont mené là où il est, ses qualités qui me font craquer de plus en plus pour lui à chaque jour qui passe. Il m'arrive de regretter d'avoir découvert toutes les facettes de sa personnalité, d'avoir découvert ce type qui se soucie des autres, sur qui on peut compter. Ce type rassurant, taquin, mais qui est là quand j'en ai besoin. Comme maintenant.

Il aurait pu profiter du fait que je me sois retranché dans cette cabine pour s'échapper, pour ne pas avoir à gérer mes états d'âme, pourtant il est là, une présence solide comme un roc, sur laquelle je peux m'appuyer.

On dit souvent que nos coéquipiers finissent par former une famille, mais on ne parle pas souvent de l'amitié entre hommes censés être adversaires. Alors, certes, la situation n'aurait pas été la même si je ne m'étais pas retrouvé dans la même équipe que son meilleur pote, mais il aurait tout aussi bien pu m'ignorer, même après cette soirée passée ensemble. Il aurait pu laisser les choses en l'état et ne pas chercher plus loin. Pourtant, il ne l'a pas fait. Ça signifie sans doute quelque chose, pas vrai ?

— Je sais, mais…

— Kesler, regarde-moi.

Je déglutis pour tenter de chasser la boule qui me noue la gorge et obéis. Son regard vert se rive au mien et je me perds dans cette intensité. Soudain, comme souvent lorsqu'il est question de Farrow, le reste du monde disparaît pour ne laisser que lui, que nous, dans cette bulle que nous créons ensemble.

Il saisit mon menton entre ses deux doigts comme pour s'assurer que je ne compte pas détourner les yeux. Aucune crainte, je suis bien trop hypnotisé pour pouvoir bouger. C'est à peine si j'ose cligner des paupières.

— On va sortir de cette pièce et retourner dans la salle. On va boire un coup, puis s'installer à nos places respectives. Puis on va prononcer ton nom et tu vas te lever sous les applaudissements, et monter les marches jusqu'à la scène. Et si tu flippes, si tu hésites, tu n'auras qu'à croiser mon regard, et t'y accrocher. Parce que je serai là, je te soutiendrai. OK ?

Mon cœur bat si vite tout à coup que j'ai peur qu'il n'explose. Malgré tout, je hoche la tête, ce qui ne semble pas satisfaire Farrow tout à fait.

— C'est compris ? insiste-t-il.

— D'accord, murmuré-je.

Il sourit et me relâche.

Parfait.

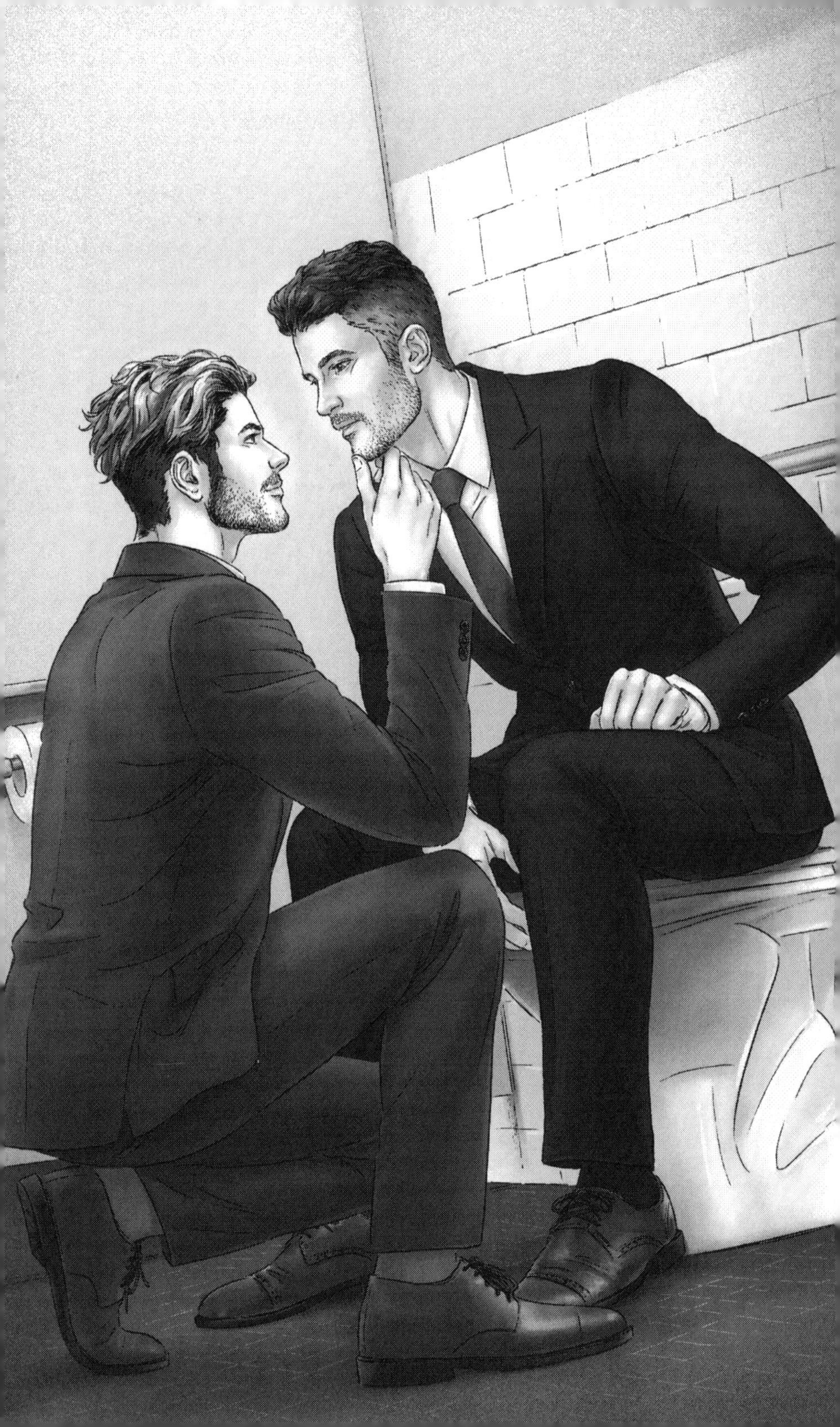

— Mais tu mets tout de même la charrue avant les bœufs, Farrow. Rien ne dit que je vais gagner.
Il se relève, me tend la main et déclare :
— Tu veux parier ?

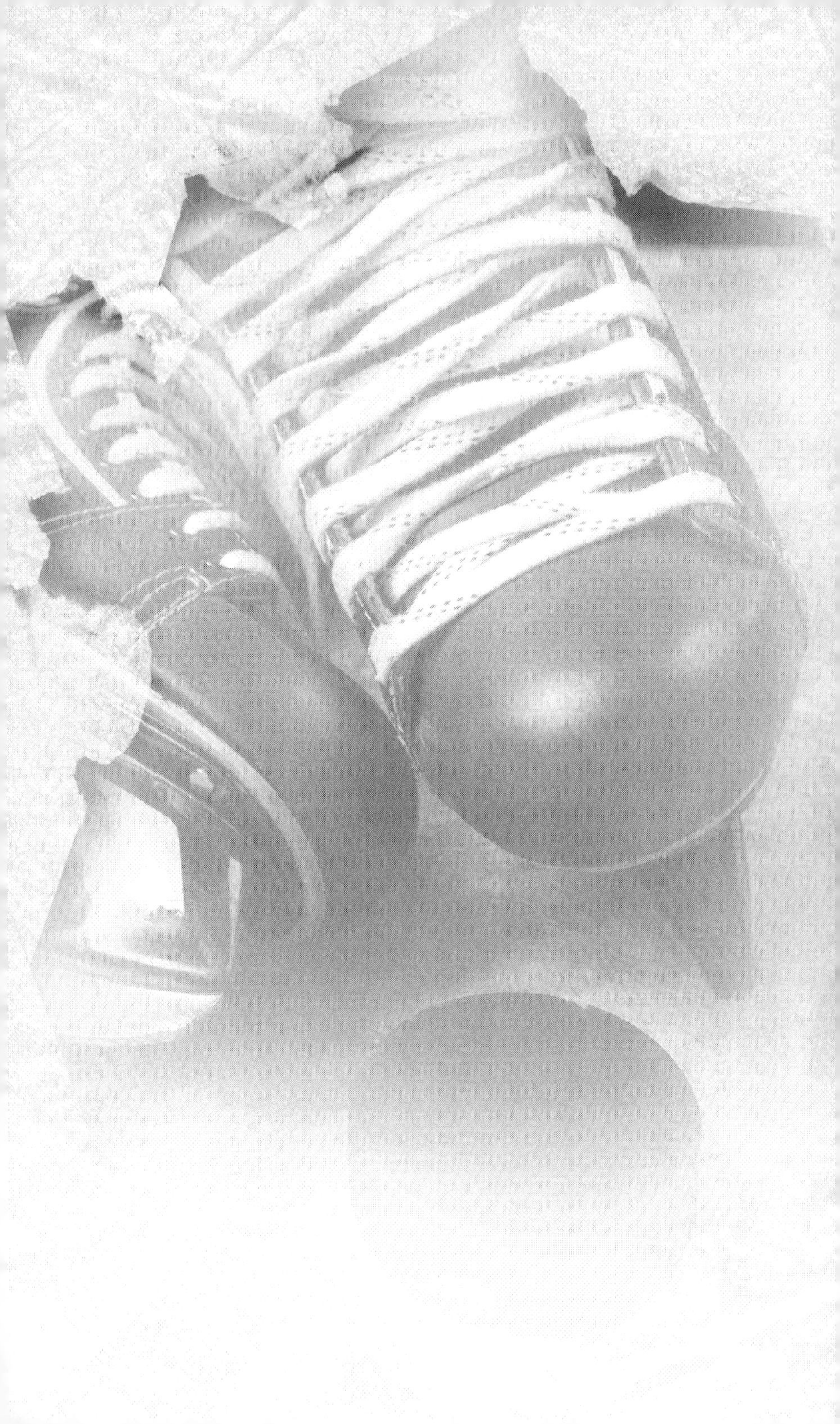

CHAPITRE 24
Farrow Lynch

Dommage que Dean ait refusé de parier, parce que je l'aurais plumé.

Bien sûr qu'ils ont appelé son nom. Bien sûr qu'il a gagné.

Je me trompe rarement dans mes prévisions, et pour lui, c'était du tout cuit. Il avait bien plus de mérite à remporter ce trophée que n'importe quel autre rookie cette année.

Je crois simplement qu'il ne se rend pas compte à quel point il a été exceptionnel. Certes, il a eu quelques bas, mais ses hauts ont crevé le plafond.

J'applaudis fort tandis qu'il grimpe les quelques marches menant à l'estrade. Ses joues sont rouge vif et il transpire légèrement. Son malaise est palpable, mais je ne le lâche pas du regard, je veux qu'il s'assure que je suis là, que je le soutiens moralement.

On lui tend un micro et il se racle la gorge avant de commencer :

— Je n'ai pas préparé de discours, alors... je ne serai pas long. Je voulais juste vous remercier pour cette récompense... je suis très touché et... reconnaissant... je vis vraiment un rêve éveillé.

Il hésite, frotte sa main sur son pantalon de costume. Pourtant, tout le monde l'écoute attentivement, avec bienveillance.

— Alors merci à l'équipe des Renegades pour me permettre de vivre de ma passion. Merci à mes coéquipiers, à la ville de Boston et à son public qui me poussent toujours à donner le meilleur de moi-même.

Son regard parcourt la salle, ces tables rondes sur lesquelles trônent des verres à moitié pleins et des bouteilles de vin à moitié vides. Puis il s'arrête sur moi. J'ignore s'il peut vraiment me voir avec la lumière qui éclaire la scène, mais dans le doute, j'ancre mes yeux aux siens.

La salle n'est pas très grande, pas assez en tout cas pour ne pas discerner clairement ses traits.

— Et merci aux amis, ceux qu'on n'attendait pas et qui sont pourtant là.

Il sourit tandis que nous applaudissons, puis se dépêche de reprendre sa place autour de la table réservée au staff de l'équipe, ainsi qu'à Blake et Carter. Ce sont ses invités ce soir, ses parents n'ayant pu faire le déplacement.

La cérémonie continue, les prix sont remis les uns après les autres. Une caméra se braque sur mon visage lorsqu'ils annoncent le gagnant du trophée Hart, et sans surprise, ce n'est pas à moi qu'ils le décernent, mais à Wallace Reid. Tant mieux, lui aussi le mérite.

La cérémonie touche à sa fin, et alors que nous quittons le bâtiment, des fans se tiennent toujours derrière les barrières. Nous prenons le temps de poser pour des photos, des autographes, et Dean reçoit des félicitations et répond à d'autres questions de la part des journalistes. Il se prête au jeu avec le sourire, semble réellement prendre plaisir à ce moment de partage avec les fans.

Putain, j'aime tellement cette fraîcheur qu'il dégage, cet émerveillement constant. Je souhaiterais que jamais rien ne l'entache.

— Tu le regardes comme si tu avais envie de le bouffer tout cru, c'est gênant, déclare Blake en se postant près de moi.

Je lui jette un regard en coin.

— L'hôpital qui se fout la charité, tout ça, répliqué-je.

Il sourit et pose une main sur mon épaule.

— Ouais, sauf que là, c'est différent. Vous semblez vouloir la même chose.

Si seulement. Putain, ce serait le paradis. Excepté que ce n'est pas le cas. Dean souhaite quelque chose de… si ce n'est sérieux, au moins formel. Il veut une vraie relation, pas seulement de la baise entre deux déplacements. Ce que je ne suis pas prêt à lui offrir. Pour la simple et bonne raison que ça ne pourra pas bien se terminer. Notre job nous accapare, nous vivons tous les deux à cent à l'heure, et nous n'aurions que peu l'occasion de nous croiser.

— C'est là que tu te trompes.

Dean s'avance vers nous, nous coupant dans notre conversation.

— Jennifer Lawrence n'a qu'à bien se tenir, déclaré-je en lui tapotant l'épaule.

— Ne pas porter de longue robe de soirée ni de talons aiguilles m'a sans doute donné l'avantage.

Blake nous regarde tour à tour d'un air paumé, sans toutefois chercher à comprendre le sens de notre discussion.

Carter est à la traîne, mais finit tout de même par nous rejoindre.

— On se rejoint chez toi, je suppose ? Tu peux me refiler l'adresse ? demande-t-il en la rentrant sur son portable au fur et à mesure que je lui dicte.

— Tu veux monter avec moi, Kesler ? Tu as sans doute suffisamment vu la gueule de ces deux-là, je t'offre trente minutes de tranquillité.

— Ne parle pas de Cake comme ça, me houspille-t-il joyeusement.

— Bordel, tu ne vas pas t'y mettre, toi aussi ! gronde Carter.

J'éclate de rire devant son expression agacée. Il déteste ce surnom. J'ai bien fait d'en parler à Dean, comme ça, il pourra en rajouter une couche quand je ne serai pas là.

— D'ailleurs, tu es renvoyé de la voiture, ajoute mon pote à l'adresse de Dean.

— J'ai eu une meilleure proposition, dans tous les cas, déclare celui-ci en me faisant un clin d'œil.

— Bon, maintenant que cette histoire est réglée, on peut s'en aller ? Je crève de chaud et j'ai hâte de piquer une tête, renchérit Blake.

Nous acquiesçons de concert et je fais signe à Dean de me suivre jusqu'à ma voiture.

— Ouah, elle est canon. C'est la tienne ?

— J'aimerais bien. Mais si j'en achetais une, je ne serais pas suffisamment sur place pour l'entretenir. Alors je préfère en louer une.

Et autant dire que je me fais plaisir. Parce que d'une, j'en ai les moyens, et je n'ai pas vraiment l'occasion de dépenser de l'argent, de deux, la Floride est idéale pour conduire une Mustang Shelby.

À peine le moteur a-t-il démarré que ma playlist reprend là où elle s'est arrêtée. *Miss americana and the heartbreak prince* résonne dans les enceintes tandis que je sors du parking.

Dean se tourne vers moi, un sourire aux lèvres.

— Taylor Swift ?

— Yep.

— Alors que je pense te connaître de mieux en mieux, tu arrives encore à me surprendre.

— Et tu es loin d'avoir tout vu, répliqué-je avec un clin d'œil.

♛

Notre trajet est ponctué par les exclamations d'un Dean extasié. Il prend des tonnes de photos tandis que je traverse le pont enjambant l'océan.

— C'est à regretter de ne pas avoir été drafté ici, déplore-t-il en se penchant légèrement par-dessus la portière. En plus… tu sais, j'aurais peut-être pu gagner une coupe Stanley.

En effet, l'équipe de Tampa est en finale des *playoffs*, leur prochain match aura lieu demain.

— Trois mois au sein de la NHL et tu repars déjà avec un trophée, mon pote.

Il se tourne vers moi, mais baisse les yeux.

— Je sais, désolé. Je n'ai pas envie de me montrer mesquin… je suis reconnaissant, vraiment, d'être aussi chanceux.

— Tu ne dois rien à la chance, Kesler. C'est ton talent qui t'a mené là où tu es, ne l'oublie jamais.

J'aimerais vraiment qu'il apprenne à avoir davantage confiance en lui, à être plus assuré.

Il hoche la tête puis reporte son attention sur le paysage.

Moi, je me concentre sur la route, faisant rugir le moteur de la Shelby dès que la circulation me le permet, appréciant de sentir sa puissance sous ma pédale. Je dévie de mon trajet initial, parce que Dean a l'air vraiment ravi d'être là. On dirait un gosse le matin de Noël, et j'aime voir son expression émerveillée. Alors je prends un chemin de traverse, longeant la mer plus longtemps, rien que pour profiter au maximum de ce sourire sur son visage.

♛

Un peu plus de trente minutes plus tard, je me gare devant chez moi. Le couple de l'année est déjà là et ils nous attendent, adossés contre la carrosserie.

— À quoi ça sert de conduire une telle caisse si c'est pour mettre autant de temps ?

— Peut-être que je ne voulais pas faire courir de danger à ton rookie…, répliqué-je.

— De la part de quelqu'un d'autre, je l'aurais sans doute cru, s'esclaffe Carter.

— Il nous a fait faire un détour pour que je voie l'océan, intervient Dean pour prendre ma défense.

Bordel, ce type est beaucoup trop mignon. Encore plus avec son visage rougi et ses cheveux ébouriffés par le vent.

— Tu es au courant qu'on reste ici cinq jours, pas vrai ? Tu as tout le temps pour les balades.

— Tu es un empêcheur de tourner en rond, Banes, grogné-je avant de me tourner vers Dean. Ne t'occupe pas de lui et viens. Je vais te faire visiter.

— Attends, je dois récupérer mon sac.

— Banes va s'en occuper. C'est à ça que servent les coéquipiers.

— Je t'emmerde, Lynch.

— Et si tu fais du bon boulot, tu auras peut-être droit à un pourboire, dis-je en posant une main sur le dos de Dean pour qu'il me suive à l'intérieur.

Les exclamations admiratives reprennent de plus belle lorsqu'il pénètre dans l'immense espace comprenant la cuisine, le salon et la salle à manger. Dean tourne sur lui-même, les yeux grands ouverts, comme s'il voulait s'assurer de ne rien louper.

— Cette baraque est dingue.

— Oui, je l'adore. Je regrette de ne pas pouvoir venir aussi souvent que je le voudrais.

— Mais ce sera l'endroit idéal quand tu te reconvertiras en écrivain une fois à la retraite, intervient Blake.

— Clairement. Rien que de m'installer devant la piscine pourrait me donner l'idée de sacrées scènes.

— C'est bon, j'en ai assez entendu, déclare Carter.

— Tu as déjà baisé dans cette piscine ? renchérit Blake. Savoir si je peux m'y baigner ou non.

— *Spoiler alert*, mon pote. C'était déjà trop tard pour toi la dernière fois où tu es venu.

Il grimace et j'éclate de rire. C'est totalement faux, mais ça me fait marrer.

— Pourquoi j'ai posé la question ? grommelle-t-il.

— Parce que tu aimes te faire du mal ? répond son mec. Allez viens, montons nos affaires.

Ils disparaissent dans l'escalier menant aux chambres d'amis. La mienne est la seule à se situer au rez-de-chaussée, parce que j'aime pouvoir me lever et plonger directement dans l'eau.

— Ils ont l'air de bien connaître la maison, déclare Dean.

— Oui, ils sont venus souvent ici, avec ou sans moi, d'ailleurs. Tu veux que je te montre ta piaule ?

Dean hoche la tête, et m'emboîte le pas dans l'escalier.

— C'est hyper grand ! Et j'ai ma propre salle de bains !

J'adore la façon qu'il a de toujours être charmé par ce qui l'entoure, comme s'il n'avait pas conscience qu'il pourrait s'offrir la même chose. Bon, peut-être pas encore, parce que cette baraque m'a coûté un rein, mais d'ici quelques années. Sa simplicité me fait fondre, vraiment. Si de nombreuses personnes perdent la tête devant les sommes conséquentes qu'on peut gagner, je peux certifier que ça ne sera jamais le cas de Dean. Je le vois mal effectuer un revirement à cent quatre-vingts degrés.

— Ravi que ça te plaise. Je te laisse t'installer, je vais nous préparer des cocktails.

S'il y a bien une occasion pour picoler, c'est ce soir, même si une prochaine ne va pas tarder à pointer le bout de son nez. Je ne fais aucune remarque, cependant, gardant ce secret pour moi pour l'instant.

♛

Le temps est si agréable que je pourrais m'endormir facilement sur cette terrasse. Certes, ça impliquerait que mes invités fassent un peu moins de bruit, ce qui ne me paraît pas envisageable.

— Ferme la bouche, chaton, ou tu vas avaler le sperme de Farrow !

Je ris devant la grimace de Carter qui vient de plonger dans la piscine, nous éclaboussant tous au passage. Ce n'est pas gênant, vu que nous sommes déjà trempés.

— Relax, ce n'est pas comme ça qu'on fait des bébés, répliqué-je en sirotant mon mojito.

Je ne sais pas faire grand-chose de mes dix doigts à part tenir une crosse, mais je fais des mojitos d'enfer, et ce, grâce à mon coloc à l'université, qui bossait dans un bar… alors qu'il n'était même pas majeur, mais c'est une autre histoire.

— Tu as vraiment baisé dans cette piscine ? demande Dean en jouant avec la paille de son verre.

Il est en maillot de bain, tous ses tatouages à découvert. Si canon, bordel. Je devrais demander à Blake de les photographier pour pouvoir les mater tout mon soûl, pouvoir en absorber chaque détail. Les seules fois où je les ai vus, je n'ai pas eu le temps de m'attarder trop longuement dessus, ce qui est carrément dommage.

Ou alors je pourrais demander à Dean de se mettre debout et de rester sans bouger pour me laisser observer chaque dessin minutieusement, mais il risquerait de douter de ma santé mentale.

— Non, mais c'est plus marrant de leur faire croire.

— Je t'ai entendu, enfoiré ! crie Carter depuis la flotte.

Je ricane et reporte mon attention sur Dean. Je me demande s'il s'agit simplement de curiosité ou si autre chose se cache derrière sa question. La vérité, c'est qu'ici ou à New York, je n'ai jamais ramené personne chez moi. Je préfère garder mes coups d'un soir dans des endroits anonymes. Je refuse de partager la moindre parcelle de ma vie privée avec des types que je ne reverrai jamais.

Mais alors que je croise le regard de Dean, je me rends compte que lui est bel et bien là.

Je pourrais me dire qu'il est là en tant qu'ami, parce que c'est le cas.

Mais ça ne fonctionnerait que si je n'avais pas envie de le mettre dans mon lit... ou dans cette piscine.

Et même si j'accepte ses réserves, même si je comprends son état d'esprit, il sait très bien qu'il n'a qu'un mot à dire pour que je sois tout à lui.

Dommage qu'il ne soit pas à même de le prononcer.

CHAPITRE 25

Dean Kesler

Si le paradis existe, je parie qu'il ressemble à ça.
Je suis ici depuis deux jours et je voudrais déjà y rester toute ma vie.
La maison de Farrow est incroyable, et boire mon café le matin sur la terrasse surplombant l'océan sous un soleil éclatant, en observant les bateaux quitter la baie, c'est tellement agréable. Dommage que les journées passent si vite. Dommage que je ne reste pas plus longtemps.
Cet endroit est un véritable havre de paix.
Et le serait encore plus si on me foutait la paix.
— Allez, Kesler ! C'est l'heure !
Je pousse un soupir et me relève, tournant le dos à la vue en traînant des pieds.
— Vous êtes des tortionnaires, vous le savez ça ? grommelé-je en enfilant mes baskets.
Farrow et Carter m'ont laissé une journée de répit, *une seule*, avant de m'embringuer dans leur footing matinal. Je les déteste.
Mais celui que je hais par-dessus tout, c'est Blake. Lui n'a pas besoin de subir de supplice de bon matin, non. Il se contente

de nous regarder en souriant, ses yeux encore ensommeillés tandis qu'il se laisse tomber sur une chaise longue.

— Bon courage, les gars ! s'esclaffe-t-il en nous faisant un signe de la main.

Ouais, je le hais.

Heureusement, ma mauvaise humeur ne dure pas longtemps. Une fois que j'ai trouvé mon rythme, mon footing devient agréable. La ville est découpée en dizaines de petits quartiers résidentiels tranquilles, dont chaque maison est époustouflante. Nous avançons tous les trois à un rythme soutenu, ne parlant que peu pour économiser notre souffle. Il fait déjà chaud à cette heure-ci, le soleil frappe chaque parcelle de peau non dissimulée sous du tissu. Je suis rapidement en sueur, comme mes deux comparses que je laisse me devancer, me perdant dans mes pensées. Certes, je dois avouer qu'elles tournent un peu en rond ces derniers temps, et sont focalisées sur une seule et même personne. Cette personne qui court actuellement à quelques mètres devant moi, ses mollets gonflés sous l'effort, son tee-shirt trempé par la sueur. Je ne devrais pas trouver ça aussi excitant, mais c'est le cas. Bon sang, qu'est-ce qui cloche chez moi ?

Tandis que notre foulée ralentit à l'approche de la maison de Farrow, j'entends des bribes de sa conversation avec Carter.

— Bien sûr que je flippe, mais ce n'est pas ça qui va m'arrêter, déclare ce dernier d'une voix légèrement haletante.

— J'espère, en plus, j'ai mis du champagne au frais.

— Ne me fous pas la poisse !

L'éclat de rire de Farrow résonne jusque dans mes tripes. Je crois qu'il y a peu de sons que j'aime entendre davantage que celui-là…

— Raconte pas n'importe quoi, tu connais déjà sa réponse.

Je fronce les sourcils, me doutant du sujet de leur discussion. Je pourrais leur demander, mais je n'ai pas envie de les interrompre ni de m'immiscer.

— Qui sait, peut-être que le prochain, ce sera toi ? déclare Carter.

Farrow ricane.

— Non merci, même pas pour tout l'or du monde.

Il s'immobilise devant l'entrée et se cale sur les marches pour s'étirer. Nous l'imitions, et le silence revient tandis que nous nous concentrons sur nos mouvements. Ce serait l'occasion idéale pour interroger Carter sur mes suspicions, mais je suppose que si c'est ce à quoi je pense, j'aurai bientôt une réponse.

— Farrow Lynch, l'étalon qui refuse d'être dressé, se moque Banes tandis que nous pénétrons à l'intérieur de la maison où nous nous déchaussons avant de retrouver Blake dans la cuisine. En bon seigneur, il nous a préparé le petit déjeuner, et nous l'aidons à apporter les assiettes de fruits coupés, d'œufs et de bacon sur la terrasse.

Je m'esclaffe aux paroles de Carter, bien que dans mon for intérieur, j'aimerais avoir la chance d'être celui qui parviendrait à dresser cet étalon.

— Ferme-la, grogne Farrow en donnant une tape à l'arrière de la tête de son pote.

— Deux heures ensemble et vous vous battez déjà ? s'enquiert Blake.

— Vois ça avec ton mec, c'est lui qui raconte des conneries.

Blake se tourne vers son homme dans un froncement de sourcils pendant que Farrow se dirige vers la douche extérieure. Il n'hésite pas avant de faire glisser ses vêtements sur le sol pour se laver, offrant son cul nu à notre vue. Personne ne s'en offusque. S'il y a bien une chose que nous avons totalement abandonnée en devenant hockeyeurs, c'est notre pudeur. Même Blake ne bronche pas, il doit être habitué. Cela dit, il a fait de la nudité sa base de travail, alors je suppose qu'il a dû voir plus de gens à poil que nous tous réunis… enfin, peut-être que Farrow le bat.

— N'importe quoi ! réplique Carter en criant pour se faire entendre par-dessus le bruit du jet. C'est toi qui joues au mec hermétique aux sentiments. Crois-moi que je vais me foutre de ta gueule pendant une éternité le jour où tu tomberas amoureux.

Farrow coupe l'eau, récupère le maillot de bain qu'il a laissé sécher sur la rambarde et l'enfile rapidement.

— Je suis déjà tombé amoureux ! Des tas de fois, déclare-t-il en nous rejoignant et en attrapant une pomme dans laquelle il croque.

Je me redresse sur ma chaise, soudain très intéressé. Et un peu chiffonné aussi. S'il a déjà vécu des histoires d'amour, pourquoi refuse-t-il de s'engager ?

— Les hommes fictifs ne comptent pas, Lynch.

— Pourquoi ? On ne vante pas suffisamment les mérites d'un parfait *bookboyfriend*.

Cette réponse ne devrait pas me rassurer, pourtant quelque part, c'est le cas. Parce que ça veut dire que le problème ne vient pas de moi… peut-être que je devrais apprendre à être le « parfait *bookboyfriend* » comme il l'appelle ?

Blake éclate de rire tandis que son homme lève les yeux au ciel.

— Tu me désespères.

— Ah ouais ? Parce que je ne partage pas ta vision des choses ?

— Je veux juste que tu sois heureux, mon pote, c'est tout.

— Et je suis heureux. Je n'ai besoin de personne dans ma vie pour ça, je me suffis amplement à moi-même.

— Ouais, ça on le sait, ricane Carter.

Même si leur joute verbale est bon enfant, je peux sentir l'agacement de Banes, malgré tout. Peut-être qu'il a juste envie d'avoir le dernier mot ?

Moi, je me contente de les écouter, essayant de ne pas me montrer trop avide de chaque bribe d'information que je peux choper de la bouche de Farrow. Afin de mieux comprendre ses envies, de savoir si je pourrais… je ne sais pas… espérer, malgré tout. Espérer qu'il finisse par me voir autrement que comme un type qui lui plaît et qu'il a envie de mettre dans son lit, que comme un ami qui lui manque quand il ne le voit pas, mais pas suffisamment pour avoir envie d'essayer de voir jusqu'où une relation suivie pourrait nous mener.

— Je te l'ai déjà dit, j'aurai bien le temps de me préoccuper de ma vie sentimentale une fois que je serai à la retraite. En attendant, je profite des hommes que ce monde merveilleux a à m'offrir et je me tape des stars de la NFL.

Ses derniers mots font mouche, et nous dardons notre regard sur lui. Farrow croque dans sa pomme avec un petit sourire satisfait. Ce type aime vraiment trop être au centre de l'attention.

— C'était qui ? demande Blake.

— C'est secret. Et honnêtement, je ne me souviens même plus de son nom de famille. S'il ne me l'avait pas dit, je n'aurais jamais deviné qu'il était footballeur.

— C'était quand ? renchérit Carter.

— Le dernier d'entre eux, tu veux dire ?

— Il y en a eu plusieurs ?

Il les fait tourner en bourrique et se délecte de chaque instant.

— Peut-être.

— OK. Alors le dernier !

Nous sommes suspendus à ses lèvres, même si Carter et Blake le sont pour d'autres raisons que moi. Au fond de moi, je sais déjà que cette réponse va me foutre un coup au moral et je me dis que je ne devrais pas rester pour entendre la réponse. Le coup d'œil rapide que me jette Farrow me conforte dans mon analyse, et je me lève, prétextant avoir envie d'un verre d'eau pour me retrancher dans la cuisine. Évidemment, je ne suis pas encore assez loin pour ne pas entendre les mots de Farrow :

— Le soir de notre défaite en demi-finale.

J'ai l'impression que le sol s'ouvre sous mes pieds. Je continue d'avancer, mes mains se serrant en poings. Je n'ai pas le droit de ressentir de la colère, de la jalousie. Farrow ne me doit rien. Même si j'avais accepté sa proposition, je n'aurais pas eu le droit de lui en vouloir. Mais c'est plus fort que moi. Ça me brûle l'estomac et me noue la gorge. Tant pis si ça n'a aucun sens, c'est le principe même des émotions, pas vrai ? Elles se fichent bien de savoir si elles sont censées, si elles sont légitimes, si on est suffisamment fort pour les accepter. Elles s'imposent juste à nous, sans nous demander notre avis, et on doit faire avec.

N'ayant pas envie d'entendre la suite de la conversation qui se tient à l'extérieur, je traverse le salon, jusqu'aux étagères remplies de livres installées sur le mur du fond. Je parcours les titres du regard, lis certains résumés. Je prends mon temps, et finis par en choisir un, un peu au pif, l'esprit toujours trop occupé par les mots de Farrow. J'ai besoin d'un peu de temps pour digérer, pour m'assurer que personne ne se rende compte combien ces quelques paroles m'ont fait mal.

Lorsque je retourne sur la terrasse, le sujet n'est plus le même, à mon grand soulagement. Blake évoque son programme de la journée en compagnie de Carter. Ils ont décidé de passer du temps rien que tous les deux, ce que je comprends. Ce qui signifie aussi que je vais passer de nombreuses heures seul avec Farrow. Cette idée devrait m'enchanter, mais elle me rend surtout nerveux, angoissé. Passer du temps avec lui en tête-à-tête, c'est carrément risqué pour mes sentiments. Peut-être que je devrais m'éclipser moi aussi, en profiter pour aller découvrir le coin, me rendre à la plage. Laisser le temps à mon amertume déplacée de retomber. Je n'aime pas me baigner dans la mer, je préfère l'eau des lacs, mais rien ne m'empêche de faire une balade sur le sable.

— Tu as trouvé de la lecture ? s'enquiert Farrow en avisant le livre que je tiens dans la main.

Je lui montre la couverture et il hoche la tête.

— Oh, je ne l'ai pas encore lu, je l'ai acheté en lisant les avis. J'ai hâte de connaître le tien.

Ouais, et moi j'ai hâte de savoir si la recette pour devenir un *bookboyfriend* idéal se cache entre ces pages. Après tout, j'ai bien le droit de rêver, pas vrai ?

CHAPITRE 26

Farrow Lynch

Dean s'est endormi sur le transat, au soleil, son livre posé sur son ventre. Ce qui me laisse la liberté totale de mater son corps quasiment dénudé. Ça sonne sans aucun doute pervers dit comme ça, mais vraiment, ses tatouages m'hypnotisent. Il en a des tas : des arbres partant de son poignet et remontant légèrement le long de son avant-bras gauche, un patin délacé dans le creux de son bras droit, son numéro, le 17, à l'intérieur de sa cheville, un loup qui s'étale sur tout une cuisse, un papillon entre ses deux pectoraux, une paire de dés près de son nombril… et tant d'autres encore, c'est fascinant, et magnifique.

Cependant, je ne peux pas rester là à le mater éternellement. D'une part parce que, oui, je confirme, j'ai l'air d'un pervers, et d'autre part, j'ai un gâteau à aller chercher.

Je quitte l'ombre de la terrasse pour me rapprocher de lui. Je pourrais le laisser pioncer, mais il risque de brûler.

— Kesler ?
— Hmmm.
— Je dois aller faire deux trois courses, tu veux venir avec moi ?

Je ne parviens pas à voir ses yeux derrière ses lunettes fumées, mais il les relève pour se frotter les paupières.

— Tu as besoin que je vienne ?

— Pas spécialement.

— Alors je peux rester là ?

Je ris. OK. Apparemment, il a la flemme de bouger. Ce que je peux comprendre. Quoi de plus agréable que de lézarder au soleil, à bouquiner autour de la piscine et à admirer la vue ?

— Tu peux. Ou alors, tu peux m'accompagner et conduire ma caisse.

Il ne lui en faut pas plus pour se redresser.

— OK, tu as gagné. Laisse-moi juste enfiler un tee-shirt.

Si ça ne tenait qu'à moi, je lui dirais de ne pas se donner cette peine, mais se balader torse nu dans les magasins est de mauvais goût, même en Floride.

Moins de trois minutes plus tard, Dean fait rugir le moteur de la Shelby et nous quittons le quartier tranquille. La circulation est fluide en cet après-midi ensoleillé, et Dean suit avec attention le GPS sur lequel j'ai entré l'adresse pour éviter d'avoir à lui indiquer la route.

Nous roulons en silence au début, et j'observe le sourire de Kesler alors qu'il teste la caisse, j'admire ses doigts qu'il fait courir sur le volant pour mieux en apprécier la texture. Son air ravi me fait plaisir, comme toujours. Il est si facile à contenter, et c'est ce qui me plaît chez lui. Il est d'une simplicité immuable, et je prie pour qu'il ne change jamais.

— Où est-ce qu'on va, au fait ?

— Récupérer un gâteau que j'ai commandé.

Il hoche la tête avant d'actionner le clignotant pour se déporter sur la voie de droite.

— Pour fêter les fiançailles de Carter et Blake, j'imagine ?

Je ris. Oui, il a dû entendre notre conversation lors de notre jogging de ce matin.

— En effet.

— Et tu vas être témoin à leur mariage ?

Carter n'a pas abordé le sujet, mais honnêtement, je serais vexé que ça ne soit pas le cas.

— J'espère bien, ou je révoque notre amitié, m'esclaffé-je.
Dean se tourne vers moi, un léger sourire ourlant ses lèvres.
— Il n'a pas peur que tu fasses un discours gênant ?
— Enfoiré ! grogné-je en lui donnant une tape sur la cuisse.
Son sourire s'étire et je m'attarde sur son profil. Sur le chaume brun qu'il n'a pas pris le temps de raser, sur son nez droit, sa peau lisse. Il est si jeune. Presque autant que je l'étais quand j'ai commencé à jouer en NHL. Mais même si je dégageais bien plus d'assurance que lui à l'époque, j'étais bien moins doué. Kesler possède un talent rare qui pourra le mener loin, mais il doit apprendre à avoir confiance en lui.
— En tout cas, je suis content pour eux, ce sont vraiment des mecs géniaux.
— Ouais. Ils se sont bien trouvés. Comme quoi, parfois, pas besoin de chercher bien loin pour tomber sur l'homme de sa vie, il suffit de frapper à la porte de son voisin.
— Mon voisin est un homme de quatre-vingts ans qui râle dès que je claque la porte trop fort, répond Dean.
J'éclate de rire.
— En effet, ce n'est peut-être pas le meilleur parti. Mais je te jure que leur histoire d'amour pourrait se retrouver dans un roman.
— Oui, dans celui que tu as prévu d'écrire quand tu seras à la retraite.
Je suis surpris qu'il se souvienne de ça. Même moi, je me rappelle à peine avoir évoqué cette possibilité, pour plaisanter.
— Est-ce que je radote déjà ?
— Non, c'est juste que j'écoute les gens quand ils parlent. Tu devrais essayer.
— Hé ! Je suis doué pour écouter les gens.
Il tourne rapidement la tête vers moi, et se mord les lèvres. J'aimerais pouvoir distinguer ses yeux en cet instant, mais ses lunettes m'en empêchent.
— Je sais, murmure-t-il avant de reporter son attention devant lui. Je te taquinais.
Yep, je m'en suis rendu compte, et ça me plaît de plus en plus.

Évidemment, impossible de sortir sans finir chez Barnes & Nobles. Durant près d'une heure, je soûle Dean avec tous les livres qu'il devrait lire, en ajoutant certains dans ses bras qui sont déjà blindés de bouquins. Ce qui ne semble pas le déranger outre mesure, il se prête au jeu de bon cœur.

— Tu sais, tu ferais un modèle de couverture très sexy, déclaré-je en lui montrant la photo d'un type musclé et torse nu tenant une crosse dans sa main.

D'ailleurs, je suis certain que les gens s'arracheraient une couverture montrant le corps tatoué de Dean. Moi, en tout cas, je serais le premier à me ruer dessus… et je passerais ensuite des heures à la contempler.

— Tu me dis ça pour m'offrir un choix de carrière si jamais la mienne ne fonctionne pas ?

J'éclate de rire.

— Pas du tout, c'était juste une pensée en l'air… et puis il n'y a rien de mal à poser pour une couverture, je te signale.

— Je n'ai jamais dit le contraire. D'ailleurs, je te retourne le compliment.

Je le scrute, hésitant à lui avouer mon petit secret. Je n'en ai pas honte, mais je préfère que ça ne s'ébruite pas. Qui sait comment le management team réagirait s'il était au courant ? Même mon agent en ignore tout.

— Qui te dit que ce n'est pas déjà le cas ?

Dean s'immobilise, les yeux écarquillés.

— Tu peux répéter ?

Ma révélation le laisse complètement choqué, et rien que pour cette expression sur son visage, je suis bien content d'avoir craché le morceau.

— Tu m'as parfaitement entendu.

— Yep, mais maintenant, j'exige que tu me racontes cette histoire !

Je ris. Évidemment. Cela dit, je comptais lui raconter. Je ne suis pas peu fier de m'être retrouvé sur un roman que j'ai par ailleurs adoré.

— Allons d'abord régler nos achats, ensuite on se posera au coin café, et tu auras le droit à tous les détails.

Il n'en faut pas plus pour que Dean rejoigne les caisses à grandes enjambées, où une vendeuse nous accueille avec un grand sourire. Si elle est surprise de nous voir arriver avec une quinzaine de livres d'un coup, elle fait mine de rien, et c'est avec notre butin rangé dans des sacs que nous nous dirigeons vers le petit café.

Après avoir passé commande, nous nous installons autour d'une table en bois, Dean avec son smoothie à la framboise, et moi avec mon café glacé.

— Je t'écoute, déclare-t-il en posant les sacs à côté de lui sur la banquette.

Ouais, je vois bien qu'il est déjà tout ouïe.

— Il faut d'abord que je t'explique comment je suis tombé dans la romance, déclaré-je.

Je n'avais jamais été un grand lecteur avant ça, raison pour laquelle le fait que Dean ne le soit pas non plus ne m'a pas découragé. La preuve, voilà qu'il repart avec plusieurs bouquins sous le bras.

— Quand j'étais à la fac, j'avais une amie qui écrivait. Elle avait publié quelques titres en autoédition et possédait déjà une petite communauté, mais je t'avoue que je n'avais jamais trop prêté attention à ses publications.

Durant plusieurs minutes, je lui parle de Carla, de sa passion pour l'écriture, pour les histoires d'amour. Je lui explique comment elle est venue me voir un jour, pour me dire qu'elle souhaitait écrire sur un hockeyeur. Elle m'a bombardé de questions, est venue assister à nos entraînements pour prendre des notes.

— Elle était vraiment à fond, tu vois. Ça crevait les yeux qu'elle voulait en parler à la perfection, qu'elle voulait dépeindre la réalité. Pas comme certaines romances sportives où jamais les héros ne voient l'ombre d'une patinoire, d'un terrain de football, où seuls les vestiaires ont une importance.

— Les vestiaires ? répète Dean.

— Tu es encore tellement novice, Kesler, c'est mignon. Bientôt, tu découvriras la joie des scènes de cul dans les vestiaires et ta perspective changera.

Il fronce le nez d'un air dégoûté.

— Pas certain que l'idée de relations sexuelles dans une pièce qui pue la mort me fasse fantasmer.

J'éclate de rire. Ouais, il n'a pas tort, en effet.

— Bref, ce n'est pas le sujet. Donc, pour en revenir à Carla… elle a fini par me demander si j'accepterais de lire ses scènes sur le hockey, tu sais, pour être certaine qu'elle ne se plantait pas. J'ai accepté et… j'ai tout lu. Pas uniquement ces scènes-là. Je voulais connaître toute l'histoire.

Je me souviens des heures passées à m'extasier sur la relation entre les protagonistes, à pester devant l'écran de mon téléphone quand l'un d'eux faisait n'importe quoi.

— Après ça, j'ai lu tous ses autres livres, et quand ma faim n'a pas été assouvie, je suis allé fouiller sur internet pour trouver d'autres bouquins. Et mon addiction est née.

Dean m'écoute, un sourire ourlant ses lèvres. C'est marrant, parce que je n'évoque pas ce sujet avec grand monde. En fait, à part Carter et Blake, je ne me souviens pas en avoir parlé à qui que ce soit. Mes coéquipiers se contentent de me tailler gentiment quand je lis devant eux, mais ils ne vont pas chercher plus loin.

— Quel rapport avec cette histoire de couverture ? s'impatiente Dean.

— J'y viens…, dis-je en souriant de constater à quel point il est suspendu à mes lèvres. Je suis resté en contact avec Carla, elle m'envoie chaque nouvelle parution. Un jour on discutait et je lui ai demandé où elle en était de ses projets. C'était peu de temps après que Carter a rencontré Blake. Carla m'a dit qu'elle s'arrachait les cheveux parce qu'elle n'arrivait pas à trouver de jolies photos de couverture avec un hockeyeur, qu'elle avait fouillé partout et que c'était une denrée rare, voire impossible à trouver.

Dean se redresse, il a compris où je voulais en venir.

— Et Blake… il était encore inconnu à l'époque. Mais il était doué. Alors je lui ai proposé de poser pour une séance photo un peu particulière. C'était gagnant pour tout le monde. Carla pouvait avoir une jolie couverture sans dépenser un rein, Blake a été payé pour son travail et s'est fait connaître, ce qui lui a valu pas mal de demandes par la suite, et moi, j'avais fait une bonne action et j'ai un bouquin en souvenir.

Je me souviens de cette journée comme si c'était hier, bien que ça ne soit pas si vieux, à peine deux ans. Je m'étais vraiment éclaté à poser devant l'objectif de Blake, c'est même durant ce shooting que nous avons fait certains nus, dont celui qui trône fièrement chez moi.

— C'est… génial ! s'exclame Dean. Et les gens savent que c'est toi ?

Je secoue la tête.

— Non, ça aurait demandé trop de complications, de contrats… et je ne suis même pas certain qu'on m'aurait permis de le faire. Mais on ne voit pas mon visage sur la photo et je n'ai pas un physique reconnaissable, contrairement à toi.

Dean s'esclaffe.

— Ouais, mes tatouages ne sont pas très discrets, en effet.

— Non, mais ils sont carrément sexy.

Il rougit et reporte son attention sur son smoothie. Puis il récupère son portable et lève la tête.

— C'est quoi son nom d'autrice, à Carla ?

— Pourquoi ?

— Parce qu'il me faut ce bouquin !

Yep, je l'aurais parié.

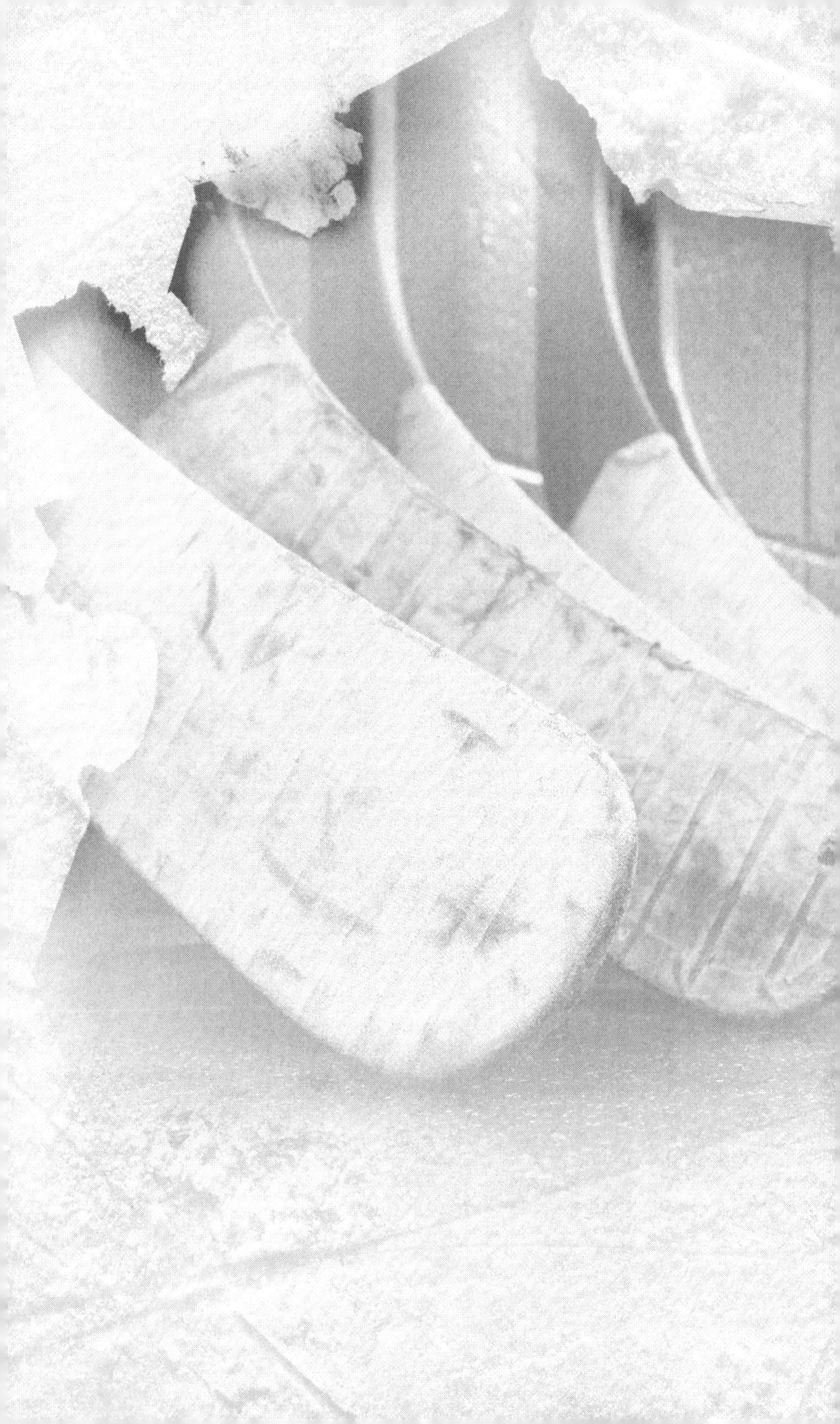

CHAPITRE 27

Dean Kesler

Comme nous ne sommes que tous les deux ce soir, nous avons décidé d'aller au plus simple et avons commandé des pizzas. Elles sont englouties depuis longtemps, et à présent, les boîtes vides trônent sur la table de la terrasse tandis que nous profitons de la chaleur de cette soirée.

— Je te ressers un peu de vin ? demande Farrow en attrapant la bouteille.

Je secoue la tête.

— Je peux te confier un secret ?

— J'écoute.

— Je n'aime pas vraiment le vin.

Farrow éclate de rire.

— Tant mieux, déclare-t-il en vidant la bouteille dans son verre, ça en fera plus pour moi. Mais tu aurais dû le dire dès le début.

— Ouais, je sais, mais…

Je me tais, ayant soudain un peu honte. Déviant le regard, je m'attarde sur les guirlandes de lumière que Farrow a installées le long de la rambarde donnant sur la baie. Elles offrent une ambiance cosy au jardin. J'aime vraiment cette maison, je m'y sens bien, à l'aise. En grande partie grâce à son propriétaire, qui ne fait pas de chichi. Tout le monde vit sa vie, se sert à sa guise, sans avoir à demander la permission. Il nous aide à nous sentir les bienvenus, comme si nous étions chez nous.

— Mais quoi ?

Sa voix me ramène à l'instant présent. Je passe une main dans mes cheveux en soupirant. Bon sang, c'est gênant. Pourtant, je sais que je peux le dire à Farrow, que jamais il ne se montrera mesquin ni moqueur.

— Je n'avais pas envie que vous me preniez pour un gosse.

C'est ridicule, j'en ai conscience. Mais à chaque fois que je voyais le trio en boire, je me sentais un peu obligé de les accompagner. Comme si ça leur permettait de me voir comme un adulte responsable et pas un type de vingt-deux ans qui ne sait même pas comment remplir sa déclaration de taxes.

— *Spoiler alert*, mon pote, on est tous des gosses. Et Carter déteste la bière, ce n'est pas pour ça qu'on va le renier.

J'avais remarqué, oui. Ce qui ne fait que me conforter dans mon idée que je suis très con, parfois.

— Et tu devrais vraiment arrêter de te focaliser sur ce que les autres pourraient ou non penser. C'est une perte totale de temps et d'énergie.

— Farrow Lynch, la sagesse incarnée…

Il me fait un clin d'œil et lève son verre pour trinquer à cette phrase avant de le vider d'un trait. Puis il s'enfonce dans son siège et son regard parcourt le haut de mon corps. Aucun de nous n'a pris la peine de s'habiller, vu que nous ne cessons de faire des allers-retours dans la piscine. Je ne vais pas le blâmer de me reluquer sans grande discrétion, puisque je fais exactement pareil de mon côté. Mais ce n'est pas comme si nous n'étions pas conscients de notre attraction mutuelle. Elle se voit comme le nez au milieu de la figure. Parfois, la faim que je lis dans ses yeux est si intense que j'en frissonne. Dans ces moments-là, je voudrais tout envoyer balader. Mes craintes, mes hésitations, mon cœur qui me dit de me protéger, et juste… me laisser aller, me laisser consumer par le désir que j'éprouve pour ce type. Puis je m'imagine ce que je ressentirais en marchant sur les braises froides de l'incendie que nous aurions allumé avec nos lèvres soudées, avec nos corps enchaînés l'un à l'autre, et je flanche. Alors, faute de pouvoir faire disparaître cette tension, nous l'entretenons, sans forcément nous en rendre compte.

— Ce serait une super phrase à te faire tatouer, déclare-t-il après coup.

— Ah ouais ? déclaré-je en pouffant. Et où ça ?

Il glisse son doigt entre ses deux clavicules en démonstration.

— Là… sauf si tu as d'autres projets.

— J'en ai oui, mais pas à cet endroit.

Il se penche sur la table et pose son menton entre ses mains serrées l'une sur l'autre. Je lève les yeux au ciel devant cette attention soudaine.

— Ah ouais ? Où ça ?

Son sourire espiègle me fait éclater de rire. J'adore ça. J'aime l'homme que je deviens quand je suis avec lui. Farrow m'amuse, il me met à l'aise, il me fait me sentir bien. Avec lui, je n'ai pas besoin de faire semblant, de contrôler mes paroles, mes actes. Il me suffit d'être moi, et c'est si libérateur. On ne réalise pas combien ce genre de personne est indispensable jusqu'à ce qu'on les rencontre.

— Je veux me faire tatouer un R derrière le genou. Ce sera le prochain que je ferai, je pense.

Même si j'ai fini par être tradé rapidement, les Renegades sont ceux qui m'ont donné ma chance, et je ne l'oublierai jamais.

— J'ai hâte de voir ça, dit-il avec un clin d'œil.

— Fais-moi penser à t'envoyer une photo quand ça sera fait.

Sa réponse se perd lorsque la porte d'entrée s'ouvre et que des rires nous parviennent depuis le hall.

— Le retour du couple de l'année, déclare Farrow.

Nous savons déjà que Blake a accepté la demande en mariage de Carter, vu qu'il a envoyé un message à Farrow pour le prévenir. Ce à quoi ce dernier a répondu « tant mieux, ça m'aurait fait chier de foutre le gâteau à la poubelle ». Quand je lui ai fait la remarque qu'il aurait pu se fendre d'un « félicitations » comme tout le monde, il a haussé les épaules avec un « trop commun. Et je ne fais jamais rien comme tout le monde ». Évidemment, ça ne m'a même pas étonné.

À présent, ils s'avancent vers nous en se tenant la main, un sourire leur bouffant le visage. Ils sont si beaux ensemble. Je me fais souvent la réflexion en les regardant, mais ce soir, c'est encore plus flagrant. Ils irradient de bonheur, ça fait chaud au cœur.

Je me lève à leur arrivée pour les enlacer tour à tour.

— Peu importe que Farrow trouve ça trop convenu, je vous le dis quand même, félicitations !

Ils rient et me remercient, puis Lynch m'imite pour leur faire un câlin.

— Bon courage avec lui, murmure-t-il dans l'oreille de Blake, suffisamment fort pour que tout le monde l'entende.

Le couple nous raconte leur après-midi, la demande de Carter sur la plage, leur dîner au restaurant. Ils ont tous les deux les larmes aux yeux et je les imite rapidement. Vraiment, ils méritent tout le bonheur du monde. Farrow s'éclipse quelques minutes et revient avec un plateau sur lequel sont posés quatre coupes, une bouteille de champagne et le fameux gâteau.

Gâteau sur lequel est inscrit « *Congrats* Cake ».

Nous éclatons de rire, bien que Carter ronchonne en peu en découvrant que son pote a utilisé leur nom de ship.

— Tu ne veux pas le dire, mais tu l'as fait écrire, lui fais-je remarquer.

— Je tente de rendre le commun exceptionnel… en plus… Cake écrit sur un cake pour Cake, c'est un peu une mise en abyme non ?

Il sourit de toutes ses dents, fier de lui. Y a-t-il des moments où Farrow Lynch est autre chose que fier de lui ? Je n'en suis pas sûr, mais je ne me plains pas. Cette touche d'arrogance, c'est ce qui fait son charme, bizarrement.

Farrow commence à remplir les coupes, s'arrête sur la dernière.

— Kesler ?

Je comprends qu'il fait référence à notre discussion de tout à l'heure, mais je hoche la tête. Si techniquement le champagne reste du vin, le goût est clairement différent, et je l'apprécie bien plus.

Nous trinquons aux amoureux, prenons pas mal de photos, dont une montrant leurs mains enlacées avec leurs alliances visibles, que Carter compte poster sur les réseaux sociaux. J'aime qu'ils soient fiers de leur sexualité, qu'ils ne cherchent pas à la cacher, et qu'elle soit en majorité bien acceptée dans le monde du hockey. Ça donne de l'espoir à pas mal de monde. Ça me donne de l'espoir, à moi. Parce que ça veut dire que le jour où je trouverai l'homme avec qui je veux partager un bout de chemin, je n'aurai pas à me cacher.

Nous papotons encore un bon moment tout en dégustant notre gâteau, puis Carter et Blake finissent par se retirer pour la nuit.

— Je crois que je vais attendre un peu avant d'aller me coucher, déclaré-je en terminant ma seconde coupe de champagne.

Farrow s'esclaffe, comprenant exactement ce que je sous-entends.

— C'est bon, de les voir aussi heureux, tous les deux, finit-il par déclarer.

— Ça ne te donne pas envie de connaître la même chose ?

Il croise mon regard, et je m'en veux d'avoir posé cette question. Je n'ai pas envie qu'il croie que je dis ça par rapport à moi, à ce que nous avons partagé.

— Toi, si ?

— Bien sûr. Tout le monde souhaite tomber amoureux.

J'ai conscience d'être encore jeune, d'avoir la vie devant moi avant de devoir y songer, pourtant, j'ai envie de connaître cette chaleur au creux de l'estomac quand on sait qu'on est aimé, ces frissons quand l'homme qu'on aime nous observe, nous sourit, nous embrasse. Partager un quotidien, avoir toujours quelqu'un à appeler, rentrer chez soi et trouver une présence, au lieu d'un appartement désespérément vide.

— Non, c'est faux, murmure-t-il.

— C'est vrai, j'oubliais que Farrow Lynch ne fait rien comme tout le monde.

Pour toute réponse, il me jette le bouchon de la bouteille de champagne à la tête. Je suppose que le sujet est clos.

♛

Allongé sur le rebord de la piscine, ma main jouant avec l'eau, j'observe les étoiles, en essayant de me souvenir des constellations. Peine perdue, vu que j'ai toujours été nul en astronomie.

— Farrow ?
— Ouais ?

Il est allongé sur un matelas gonflable et se laisse dériver. Lui aussi doit regarder le ciel, à moins qu'il ait les yeux fermés. Nous n'avons pas bougé depuis pratiquement une heure, et je crois que je pourrais rester ainsi toute la nuit, dans cette bulle paisible, au milieu de ce silence agréable. Ce sont ces instants particuliers, ces moments de grâce dans une vie à cent à l'heure, qui me rappellent combien c'est bon d'être en vie.

— Qu'est-ce que tu aurais fait, si tu n'avais pas joué au hockey ?

Il n'hésite même pas avant de répondre.

— Je ne me suis jamais posé la question, je n'ai jamais imaginé ma vie autrement qu'en NHL.

Je souris. C'est tellement typique de lui.

— Tu as toujours été aussi confiant ?
— Non. Mais c'était mon seul but, et j'ai fait tout ce qui était en mon pouvoir pour l'atteindre. Je n'avais pas envie de réfléchir à une porte de secours parce que j'avais peur que ça me donne des excuses, tu vois ?

Bizarrement, oui. Il est déterminé, et l'a toujours été. Plus le temps passe, et plus mon admiration pour lui grandit.

Je laisse ma main dériver dans la piscine, prends de l'eau en coupe dans ma paume avant de la laisser glisser entre mes doigts.

— Et toi ?
— Pompier. Comme mon père. Avec tous les feux de forêt qui sévissent dans le Colorado, je n'aurais jamais été à court de boulot.

— Ça te manque ? Le Colorado ?

J'essaie de ne pas trop y penser en temps normal, mais ce soir alors que la discussion dévie, je me rends compte que oui. J'ai grandi entre ces montagnes majestueuses, j'ai passé des heures à arpenter les forêts, à me perdre dans la nature. J'ai hâte d'y retourner. Même si je n'y resterai pas longtemps, vu que le camp d'entraînement d'été démarre en septembre, je suis content de pouvoir rentrer chez moi.

Vivre seul, c'est nouveau pour moi, et pas facile tous les jours. Je suis passé de la maison familiale à un appartement bostonien en un claquement de doigts, et je dois encore apprendre à me débrouiller seul. C'est angoissant parfois, ce silence, cette solitude.

— Un peu. Je suis allé en randonnée l'autre jour, mais ce n'était pas pareil.

— Ouais, je m'en souviens. Tu m'as même envoyé une photo.

Moi aussi je m'en souviens, mais je suis surpris que ce soit son cas. Alors que ça ne devrait pas, parce qu'encore une fois… c'est Farrow. Et je crois que ça suffit à expliquer pas mal de choses, comme mon cœur qui bat soudain un peu plus vite. Honnêtement, je n'y prête plus trop attention, tant je commence à m'habituer aux réactions de mon corps en présence de Farrow.

— C'est pour ça, le tatouage sur ton avant-bras ?

Je ris et rétorque :

— Tu fais vraiment une fixette là-dessus, pas vrai ?

Il ne répond pas, et je tourne la tête en entendant le plastique couiner et en sentant l'eau m'éclabousser lorsqu'il se laisse tomber du matelas. Il remonte à la surface, passe une main sur ses cheveux pour les dégager de ses yeux et nage jusqu'à moi.

— Il est possible que j'aie un léger faible pour les tatouages, répond-il, et je te l'ai dit, les tiens sont carrément sexy.

Il s'assied sur la deuxième marche du bassin, et attrape mon poignet toujours immergé. Je le laisse faire, frissonnant à ce contact, et ferme brièvement les yeux lorsqu'il retrace les arbres encrés sur ma peau du bout du doigt.

— Vraiment très sexy, souffle-t-il.

Je ris pour chasser mon embarras, mais le laisse effleurer mon bras. Des picotements m'envahissent sous ses caresses. Comment quelque chose d'aussi chaste peut être aussi bon ?

Et la réponse est toujours la même.

Parce que c'est Farrow.

Il s'attarde sur les autres, et je ne dis rien, appréciant chaque seconde de ce moment, chaque effleurement de ses doigts sur moi.

— À quoi tu penses ? finis-je par murmurer, quand le silence devient tout à coup trop difficile à supporter.

— Je préférerais le garder pour moi.

Je m'esclaffe puis me redresse pour m'asseoir, plongeant mes jambes dans l'eau toujours tiède grâce au soleil brûlant de la journée.

— C'est si honteux que ça ? demandé-je avec amusement.

— Ça n'a rien de honteux, déclare Farrow.

Il se tient juste devant mes jambes, et ses mains sont à présent sur mes mollets.

— Alors crache le morceau.

Il relève la tête et nos regards s'accrochent. Ses yeux sont brillants et semblent plus verts, mais ce n'est sans doute qu'un jeu de lumière provoqué par la guirlande de lumière.

Ses doigts remontent jusqu'à ma cuisse, s'arrêtant sur le loup tatoué.

— Je pense au fait que j'aimerais tracer chacun de ces tatouages de ma langue.

Il m'avoue ça sans me quitter du regard, comme s'il me mettait au défi de refuser, ou d'accepter.

Seigneur. Je déglutis, mais me retrouve dans l'incapacité de répondre, la gorge soudain sèche. Alors je me contente d'écarter légèrement les jambes, un signe d'invitation silencieuse.

Un léger sourire étire ses lèvres, puis il se penche pour déposer un baiser sur la truffe de mon loup. Sa bouche s'entrouvre, et il aspire les perles d'eau qui s'attardent sur ma peau. Il prend son temps, remontant le long de ma cuisse jusqu'à se retrouver bloqué par mon maillot de bain. Il se met alors debout, pose ses mains en appui de chaque côté de mon corps, et vient lécher les dés près de mon nombril, remonte sur la flèche dessinée le long de mon sternum. Ses lèvres ouvertes se perdent sur le sablier dessiné sur ma côte, sa langue retrace mon papillon, puis crée un chemin brûlant le long de ma gorge. Il aspire ma pomme d'Adam avant de continuer sa route jusqu'à mon menton, ma mâchoire.

Il lèche ma lèvre inférieure puis recouvre ma bouche de la sienne.

Notre baiser déclenche un putain d'incendie qui embrase mes veines. Je gémis contre lui, l'embrassant fiévreusement, attrapant ses cheveux pour approfondir notre étreinte. Mon esprit cesse de fonctionner, mon cerveau court-circuite, je me perds complètement, laissant Farrow m'embrasser avec passion et décadence. Nos lèvres entrouvertes glissent les unes contre les autres. C'est chaud, torride, et ça retourne les sens. Des milliers d'émotions s'emparent de moi, que je ne cherche pas à analyser, mais à cet instant, je m'en fous complètement. Rien d'autre n'a d'importance que nos bouches soudées, que ce baiser. Les lèvres de Farrow sont fermes contre les miennes, la façon dont il m'embrasse me chamboule totalement, et m'excite encore plus. J'agrippe ses cheveux plus fort tandis qu'il fait glisser sa langue sur ma mâchoire avant de repartir à l'assaut de ma bouche.

Je n'ai jamais été embrassé comme ça. Avec autant de sensualité, d'érotisme.

Je n'ai jamais eu l'impression que quelqu'un me voulait comme Farrow montre qu'il me veut en cet instant.

Au moment où ses articulations frôlent ma queue par-dessus mon maillot de bain, je tressaille. Farrow rit contre moi, et libère ma bouche pour refaire le chemin inverse. Il fait disparaître les gouttes d'eau de ses baisers sur ma peau. Lentement, il se dirige vers mon nombril. Il glisse sa main sous mon maillot de bain et saisit ma verge, la libérant du tissu.

Il lève alors les yeux. Encore une fois, Farrow m'a rendu dans l'incapacité de parler. Je ne peux que haleter, tendu par un désir qui gronde depuis trop longtemps. Je hoche la tête, l'incitant à continuer.

Sa bouche se referme sur mon gland et je me laisse aller en arrière, une main sur le carrelage pour me stabiliser. Mes doigts sont toujours dans ses cheveux, comme si j'avais un besoin désespéré de le toucher.

Farrow prend son temps. Il lèche ma longueur, dépose des baisers sur toute la surface de mon érection avant de me prendre dans sa bouche. Il me suce profondément, glisse ses bras sous mes cuisses, en profitant pour les écarter davantage.

Ses doigts s'enfoncent dans ma peau tandis qu'il m'avale légèrement avant de me libérer. Il continue ce petit jeu jusqu'à ce que mes tremblements témoignent de l'ivresse de mon plaisir.

— Farrow, murmuré-je lorsqu'il enroule sa langue autour de mon gland avant de l'aspirer.

Son prénom s'échappant de mes lèvres l'incite à lever son regard vers moi. Il me fait un clin d'œil, creuse les joues, et me prend tout au fond de sa gorge.

Ma respiration est erratique, mon corps n'est plus que lave en fusion. Je commence à onduler, l'esprit sens dessus dessous et le désir crépitant à la surface de ma peau.

— T'arrête pas, t'arrête pas, répété-je, sentant l'orgasme s'emparer de moi.

Il obéit, me léchant, me suçant, avec une telle expertise, une telle volupté que mon cerveau menace d'exploser.

Au moment où la vague de plaisir est sur le point de me submerger, j'agrippe fermement ses cheveux pour le prévenir, mais il ne s'arrête pas.

Mes muscles se tendent et je crie en me déversant dans sa bouche. Les yeux fermés, je laisse les tremblements incontrôlables s'emparer de moi.

Mon cœur bat trop vite, mon esprit est embrumé, mais quand Farrow dépose de nouveaux baisers sur ma cuisse, je finis par ouvrir les yeux et par me redresser.

— Ouais, carrément sexy, murmure-t-il.

Et malgré le fait que je sois toujours dans cet état de béatitude, que j'ai toujours du mal à me remettre de mes émotions, j'éclate de rire.

Je sais que le temps viendra où je me poserai des tas de questions, où je regretterai de m'être laissé emporter par mon attirance pour Farrow, mais pour l'instant, je veux juste profiter de cette félicité qui crépite dans mes veines, du sourire du type formidable qui se tient devant moi, de celui qui me fait me sentir si bien.

C'est une certitude, Farrow Lynch signera mon arrêt de mort.

Mais ça vaut le coup, puisque Farrow Lynch me montre aussi ce que c'est réellement que d'être vivant.

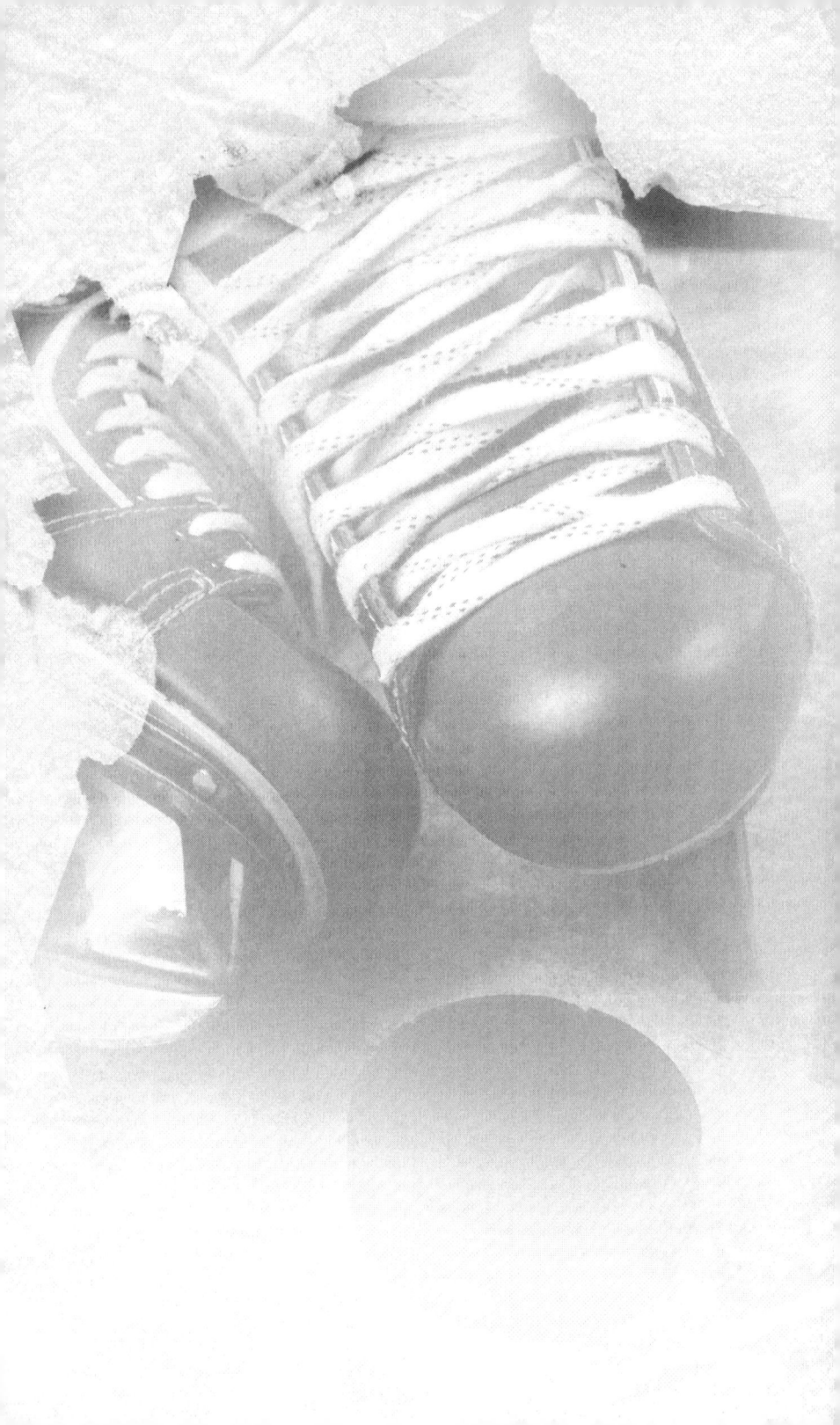

CHAPITRE 28

Farrow Lynch

Le rire de Dean résonne tandis que je recule pour m'immerger dans l'eau, espérant qu'elle m'aidera à reprendre mes esprits et à calmer mon érection. Les gémissements de Dean, mon prénom murmuré comme une prière, ses doigts agrippant mes cheveux tandis qu'il se laissait aller dans le plaisir… putain, j'avais oublié à quel point il était beau quand il jouissait.

Voyant qu'il regarde dans le vide, je lui envoie une gerbe d'eau en plein visage. Il grogne et m'arrose à l'aide de son pied en réponse. Je ris et me rapproche de lui, croisant mes bras sur ses cuisses musclées. Nos regards s'ancrent un long moment, mais nous ne parlons pas. Je crois qu'aucun de nous ne sait vraiment quoi dire après ce qui vient de se passer. En fait, de mon côté, je me fais violence pour ne pas prononcer les mots qui rêvent de franchir la barrière de mes lèvres.

Dors avec moi cette nuit.

Aussi simple que ça, et terriblement compliqué en même temps. Parce que ma demande n'aura pas la même signification pour Dean que pour moi, et que je refuse de le blesser. Ce baiser, cette pipe… c'était dans le feu de l'action, parce que j'en crevais d'envie et lui aussi. Ce n'était pas calculé, c'est arrivé naturellement. Mais lui demander de passer la nuit dans mon lit, ce serait le pas de trop.

Dean me sourit, et passe son index sur mon front pour ôter une mèche mouillée.

Je suis toujours en train d'essayer de trouver comment relancer la conversation, en vain. Tout ce que je pourrais dire me semblerait bizarre, presque déplacé, après ce que nous venons de partager.

Un raclement de gorge soudain se fait entendre. Dean lève la tête et je me retourne pour voir Carter debout sur la terrasse, un verre d'eau à la main.

— Qu'est-ce que vous faites encore là ? demande-t-il.

— Oh, pardon, je n'avais pas réalisé qu'on avait dépassé l'heure du coucher, papa, répliqué-je.

J'entends Dean s'esclaffer derrière moi, et je nage jusqu'à l'autre côté de la piscine tandis qu'il se remet debout.

— J'ai dû tenir compagnie à Dean parce qu'il avait peur de monter et de vous entendre en pleine partie de baise.

Carter éclate de rire en secouant la tête.

— C'est bon, Kesler, la voie est libre à présent. Plus aucun risque que tu sois traumatisé.

Ce dernier hoche la tête et nous souhaite une bonne nuit avant de s'éclipser.

Nous pouvons tous les deux remercier Carter pour son interruption, où nous aurions fini par rester jusqu'au matin sans parler, parce que je suis certain que même si on m'avait accordé plusieurs heures, je n'aurais rien trouvé à dire.

Banes s'assied au bord du transat juste devant la piscine. Il me fixe un long moment, sourcils froncés.

— Tu m'expliques ?

Je pousse un soupir. Évidemment, je ne vais pas y couper.

— Expliquer quoi, au juste ?

Il lève les yeux au ciel.

— Arrête de te foutre de ma gueule, Lynch. Je t'ai foutu la paix jusqu'ici, mais c'est terminé. Sans compter que Blake s'inquiète pour Dean.

— Pourquoi ?

— Parce qu'il l'aime bien.
— Pas ce *pourquoi*-là, enfoiré.

Carter hausse les épaules puis boit son verre d'eau avant de le poser sur le sol.

— Il voit bien que Dean craque totalement pour toi. Et toi, tu t'envoies en l'air avec des inconnus tous les quatre matins et tu lui tailles des pipes dans la piscine…

Je grimace. Ils nous ont vus. Merde. Certes, leur chambre offre une vue parfaite sur mon jardin, mais je pensais qu'ils avaient mieux à faire que mater le paysage.

— C'était juste… ce n'était pas… ça ne voulait rien dire.

Carter me fixe, l'air clairement dubitatif.

— Hé, arrête de me regarder comme ça. On est adultes, Banes. On sait ce qu'on fait.

— Permets-moi d'en douter.

— Si tu es venu ici pour me sermonner, tu aurais pu t'épargner cette peine.

Mon pote se penche légèrement pour s'approcher de moi.

— Je t'adore, mec, tu le sais. Mais parfois, j'ai envie de t'étrangler. Je ne sais pas si tu es aveugle, ou si ça t'arrange de te bander les yeux pour ne pas voir la réalité en face. Dean, il est encore tout neuf, tu vois ? C'est un gamin qu'on vient de propulser dans un monde d'adultes. Il a une nouvelle carrière qui lui tend les bras, il doit apprendre à se débrouiller seul, dans une ville qu'il ne connaissait pas il y a quelques mois… il n'a pas besoin de finir avec un cœur brisé en plus de tout ça.

Les mots de Carter résonnent en moi. Je dois reconnaître qu'il a raison.

— On est tous passés par là, rappelle-toi. Rappelle-toi quand tu n'étais qu'un rookie avec un monde entier à impressionner. Rappelle-toi la pression sur tes épaules, l'envie de te dépasser, de prouver à tous que tu avais ta place au sein de l'élite.

Je me mords les lèvres, mon estomac se serre. Ouais, il a raison. Il a raison, putain. Ça n'arrive pas souvent, alors quand c'est le cas, c'est encore plus douloureux à entendre.

— Je l'aime bien, tu sais. Vraiment. J'aime le type que je suis quand je suis avec lui.

— Mais toi et moi, on sait que vous n'attendez pas la même chose.

— Ce n'est pas ce que ton mec pense, grommelé-je, juste pour l'emmerder.

— Blake a une vision trop idéalisée des relations de couple.

— Grâce à toi, je suppose, dis-je en ricanant.

— Mec, je suis le petit copain de l'année. Et maintenant, le fiancé du siècle. Bref, il ne veut toujours pas comprendre que tu as un cœur de pierre et que tu préfères te taper la terre entière plutôt que de te poser.

— Il va vraiment falloir que tu arrêtes avec ça. À t'entendre, on dirait que je couche avec un mec différent chaque soir.

Ce qui n'est pas le cas. Je baise à droite et à gauche, mais pas si fréquemment que ça.

— Et de toute façon, même si je cherchais à tomber désespérément amoureux, Dean ne serait clairement pas le bon choix sur lequel jeter mon dévolu.

— Et pourquoi ça ? demande Carter en haussant les sourcils.

Pour tout un tas de raisons, sans aucun doute. Dont aucune ne me vient à l'esprit pour l'instant. Afin d'éviter d'avoir à répondre, je pose mes mains en appui sur le rebord de la piscine et sors du bassin. Mon short de bain dégouline sur le sol tandis que je me poste devant Carter, les bras croisés.

— Quoi qu'il en soit, ma relation avec Dean ne te regarde pas.

— Tu oublies que c'est mon coéquipier, ce sera à moi de m'occuper de lui quand il ira tellement mal qu'il n'arrivera plus à jouer correctement.

— Alors quoi ? Je dois couper les ponts ? Arrêter de le voir ?

— Tout de suite les grands mots. Je te demande juste de garder ta bite dans ton pantalon avec lui.

— Je ne l'ai pas sortie ce soir, et tu me fais quand même la morale.

Oui, elle était facile, mais j'ai l'impression de me faire réprimander comme un gamin qui a fini tout le chocolat sans demander la permission. Je comprends ses inquiétudes, sincèrement, et briser le cœur de Dean est la dernière chose que je souhaite.

Mais alors que je me fais cette réflexion, je me rends compte que ce n'est pas tout à fait vrai. Si tel était le cas, j'aurais gardé mes mains pour moi, je n'aurais pas cherché à l'allumer, et je me serais abstenu de le sucer. Parce que Dean m'a déjà fait comprendre que du sexe sans complication avec moi ne l'intéressait pas. Et je ne l'ai pas écouté. Je me suis juste écouté moi. J'ai succombé à mon désir pour lui, me foutant bien des conséquences.

Quel con.

— Ça y est, tu es en train de percuter ? murmure Carter en se levant du transat.

Je hoche la tête, soudain honteux. Il ne faut pas que ça se reproduise, je dois absolument me mettre des barrières quant à cette relation. Parce que j'apprécie Dean, j'aime notre complicité et je refuse d'abandonner notre amitié.

— Ouais, j'ai merdé. Je l'admets.

— Enfin, putain ! C'est pas trop tôt. Moi qui commençais à me dire que j'allais devoir employer les grands moyens pour t'aider à reprendre tes esprits…

— Ah ouais ? Comment ? En m'en collant une ?

Carter éclate de rire.

Et avant que je ne puisse réagir, il me pousse avec force en arrière. Je perds l'équilibre et m'écrase dans la piscine.

INTERLUDE

27/06 - 8.42 PM

> Bien rentré ?

> Oui. Et regarde ce qui m'attendait dans ma boîte aux lettres...

> Hahaha. Avoue que les patins sur l'épaule, ça a de la gueule.

> Clairement. Je vais l'emmener avec moi pour le lire cet été.

> Par contre tu risques d'être déçu, le héros n'a rien à voir avec moi.

> Ah oui ? du coup, c'était « content » le mot que tu cherchais 😏

30/06 - 7.04 AM

> Ça y est, tu as retrouvé tes montagnes?

> Désolé pour le message matinal, j'avais oublié qu'il n'était que 5h dans le Colorado.

30/06 - 11.12 AM

> Tu fais la grasse matinée ?

> Désolé, mais ouais, je me suis levé il y a une heure à peine. Je profite de mes derniers jours tranquilles avant que la torture commence.

> Tu as raison. Dylan est déjà en train d'essayer de m'achever. Je songe très sérieusement à le noyer dans la piscine.

03/07 - 6.13 AM

> Tu n'es pas le seul à avoir des levers de soleil canon... mate-moi ça !

> Ouah. Magnifique en effet... je t'enverrai un coucher de soleil ce soir, tu vas tomber à la renverse.

03/07 - 8.02 AM

> Putain, c'est carrément dingue ! Ce dégradé de couleurs... je suis jaloux, je n'en ai pas vu des comme ça à Tampa.

> Parce que je ne suis pas à Tampa. Je suis à Key West pour quelques jours.

— Tu as fui ton coach ? Ou tu l'as vraiment noyé dans la piscine et tu es en cavale ?

— Même si ce n'est pas l'envie qui m'en manque, je ne ferais pas un bon meurtrier.

— Je ne sais pas sur quoi tu bases cette affirmation, mais c'est rassurant... je crois.

11/07 - 10.57 PM AM

— Il l'a quitté ! Non mais c'est quoi cette histoire ? Pourquoi ???

— Parce qu'il faut toujours une rupture à un moment donné pour ne pas ennuyer le lecteur.

— C'est ridicule. Tous les couples ne sont pas forcément passés par une rupture pour finir heureux.

— Je suis loin d'être un expert dans le domaine, alors ce ne sont que des suppositions.

— On est deux, mon pote, mais j'espère que tu as raison.

— En plus il ne reste que quelques pages ! Alors qu'il y a encore tellement de choses à raconter.

— Comme toutes les romances, elle s'arrête sur une réconciliation.

— Mais... et l'après ?

— Tout le monde s'en tape de l'après. Ce qu'on veut, c'est savoir comment ils parviendront à surmonter les obstacles pour finir ensemble.

— Mais je veux savoir ce qui se passera une fois qu'ils seront ensemble !

— Ça n'intéresse personne.

— Ça m'intéresse, moi !

— J'y penserai quand j'écrirai mon premier bouquin. Je t'offrirai une fin qui te comblera.

— Promis ?

— Promis.

♛

14/07 - 4.27 AM

— Je ne sens plus mes muscles, mon corps n'est plus qu'une énorme courbature.

— Tu nages ? Ça devrait t'aider.

— De temps en temps. Il y a un lac près de chez mes parents.

♛

16/07 - 10.18 AM

— Combien de temps tu comptes rester dans le Colorado ?

Jusqu'à la fin du mois d'août, pourquoi ?

Je me disais, enfin si ça te chauffe... tu pourrais venir squatter chez moi ?

16/07 - 10.26 AM

On s'entrainerait ensemble, ce serait plus sympa.

16/07 - 11.02 AM

C'est juste une idée comme ça.

16/07 - 2.26 PM

Désolé, je n'ai pas arrêté de toute la matinée, et ensuite, mes parents m'ont embarqué pour un resto.

T'inquiète.

♛

21/07 - 10.34 AM

Salut, j'espère que tout va bien, que l'intensité de ton entraînement ne t'a pas achevé.

21/07 - 1.11 PM

Je sais que tu es occupé, Kesler, mais donne de tes nouvelles de temps en temps.

Tu as l'air en vie d'après Insta, me voilà rassuré. Tes photos sont très jolies en tout cas.

♛

22/07 - 5.02 PM

Pardon, Farrow. Pour mon silence de ces derniers jours. Mais je n'ai pas arrêté de songer à ta proposition.

Et si tu savais combien j'ai envie d'accepter.

Mais je ferais mieux de rester ici, avec mes parents. Je n'aurai pas l'occasion de les revoir beaucoup une fois que la saison aura recommencé.

Je comprends. C'est juste que... tu me manques.

Parler avec toi me manque, et ça aurait été cool de passer un peu plus de temps ensemble en « vrai ».

Mais tu as raison, profite de tes parents.

♛

23/07 - 2.07 AM

Tu me manques aussi.

Mais je crois qu'avoir du temps pour moi, pour ma famille, me manquait aussi.

♛

31/07 - 7.12 AM

Regarde ce que j'ai pêché ! Il est énorme !!!!

Tu vas le manger ?

— Non, je l'ai remis à l'eau. La pêche, c'est surtout une tradition maintenant. Un moment privilégié avec mon père.

— C'est chouette.

— Tu n'as jamais fait de trucs comme ça avec tes parents ?

— Pas vraiment, non. On n'a jamais été très proches. Enfin, pas comme ça. Je les aime et tout, évidemment, mais ils ont leur vie, et j'ai la mienne.

— Je suis désolé.

— Haha, c'est pas grave, tu sais ! Je sais que je pourrai toujours compter sur eux. Chaque famille est différente, Dean, et c'est OK.

— Un jour, je t'emmènerai pêcher, si tu veux.

— Tu es en train de me parler d'un daddy kink que tu m'as caché jusque-là ?

— Un quoi ?

— Laisse tomber, je viens d'aller faire des recherches.

— J'imagine tellement ta tête ! Tu dois être écarlate ! Envoie-moi une photo prise sur le vif, je veux voir ça.

— Jamais !

13/08 - 7.13 PM

> Je suis rentré à NYC, ça y est... ma piscine me manque déjà. C'est quoi cette canicule ?

> T'inquiète pas, tu vas bientôt retrouver le froid... j'ai hâte perso, pas toi ?

> Si. Patiner me manque.

> À moi aussi. Quand j'étais plus jeune, je priais toujours pour que l'été passe plus vite. Mes copains me prenaient pour un fou !

> Je pense que c'est difficile de comprendre la profondeur d'une passion qu'on ne partage pas.

21/08 - 10.34 AM

> Joyeux anniversaire ! J'espère que vas fêter ça comme il se doit avec Cake. Désolé de ne pas pouvoir être là.

> Merci. J'ai reçu ton cadeau au fait... c'est gentil d'avoir pensé à moi. Dédicacé en plus, je ne m'y attendais pas. Et ne t'inquiète pas. Je comprends.

> De rien. Et c'est fou ce qu'on peut obtenir en contactant directement l'autrice. J'espère qu'il te plaira.

28/08 - 3.42 PM

> On se revoit dans un mois pile... j'ai hâte !

> De te prendre ta première branlée de la saison ?

> Si ça arrive, sache que c'est simplement parce que je n'aurais pas tout donné. Je garde mon énergie pour le championnat.

> Tu te trouves déjà des excuses ? Petit joueur.

> Je t'emmerde, Kesler.

♛

14/09 - 11.22 PM

> Je ne pensais pas que le camp d'entraînement serait aussi intense. J'ai l'impression d'être à la ramasse...

> Je suis certain que tu es juste en train de te dévaluer, encore...

> Non, vraiment. J'essaie de suivre, mais parfois, j'en viens vraiment à me demander ce que je fais là.

> Vivement que je me retrouve en face de toi pour te remonter les bretelles.

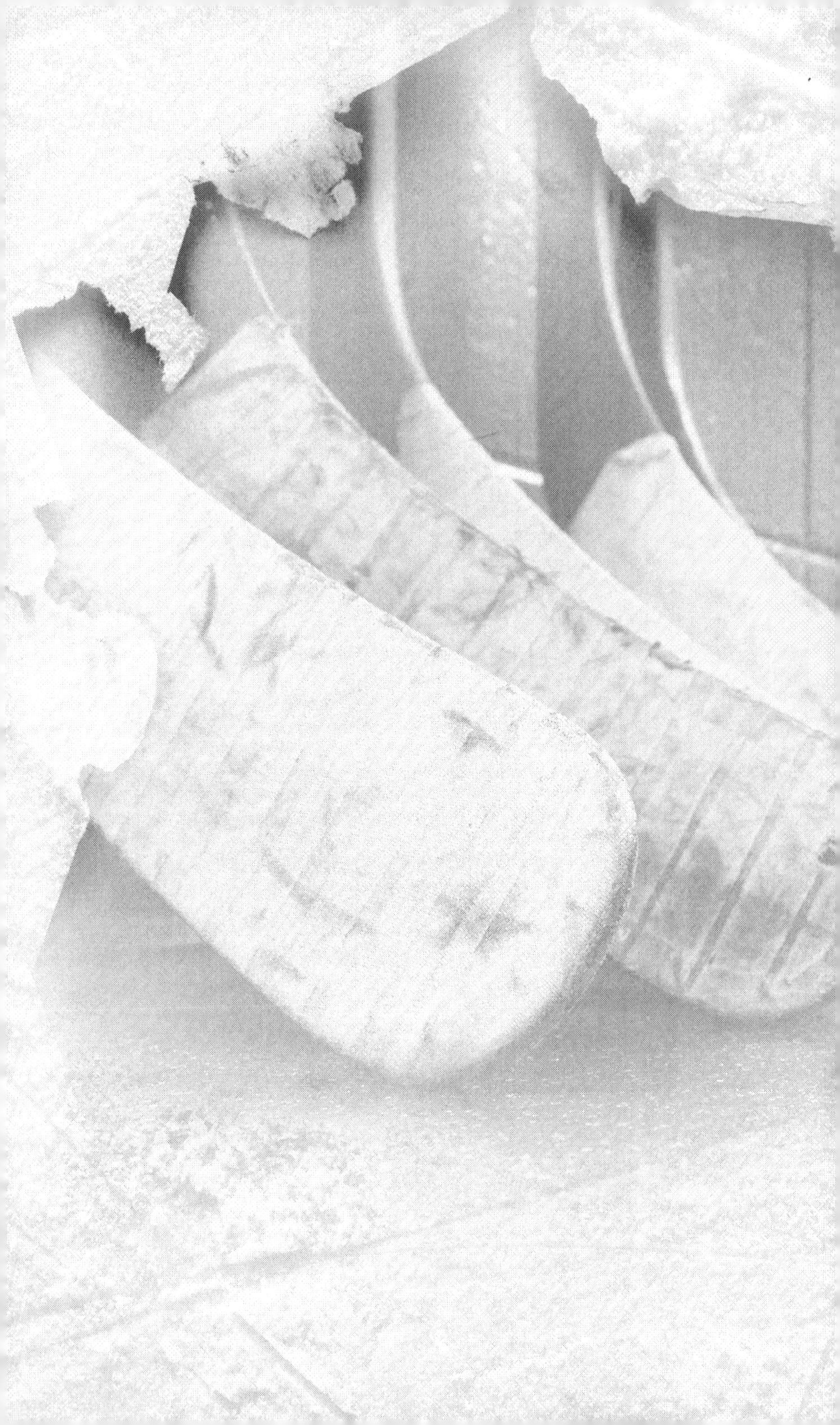

CHAPITRE 29

Dean Kesler

Septembre

La saison a enfin repris, Dieu merci. Certes, nous avons démarré avec une défaite, mais ce soir nous jouons à domicile contre les Kings. Autant dire que je trépigne d'impatience.

J'ai tellement hâte de revoir Farrow qu'un nœud s'est formé dans mon estomac et reste impossible à déloger.

Même si nous avons échangé au cours des trois mois qui viennent de s'écouler, et même si j'ai tenté de prendre certaines distances pour protéger mon cœur qui semble bien trop enjoué à l'idée d'être brisé par Farrow, il n'a jamais quitté mes pensées.

J'ai essayé de me raisonner, tenté de me convaincre que l'adage « loin des yeux loin du cœur » allait parfaitement fonctionner. Tu parles. J'ai attendu cette soirée comme le Messie, et à présent, je suis fébrile, nerveux. Ça m'agace un peu d'ailleurs, mais me sermonner ne diminuera pas mon empressement.

Une fois devant la patinoire, je suis le premier à quitter le bus. Les flashs crépitent tandis que nous nous dirigeons vers les vestiaires, mais je n'y prête pas attention.

L'équipe des Kings se trouve déjà sur place, et je scrute chaque recoin, comme si Farrow allait surgir à l'angle du couloir d'un instant à l'autre. Ce qui est ridicule, vu qu'il doit se trouver avec ses coéquipiers en cet instant.

Est-ce qu'il est aussi impatient de me voir ?

J'ai envie de croire que oui, après tout, durant tous nos échanges, il était souvent celui qui engageait la conversation. Il m'a même dit que je lui manquais, bon sang ! Il m'a toujours répondu rapidement alors qu'il arrivait que je mette des jours à le contacter. Je m'en veux, d'ailleurs, d'avoir été un peu distant, parfois, mais j'espère qu'il ne m'en tiendra pas rigueur.

J'ai souvent songé à sa proposition de passer quelques jours dans sa maison de Tampa. Je me demande s'il se doute à quel point j'ai eu envie de répondre « oui » ce jour-là, à quel point j'étais prêt à sauter dans un avion pour le retrouver.

J'ai repensé à ce soir-là, dans la piscine, à la façon dont il a léché ma peau, la ferveur de ses baisers, la sensualité de ses caresses. Je me suis masturbé un paquet de fois, les yeux fermés, revivant cette foutue scène en boucle. Je n'arrêtais pas de me dire que si je mettais à nouveau les pieds chez lui, nous pourrions recommencer, que cette fois-ci, je pourrais être celui qui lui ferait perdre la tête… et puis je me suis souvenu que ce ne serait que m'enfoncer plus profondément dans cette impasse douloureuse, ce serait laisser mes sentiments à sens unique se développer.

Alors j'ai préféré simplement ignorer sa proposition, à regret.

Malgré tout, je ne peux m'empêcher de me demander si lui aussi s'est rappelé cette nuit-là, ou si d'autres hommes, d'autres étreintes, ont rapidement effacé ce souvenir.

Je pousse un soupir en m'asseyant dans les vestiaires. Il faut que je me concentre sur le match, que je vire Farrow de mes pensées. Peut-être que je devrais aller voir un exorciste, ça me paraît être l'unique solution pour cesser de voir constamment son sourire, d'entendre constamment son rire.

Même maintenant, alors que je troque mon costume pour un short et un tee-shirt, j'ai l'impression de l'entendre résonner.

Ce n'est pas une hallucination.

Je me redresse si vite que Tyler me jette un regard surpris.

— Qu'est-ce qui t'arrive, mec ?

Je secoue la tête et me dirige hors des vestiaires.

À quelques mètres de moi se tient Farrow, en pleine conversation avec Carter. L'espace d'un instant, je ne bouge pas, m'imprégnant de cet homme que je brûlais de retrouver. J'observe ses cuisses puissantes, son large torse, son visage... mon Dieu, ce visage.

— Tu comptes continuer à me mater de loin longtemps, Kesler ? Ou tu vas venir me dire bonjour ?

Cette voix. Elle a bercé mes fantasmes durant des mois, et l'entendre à nouveau m'arrache un frisson.

Mon rire est légèrement tremblant, mais je m'approche de lui, me gorgeant de son petit sourire en coin, de ses yeux verts brillants.

— Salut, murmuré-je en arrivant à sa hauteur.

Son sourire s'étire et je me retrouve rapidement attiré entre ses bras pour une étreinte ferme. Je respire l'odeur de sa peau, je me délecte de sa chaleur.

— Content de te voir, Kesler.

Je lui rends son câlin, le serrant fort, m'interrogeant sur le temps pendant lequel je peux le garder contre moi avant que ça ne paraisse suspect.

— Moi aussi, murmuré-je.

Si tu savais à quel point.

Je voudrais ne jamais le relâcher, mais Farrow prend la décision pour nous deux.

— Joli bronzage, déclaré-je tandis que nous nous éloignons.

Il rend son regard encore plus intense, et je frémis lorsqu'il l'ancre au mien.

— Jolie barbe.

— Je vais la raser, demain, dis-je en passant une main sur ma mâchoire.

J'avais prévu de le faire ce matin, mais une flemme immense s'est emparée de moi et je l'ai gardée.

— Dommage, elle te va bien.

OK. Peut-être que je vais la laisser pousser, finalement.

À la fin de la deuxième période, nos deux équipes sont à égalité. Malgré tout, je ne peux m'empêcher de sourire. Retrouver l'aréna, retrouver nos fans, c'est carrément incroyable. Je crépite d'une énergie renouvelée, j'ai envie de tout donner, de rendre notre public fier.

— Tu as vu tous les maillots à ton nom ? déclare Carter tandis que nous rejoignons les vestiaires.

— Ouais… c'est carrément dingue, putain.

C'est plus que ça, en fait. C'est une consécration. Le signe que je fais vraiment partie des Renegades.

Il n'y a pas si longtemps, j'étais encore un gamin qui rêvait de ça dans mon lit, qui imaginait des inconnus portant des jerseys floqués à mon numéro, à mon nom. J'ai toujours du mal à croire que c'est réel, que je ne vais pas finir par me réveiller pour me rendre compte que ce n'était qu'un fantasme.

Mais je veux y croire, je veux faire l'impossible pour ces spectateurs qui viennent nous soutenir, qui peuvent faire la queue pendant des heures pour nous rencontrer lors d'une séance de dédicaces, qui dépensent des sommes folles par passion pour le hockey.

J'ai été comme eux, et la vérité, c'est que je le suis toujours aujourd'hui. Moi aussi, quand je me suis retrouvé à affronter les plus grands champions de cette génération, j'étais un fan comme les autres.

Carter me tapote le dos et attrape ma nuque, laissant sa main posée là tandis que nous regagnons nos vestiaires.

Je m'assieds en poussant un soupir heureux. Suis-je le seul à toujours être aussi époustouflé à chaque fois que je vois mon nom au-dessus de mon vestiaire ?

Notre *head* coach nous rejoint pour un rapide briefing. Il félicite Banes pour son but, nous applaudissons Sergei pour le nombre de tirs qu'il est parvenu à dévier, et bientôt, il est temps de retourner sur la glace pour notre dernière période.

Et même si ce match ne compte pas pour le championnat, nous sommes tout de même bien décidés à gagner.

♛

Le but est juste devant moi, et aucun adversaire n'est encore là pour me bloquer. La foule rugit à mes oreilles tandis que je patine à pleine vitesse, essayant de ne pas me faire rattraper. Focalisé sur la cage, ce n'est qu'au dernier moment, alors que je serre ma crosse fermement et tire de toutes mes forces, que je découvre Farrow dans mon champ de vision. Il dévie mon tir, mais je vais trop vite et m'écrase contre lui. Nous basculons sur le goalie des Kings et la cage se dévisse, glissant un peu plus loin.

— Putain ! craché-je. Espèce d'enfoiré.

Farrow éclate de rire et ses bras se referment autour des miens.

Juste là. En plein milieu de la glace. Devant tout le monde.

Le public hurle tandis qu'il me fait un câlin.

— Ça va aller, Kesler, tu feras mieux la prochaine fois, murmure-t-il à mon oreille.

Je grogne pour la forme, mais son geste m'a un peu retourné le cerveau. Soudain, ce n'est plus uniquement à cause de mon sprint que je suis essoufflé, que mon cœur bat un peu trop vite.

Farrow finit par reculer avec un clin d'œil, et nous traversons la glace pour nous rendre chacun sur nos bancs respectifs.

— C'était très mignon, se moque gentiment Tyler quand je me laisse tomber à côté de lui.

— C'est clair que ça change de vous voir vous taper dessus, ajoute Matthew, notre goal remplaçant.

C'est vrai que nous n'en sommes pas encore venus aux mains ce soir. Et peut-être que ça ne sera pas le cas. Est-ce que ça fait de moi un type un peu ravagé d'espérer pourtant que ça se produira ?

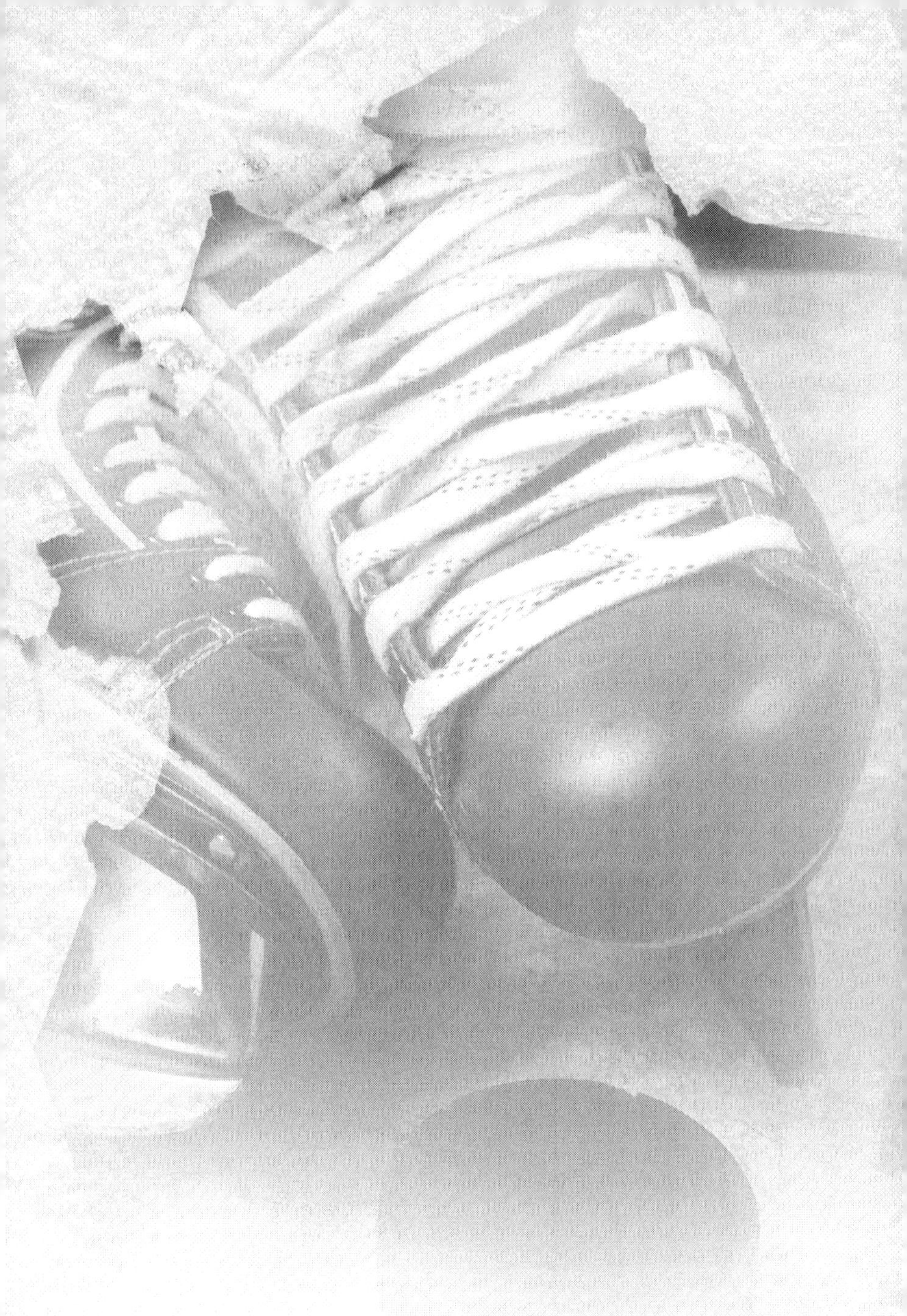

CHAPITRE 30

Farrow Lynch

Octobre

> J'espère que tu n'as rien de prévu après le match de ce soir...

> Pourquoi ? Tu comptes sur moi pour te surveiller pendant que tu noieras ta défaite dans l'alcool ?

Je ris en lisant son message. Bon sang, j'ai hâte de le voir. La semaine dernière, nous avons pris l'avion pour le New Jersey aussitôt après le match, et n'avons pas eu l'occasion de passer du temps ensemble. Au moins, cette fois-ci, les Renegades restent à New York, vu qu'ils ont un match contre l'autre équipe de la ville lundi.

> Cette suffisance va te coûter cher, Kesler.

> Mais ça n'empêche pas que j'ai envie de passer une soirée avec toi.

> Et Carter, évidemment.

> Évidemment...

Honnêtement, j'ai surtout besoin de m'assurer que rien n'a changé entre nous. Je le sens un peu plus distant depuis quelque temps. Depuis cet été, en fait. Ses silences prolongés, ses excuses vaseuses pour ne pas répondre à mes messages... je sais que j'ai merdé ce soir-là, dans ma piscine, mais je ne regrette rien. Si c'était à refaire, je ferais exactement la même chose. Et bien que Carter m'ait fait comprendre que Dean n'était pas dans le même état d'esprit, il ne m'a pas repoussé, bien au contraire.

Nous n'en avons jamais rediscuté, comme si nous avions préféré passer cette perte de contrôle sous silence, pour faciliter les choses. Mais la vérité, c'est que ce que je ressens quand je suis avec lui, quand je l'embrasse, que je le touche, et même quand nous ne faisons qu'échanger des messages, je ne l'ai jamais retrouvé chez personne. Ce n'est pas faute d'avoir essayé. Cet été, j'ai eu beaucoup de temps, et de nombreuses occasions, de m'envoyer en l'air. Mais je n'ai pas pu m'empêcher de comparer chacun des types avec qui je couchais à Dean. Et aucun n'a été à la hauteur.

Et renier cette putain d'attirance pour lui est de plus en plus compliqué. Nous ne sommes clairement pas sur la même longueur d'onde. Ou nous ne l'étions pas à l'époque. Peut-être que les choses ont changé ? Peut-être que nos trois mois passés sans nous voir ont permis à Dean de faire le point ? De comprendre qu'il n'est pas nécessaire de se lancer dans quelque chose de sérieux pour adorer chaque moment que nous passons ensemble ?

Dean est jeune, il devrait avoir envie de profiter de ce que la vie a à lui offrir. De profiter de ce que moi, j'ai à lui offrir, même si ça ne correspond pas à ses idéaux.

Bien sûr, ce n'est pas à moi de décider pour nous deux. Mais ce soir, je compte lui avouer mes espoirs nous concernant.

Parce que l'idée même de ne plus jamais connaître la douceur de ses lèvres contre les miennes me fait un peu trop mal.

♛

Personne n'aime perdre.

Une défaite est toujours difficile à encaisser.

Malgré tout, ce soir, je suis de bonne humeur. J'ai tout de même marqué deux buts, et j'estime avoir fait un bon match. Sans compter que je n'ai pris aucune pénalité. Hourra pour moi.

La journaliste qui m'a interviewé après le match a d'ailleurs été surprise par mon sourire. Nous avons perdu, oui, mais nous n'avons pas à rougir. Les Renegades sont une putain de bonne équipe, et ont recruté un joueur exceptionnel la saison dernière. Cette saison risque d'être leur plus belle depuis des années, et j'espère que ce sera le cas. Les joueurs des Renegades le méritent.

Après une rapide session chez la kiné pour masser le muscle de ma cuisse que je pense m'être froissé, nous quittons l'aréna.

Des fans se pressent dehors, et nous prenons le temps de poser pour quelques photos et signer des autographes. Malgré tout, même si je leur suis immensément reconnaissant pour leur soutien indéfectible, ce soir, je n'ai pas envie de m'attarder. J'ai prévu de retrouver Carter et Dean dans le bar de l'hôtel où ils logent cette nuit. Il se situe à quelques blocs à peine de la patinoire, et je décide de parcourir la distance à pied. Il fait encore bon à Manhattan, et j'aime me balader en ville de temps en temps. Je n'en ai pas souvent l'occasion, et à chacune de mes déambulations, j'ai l'impression de redécouvrir la ville dans laquelle je vis. Les rues sont animées, la circulation est dense. Des gens pressés slaloment entre les touristes qui avancent, le nez en l'air. Tous ces gratte-ciel peuvent sembler étouffants parfois, mais personnellement, j'aime me sentir tout petit face à l'immensité des buildings. Ça remet les choses en perspective.

Une fois devant le bar, je jette un coup d'œil à travers la vitre. Dean et Carter sont déjà installés l'un en face de l'autre sur une table du fond. Si je ne vois que le dos de Banes, en revanche, le visage de Dean est parfaitement visible. Je m'attarde sur ses traits, sur le chaume de sa mâchoire. Je souris en me souvenant qu'il m'avait dit qu'il comptait se raser, et je ne peux m'empêcher de me demander si c'est un peu à cause de moi qu'il ne l'a pas fait. Ça lui va bien, ça lui donne un air plus… mature, peut-être ? Il a pris de la masse également, il a dû en chier avec son coach, cet été. En le regardant, j'ai du mal à croire qu'il n'a que vingt-deux ans, qu'il n'y a pas si longtemps, il était encore un adolescent.

Je crois que n'importe quel sport de haut niveau nous oblige à grandir plus vite que la moyenne. Parce qu'il demande un dévouement total, une rigueur à toute épreuve. Sans oublier que Dean s'est retrouvé catapulté du jour au lendemain dans un monde d'adultes. Je sais combien c'est angoissant.

La première fois que je me suis retrouvé livré à moi-même, je venais de signer à Seattle. Une ville inconnue, des coéquipiers, une équipe tout entière, avec qui faire connaissance, se lier d'amitié. Ouais, c'était clairement effrayant, et pour le coup, je trouve que Kesler se débrouille comme un chef.

Lorsque je le vois éclater de rire à ce que Carter lui raconte, je décide qu'il est temps de les rejoindre. Je pousse la porte du bar et me dirige vers leur table, avant de me poser sur la banquette à côté de Dean.

— On a failli attendre, marmonne Carter en signe de salut.

— Pardon, j'aurais dû savoir que tu peux difficilement te passer de moi, déclaré-je en me tournant vers Dean. Rassure-moi, il ne s'est pas encore roulé par terre en pleurant pour évacuer la douleur ?

Dean me sourit et secoue la tête. Il est si beau, putain. De près, c'est encore plus flagrant. J'aimerais pouvoir l'embrasser, juste ici, dans ce bar, simplement parce que j'en ai envie, qu'il m'a manqué. Hélas, c'est inconcevable, alors je garde mes envies pour moi… pour l'instant.

Nous commandons une tournée et Carter me montre les photos du domaine qu'il a dégoté pour son mariage avec Blake. Apparemment, leur mois de septembre a été consacré à différentes visites et il a enfin trouvé la perle rare. Je dois avouer que l'endroit est canon, les jardins immenses et magnifiques.

Ce qui est fou, c'est que Carter pourrait s'offrir le mariage le plus dingue du siècle. Sa famille est l'une des plus connues du pays, a ses entrées dans les plus hautes sphères des États-Unis, et suffisamment de fric pour organiser un mariage digne d'un conte de fées. Et pourtant, il choisit de se marier à Boston, dans un endroit chic, certes, mais pas totalement démesuré. C'est ce qui m'a toujours plu chez Banes, son sens des réalités. Il a beau avoir déjà côtoyé les plus grandes stars hollywoodiennes, avoir le numéro de téléphone des plus grandes stars de la pop, il garde totalement les pieds sur terre.

— J'espère pour vous qu'il ne pleuvra pas ce jour-là.
— Putain, Lynch, tu veux me porter la poisse ou quoi ?

Je souris, attrapant ma bière que le serveur vient de déposer devant moi.

— Je préfère parer à toute éventualité, c'est le rôle d'un témoin, je te signale.

Il lève les yeux au ciel, mais affiche un air amusé. Il me connaît, il sait que je cherche juste à l'emmerder.

— Putain, j'ai toujours du mal à réaliser que tu vas te marier, soupiré-je.

Et je suis content pour lui, sincèrement. Blake et lui méritent tout le bonheur du monde, mais à titre personnel, je ne comprendrai jamais l'intérêt du mariage. Pas besoin d'une bague au doigt ni d'une cérémonie pour montrer à l'autre qu'on l'aime. Mais encore une fois, je ne connais de l'amour que ce que je lis dans les bouquins, et tout le monde sait que la réalité est souvent bien plus décevante.

— En fait, j'ai toujours du mal à réaliser que Blake a accepté.
— Va te faire foutre, Lynch, réplique Carter en riant. Il aurait pu tomber sur bien pire que moi.
— Sans doute, même si ça aurait demandé davantage de recherches.
— Moi, je vous trouve parfaits ensemble, intervient Dean, qui s'était contenté de nous écouter nous balancer des piques jusqu'à présent. Et je trouve ça beau, d'avoir envie de célébrer votre amour.

Je me tourne vers lui, mais il ne me regarde pas, son attention focalisée sur mon pote.

— C'est ma faute, tu as lu trop de romances et maintenant tu racontes n'importe quoi, déclaré-je.

— Tais-toi, réplique-t-il en me donnant un coup de genou. Ce n'est pas parce que tu es un aigri qui croit davantage au coup de foutre qu'au coup de foudre que tout le monde doit penser comme toi.

Mon éclat de rire est si bruyant que plusieurs têtes se tournent vers nous. Je lève mon verre à leur attention et tout le monde détourne le regard.

Dean daigne enfin poser ses yeux sur moi. L'espace d'un instant, je me perds dans ce brun chaud, et je dois me faire violence pour ne pas poser ma main sur sa cuisse. Juste pour sentir un contact, juste pour m'assurer que le désir est toujours là. Cela dit, je n'ai pas besoin de le toucher pour ça. J'ai l'impression que le moindre échange de regards hurle «j'ai envie de toi», que le moindre frôlement de son corps contre le mien supplie «embrasse-moi».

Et ce soir, je compte bien rebattre entièrement les cartes.

En espérant qu'il acceptera de jouer une nouvelle partie avec moi.

CHAPITRE 31

Dean Kesler

À la fin de la soirée, alors que je prends le chemin de ma chambre, le constat que je fais des heures qui viennent de s'écouler est doux-amer.

Avoir l'occasion de passer du temps avec Farrow me rend heureux, jusqu'à ce que je me rende compte que j'attends de lui plus qu'il ne l'acceptera jamais. Et ça fait mal. Parce que si son amitié m'est précieuse, je me demande combien de temps encore je parviendrai à faire semblant. Faire semblant de ne rien ressentir lorsqu'il est près de moi, qu'il me fixe avec une intensité telle que mon cœur s'emballe. Faire semblant de ne pas attendre avec impatience chaque message de lui, qui me fait sourire tout en me serrant l'estomac.

Une fois la porte de ma chambre d'hôtel refermée derrière moi, je pousse un profond soupir.

Et voilà ce que je déteste le plus en moi. Cet espoir d'entendre frapper à la porte, de l'ouvrir et de découvrir Farrow qui se tient derrière, crevant d'envie de passer quelques heures de plus avec moi. Et parce que je suis faible, parce que je ne parviens pas à suivre les conseils de mon cerveau qui me dit de me glisser dans mon lit et de dormir, j'attrape mon portable et tape un rapide message.

> tu as déjà quitté l'hôtel ?

Ça me paraît peu probable. Il était encore en pleine discussion avec Carter quand j'ai décidé de monter. Ils se racontaient des anecdotes du passé et j'ai fini par décrocher, alors j'ai préféré les laisser entre amis de longue date.

> Pourquoi ?

Merde. Qu'est-ce que je suis censé répondre à ça ? Évidemment qu'il allait me poser cette question, j'aurais vraiment dû me contrôler.

> Simple curiosité...

> Essaie encore.

Je commence à taper une réponse, mais rien de spirituel ne me vient. Ce besoin douloureux de le voir, de l'embrasser, prend toute la place dans ma tête, m'empêchant de réfléchir correctement.

> ???

> Bonne nuit, Farrow.

Ouah, quelle façon super classe de me débiner. Putain. Mais je n'ai pas d'autre solution. Je n'aurais jamais dû envoyer ce foutu message en premier lieu, c'était franchement casse-gueule.

Je suis encore en train de me prendre la tête sur ma stupidité quand on frappe à la porte. Je me fige aussitôt, le cœur battant soudain à tout rompre.

Ne t'emballe pas. Ça peut simplement être Carter qui viendrait pour… pour quoi au juste ? Il n'a aucune raison de venir frapper à ma porte.

Farrow, en revanche…

Je ne devrais pas paniquer, c'est pourtant le cas. Parce que je sais, avec une certitude absolue, que je ne lui résisterai pas. C'est ça, le plus compliqué. Me battre contre mes sentiments quand il est loin est déjà tout sauf simple, alors quand il se trouve en face de moi ? C'est tout bonnement impossible.

Je pourrais ne pas répondre, faire semblant que je me suis endormi à la vitesse de l'éclair. Ce qui, vu mon état de fatigue, ne serait pas déconnant.

Sauf qu'évidemment, comment refuser d'ouvrir cette putain de porte ?

Je saisis la poignée avant même d'avoir fini de me poser la question.

Évidemment, il est là, adossé contre le mur d'en face, patientant tranquillement.

Nos regards se croisent et je ne parviens pas à prononcer le moindre mot.

Il s'avance jusqu'à moi, mais s'arrête avant de franchir le seuil.

— Je veux juste que tu saches qu'à partir de l'instant où je passerai cette porte, ta bouche sera plaquée contre la mienne. Et une fois que j'aurai commencé à t'embrasser, je serai incapable de m'arrêter. Alors si ce n'est pas ce que tu veux, Kesler, c'est maintenant qu'il faut me le dire.

Seigneur. Je vais défaillir.

Il se penche légèrement vers moi et ajoute :

— Dis-moi non. Je comprendrai. Je ne t'en voudrai pas. Parce que je sais que tu attends de moi quelque chose que je ne peux pas te donner.

— Farrow...

— Un seul mot, Dean. Un seul mot et je fais demi-tour.

Je déglutis, incapable de parler, incapable de réfléchir. Je devrais pourtant prononcer ce putain de « non », lui montrer que je suis plus fort que ça, que je peux facilement me passer de lui. Mon souffle est trop erratique, je lutte contre moi-même.

— Prends ton temps, j'ai toute la nuit devant moi, ajoute-t-il avec un sourire en coin.

— Je... putain, Farrow.

— Je sais, souffle-t-il.

Il va te briser le cœur. Il va te briser le cœur. Il va t'anéantir et tu regretteras toutes ces fois où tu t'es laissé aller dans ses bras.

— Tu n'aurais pas dû venir ici.

— Sans doute. Ce sera encore une erreur. Une de plus. Mais j'ai envie de commettre cette erreur avec toi.

— Pourquoi ? murmuré-je, le souffle court.

— Parce que j'ai envie de toi. Parce que tu me manques. Parce que ce que je ressens quand je suis avec toi, c'est plus fort que tout ce que j'ai jamais connu. Mais tu dois prendre conscience que je n'ai pas changé. Que je ne chercherai jamais de relation sérieuse. Je ne suis pas ici pour te donner de faux espoirs, Dean.

La boule dans ma gorge est de retour. Comme toujours, Farrow joue cartes sur table. Il ne me ment pas, il ne cherche pas à m'amadouer à l'aide de fausses promesses. Il est juste là, à m'expliquer ce qu'il attend de moi, et c'est à prendre ou à laisser.

Je baisse les yeux devant son regard insoutenable, et il me faut une éternité avant de murmurer :

— Je ne crois pas que ce soit une bonne idée.

— D'accord.

Il n'insiste pas, a déjà reculé d'un pas. Je devrais être soulagé qu'il accepte ma décision sans rechigner, pourtant, la déception est si vive qu'elle me serre l'estomac. Et soudain, je me rends compte que je ne peux pas le laisser partir. Je ne peux pas laisser la soirée se terminer comme ça. Accepter de donner à Farrow ce qu'il veut, ce que nous voulons tous les deux, est très clairement une erreur, comme il me l'a si bien fait remarquer, mais au diable les bonnes résolutions. J'aurai tout le loisir de regretter plus tard.

Je tends le bras et attrape son tee-shirt pour le tirer vers moi.

— Mais c'est en faisant des erreurs qu'on apprend, non ? soufflé-je contre sa bouche. Et tu as beaucoup de choses à m'enseigner.

Son sourire satisfait est de retour, mais brièvement. Parce que quelques secondes plus tard, je l'efface de mes lèvres qui s'écrasent contre les siennes.

Nous déshabiller s'avère compliqué quand aucun de nous n'a l'air d'avoir envie d'ôter sa bouche de l'autre. Cette frénésie qui s'est emparée de nous me brûle la peau, me met les nerfs à vif. Je plaque Farrow contre le mur pour déboucler sa ceinture, il me pousse sur le lit avant de s'écraser sur moi. Nos mains sont partout, luttant pour ôter nos fringues.

Lorsqu'il s'assied pour se débarrasser de ses chaussures, j'en profite pour embrasser sa nuque, son épaule, son omoplate. Je lèche sa peau, caresse son ventre ferme.

— Putain, la prochaine fois, je viens en tongs, grommelle-t-il en délaçant ses boots.

Je ris et l'attire à moi, déposant des baisers le long de sa gorge, de sa mâchoire. Nos corps nus glissent l'un contre l'autre, et mon cœur bat vite sous la renaissance de cette connexion que nous partageons.

Nos lèvres s'épousent, nos langues se cherchent, nos doigts se perdent sur la peau de l'autre. Nous nous embrassons comme si demain n'existait pas, comme si ce soir était tout ce qui nous restait. Et peut-être que c'est le cas.

Alors je n'hésite plus. Je me perds dans ces merveilleuses sensations que seul Farrow est capable de me procurer.

— Attends, attends, murmure-t-il contre ma bouche. Laisse-moi juste…

Je ne le laisse pas terminer sa phrase et en représailles, il mordille ma lèvre. Je m'esclaffe et le laisse se relever pour aller fouiller dans sa veste. J'en profite pour mater son corps nu, les poils blonds qui descendent jusqu'à son nombril, sa queue érigée entre ses cuisses épaisses.

La capote et un sachet de gel atterrissent sur mon ventre tandis qu'il en ouvre un deuxième. Il étale le lubrifiant sur ses doigts, et son bras disparaît derrière lui tandis qu'il se prépare pour moi. Je m'empresse de dérouler le préservatif sur mon érection, y ajoute une dose de gel et entreprends de me caresser.

Bon sang, y a-t-il quoi que ce soit de plus érotique au monde que d'admirer Farrow se baiser de ses doigts tandis que je me branle dans mon poing, nos regards soudés l'un à l'autre ? C'est si intense, si intime, si décadent. Je n'ai jamais rien connu de tel, et je sais déjà que cette image va alimenter mes fantasmes pour l'éternité. La manière dont son visage se tord de plaisir, ses gémissements résonnent jusqu'au fond de mes tripes et me nouent l'estomac. Et ce sourire... ce foutu sourire va finir par m'achever.

— Ouais, c'est ça, Kesler, caresse-toi plus fort.

Bordel de merde. Je halète et écarte davantage les cuisses, effleurant mes bourses. Je crois que je pourrais jouir juste comme ça, en le matant se doigter, ses muscles tendus, ses yeux d'un vert brillant plantés dans les miens.

Je suis à bout de souffle au moment où Farrow me rejoint sur le lit. Il s'installe à califourchon sur moi et se penche pour lécher ma joue, pour capturer mes lèvres.

Ses doigts se referment autour de ma queue et il se redresse pour me guider à l'intérieur de lui. Putaiiiinnnn !

Il commence doucement, son anneau de muscles se contractant autour de mon gland. Puis il se glisse plus profondément sur mon membre avant de ressortir.

Il va me rendre fou, c'est certain.

Il va me faire perdre la tête et faire fondre mon cerveau.

— Farrow...

— C'est bon ? souffle-t-il en continuant ses va-et-vient.

C'est... plus que ça. C'est époustouflant. Je déglutis et hoche la tête, ce qui semble le satisfaire puisqu'il se baisse davantage, ma verge disparaissant entièrement dans son corps.

Bordel. Je vais crever.

Mes doigts s'enfoncent dans ses cuisses tandis que Farrow me chevauche. Il se baise sur moi, ondulant rapidement, et cette vision de son corps bougeant de plus en plus vite m'hypnotise totalement. Je fais jouer mon bassin pour m'enfoncer en lui, mais clairement, c'est lui qui tient les rênes en cet instant. Il définit le rythme, montant et descendant alors que ses mains caressent mon torse, tordent mes tétons, m'arrachant un cri. Il sourit et bouge plus vite, emprisonnant ma queue dans son cul chaud et étroit. Lorsqu'il resserre ses muscles autour de moi, je ferme les yeux sous la vague de plaisir qui me percute de plein fouet.

— Tu veux jouir ? gronde-t-il.

— Oui, putain… oui.

Il se penche vers moi pour m'embrasser, grognant quand mon sexe se retrouve délogé de son corps. Il attrape mon poignet et pose sa main sur son érection tout en se redressant. Plaquant ses paumes sur le lit, il se cambre vers l'arrière, allant et venant sur moi. Nos gémissements et nos râles résonnent dans la pièce tandis que je rue contre lui, cherchant la délivrance, me gorgeant de la vision de Farrow, la tête rejetée en arrière, bougeant lascivement. Mon poing se referme autour de son sexe, le caressant de plus en plus vite.

Je perds le rythme lorsqu'une vague de plaisir me submerge. Les dents serrées, je laisse l'orgasme s'emparer de moi, criant au moment où je jouis à l'intérieur du corps de Farrow. Mon corps tremble et je me noie dans l'instant, conscient de chaque nerf à vif. Il me faut quelques secondes pour reprendre suffisamment mes esprits afin de continuer à caresser Farrow. Il se rue dans mon poing, ma queue toujours nichée en lui. Lorsque son sperme gicle sur mon ventre, il pousse un profond soupir de bien-être. Son corps se relâche, mais il ne bouge pas. Il se contente d'observer mon estomac maculé, puis récupère quelques gouttes de son foutre de ses doigts qu'il porte à mes lèvres.

Je les entrouvre et lèche son doigt en frissonnant.

Si indécent, si obscène, et pourtant si bon.

Parce que c'est Farrow, et que tout me paraît si naturel avec lui, si vrai, si normal.

Je n'ai jamais été très aventureux au lit, mais avec lui, je pourrais dépasser toutes mes limites, tester toutes mes envies, même les plus impudiques.

Parce qu'avec lui, je n'ai honte de rien, parce qu'il rend le sexe beau.

— Si sexy, murmure-t-il avant d'écraser sa bouche contre la mienne.

Si le monde venait à disparaître ce soir, ça ne me dérangerait pas. Parce que je mourrais en homme heureux dans les bras de ce type dont je suis certain d'être accro.

CHAPITRE 32

Farrow Lynch

Lorsque je sors de la salle de bains après m'être rapidement nettoyé, Dean est assis en tailleur sur le lit. Il me fixe, l'air un peu perdu, et je fronce les sourcils.

— Tout va bien ? demandé-je.

— Oui, enfin non. Enfin si, mais…

Je souris devant son hésitation, et me penche pour emprisonner son visage entre mes mains.

— Qu'est-ce qui t'arrive, Kesler ?

Son sourire ressemble à une grimace. Il baisse les yeux, ses doigts traçant des motifs sur sa cuisse nue.

— C'est juste que… à chaque fois que l'un d'entre nous s'en va après, tu sais, dit-il en faisant un geste de la main de lui à moi… je me sens mal. Comme si ce n'était pas si important, comme si je n'étais qu'un coup d'un soir comme les autres.

Putain. L'amertume dans sa voix me file des frissons. Il devrait pourtant savoir qu'il est plus que ça. Tellement plus.

— Tu n'es pas un coup d'un soir comme les autres, Kesler. C'est simplement que c'est plus facile comme ça.

— Plus facile pour qui ? crache-t-il.

Je libère son visage et passe une main dans mes cheveux.

Je savais que c'était une erreur. Il s'avère que c'était une putain de connerie.

— Pour tous les deux, soupiré-je.

Son agacement est tel qu'il se lève du lit, et se dirige de l'autre côté de la pièce. Toujours nu, ses tatouages dansant sur sa peau à chacun de ses mouvements.

— Ouais ? C'est dingue comme tu sembles savoir mieux que moi ce que je pense, ce que je ressens, ce que j'espère, ce que j'attends. C'est un vrai talent, putain !

Depuis que je le connais, c'est la première fois que nous nous disputons. Et ça ne me plaît pas des masses. Ce qui me conforte dans le fait que je n'aurais jamais dû me pointer ici, ce soir. Le désir que je ressens pour Dean finira par avoir raison de moi, il finira par avoir raison de nous, j'en suis persuadé, pourtant, je suis incapable de rester loin de lui, de me contenter de messages et de soirées autour d'une table avec des potes. Je veux tellement plus que ça, mais peu importe, ce ne sera jamais suffisant pour le combler totalement.

— Je n'ai pas envie de m'engueuler avec toi, dis-je en attrapant mon pantalon abandonné sur le sol pour l'enfiler.

— Alors quoi ? Tu vas te barrer ? Comme ça ? Pourquoi ne pas laisser quelques billets sur la table pendant que tu y es, vu que c'est tout ce que je suis à tes yeux ?

La violence de ses propos me coupe le souffle avec l'impression d'avoir reçu un coup de poing en pleine gueule.

Je n'hésite pas avant de combler la distance qui nous sépare et d'agripper sa nuque.

— Je t'interdis de dire ça !

Il se dégage brutalement de ma prise.

— Mais qui es-tu pour m'interdire quoi que ce soit ?!

Il est beau quand il est en colère. Douloureusement beau. Ses yeux brillent d'humidité et c'est en train de me tuer. Et je ne sais pas quoi répondre, parce que rien de ce que je pourrais dire ne parviendra à l'apaiser.

Je suis à deux doigts de tendre la main pour le toucher, mais son regard meurtrier m'incite à me raviser.

— Tu sais ce qui est drôle ? finis-je par dire. C'est que ce soir-là, en Floride, j'ai voulu te demander de passer la nuit avec moi. J'en crevais d'envie. J'y ai repensé toute la nuit, d'ailleurs.

Je m'en souviens comme si c'était hier. Et je crois que sans la discussion que j'ai eue avec Carter, j'aurais fini par craquer et aller frapper à la porte de la chambre de Kesler pour lui demander si je pouvais me glisser dans son lit.

Mes mots semblent l'apaiser quelque peu. Il cligne des paupières, puis murmure :

— Pourquoi tu ne l'as pas fait ?

— Tu sais pourquoi.

— Tu lis peut-être dans les pensées des autres, mais pas moi, Farrow.

Je m'esclaffe, bien que cette situation n'ait rien de drôle.

— Je ne comprends pas à quoi tu joues, et ça me frustre. Ça me frustre tellement, et ça me rend triste, ajoute-t-il devant mon silence.

— Je suis désolé.

— Je n'ai pas besoin de tes excuses. J'ai besoin de comprendre. Tu sais où j'en suis, tu sais que je n'ai pas envie d'être une baise occasionnelle. Et tu sais aussi *parfaitement* que je suis trop faible pour te résister. Est-ce que c'est un jeu pour toi ? Est-ce que tu veux savoir combien de temps tu vas mettre avant de me briser ?

Putain. Comment les choses ont-elles pu dégénérer à ce point-là ?

— Dean..., soufflé-je, la gorge soudain sèche.

Chacun de ses mots me percute de plein fouet, ils me tordent l'estomac et me donnent envie de le prendre dans mes bras. Le voir dans cet état, c'est difficilement supportable. Il est sur le point de s'écrouler, et quand ça arrivera, me laissera-t-il le rattraper ?

— Ce n'est pas un jeu, Kesler. Ça n'a jamais été un jeu pour moi. Peut-être au début, mais ensuite, on est devenus amis, et... et tu me plais, beaucoup. Mais tu sais où j'en suis. Et tu es si jeune, bon sang, tu ne devrais pas te prendre la tête pour un type comme moi.

— Pardon, papi, j'avais oublié que tu étais pratiquement grabataire, ricane-t-il d'un ton empli d'ironie.

Je le fixe, et il passe une main sur son visage fatigué.

Il pousse un soupir et se laisse tomber sur le lit. Peut-être que le sujet est clos. Peut-être qu'il n'y a rien à dire de plus. Peut-être qu'il est temps pour moi de m'en aller.

Avec n'importe qui d'autre, je n'aurais pas hésité. Cela dit, avec n'importe qui d'autre, nous n'aurions pas eu cette conversation. Toujours est-il qu'il est hors de question que je laisse Dean tout seul dans cet état.

Doucement, je m'approche de lui.

— Est-ce que je peux te toucher ? demandé-je.

Je n'ai pas envie qu'il me rejette.

Il acquiesce et alors que je glisse ma main sur ses cheveux, il me surprend en enroulant ses bras autour de ma taille, posant son front contre mon ventre.

— Je suis désolé, murmure-t-il. Je suis en vrac. Je ne sais plus vraiment où j'en suis, en fait.

Son rire est tremblant et lorsqu'il s'éteint, nous restons un long moment sans bouger, mes doigts caressant les cheveux de Dean.

Il finit par me relâcher en reniflant, puis lève la tête pour croiser mon regard.

— Tu peux y aller, la crise est passée.

Je me penche vers lui et effleure ses lèvres des miennes.

— Je n'ai pas envie de partir, Kesler. Alors à moins que tu me mettes dehors…

Il ne me laisse pas l'occasion de terminer ma phrase, sa bouche écrasant la mienne dans un baiser fiévreux qui signifie davantage qu'aucun mot ne le pourrait.

CHAPITRE 33
Dean Kesler

Novembre

Malgré les températures fraîches, le soleil est éclatant lorsque nous arrivons à New York. Ses rayons réchauffent ma peau tandis que je me dirige vers le bus qui va nous mener à l'aréna où nous allons passer l'après-midi à nous entraîner avant notre match contre les Kings. En croisant les doigts pour enchaîner sur une troisième victoire, sans compter que le championnat a débuté et qu'un beau début de saison ne peut être que bénéfique pour la suite.

Dès que je rejoins mon siège, je fouille dans mon sac à dos pour récupérer mon livre. Farrow m'a rendu accro à la lecture bien plus vite que je ne l'aurais cru possible. Cela dit, il m'a rendu accro à de nombreuses choses très, très rapidement.

Si nous ne nous sommes pas vus depuis le matin où nous nous sommes réveillés dans le même lit, nous nous sommes écrit à la même fréquence que d'habitude.

Et je n'ai jamais aussi bien compris les junkies. Devenir dépendant de quelque chose qui semble nous faire le plus grand bien sur le moment, mais qui, sur la durée, finira par nous détruire. Se complaire dans l'euphorie est bien plus facile, bien plus agréable, que de se confronter à la réalité douloureuse des conséquences. Tant pis pour le bon sens et l'instinct de survie. Les miens ont fui depuis longtemps et ont sans doute décidé qu'il ne servait à rien d'essayer de me raisonner après avoir accepté Farrow dans mon lit pour la nuit.

Cela étant dit, ça valait carrément le coup. Sentir son corps blotti contre le mien, sa respiration régulière, sa main posée sur mon ventre. Me réveiller à ses côtés, ses bisous sur ma nuque, son odeur m'entourant comme un cocon, sa peau chaude contre la mienne... une expérience divine. Et sans doute unique. Je sais qu'il s'est senti obligé de rester avec moi à la suite de ma crise de nerfs, je ne suis pas naïf au point de ne pas l'avoir compris. Peu importe, sa présence m'a rassuré, m'a montré qu'il tenait à moi malgré tout. J'ignore combien de temps ce sera suffisant, mais pour l'instant, j'ai pris la décision d'accepter tout ce qu'il voudra bien m'offrir, sans poser de questions, sans chercher à le pousser dans ses retranchements. Et advienne que pourra.

Je viens à peine d'ouvrir mon bouquin lorsque le son d'un match parvient à mes oreilles. Je me redresse et me tourne sur mon siège pour découvrir Carter, à moitié allongé, ses jambes étendues bloquant l'allée, le nez rivé sur son portable.

— Tu veux pas mettre ton casque ? grommelé-je.

— Nope. Et tu devrais faire comme moi au lieu de tomber amoureux d'un nouveau *bookboyfriend*, réplique-t-il sans lever les yeux de l'écran.

J'éclate de rire. Il se demande encore comment son pote a réussi à me convertir, et quand je tente de lui expliquer, il se contente de m'observer comme si je venais d'une planète lointaine et qu'il ne comprenait pas mon langage.

— J'ai déjà maté ce match.

Il s'agit du dernier des Kings contre Philadelphie. Banes prend toujours le temps d'analyser la dernière rencontre de nos adversaires du jour, et il est encore plus studieux lorsqu'il s'agit de son meilleur pote. Ils ont beau raconter ce qu'ils veulent, je sais qu'ils sont constamment en compétition tous les deux, mais comme pourraient l'être deux frères évoluant pour des équipes différentes – ce qui est plus fréquent qu'on ne le pense, en NHL.

— Le but de Lynch était impressionnant, ajouté-je.

— Tout ce que fait Farrow est impressionnant à tes yeux, mec.

Je lève les yeux au ciel. Il n'a pas tort, mais il ne m'a jamais fait la leçon, ne m'a jamais donné son avis sur la situation. J'ai conscience qu'il n'en pense pas moins, mais je lui suis reconnaissant de ne pas s'en mêler, contrairement à Blake, qui a tenté d'aborder le sujet plusieurs fois et que j'ai réussi à éviter, plus ou moins adroitement.

— Mets ton casque, répété-je avant de me rencogner dans mon siège et de me replonger dans ma lecture, retrouvant facilement la page que j'ai cornée.

Farrow me tuerait s'il le savait.

♛

Le bruit des patins dérapant sur la glace se mêle à celui du palet contre la crosse. La deuxième période est bien entamée et nous sommes toujours à zéro partout. Il est temps de faire la différence. Lorsque l'arbitre siffle l'arrêt de jeu, je remets mon casque en place et saute par-dessus la balustrade, me plaçant pour la remise en jeu. Farrow récupère le palet, mais il se retrouve rapidement intercepté par Carter. Ils se sont déjà battus ce soir, avant de se faire un câlin quand l'arbitre les a séparés.

Je me fais souvent la réflexion que le hockey est un monde à part, et que certains doivent trouver nos confrontations assez étranges, surtout lorsqu'elles se terminent par une étreinte.

Je patine jusqu'à la zone adverse tout en gardant un œil sur le palet que notre équipe parvient tant bien que mal à conserver. Je m'arrête dans une gerbe de glace lorsque Carter tire dans ma direction, puis reprends ma course en direction du but. Je suis tellement à fond que je ne vois pas Donahue foncer sur moi. Son épaule percute mon torse avec tant de violence que j'en ai le souffle coupé. Je me retrouve projeté en arrière, incapable de reprendre l'équilibre, et m'étale sur le sol.

Putain.

Je tente aussitôt de me relever, mais une douleur atroce irradie mon sternum lorsque je prends mon inspiration. Je m'écroule lourdement sur la glace, à peine conscient des cris du public autour de moi. En tournant la tête, je découvre que Farrow hurle sur son coéquipier. Je cligne des paupières, ne faisant pas confiance à ma vision, mais trois secondes plus tard, Farrow est devant moi tandis que Carter tient le bras du médecin pour l'empêcher de glisser.

— Kesler ? Tout va bien ?

La voix de Farrow m'incite à porter mon attention sur lui. Il paraît inquiet, et je hoche la tête pour le rassurer. J'attrape la main qu'il me tend, mais un autre pic de douleur me prend par surprise, et me voilà à nouveau à embrasser la glace.

Merde. Merde, merde, merde.

Relève-toi pour l'amour du ciel.

Mes coéquipiers m'entourent, ainsi que Farrow, qui refuse de reculer.

Le médecin s'agenouille devant moi et me demande où j'ai mal.

— Nulle part, je vais bien.

Non. Mais ce n'est pas une blessure qui va m'arrêter. J'ai un match à terminer, je ne compte pas le passer sur le banc.

Allez, debout !

La main de Farrow est toujours tendue et cette fois, je l'agrippe fermement, serrant les dents contre la souffrance qui refait rapidement surface.

— Tu es sûr que ça va ? insiste-t-il.

— Ouais, c'était juste la force du choc.

Il fronce les sourcils, l'air dubitatif.

— Promis. Je vais bien, tenté-je de le rassurer.

Je patine en direction du banc sur lequel je m'avachis. Le coach insiste pour que j'aille me faire ausculter, mais je secoue violemment la tête.

— Ça ira. Je peux continuer le match.

— Ne joue pas au héros, Kesler. On n'a pas besoin de ça.

— Je t'assure que ça va.

Il n'insiste pas, mais je sais que je vais être bon pour un tour à l'infirmerie à la pause.

♛

Ça ne va pas du tout, putain.

J'ai l'impression de crever. Pourtant, je ne montre rien, laisse l'adrénaline faire son job et chasser la plus grosse partie de la douleur. Tant que je joue, que je me concentre sur le match, je peux gérer.

Et le but que je marque trois minutes après me conforte dans ma décision.

Je me crispe lorsque mes coéquipiers me sautent dessus, mais j'accepte avec plaisir leurs félicitations. Tout va bien. Ce n'est qu'une douleur éphémère, qui disparaîtra bientôt. Ça arrive à longueur de temps, nous sommes tous habitués aux blessures mineures.

La sonnerie de fin de période résonne peu de temps après et nous nous dirigeons tous vers les vestiaires. Évidemment, je n'ai pas le choix que de laisser le médecin m'ausculter.

Ôter mon maillot et mon plastron est une torture, tout comme l'est chacune de mes respirations.

Une fois torse nu, je me rends compte qu'un hématome s'est formé au niveau de mon sternum. Génial, il ne manquait plus que ça.

Le médecin me palpe, et je prétends avoir moins mal que c'est réellement le cas.

— Tu es sûr de pouvoir finir le match ? demande-t-il.

La simple possibilité d'en être incapable me file des sueurs froides. Hors de question que je reste sur la touche, putain.

— Oui, filez-moi une injection magique et ça ira.

Il hoche la tête, mais me fait promettre de ne pas faire le malin et de venir le voir si je ne me sens pas mieux.

J'acquiesce, essayant de sourire de manière convaincante malgré la douleur lancinante. Reste plus qu'à croiser les doigts pour que l'antidouleur fasse effet rapidement.

♛

Nous avons gagné! Je n'arrive pas à y croire. En prolongation certes, mais une victoire reste une victoire. L'ambiance est festive lorsque nous regagnons les vestiaires. Certains entament une petite danse tandis que d'autres retirent leur équipement. De mon côté, je ne bouge pas, me contentant de regarder tout ce beau monde s'activer. La douleur dans ma cage thoracique ne m'a pas quitté, même si les antidouleurs ont permis de l'atténuer.

Je redoute déjà de devoir me déshabiller, mais si je tarde trop, je vais attirer les soupçons. Je n'ai pas envie qu'on s'inquiète pour moi, et je peux faire semblant que tout va bien jusqu'au moment de retrouver ma chambre d'hôtel. Alors je pourrai enfoncer mon visage dans l'oreiller et hurler ma souffrance.

— Tu es un peu pâle, déclare Carter en s'asseyant à côté de moi. T'es sûr que ça va?

— Je suis juste fatigué, et j'ai besoin de prendre une douche.

Il me scrute un long moment, du même regard que son pote un peu plus tôt.

— Est-ce que vous pourriez arrêter de vous inquiéter pour moi? maugréé-je d'une voix plus sèche que je ne le voudrais.

— Désolé, mais non, réplique Carter.

Je m'adosse contre le mur et ferme les yeux, tâchant de respirer doucement. Chaque souffle est une torture, et refouler les larmes de douleur qui cherchent à se frayer un chemin derrière mes paupières s'avère de plus en plus difficile.

La sonnerie du portable de Banes me sauve d'une inspection trop minutieuse. Il ricane en jetant un coup d'œil à son écran et je me tourne vers lui, curieux de connaître la cause de son hilarité. Il doit sentir mon regard sur lui parce qu'il me montre son téléphone.

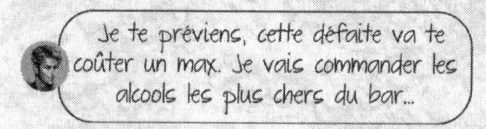

> Je te préviens, cette défaite va te coûter un max. Je vais commander les alcools les plus chers du bar…

Je souris en lisant le message.

Alors Farrow, on est mauvais perdant?

Je n'aurais jamais cru pouvoir trouver une soirée en compagnie de Farrow trop longue. Jamais. Chaque instant avec lui me paraît toujours trop bref, et j'attends le prochain avec une impatience grandissante. J'aurais troqué tant de choses pour quelques minutes, quelques secondes de plus avec lui. Bon sang, j'ai accepté de prendre le risque de finir avec le cœur en lambeaux pour chacun de ses sourires, chacun de ses rires, chacune de ses caresses.

Mais ce soir, je n'en peux plus.

Faire semblant est épuisant.

La douleur va avoir raison de moi.

Chaque respiration est pire que la précédente.

Je pourrais me retrancher dans ma chambre, leur souhaiter bonne nuit et les laisser, lui et Carter en tête-à-tête. Mais le sentir près de moi vaut la peine que je souffre en silence.

Aucun d'eux n'est stupide, ils voient bien que je ne suis pas au mieux de ma forme, et leurs coups d'œil inquiets commencent à m'exaspérer.

J'ai beau tenter de minimiser ma douleur, je ne parviens pas à réprimer mes grimaces autant que je le voudrais. Sans compter qu'elle est de pire en pire. À présent que mon corps s'est refroidi, j'ai l'impression de baigner dans un putain d'océan de souffrance.

Et lorsque Carter se lève enfin pour se rendre au bar afin de prendre en charge l'addition, le soulagement que je ressens se mêle aux regrets.

Nous quittons le bar, et alors que je pense que Farrow va bifurquer vers la sortie, je suis surpris de le voir nous suivre jusqu'aux ascenseurs.

— Qu'est-ce que tu fabriques ? demandé-je quand il pénètre dans la cabine avec nous.

— Je t'escorte jusqu'à ta chambre.

Je fronce les sourcils, tandis que Carter plonge le nez dans son portable, ne souhaitant apparemment pas se mêler de notre conversation.

Je voudrais dire à Farrow que je ne suis pas en état de faire quoi que ce soit ce soir – et que j'en suis le premier dégoûté –, mais je préfère que nous soyons seuls pour ça.

— Je connais le chemin, tu sais.
— Tant mieux pour toi.

OK. Ça ne sert à rien de discuter.

Lorsque les portes s'ouvrent à mon étage, nous souhaitons une bonne nuit à Carter et nous engageons sur le palier. Le trajet est étrangement silencieux, mais je suis trop crevé pour chercher un sujet de conversation.

Honnêtement, je m'attendais à ce qu'il me plaque contre le mur et m'embrasse à peine la porte refermée derrière nous, aussi suis-je surpris – et déçu – en constatant que ce baiser n'arrive jamais. Au lieu de quoi, Farrow attrape mon sac et commence à fourrer mes affaires dedans.

— On peut savoir ce que tu fous ?

Il disparaît dans la salle de bains et en ressort moins d'une minute plus tard avec ma trousse de toilette qu'il jette sur le reste de mes affaires.

— Tu rentres avec moi, explique-t-il en zippant la fermeture de mon sac.
— Pardon ?

Il ne prend pas la peine de répéter et attrape les anses avant de balancer mon bagage par-dessus son épaule.

— Farrow… c'est ridicule, arrête ça.

Il se tourne vers moi, un air dangereux dans son regard.

— OK. On va faire un deal.
— Non.
— Laisse-moi finir.
— Non.

Il rit, et ce son résonne jusqu'au fond de mes tripes.

— Si tu arrives à lever le bras sans grimacer de douleur, j'accepte que tu passes la nuit ici, tout seul.
— Pourquoi je ferais ça ?
— Pour te prouver que tu es une tête de con, mais que je suis bien pire que toi.

Je ne devrais même pas obéir, je devrais me contenter de le virer de ma chambre. Sauf qu'encore une fois, c'est Farrow, et je fais ce qu'il me demande. J'ai à peine esquissé le début du mouvement que la douleur irradie à nouveau ma cage thoracique.

— Putain, soufflé-je.

Un sourire étire ses lèvres, et il ouvre à nouveau la porte. Il a parfaitement deviné que j'étais trop mal en point pour me débrouiller tout seul. Ça ne devrait pas me toucher autant ni m'étonner. Depuis que je le connais, il a toujours été là pour moi, pour me rassurer, pour m'aider. Il a cru en moi quand je doutais, il m'a tiré vers le haut quand j'avais l'impression de tomber. Ce soir encore, il est à mes côtés, prêt à prendre soin de moi, que je le veuille ou non.

— Après toi, déclare-t-il en avisant la sortie d'un geste de la main.

Je grogne pour la forme, mais sors dans le couloir sans rechigner. En grande partie parce que je n'ai pas la force ni l'envie, de continuer à lutter.

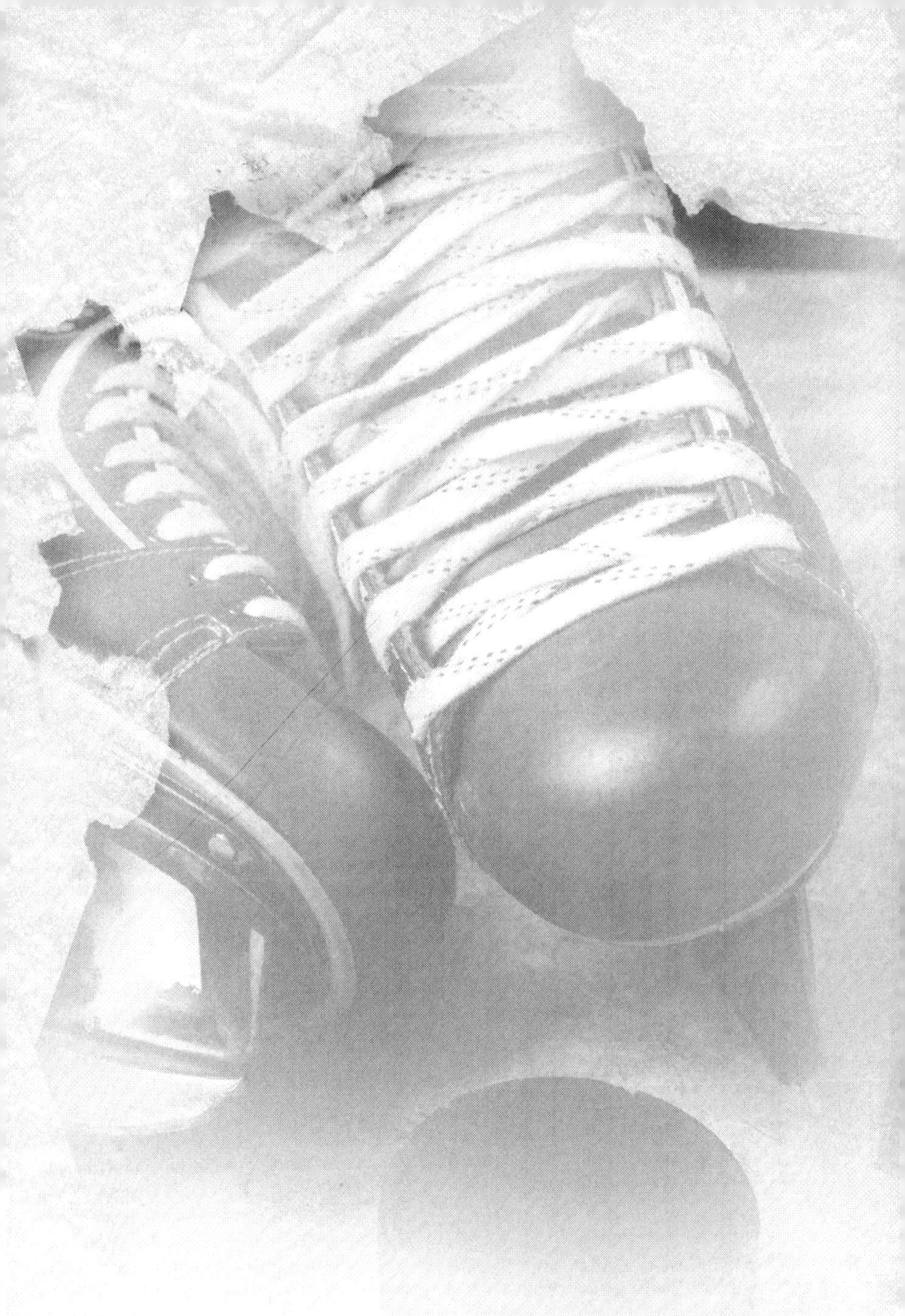

CHAPITRE 34

Farrow Lynch

Voir Dean souffrir et tenter de le cacher me fout en rogne.

Je comprends, évidemment. Nous sommes tous passés par là, à essayer de minimiser nos blessures, à refuser de voir la vérité en face. Durant le trajet en taxi, je ne cherche pas à le faire parler, mais je scrute chacune de ses réactions.

Il a des difficultés à respirer, ce qui n'est pas étonnant vu la violence du coup que Jake lui a asséné. Je n'avais jamais hurlé aussi fort sur un de mes coéquipiers. Tout le monde a été surpris, moi le premier, mais je n'ai pas réfléchi. Voir Dean étalé sur le sol, la douleur tordant son visage, c'était plus que je ne pouvais le supporter. Je me suis excusé auprès de Donahue, évidemment, je ne suis pas un connard à ce point. Nous savons tous que les impacts peuvent être brutaux. Nous avons tous écopé de blessures plus ou moins sévères durant un match, c'est notre lot quotidien. Mais Dean… putain, avait l'air si mal en point que je suis sorti de mes gonds. Et je suis toujours en colère, contre lui, cette fois. Je tente de refouler cette colère, parce qu'il n'a pas besoin de ça ce soir. Il n'a pas besoin de mes remontrances, il a besoin qu'on s'occupe de lui, et j'ai envie d'endosser ce rôle.

Je crois que j'ai aussi envie de m'assurer qu'il sache que rien n'a changé entre nous. Notre engueulade du mois dernier me reste encore sur le cœur, et bien que tout ait fini par s'arranger, j'ai conscience qu'il y a toujours des non-dits, une ombre qui plane sur nous. Je refuse de perdre son amitié, bien trop précieuse, pourtant, je sais qu'elle ne tient qu'à un fil, un fil fragile qui pourrait se casser à tout moment. Rien que d'y penser me tord l'estomac. Alors ce soir, je tiens à lui prouver que quoi qu'il se passe, il peut compter sur moi pour prendre soin de lui.

Perdu dans mes réflexions, je ne m'étais pas rendu compte que nous étions arrivés dans mon quartier, et ne m'en aperçois que lorsque la voiture s'arrête sur le bord du trottoir. Je sors quelques billets de la poche intérieure de ma veste, les tends au chauffeur et ouvre la portière avant de récupérer le sac de Dean dans le coffre. Celui-ci s'extirpe à son tour de l'habitacle, avec bien trop de difficultés.

Je me pince les lèvres pour éviter toute réflexion, et le précède jusqu'à la porte d'entrée. Soudain, j'essaie de me souvenir de l'état de mon appartement. Je ne suis pas quelqu'un de très bordélique, mais il m'arrive d'avoir la flemme de ranger. J'espère que Dean ne me tiendra pas rigueur de la vaisselle qui traîne dans l'évier et des bouquins abandonnés un peu partout dans le salon.

Cela dit, vu son état, je pense que c'est le cadet de ses soucis.

Dans l'ascenseur, Dean s'appuie contre la paroi et ferme les yeux. Il grimace à nouveau, et ça me tue, putain.

— Tu n'as pas besoin de faire semblant avec moi, déclaré-je tout de même.

Parce que se retenir doit être bien pire.

Il tourne la tête vers moi et tente de sourire. Son visage est blafard, il a l'air sur le point de s'écrouler.

— Je ne sais même pas ce que je fous ici.
— N'est-ce pas évident ?
— Honnêtement ? Non.

Je m'esclaffe et le toise de la tête aux pieds.

— Tu es clairement trop mal en point pour te débrouiller tout seul, Kesler. Alors si je peux t'aider, te soulager, je le ferai.

Il hoche la tête, murmure un «merci» du bout des lèvres. Je n'attends pas ses remerciements, j'attends de lui qu'il avoue qu'il ne va pas bien et que continuer à le nier est de la folie.

Les portes de l'ascenseur s'ouvrent et nous remontons le couloir brillamment éclairé. La respiration hachée de Dean est une torture à mon oreille, mais je prends sur moi, ouvrant la voie jusqu'à mon appartement.

J'invite très peu de gens chez moi, et jamais personne avec qui j'ai couché. Dean est l'exception qui confirme la règle. Cependant, contrairement à ce dont il est persuadé, il est bien plus qu'un amant dans les bras duquel je me perds avant que nos chemins se séparent à jamais. Pour être honnête, je ne pensais pas que ça rendrait les choses aussi compliquées. Cela dit, je n'avais pas prévu de succomber à nouveau à Dean. Tout était très clair dans ma tête, au début... puis les choses le sont devenues de moins en moins au fil des mois. À présent, je suis dans un flou constant, oscillant entre l'envie de continuer à passer de bons moments avec lui, nu ou habillé, et le fait que laisser notre désir nous consumer finira par avoir raison de nous. Mais pas ce soir, ce soir, je veux juste veiller sur lui.

Une fois à l'intérieur, je dépose le sac de Dean dans l'entrée, et enlève mes chaussures. Dean tente de se baisser pour m'imiter, mais se fige, bloqué par la douleur.

Bon sang, le voir dans cet état est insupportable.

— Viens là, intimé-je en lui faisant signe de me suivre dans le salon.

Il obéit, et alors que je lui désigne le canapé, il s'arrête devant la photo en noir et blanc accrochée sur le mur. Il l'observe un long moment, et je suis ravi de constater qu'elle lui plaît.

— C'est Blake qui l'a prise.

— C'est toi, pas vrai ? demande Dean sans quitter des yeux le cliché.

— Yep, ravi que tu parviennes enfin à me reconnaître au premier coup d'œil.

Il ricane, grimace, et se tourne vers moi.

— C'est juste de la déduction. Avec ton ego surdimensionné, que tu aies une photo de toi à poil ne m'étonne même pas.

J'éclate de rire. Il n'a pas tort, mais ne dit-on pas qu'on n'est jamais mieux servi que par soi-même ?

— J'adore cette photo.

— Tu adores pouvoir mater sans arrêt ton cul, surtout.

— J'ai un très joli cul.

— Je sais.

Son sourire est doux, et la façon dont il me regarde me donne envie de poser mes lèvres sur les siennes. Je me refrène cependant, ce n'est clairement pas le bon moment.

— Tu pourras m'admirer plus longuement quand tu te seras changé, déclaré-je. Assieds-toi, que je t'enlève tes pompes.

— Je n'ai pas besoin de…

Mon regard noir suffit à le faire taire. Sans doute a-t-il deviné que c'était un combat perdu d'avance.

— Assis.

Il s'exécute avec précaution, une main posée sur son sternum.

— Tu t'es fracturé une côte ?

Ça m'est déjà arrivé, alors je sais ce que ça fait, je sais combien chaque respiration peut être une torture.

Pourtant, Dean secoue la tête.

— Non, elle est peut-être simplement fêlée. Je suis certain que ça ira mieux demain.

Je ne le crois pas un seul instant. Dean ment, et si j'en devine la raison, je n'ai pas envie de l'accabler ce soir.

— Le médecin t'a filé des antidouleurs ?

— Ouais.

— Parfait. Alors je vais t'aider à te changer, tu vas avaler tes médocs et essayer de dormir un peu, OK ?

Je suis certain qu'il va passer une nuit atroce, mais au moins, je serai là s'il a besoin de moi.

Dean acquiesce et me laisse faire tandis que je délace ses chaussures, les retire, puis fais de même avec ses chaussettes. Il gigote lorsque je touche son pied, et je lève la tête, amusé de constater qu'il est chatouilleux.

Je dépose ses chaussures dans l'entrée et récupère son sac.

— Tu m'autorises à fouiller dedans ?

— C'est toi qui l'as rempli, je te signale.

Je souris, un point pour lui.

— Je dois avoir un sweatshirt et un pantalon là-dedans. Mais Farrow, je peux me démerder tout seul.

— OK.

Je n'insiste pas. Je n'ai qu'à patienter jusqu'à ce qu'il comprenne qu'il n'en sera capable qu'au prix d'une douleur atroce. Alors je l'observe déboutonner sa chemise. Quand son torse nu se dévoile à ma vue, je laisse échapper un juron.

— Putain, Kesler.

Un énorme hématome a fleuri sur son thorax, faisant quasiment disparaître certains de ses tatouages.

— C'est plus impressionnant que ça ne l'est réellement.

— Cette phrase n'a aucun sens, grondé-je en me penchant vers lui. Il faut que tu fasses une radio, Dean.

— Ça va aller.

— Ce n'est pas en le répétant que ça sera le cas, tu sais ?

Il me jette un regard noir et glisse sa chemise sur ses épaules, puis saisit son sweatshirt. Au moment où il lève les bras par-dessus sa tête pour l'enfiler, un cri de souffrance s'échappe de ses lèvres. Je voudrais lui dire « je t'avais prévenu », cela dit, je ne suis pas certain qu'il apprécie.

Il se débat encore quelques secondes, mais le regarder souffrir devient rapidement intenable et je lui ôte le sweatshirt des mains. Au moins, il me laisse gérer la suite, et moins de cinq minutes plus tard, il est enfin changé.

— Je vais te chercher de l'eau, dis-je en me relevant.

Tandis que je me rends dans la cuisine, son attention se porte sur les étagères de livres qui s'étalent sur tout le mur du fond. Il se lève et se dirige vers la bibliothèque, s'attardant sur plusieurs titres, lisant quelques résumés.

— Tu les as tous lus ? demande-t-il.

J'éclate de rire et secoue la tête.

— Non, je crois que je n'aurai pas assez d'une vie pour tous les lire. Mais je suis un acheteur compulsif quand il s'agit de bouquins.

Il se tourne vers moi et me sourit, puis s'approche de la cheminée. Lorsque je l'allume à l'aide de mon téléphone, Dean sursaute légèrement de surprise.

— J'adore. C'est vraiment canon.

— Et ça chauffe super bien. Je peux passer des heures, allongé sur le tapis à bouquiner devant.

Il me fixe sans bouger et je fronce les sourcils.

— Qu'est-ce qui se passe ?

— Rien, c'est juste que… j'aime apprendre toutes ces petites choses sur toi, déclare-t-il.

Son ton est presque timide, ses joues ont légèrement rosi.

Je chope une petite bouteille d'eau dans le frigo et la lui tends pour qu'il avale quelques pilules, puis nous décidons qu'il est temps d'aller nous coucher. Il est déjà tard, et nous avons tous les deux des entraînements demain. Enfin, rien n'est moins sûr pour Dean, mais il doit quand même consulter le médecin de l'équipe pour se faire soigner. Je croise les doigts pour que ce ne soit rien de grave, mais vu la façon dont son visage se crispe dès qu'il bouge, je crains que sa blessure soit plus sérieuse qu'il ne le croit.

Je guide Dean jusqu'à ma chambre d'amis, lui montre où se trouvent les serviettes, et lui souhaite une bonne nuit, lui demandant de garder son portable près de lui pour qu'il puisse me joindre en cas de besoin.

— Farrow ? m'appelle Dean tandis que je suis sur le point de regagner le couloir.

— Ouais ?

— Merci de… t'occuper de moi comme ça.

Je souris et m'approche de lui.

— C'est normal.

— Non, ça ne l'est pas. Tu es toujours là pour moi, toujours si prévenant… il y a des fois où j'ai envie de te détester pour ce que tu m'obliges à ressentir, et ensuite, tu fais ce genre de trucs, et… bref, déclare-t-il dans un haussement d'épaules.

Ce qu'il ignore, c'est à quel point j'aime m'occuper de lui, j'aime être un bon ami, faute de pouvoir être davantage. Je suis bien placé pour savoir que c'est difficile de trouver sa place dans ce monde particulier, tout comme je comprends sa peur. La carrière de Dean a pris un sacré essor depuis qu'il a mis les pieds chez les Renegades, et s'il a beaucoup à gagner, il a également beaucoup à perdre. Si sa blessure est aussi sévère que je le crains, il risque d'être *out* pendant quelque temps. Je sens que ça le perturbe. Mais encore une fois, nous sommes tous passés par là, à rester sur le banc de touche pour cause de blessures, parfois même dans l'incapacité de terminer la saison. Notre carrière est faite de hauts et de bas, et les bas peuvent faire mal, parfois.

— Je tiens à toi, Kesler, même si ce soir, j'ai envie de t'engueuler pour prendre cette blessure à la légère...

Il sourit, il sait parfaitement que je ne suis pas dupe. Alors il ne répond rien, mais se penche vers moi, déposant un baiser à la commissure de mes lèvres.

— Bonne nuit, Lynch.
— À toi aussi.

Même si je sais déjà que la sienne sera atroce.

♛

Je ne dors que d'une oreille, incapable de trouver le repos. J'ai trop peur de ne pas entendre Dean m'appeler s'il a besoin d'aide. C'est pour cette raison que j'entends la porte s'ouvrir et ses pas dans le couloir lorsqu'il passe devant ma chambre. J'écoute attentivement, peut-être qu'il a simplement voulu aller aux toilettes, mais après que plusieurs minutes se sont écoulées sans l'entendre à nouveau, je décide de me lever. Je repousse la couette et enfile les premières fringues qui me tombent sous la main. Je dors toujours à poil, et même si Dean connaît mon corps par cœur, tout comme je connais le sien, et que foncièrement, me balader tout nu devant lui ne me poserait aucun souci, il fait trop froid pour que je m'y risque. Sans compter que je n'ai pas envie qu'il voie ça comme une invitation malvenue.

Lorsque je parviens dans la pièce principale, je découvre Dean assis devant la cheminée allumée, un livre sur les genoux. Il lève aussitôt les yeux vers moi et m'offre un doux sourire.

Putain, je pourrais me damner pour ses sourires.

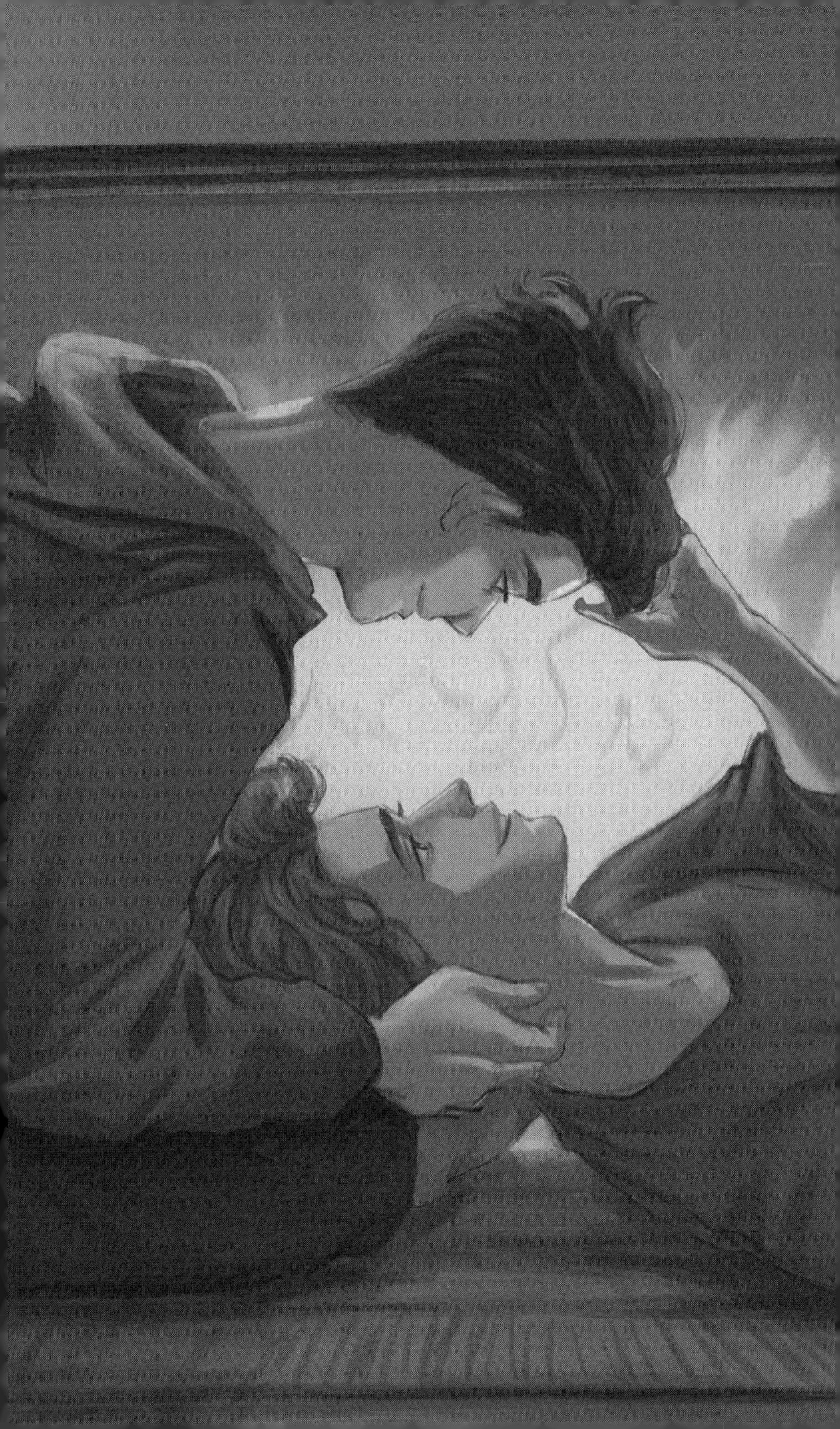

— J'espère que ce n'est pas moi qui t'ai réveillé, déclare-t-il.
Je secoue la tête.
— Nope. Je n'arrivais pas à dormir.
— À cause de moi ? me demande-t-il, l'air chiffonné.
Oui. Clairement à cause de lui. Je ne lui dis pas, cependant. Je suis celui qui a pris la décision de lui faire passer la nuit ici, je savais dans quoi je m'embarquais. Alors tant pis pour ma probable nuit blanche, je me rattraperai plus tard.

Je ne réponds pas, au lieu de quoi, je me dirige vers la cuisine ouverte sur le salon.
— Est-ce que tu veux boire quelque chose ?
— Tu crois que la vodka pourrait atténuer la douleur ?
— Oh, on dirait que ça ne va pas si bien que ça, finalement.
Il me fait un doigt d'honneur et abandonne son bouquin sur le sol à côté de lui.
— Je vais me faire un thé, ça te dit ?
Il hoche la tête, et je sens son regard sur moi pendant que je nous prépare deux mugs. Une sensation de chaleur étrange prend vie au creux de mon estomac. Voir Dean assis devant le feu me semble si naturel, si normal, presque familier, ce qui est stupide, vu qu'il n'a jamais mis les pieds chez moi avant ce soir. Le truc, c'est que ça me plaît. Il y a longtemps que je me suis habitué à vivre seul, mais me lever en plein milieu de la nuit et le trouver ici… c'est agréable, presque réconfortant.

Je me perds dans mes pensées tout en rejoignant Dean, posant nos tasses sur la petite table basse juste à côté.
— Je suis désolé, tu as l'air crevé, murmure-t-il.
— Je ne sais pas comment je dois le prendre.
Il rit, puis grimace lorsqu'un élancement de douleur s'empare de lui.
— Ça me tue de te voir comme ça, murmuré-je.
— C'est juste un mauvais moment à passer. En plus, ça va déjà mieux.
Je scrute son visage tendu malgré le léger sourire qui ourle ses lèvres, comme s'il voulait me montrer que c'était la vérité.
— Menteur, dis-je en plissant les yeux.

Dean lève les yeux au ciel et se penche pour récupérer sa tasse. Je la lui tends avant qu'il ne puisse l'atteindre.

— Alors, qu'est-ce que tu as choisi comme bouquin ? demandé-je en avisant le livre abandonné à ses côtés.

— *Et les étoiles murmureront ton nom…*, répond-il.

— Hum… pas certain que ce soit le bon moment pour ce genre de romance.

Dean écarquille les yeux.

— Pourquoi ? Ça finit mal ?

— Je n'ai pas envie de te spoiler.

— Rien que le fait de me dire ça suffit à me spoiler, Lynch.

Je ricane, il n'a pas tort.

— Je pourrais sans doute te trouver autre chose, proposé-je.

— Non, ça ira. Je suis trop mal en point pour lire, de toute façon.

— Tu devrais peut-être retourner te coucher.

— Je suis bien là, c'est agréable, ce feu de cheminée.

Je sirote mon thé encore chaud, me demandant si je ne ferais pas mieux d'aller me pieuter. Kesler en a sans doute marre de voir ma tronche, et il a peut-être envie de rester tranquille.

— À quoi tu penses ? demande-t-il, constatant que je suis perdu dans mes pensées.

— Au fait que je devrais retourner me coucher.

— Oh.

Sa réaction n'est pas celle que j'attendais, il semble… déçu ?

— Mais je peux rester si tu préfères, finis-je par dire avec un clin d'œil.

— Tu sais très bien que j'aime être avec toi, murmure-t-il. Si tu es si fatigué, tu n'as qu'à t'allonger. Je suis sûr que mes jambes font un confortable oreiller.

Une boule se forme dans mon estomac, je ne sais pas vraiment quoi répondre à ça. C'est difficile, parfois, de gérer mes émotions, surtout quand Dean est aussi ouvert. Il ne cache rien, il ne fait pas semblant. Il me dit les choses telles qu'il les ressent. Il est si vrai, et j'aimerais pouvoir lui offrir ce qu'il attend. Si j'étais capable d'oublier les raisons pour lesquelles j'ai toujours refusé de m'engager, il reste tout de même un obstacle primordial :

notre vie, notre métier… qui ne sont pas compatibles avec une relation longue durée. Nous passerions la majorité de la saison séparés, alors à quoi bon nous lancer dans une aventure qui nous ferait davantage de mal que de bien ? Pourtant, alors que Dean me fait clairement comprendre qu'il a envie, besoin, du moindre contact entre nous, j'accepte sa proposition et m'étends sur le sol, posant ma tête contre ses cuisses.

Nous restons un court moment ainsi, et lorsque Dean commence à jouer avec mes cheveux, je le laisse volontiers faire. Je ne sais même pas s'il s'en rend totalement compte, d'ailleurs. Je ferme les yeux, profitant de ses caresses, mon esprit tournant à cent à l'heure pour trouver la bonne chose à dire.

— Je n'ai pas envie de ressentir ce manque, soufflé-je enfin. Je n'ai pas envie de compter les jours jusqu'à nos retrouvailles, de me contenter de quelques instants volés. Ce n'est pas… envisageable pour moi.

— Et je comprends.

— Mais tu m'en veux quand même.

Dean soupire et se frotte les yeux.

— C'est plus fort que moi. Ce que j'éprouve pour toi, ça me dépasse totalement. Et ça me fait peur aussi. Je ne sais pas combien de temps encore je vais pouvoir continuer à prétendre que je peux me contenter des miettes que tu m'offres.

Je déglutis pour chasser la boule qui me noue la gorge. Je lève les yeux vers lui, ils sont brillants, et je me demande si c'est à cause de la douleur qu'il tente de minimiser, ou de notre conversation.

— Peut-être qu'on devrait… tu sais… rétropédaler. Être juste amis, proposé-je.

Même si je sais que cette suggestion est chimérique, je me dois de la poser.

— Je n'ai pas envie de te perdre, Dean, ajouté-je, et c'est ce qui finira par arriver si on continue sur ce chemin-là.

Une larme solitaire coule sur sa joue, et je lève le bras pour l'essuyer. Je garde ma main sur son visage, effleurant ses traits.

— Sans doute, finit-il par murmurer.

Il me sourit malgré tout, et je le lui rends. Même si mon cœur est lourd ce soir, même si nous sommes sur le point de prendre un tournant qui nous fera peut-être foncer droit dans le mur, je suis content de partager cette nuit avec lui.

CHAPITRE 35

Dean Kesler

J'ai prié pour que la douleur disparaisse. J'ai serré les dents et croisé les doigts de toutes mes forces. En vain, parce qu'alors que j'ouvre les paupières après avoir réussi à trouver un peu de repos, cette putain de souffrance se rappelle à moi. Je grogne et cherche mon portable à tâtons. Lorsque l'écran s'éclaire, je constate qu'il est à peine plus de cinq heures du matin. Merde.

J'ai dû m'endormir une grosse demi-heure à tout casser, pas étonnant que je sois crevé. Cela dit, ce n'est pas uniquement la douleur qui m'a empêché de trouver le sommeil. Je me suis rejoué en boucle les paroles de Farrow dans ma tête, sa proposition de faire marche arrière. Ce serait la meilleure solution, pour tous les deux, pour essayer de maintenir notre relation qui commence, malgré tout, à se fendiller. Le problème, c'est que je ne sais plus ce que je veux. J'ai le sentiment que, quoi qu'il arrive, nous finirons par tout gâcher.

Bon sang, pourquoi l'amour ne peut-il pas être simple, comme dans certains romans que j'ai lus ? Une amitié qui se transforme en quelque chose de plus profond, naturellement, au fil du temps ? Où les personnages n'ont pas besoin de lutter contre leurs sentiments tant ils sont évidents ? Je comprends les réserves de Farrow, évidemment, mais j'ai l'impression également qu'il est trop entêté pour voir ce que nous pourrions être, si seulement il nous laissait une chance. Peut-être qu'il estime que je n'en vaux pas le coup ? Cette éventualité est encore plus douloureuse que chaque inspiration que je prends.

Le bruit de la machine à café me sort de mes pensées moroses. Avec précaution, je me lève et pose mes pieds sur le sol. Je suis encore tout habillé, n'ayant pas eu la force d'ôter mes vêtements pour dormir. La différence de température me fait malgré tout frissonner quand je quitte la chaleur de la couette.

Je ne pensais pas connaître une telle souffrance un jour. Bien sûr, je me suis déjà blessé, mais pas au point d'avoir envie de crever dès que je respire. Serrant les dents, je me dirige dans le grand espace. J'aime beaucoup l'appartement de Farrow, la manière dont il est agencé, ainsi que la vue sur les lumières de la ville.

Quand je le retrouve dans sa cuisine, j'ai l'impression de l'avoir quitté à peine cinq minutes auparavant.

— Salut, soufflé-je pour lui faire savoir que je suis là.

Il se retourne et me sourit.

— Comment tu te sens ?

— Comme une merde.

— Au moins tu l'avoues, il y a du progrès. Café ?

— S'il te plaît.

Je m'appuie contre le comptoir.

— Alors, est-ce que tu te lèves toujours aussi tôt ?

Je voudrais qu'il réponde oui, pour ne pas culpabiliser davantage. Farrow m'a invité ici, il a pris soin de moi, et a passé une nuit merdique par ma faute. Sauf que la dernière fois – et unique fois – où nous avons passé la nuit ensemble, il n'a pas eu l'air d'être très pressé de se lever.

— Je n'ai pas vraiment dormi, avoue-t-il.

Je baisse les yeux, penaud. Merde.

— Je suis désolé, murmuré-je.

Il dépose les deux tasses sur le comptoir avant d'emprisonner mes joues. Ses mains sont chaudes, et le contact si agréable que je voudrais que jamais il ne s'éloigne.

— Pour la centième fois, arrête de t'excuser. Je t'ai presque traîné ici de force, je savais à quoi m'attendre.

Je souris, mon cœur battant un peu trop vite.

Farrow. Le seul homme capable de me faire ressentir un tel imbroglio d'émotions que je ne parviens pas à les démêler.

— Tu sais quoi ? Je vais profiter d'être debout tôt pour aller courir un peu, je pense que ça m'aidera à me réveiller. Pendant ce temps-là, repose-toi, prends une douche, bref, fais ce que tu as à faire, et je reviens avec le petit déjeuner, OK ?

J'ignore pourquoi, soudain, des larmes menacent de couler. J'ai l'impression d'être à vif, et la fatigue ne fait que décupler mes sentiments. Je crois que j'ai peur aussi. Peur de ce qu'on va m'annoncer. Je sais que je ne vais pas bien, si j'espérais encore pouvoir nier la douleur hier, ce matin, je me rends compte que ce n'est tout simplement pas possible. Je serai dans l'incapacité de jouer ce soir, et ça me fait vraiment flipper.

Ravalant la boule qui me noue la gorge, je remercie Farrow, qui ôte ses mains de mon visage pour boire son café.

♛

Je tremble lorsque Doug, le médecin de l'équipe, me demande de prendre place en face de lui. Les radios ne sont pas bonnes, je le devine à son visage chiffonné. L'équipe médicale est là. Ils m'observent d'un air désolé qui me donne envie de hurler.

Je me tords les mains en attendant le verdict.

Bon sang, j'aurais préféré ne jamais quitter l'appartement de Farrow. Resté terré dans cette bulle avec lui, à prendre notre petit déjeuner tranquillement, à parler de tout et de rien, à rire : parce que même si ça me faisait mal, cette douleur valait le coup.

En fait, je voudrais être n'importe où plutôt qu'ici, à devoir supporter la putain de sentence qui ne va pas tarder à arriver.

— Dean. J'ai vérifié tes radios. Tu as le sternum fracturé.

Les mots mettent du temps à remonter jusqu'à mon cerveau, mais une fois que c'est le cas, j'ai l'impression de m'écrouler.

— Comment c'est possible ?

— Tu as subi un choc violent. Mais ce n'est pas une blessure grave. Ça va juste nécessiter un bon mois de repos, et tu seras comme neuf.

Un mois… un mois sans m'entraîner, un mois sans jouer… Putain.

Qu'est-ce que je vais bien pouvoir faire de mes journées ? Errer sans but dans mon appartement ?

Je tente de prendre une profonde inspiration pour arrêter mes tremblements, mais la douleur est si vive que je serre les dents.

Le coach pose une main apaisante sur mon épaule.

— Ça ira, Kesler. Un mois, ça passe vite.

Honnêtement, j'ai juste envie de l'envoyer balader. Je ne suis pas du genre à m'énerver, ce n'est simplement pas dans mon tempérament, mais là, tout de suite, je suis à deux doigts d'enfoncer mon poing dans un mur pour me soulager. Et qui sait, peut-être que la douleur dans ma main me fera oublier celle dans ma poitrine ?

— Je vais te faire une injection d'antidouleur, et te prescrire des cachets. La bonne nouvelle, c'est que tu ne souffriras pas très longtemps. Mais tu vas devoir faire le moins d'efforts possible. Tu vas pouvoir fusionner avec ton canapé.

Génial. Foutrement rassurant, putain.

Je passe une main dans mes cheveux en grimaçant, puis me lève. J'ai besoin de quitter cette pièce, de prendre l'air.

— Dean… je vais avoir besoin de te bander le torse, déclare Doug.

— Cinq minutes… laissez-moi juste cinq minutes.

Il hoche la tête malgré ses lèvres pincées, et tandis que je quitte la pièce, je peux sentir leurs yeux sur moi.

Fait chier.

Une fois mon bandage appliqué et mon injection faite, je me pose sur un siège derrière le plexiglas pour observer mes coéquipiers jouer. Le coach m'a suggéré de rentrer à l'hôtel pour me reposer, mais je ne suis pas prêt, pas encore, à me retrouver coincé entre quatre murs. Toute l'équipe a été géniale avec moi, et Carter n'a pas cessé de me répéter que ça n'allait pas être pareil sans moi à ses côtés.

C'est adorable, et je comprends leur volonté de me rassurer, mais pour l'instant, j'ai simplement envie de me rouler en boule et de pleurer. La sonnerie d'un texto me sort de mes pensées moroses, et je découvre que Farrow m'a envoyé un message.

Tu es toujours à la patinoire ?

Je fronce les sourcils, me demandant pourquoi cette question.

Oui.

Tant mieux. Je suis devant.

Mon cœur manque un battement face à sa réponse, mais je ne tergiverse pas plus longtemps, me glissant de mon siège pour quitter le bâtiment.

Farrow est bien là, adossé contre sa voiture. Dès qu'il m'aperçoit, il s'avance vers moi à grandes enjambées. L'espace d'une fraction de seconde, nous nous fixons du regard, puis il se penche pour m'enlacer. Avec précaution, il entoure mon corps de ses bras, sans toutefois appuyer, sachant qu'il risque de me faire mal.

— Banes m'a envoyé un message. Je suis désolé, murmure-t-il à mon oreille.

Évidemment, il n'en fallait pas plus pour que le barrage cède et que les larmes se mettent à couler. Bon sang, deux fois en moins de vingt-quatre heures que je chiale devant lui, il va croire que je ne sais pas me contrôler. Peu importe, tout ce qui compte en ce moment, c'est de sentir sa chaleur m'envelopper. Je m'accroche au sweatshirt qu'il porte sous son manteau.

Il frotte doucement mon dos dans une tentative pour me consoler.

— J'ai l'impression de ne plus rien gérer, soufflé-je. Et j'ai peur, Farrow… j'ai si peur, putain.

C'est ridicule, mais ce n'est pas non plus quelque chose que je peux surmonter. Cette nouvelle a été un coup dur, et je n'arrive toujours pas à l'accepter, à l'encaisser.

— Je comprends. Mais tout ira bien. Tu vas te reposer et guérir en un rien de temps.

— Et si ça ne suffit pas ? Et si un mois sans entraînement me met à la traîne ? Si je reviens sur le terrain et que je me rends compte que je suis à chier ? Si je perds mon temps de jeu, s'ils me tradent pour une autre équipe ?

La large carrure de Farrow tressaute lorsqu'il rit. Malgré moi, je ne peux m'empêcher de sourire en constatant que je l'ai assommé de questions.

Il finit par se détacher de moi pour me regarder.

— Un mois, ça passe vite, promis. Ce n'est pas ça qui va te rendre moins doué. Et au cas où tu l'aurais oublié, tu ne peux pas être tradé. C'est dans ton contrat.

Je cligne des paupières. J'avais complètement oublié. J'étais tellement en colère, tellement triste, que ça ne m'est même pas venu à l'esprit.

— Tu as raison, murmuré-je.

Farrow m'offre un de ses doux sourires.

— Ce qui en dit déjà long sur ton talent, Kesler.

Mais qu'est-ce que je vais bien pouvoir faire durant un mois entier ? Je vais devenir fou bien avant ça.

J'ai toujours été actif, j'ai toujours été sportif. Un mois avachi dans un lit ou sur un canapé et je vais finir par me taper la tête contre les murs.

— Je vais te préparer une pile de livres à lire aux petits oignons, mon pote. Crois-moi, tu ne verras pas le temps passer, réplique Farrow avec un clin d'œil.

Et si la douleur est toujours là, elle est allégée par la boule de chaleur qui s'étend dans mon estomac. Simplement parce qu'encore une fois, Farrow est là, à me soutenir, à me rassurer, à me faire rire pour m'éviter de pleurer.

INTERLUDE

10/11 - 11.32 PM

> Bravo pour le match de ce soir ! Vous les avez écrasés !

> Oui, hein ! Tu tiens le coup ?

> Pas vraiment... je douille toujours un peu et je tourne déjà en rond.

> Avec tout ce que je t'ai donné à lire pour t'occuper ?

> J'ai du mal à me concentrer, mais promis, j'essaie d'avancer.

♛

17/11 - 3.07 PM

> J'ai vu que tu as assisté au match hier, ça m'a fait plaisir de te voir sourire.

> Oui, faute de pouvoir jouer, je peux toujours les encourager.

👑

21/11 - 8.12 PM

> Tu vas bien ? J'espère que si tu n'as pas le temps de m'envoyer de messages, c'est parce que tu n'arrives pas à arrêter ta lecture.

21/11 - 11.47 PM

> Tu sais ce qui est horrible quand tu passes tes journées sans rien avoir à faire ? C'est que tu n'arrêtes pas de cogiter...

> À quel propos ?

> À propos de tout... mais surtout de toi.

> Je sais que tu ne veux pas l'entendre, Farrow. Mais tu me connais, je crois, et tu sais que je ne suis pas du genre à garder ce que j'ai sur le cœur pour moi.

> À chaque fois que je vois ton visage sur l'écran de ma télé, j'ai le cœur qui dérape un peu.

> En train d'écrire...

> En train d'écrire...

> En train d'écrire...

> Je suis désolé, je sais que je te mets mal à l'aise, mais c'est le bordel dans ma tête.

> Tu ne me mets pas mal à l'aise, c'est simplement que je ne sais pas vraiment quoi répondre, Dean. J'ai l'impression que peu importe le nombre de fois où on aura cette conversation, les choses n'avanceront pas.

> Est-ce que je compte pour toi, au moins un peu ?

> Plus qu'un peu.

> Alors pourquoi ?

> Parce qu'on finirait par se faire du mal. On passe notre temps à voyager, on ne se verrait jamais... et honnêtement ? Tu me manques déjà bien plus que je ne voudrais l'admettre. Je n'ai pas envie de découvrir ce que ce serait si je me laissais aller.

> On n'a rien à perdre à essayer, si ?

> À part avoir le coeur brisé, tu veux dire ?

> Ne sois pas si dramatique...

> Je voudrais te répondre oui, Kesler, sincèrement...

> Mais... ?

> tu veux garder tes options ouvertes, c'est ça ? C'est la monogamie qui te fait flipper ?

N'importe quoi !

> OK

Ne te fâche pas...

???

Dean ???

♛

22/11 - 8.02 AM

Tu boudes ?

> J'ai passé l'âge...

Au moins ça te fait réagir☺

> J'ai bien réfléchi...

> En fait, je n'ai fait que ça... vu que je n'ai que ça à faire de mes journées...

> Si tu savais ce que je ressens à chaque fois que j'entends mon portable vibrer et que je vois qu'il s'agit d'un message de toi...

> Je ne suis pas comme toi, Farrow. Je ne sais pas me barricader. Je ne connais pas grand-chose aux relations ni à l'amour… mais ce que je ressens pour toi, c'est plus fort que tout ce que j'ai connu. Mais ça fait mal aussi. Ça fait mal de savoir que plus le temps passe et plus tu me manques. Je suis là, à me demander quand on se reverra la prochaine fois, et c'est difficilement supportable.

> Je peux m'arranger, tu sais ? Boston n'est pas loin, je pourrais venir te voir.

> Et après ?

> Je ne sais pas, Dean.

♛

3/12 - 7.15 PM

> Je ne sais pas comment faire pour que tu arrêtes de m'en vouloir. J'ai l'impression que rien de ce que je pourrais dire ne nous aidera à revenir comme avant.

> Tu me manques, Dean. Je sais que c'est injuste de te dire ça, que tu ne veux sûrement pas l'entendre.

> Est-ce que tu regrettes ?

> Oui. Parce que j'ai l'impression d'avoir tout gâché. J'ai l'impression d'avoir foutu en l'air la promesse d'une putain d'amitié parce que je n'ai pas pu me retenir. Je te voulais tellement que je me foutais des conséquences. Alors oui, je regrette.

4/12 - 6.01 AM

> Réponds-moi, s'il te plaît...

5/12 - 4.11 PM

> Dean ?????

6/12 - 1.23 AM

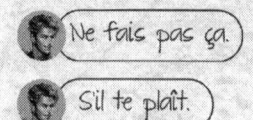

> Je ne peux plus continuer à n'être que ton ami, Farrow. Et je me sens si coupable, si ingrat, alors que tu as toujours été là pour moi...

> Mais c'est trop dur, tu comprends ? De savoir que ça ne sert à rien d'espérer, mais d'espérer quand même. De me dire que tu finiras peut-être par changer d'avis alors que tu m'as fait comprendre que ça ne sera jamais le cas.

> Je ne peux plus supporter ça, ça me bouffe de l'intérieur.

> Ne fais pas ça.

> S'il te plaît.

> J'ai besoin de me préserver. Même s'il est déjà trop tard pour ça, j'imagine. J'ai beau essayer de nier, tenter de me raisonner, j'ai fini par me rendre à l'évidence.

> Je suis amoureux de toi, Farrow.

> En train d'écrire...

> En train d'écrire...

> En train d'écrire...

> En train d'écrire...

♛

8/12 - 5.17 PM

> Désolé pour mon silence, j'ai voulu trouver les mots, mais je n'y arrive pas.

8/12 - 11.41 PM

> Je peux t'appeler ? J'ai besoin qu'on discute de tout ça de vive voix.

♛

13/12 - 10 AM

> J'ai vu que tu étais de retour... et en forme. Tu dois être soulagé. En tout cas, pas de souci à te faire, tu es toujours aussi doué 😊

♛

15/12 - 7.22 AM

> Ton silence me tue, putain.

♛

19/12 - 4.16 PM

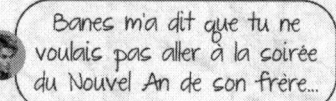

> Banes m'a dit que tu ne voulais pas aller à la soirée du Nouvel An de son frère...

> C'est à cause de moi ?

> Peut-être que je suis trop présomptueux, mais si c'est le cas, je ne veux pas que tu t'empêches de passer une bonne soirée parce que je serai là.

♛

21/12 - 10.59 PM

> Il est au bout du rouleau, mec. Je ne sais pas ce qui s'est passé entre vous, mais il m'a demandé de te dire d'arrêter de lui écrire.

> Qu'il le fasse lui-même. Aux dernières nouvelles, il a encore tous ses doigts.

> Peut-être qu'il se donnerait cette peine si tu n'étais pas une tête de con avec de la merde dans les yeux.

> Va te faire foutre, Banes.

> Je n'ai pas à me plaindre de ce côté-là, merci 😊

♛

25/12 - 9.08 PM

> Joyeux Noël. J'espère que tout va bien pour toi.

♛

26/12 - 4.03 AM

> Tu me manques...

> Dis-moi quoi faire pour arranger les choses. Ça me rend fou, putain.

> Réponds-moi.

> Putain, Dean !!

> Je suis désolé pour ces messages pathétiques... je ne tiens pas très bien l'alcool.

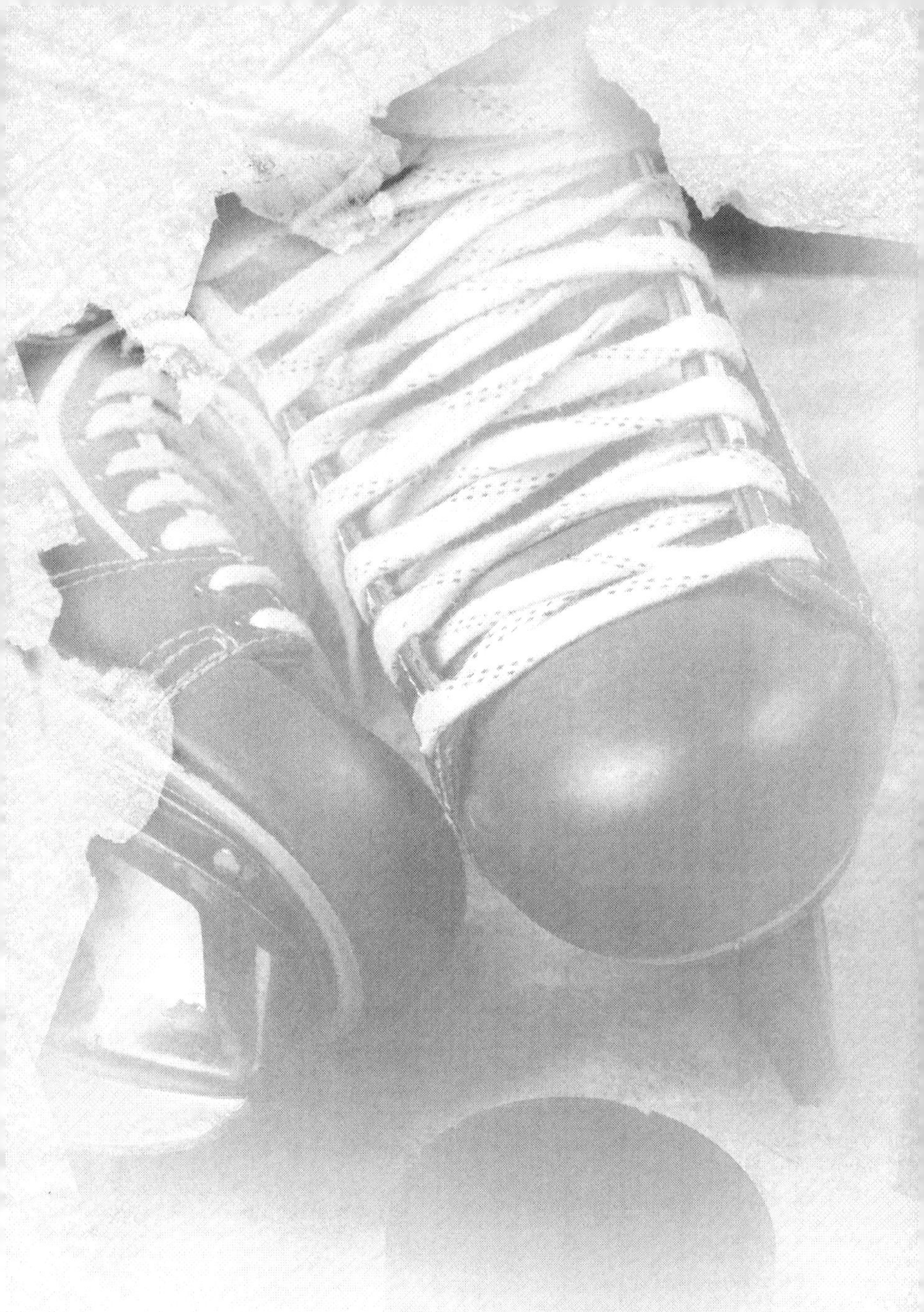

CHAPITRE 36

Farrow Lynch

Décembre

Les guirlandes de lumières enroulées autour de la balustrade en fer forgé brillent dans la nuit. Accoudé face à l'océan, j'observe les vagues lécher le sable. La maison de Cameron, le frère de Carter, donne directement sur la plage de Long Island. Des rires fusent jusqu'à moi, et je baisse les yeux vers le jardin où un petit groupe de fumeurs discute joyeusement.

Je devrais sans doute descendre pour me mêler à la foule, mais honnêtement, je préfère rester retranché dans ma chambre.

Je ne sais même pas pourquoi j'ai accepté de venir. Sans doute parce que Carter m'y a poussé. Au début, je me suis dit que ce serait une bonne idée, que c'était l'occasion de passer un peu de temps ensemble, nous en avons trop peu souvent l'occasion. Mais ce soir, alors que la maison est remplie d'inconnus, je me demande si je n'aurais pas dû m'éclipser au profit de Dean, il en aurait sans doute profité bien davantage que moi.

Dean.

Rien que de songer à lui me tord l'estomac. Je n'ose même plus compter le nombre de fois où j'ai relu ses messages.

« Je n'y arrive plus. »
« Je ne peux plus supporter ça, ça me bouffe de l'intérieur. »

Ces mots qui m'ont mis le bide en vrac, et les larmes aux yeux. Lui infliger autant de douleur n'a jamais été dans mes intentions. Jamais. Pourtant, je savais parfaitement que ça finirait par arriver. Nous sommes dans des états d'esprit différents, nous n'attendions pas la même chose l'un de l'autre. Et je me suis montré égoïste. J'étais incapable de le laisser tranquille, de refouler mon désir, mes sentiments pour lui. Des sentiments pas suffisamment forts pour lui.

« Je suis amoureux de toi, Farrow. »

Je ferme les paupières, serrant les dents contre le gémissement de désespoir qui cherche à passer le barrage de ma gorge, tout comme la première fois où j'ai lu ses mots. Je suis resté comme un con, sans savoir quoi répondre. La vérité, c'est que je lui en ai voulu. J'étais en colère contre Dean pour m'avoir lâché cette bombe, sachant pertinemment que ça me laisserait totalement impuissant.

Et son silence... putain, son silence m'a déchiré de l'intérieur. Je suis resté des heures, des jours, à me demander quoi faire. Plusieurs fois, j'ai eu envie de débarquer chez lui – même si je ne suis pas sûr que Carter m'aurait filé son adresse –, mais à quoi bon ? Je ne suis même pas certain de partager ses sentiments. La réalité des choses, c'est que je ne connais de l'amour que ce que j'en ai lu. Je ne fais pas suffisamment confiance à mon cœur pour faire la différence entre le désir, l'amitié, l'affection, et cet amour que souhaite Dean. Alors, j'ai abandonné mon idée de me pointer sur le pas de sa porte, ça n'aurait servi à rien d'autre qu'alimenter cette colère, cette rancœur. Parce que je ne saurai pas lui rendre ses sentiments. Je ne suis pas prêt pour ça. Et il le sait parfaitement, nous avons abordé ce sujet à tant de reprises. Mais Dean est têtu, il n'a pas lâché l'affaire.

Ce jour-là, il a mis son cœur à nu, il l'a placé entre mes mains et je l'ai écrabouillé. Ce qu'il ignore, c'est que le mien s'est fendillé aussi, quand j'ai compris que tout était définitivement fini.

Mon portable sonne et me sort de mon introspection. Comme à chaque fois depuis presque un mois, mon cœur rate un battement, et une étincelle d'espoir prend vie.

Et comme à chaque fois, elle s'éteint aussitôt quand je jette un coup d'œil à mon écran et constate que ce n'est pas un message de Dean.

Ce foutu silence finira par avoir raison de moi. Je ne cesse de compter les jours jusqu'au 19 janvier, date à laquelle nous nous affronterons sur la glace. Il ne pourra plus m'ignorer… mais jusque-là, je n'ai pas d'autre choix que d'accepter son refus de me parler.

Passant une main sur mon visage pour tenter de me calmer et reprendre le contrôle de moi-même, j'ouvre le texto de Blake.

Nous avons à peine parlé de Kesler ensemble, parce que je savais que j'allais m'en prendre plein la gueule. Ils ne comprennent pas que ce qui a fonctionné pour eux ne pourra pas fonctionner pour tout le monde. Et clairement pas pour moi.

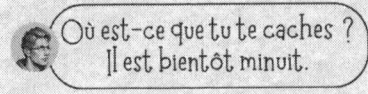

> Où est-ce que tu te caches ?
> Il est bientôt minuit.

Génial. La bonne nouvelle, c'est que l'année a fini de façon tellement merdique que la prochaine ne pourra pas être pire, pas vrai ?

Dans un univers idéal, Dean aurait été là pour fêter cette nouvelle année avec moi. Nous nous serions embrassés pour fêter ça, et les choses auraient dérapé, parce qu'aucun de nous n'aurait pu s'en empêcher.

Dans un univers idéal, il n'y aurait pas eu de déclaration d'amour, de colère et de rancœur.

Mais nous ne sommes pas dans un monde idéal. Dans cette réalité, nous sommes deux hommes qui avons fini par rompre tout lien parce que nos attentes ne concordaient pas.

Dans cette réalité, je vais me retrouver comme un con, à mater tous ces couples qui s'enlacent pendant que je m'enfilerai gin-tonic sur gin-tonic jusqu'à être complètement engourdi.

J'arrive.

Ou pas. Mais j'espère que ma réponse suffira à ce qu'il me laisse tranquille. De toute façon, d'ici quelques minutes, il sera trop occupé à fêter le passage à la nouvelle année avec son fiancé.

Son fiancé...

Putain. Ils sont sur le point de se marier, et moi, je suis toujours bloqué dans un éternel célibat. Et si d'habitude, ça ne me dérange pas, ce soir, ça me laisse un goût amer au fond de la gorge. Mon téléphone toujours en main, je glisse jusqu'à ma conversation avec Dean. J'hésite à lui envoyer un message, pour lui souhaiter une bonne année, pour lui assurer qu'il va tout déchirer. Je me souviens encore de sa peur quand il a été blessé, son angoisse de revenir diminué. Et soir après soir, match après match, il a prouvé qu'il était de retour à pleine puissance.

Ma main s'attarde sur le clavier, je sais que c'est une connerie, une de plus en ce qui le concerne, mais je n'arrive pas à gérer son absence. Si on m'avait dit que le manque de quelqu'un pouvait être si douloureux, je ne l'aurais jamais cru.

Poussant un soupir, je finis par jeter mon téléphone sur le lit pour ne pas être tenté. Ça ne servirait à rien. Je n'ai pas envie de passer pour un foutu harceleur. Il ne manquerait plus que ça. De plus, si ça se trouve, il n'a même pas lu mes derniers messages. Si ça se trouve, il a bloqué mon numéro.

Merde.

Une détonation soudaine me prend par surprise et me fait sursauter tandis que des cris se font entendre au-dessous de moi.

Minuit a sonné.

Bonne année, putain.

Je détourne mon regard des gens qui s'étreignent dans le jardin, de ceux qui sortent et s'attroupent pour observer le feu d'artifice qui vient d'éclater.

Le ciel se pare de mille couleurs qui chassent l'obscurité et laissent un nuage de fumée. Les détonations continuent, éclatant de vert, de bleu, de pourpre et de blanc.

Les doigts agrippant la rambarde, je me perds dans ce spectacle, me permettant de l'apprécier, essayant de chasser mes pensées.

C'est alors que j'entends qu'on frappe à la porte de la chambre.

Mon souffle se bloque. Je commence à imaginer qu'il s'agit de Dean qui a changé d'avis et a décidé de se pointer. Et alors on se retrouverait, on s'embrasserait devant ce feu d'artifice et tout serait oublié. On déciderait de prendre un nouveau départ, de trouver une solution qui nous satisferait tous les deux. Sauf qu'on n'est pas dans un foutu bouquin, que Dean est dans le Colorado et qu'il ne viendra pas.

Malgré tout, je me tourne lentement, mon bon sens luttant contre l'espoir de le trouver sur le pas de la porte.

«Déception» serait un euphémisme pour décrire ce que je ressens lorsque je constate que ce n'est pas lui.

— Salut, déclare Cameron, adossé contre le chambranle, une bouteille ouverte de champagne dans la main.

Cameron Banes, le chouchou des plus grands réalisateurs d'Hollywood, celui que tout le monde s'arrache. Je comprends pourquoi. Avec ses cheveux bruns bouclés, son teint mat, sa mâchoire ciselée et ses yeux du même bleu gris que son frère, c'est un canon. Comme toute la fratrie, cela dit. S'ils sont des *nepo babies*, tous possèdent un talent évident, chacun dans leur domaine.

— Salut à toi, répliqué-je. C'est ton frère qui t'envoie ?

Il rit, comme si cette idée était ridicule, et des fossettes se creusent sur ses joues. Ce sont ses fossettes qui m'ont fait craquer la première fois que j'ai rencontré Cam. Puis sa bouche talentueuse a fait le reste. C'était il y a des années, à l'époque où Carter faisait encore partie des Kings, mais ma nuit avec Cameron m'a laissé de sacrés souvenirs.

— Désolé de te décevoir, mais je crois qu'il est trop occupé pour se soucier de toi... moi, en revanche...

Il laisse sa phrase en suspens et s'approche de moi. Je remarque qu'il est élégant dans son pantalon noir et son pull bleu, qui fait ressortir ses yeux.

Il me tend la bouteille dans une proposition silencieuse et je la prends avant de boire une gorgée. Les bulles pétillent sur mes papilles, et je laisse le liquide frais couler le long de ma gorge.

— On peut savoir ce que tu fais tout seul ici ? Ma soirée n'est pas suffisamment bien pour toi ? plaisante-t-il.

— Je ne suis pas d'humeur, c'est tout.

Cam récupère la bouteille, et en profite pour réduire la distance qui nous sépare. Il se trouve si près de moi, à présent, que je peux sentir son souffle sur mon visage.

— Peut-être que je pourrais t'aider à y remédier ?

Son sourire est espiègle, séducteur. L'espace d'un instant, je me demande s'il y a une date de prescription qui nous autorise à coucher deux fois avec la même personne sans que ça veuille dire quoi que ce soit.

Comme avec Dean ?

Bon sang, je hais cette voix dans ma tête qui me rappelle cette énorme erreur. Tout comme je me hais, moi, de ne pas trouver la force de me l'ôter de l'esprit.

À moins que...

J'ancre mon regard à celui de Cam, et je décide que plus rien n'a d'importance. J'ai tout foutu en l'air, autant terminer en beauté.

Sans un mot de plus, j'attrape Cameron par la nuque et écrase mes lèvres sur les siennes.

♛

Vingt minutes.

Vingt foutues minutes que nous nous embrassons, que nous nous caressons et... rien.

Je ne ressens rien.
Mon corps n'éprouve pas le moindre désir.
Ma queue reste désespérément flasque.
Qu'est-ce qui ne va pas chez moi ?

Je pousse un grognement d'agacement et attrape ma verge pour me caresser. Ni les mains de Cam ni sa bouche n'ont eu le moindre effet.

Alors, c'est comme ça que je commence l'année ? En étant infoutu de bander ?

Cameron, lui, est si dur que son gland suinte déjà. Il se frotte contre moi, glissant deux doigts entre mes fesses pour tenter de me faire réagir. En temps normal, je pars au quart de tour. Mais en cet instant, la sensation d'intrusion est plus désagréable qu'autre chose.

— Arrête, arrête, murmuré-je contre sa bouche.

Il obéit, mais fronce les sourcils.

— Qu'est-ce qui se passe, Farrow ? Tu étais vachement plus réceptif la dernière fois.

— Peut-être que je me fais trop vieux et que j'ai besoin de viagra ? répliqué-je, dans une tentative pour détendre l'atmosphère.

Tentative qui tombe bien évidemment à plat.

— Est-ce que je peux me branler sur toi ? Je vais exploser là.

— Ouais, vas-y, peut-être que ça m'aidera.

Sauf que ça n'aide pas, et lorsque le sperme de Cameron s'écrase sur mon ventre, que malgré les va-et-vient de mon poing autour de ma queue, je n'arrive pas à bander, des larmes de frustration me brûlent les paupières. De honte, également. Je sais que c'est ridicule, que ça arrive à tout le monde, mais jusqu'à présent, ça ne m'était pas arrivé à moi.

— Désolé, mec, murmuré-je quand l'orgasme de Cam s'éteint et qu'il pose les yeux sur moi.

— Ne t'inquiète pas pour ça, j'ai quand même pris mon pied.

Il me fait un clin d'œil, comme pour me rassurer, puis se penche vers moi pour m'embrasser avant de se relever.

Je le regarde s'habiller, me demandant encore comment ce corps parfait n'a pas réussi à m'exciter.

Lorsque Cameron finit par quitter la pièce, je pousse un soupir et me laisse retomber sur le lit.

Bonne année, putain.

CHAPITRE 37

Dean Kesler

Janvier

Je ne suis pas prêt pour ce soir.

Pas du tout.

Je sais pertinemment que je devrais me focaliser sur le match, et d'habitude, ce n'est pas un souci. Au contraire. Je suis toujours hyper concentré, prêt à en découdre et à gagner.

Sans compter qu'après avoir été mis au repos forcé durant un mois, j'ai particulièrement envie de montrer que je suis de retour en pleine forme. Je l'ai déjà prouvé en mettant plusieurs buts lors des matchs précédents, et je ne compte pas m'arrêter sur ma lancée.

Sauf que l'idée de retrouver Farrow me tord l'estomac, et pas d'une bonne manière. Alors je me tue à la tâche, en espérant que la fatigue musculaire pourra faire taire mes pensées. Je cours sur le tapis jusqu'à ne plus sentir mes jambes, je soulève des poids jusqu'à ce que mes muscles me tirent.

Mes écouteurs dans les oreilles, je me concentre sur la musique, écoutant les paroles avec attention pour éviter que mon esprit ne dérive. Parce qu'évidemment, dès que ça arrive, cet abruti de cerveau n'a qu'un seul et unique sujet de prédilection.

Je suis trempé lorsque notre séance d'entraînement prend fin. Mes abdominaux sont douloureux, tout comme mes épaules. Peu importe. Une douche et tout ira mieux.

Je m'écroule sur le banc et attrape ma serviette pour m'éponger le visage tout en observant Carter venir vers moi. Il me tend une boisson d'électrolytes avant de se poser à côté de moi. Lui aussi est en sueur, son visage est écarlate et ses cheveux bruns sont trempés.

— Tu n'y es pas allé de main morte, déclare-t-il tandis que je dévisse le bouchon de la bouteille.

— Toi non plus.

Il me fixe, sourcils froncés.

— Ça va aller ? demande-t-il.

Je lève les yeux au ciel, refusant d'avoir cette conversation, surtout parce que je sais qu'il se trouve le cul entre deux chaises. Il est le meilleur ami du type que j'essaie de toutes mes forces d'oublier, mais il est aussi le mien, d'ami. Il a été assez cool pour accepter d'envoyer ce message à Farrow pour lui demander d'arrêter de me contacter.

Pour être honnête, ça a été une décision compliquée à prendre, à assumer. Ne plus du tout avoir de ses nouvelles après avoir passé des mois à constamment échanger, ça m'a fait mal. Mais je n'ai pas eu le choix. Parce que chaque fois que Farrow m'envoyait un message, je devais me faire violence pour ne pas craquer, pour tenir la promesse que je m'étais faite à moi-même de tirer une croix sur notre amitié.

Alors j'ai fini par tout effacer.

Faire comme si notre amitié n'avait jamais existé.

Et je crois avoir plutôt bien géré la douleur, au final. J'ai fini par l'accepter, par me dire que ça allait passer, que le temps allait faire son œuvre.

À présent, nous sommes à quelques heures de notre match contre les Kings et j'en ai des sueurs froides. Imaginer croiser le regard de Farrow… putain, ça me paraît insoutenable. Mais je n'ai pas le choix. Je suis un professionnel pour l'amour du ciel. Ce soir, il n'est en aucun cas question de sentiments, il est question de coller une raclée à l'équipe numéro 1 du classement.

Peut-être qu'en me le répétant, ça finira par rentrer.

♛

Si éviter Farrow a été plutôt facile durant l'échauffement pré-match, maintenant que le match est sur le point de commencer, les choses vont s'avérer bien plus compliquées. Mon cœur bat un peu trop vite lorsque nous nous positionnons pour le coup d'envoi. Je garde les yeux rivés sur le palet que l'arbitre va lâcher et prends une profonde respiration.

Concentre-toi sur le jeu. Uniquement sur le jeu.

Et dès que Banes s'empare du palet, suivre ce mantra devient d'une facilité déconcertante. Je glisse sur la glace, essayant de bloquer les attaquants adverses, grognant quand ils parviennent à le renvoyer derrière notre but, je patine jusqu'à notre goalie qui me lance doucement le palet, puis le passe à Derek. Notre jeu est fluide, efficace, même si nous ne parvenons pas à marquer. Pendant les sept premières minutes, je me perds totalement dans le jeu, soulagé de constater que mon cerveau sait encore compartimenter... jusqu'à ce que Farrow me donne un violent coup d'épaule pour s'emparer du palet et que j'atterrisse sur la glace. Je me remets debout et reprends le jeu, sans faire attention à lui.

Je reste hyper concentré, sourd à la présence parasite de Lynch qui cherche à me déstabiliser.

Sa deuxième attaque, contre le plexiglas cette fois, nous met tous les deux à terre.

— Espèce d'enfoiré, craché-je en me redressant.

Je croise brièvement son regard, et bon sang, mon cœur s'arrête l'espace d'une seconde avant de se remettre à battre frénétiquement.

Je m'éloigne rapidement, rejoignant mes coéquipiers qui luttent dans la zone adverse. Carter profite d'un espace dégagé pour tirer le palet que Derek vient de lui lancer. Il ne parvient pas à marquer, mais je suis sur le coup prêt à faire une nouvelle tentative. Je vise la cage, Thorton arrête mon tir, et nous luttons contre le but pour le récupérer. Le bruit de nos crosses se heurtant résonne dans l'aréna, le public crie pour encourager les Kings.

Le coup de coude de Farrow dans mes côtes n'est pas vraiment douloureux, mais il me met en colère.

C'est quoi son problème, putain ?!

L'arbitre siffle un arrêt de jeu et traverse la patinoire jusqu'aux bancs.

— Lynch a l'air de t'en vouloir ce soir, déclare Tyler. T'as insulté sa mère ou quoi ?

Me rendre compte que ce n'est pas moi qui me fais des films est presque un soulagement. Je me suis fait la réflexion que sa présence était peut-être simplement trop écrasante pour moi, et que j'imaginais son acharnement à mon encontre.

— C'est juste un connard, craché-je après avoir avalé quelques gorgées d'eau.

Je regrette mes mots à peine ont-ils franchi le barrage de mes lèvres. Farrow ne mérite pas que je l'insulte. Il n'a jamais rien fait de mal, bien au contraire. Il n'a pas cessé de me soutenir, de m'encourager... et de me blesser. La colère, la rancœur, sont des émotions sacrément néfastes. Des émotions que je ne voudrais pas ressentir, mais que ma faiblesse m'oblige tout de même à éprouver.

Pour autant, et même si j'ai tiré un trait sur notre amitié, je ne peux pas nier combien elle a été précieuse, tout ce qu'elle m'a apporté. Farrow m'a épaulé, il m'a tiré vers le haut, il a cru en moi, il a été là pour me rassurer quand je doutais. Et ça fait mal de savoir que plus jamais je ne partagerai ces moments avec lui. Tout comme je suis persuadé de ne plus jamais retrouver une pareille alchimie. Farrow m'a fait rire tout autant qu'il m'a fait vibrer. Nos échanges constants étaient les moments forts de ma journée. Avec lui, j'avais l'impression de pouvoir être entièrement moi-même. Je n'ai jamais hésité à lui dire ce que je ressentais, parce que j'avais confiance en lui, je savais qu'il ne me jugerait pas. Alors je me suis laissé aller à la confidence, je me suis mis à nu, je me suis complètement ouvert à lui... et jamais je ne le regretterai.

— Mais un connard sacrément talentueux, ajoute Carter en s'asseyant à mes côtés.

Je ne peux pas le nier.

— Je n'aurais pas dû dire ça, murmuré-je.

Carter ricane et me tapote le dos.

— Tu crois ? Perso, je trouve que ça le définit assez bien. Et il serait carrément d'accord avec moi.

♛

Ce match finira par avoir raison de ma santé mentale. J'étais si soulagé d'avoir réussi à garder la tête froide, à évacuer ma colère dans le jeu, de parvenir à faire abstraction de ses multiples provocations, j'étais fier de me dire que j'étais au-dessus de ça… jusqu'à ce que je ne le sois plus.

Je crois que je serais incapable de me souvenir comment nous en sommes arrivés là. Tout ce que je sais, c'est que, soudain, il n'y a plus que lui et moi. L'attraper par son maillot a été plus fort que moi, balancer mon poing dans son ventre, un besoin que je n'ai pas su refréner.

Nos casques ont disparu, nos gants sont à terre, et nous nous tournons autour, les poings levés, cherchant à frapper.

Ses cheveux humides sont aplatis, malgré tout, il est toujours aussi beau. Son regard irradie de colère, tout comme le mien.

Ce sont des semaines de douleur, de tristesse et de frustration qui éclatent. Ce n'est sans doute pas très sain, mais c'est un terrain que nous connaissons bien. Nous battre sur la glace a toujours fait partie du spectacle, et Farrow est réputé pour être un chahuteur. Mais ce soir, notre rixe a pris un tournant profondément personnel.

— Alors, Kesler ? On ne m'ignore plus ?

Je serre les dents, refusant de répondre à sa provocation. Au lieu de quoi, je tente de l'atteindre au visage.

Il ricane et m'évite, essayant de me rendre mon coup. C'est à peine si j'entends les hurlements du public à cause des battements de mon cœur qui résonnent dans mes oreilles.

Farrow sourit toujours en cherchant à répliquer. Sa rage est palpable, sa déception également. Je carre la mâchoire pour bloquer les émotions qui fourmillent en moi.

Est-ce que ce sera ça, à partir de maintenant ?

Est-ce ce à quoi nous en sommes réduits ?

À deux hommes impuissants à se maîtriser ?

— Va te faire foutre, Farrow.

Il plisse les yeux, me fixant durement. Ses traits sont sévères, il ne plaisante plus. Il essaie de m'atteindre une nouvelle fois.

Et il y parvient.

Son poing atterrit dans ma joue et je grogne sous la douleur avant de cracher un peu de sang sur la glace. Ce n'est rien, je me suis simplement mordu sous l'impact du coup, mais c'est suffisant pour que Farrow me lâche.

— Bordel de merde, Dean... tout va bien ?

Je secoue la tête, m'essuyant la bouche.

— Je suis désolé, ajoute-t-il devant mon silence.

Il tente de se rapprocher de moi, mais je l'arrête d'un geste.

C'est sans doute le geste le plus douloureux que j'aie jamais fait, lui intimer de s'éloigner alors que tout ce que j'attends, tout ce que je veux, c'est sentir ses bras m'envelopper.

— Je suis désolé, répète-t-il.

Et le Farrow inquiet, prévenant est de retour... et ça me fait bien plus mal que le coup qu'il vient de m'assener.

Je me contente de lui jeter un regard noir, puis me dirige vers le banc des pénalités.

Franchement, génial, ces foutues retrouvailles.

CHAPITRE 38

Farrow Lynch

Mars

Je stresse à mort. Bon sang, j'ai l'impression d'être un adolescent qui tend un piège à mon crush pour qu'il accepte de me parler... ou de m'écouter.

Le truc, c'est que j'ai bien essayé de choper Dean à la fin de notre dernier match, pour m'excuser. Quand je l'ai vu cracher du sang sur la glace, j'ai flippé, et je me suis rendu compte que j'avais été trop loin. Alors j'ai voulu lui demander pardon, mais il a refusé de me voir. Évidemment, il ne s'est pas pointé non plus au bar où j'avais rendez-vous avec Carter ce soir-là, ça ne m'a pas étonné, même si ça m'a fait mal.

Je ne voulais pas qu'on en arrive là. Franchement, je me demande comment les choses ont pu déraper à ce point en l'espace de quelques semaines à peine. Comment nous avons pu passer d'une putain d'amitié à une telle hostilité ?

Ça me rend fou, et je refuse que ça dure plus longtemps. Nous sommes adultes, pour l'amour du ciel, nous ne pouvons pas nous comporter comme des gamins incapables de communiquer.

J'ai besoin de parler à Dean, de le voir, surtout. Et je sais qu'il refusera de discuter avec moi au sein de l'aréna. Alors j'ai eu une idée, ou plutôt, Blake a eu une idée.

— Tu crois qu'il va t'en vouloir ? lui demandé-je en transformant la serviette du café en puzzle.

J'ai à peine touché à ma boisson, et elle est en train de refroidir.

Je ne me souviens pas de la dernière fois où j'ai été stressé. Ce qui est marrant parce que nous avons de nombreuses raisons de l'être dans notre carrière. Mais l'idée que Dean puisse opérer un demi-tour et se barrer à peine aura-t-il découvert la supercherie, me tord le bide.

— Je n'espère pas, répond Blake en souriant. J'espère qu'il admettra qu'il est temps d'enterrer la hache de guerre. Mais honnêtement, je suis prêt à prendre le risque.

Je croise son doux regard bleu derrière ses lunettes et je comprends pour quelle raison Carter est tombé amoureux de lui. Blake est quelqu'un de bien. Un type gentil, doux, qui a toujours envie de voir les autres heureux. Raison pour laquelle il a organisé cette rencontre. Je suppose que son mec a dû lui raconter combien je me suis senti comme une merde après notre match du mois dernier, et que ça a été pire quand j'ai compris que Dean refuserait de m'adresser le moindre mot.

Je hoche la tête, la boule gonflant dans ma gorge lorsque j'avise l'heure. Carter et Dean ne vont pas tarder à arriver, et je redoute de plus en plus l'instant où ce dernier constatera que Blake n'est pas seul.

Honnêtement, j'ai failli annuler ce plan. Durant toute la durée du vol de ce matin, je me suis répété que ça allait se retourner contre moi, que ça ne ferait qu'empirer les choses. Puis je me suis souvenu que les choses pourraient difficilement être pires que ça, alors autant se lancer.

— Si c'est le cas, je te demande pardon d'avance.

Blake rit et secoue la tête.

— Inutile. Je te rappelle que cette idée vient de moi. S'il boude, ce sera ma faute.

Je souris malgré ma nervosité, mais mon sourire s'éteint lorsque j'aperçois à travers la vitre Banes et Kesler qui traversent la rue.

— Ils arrivent, murmuré-je, mon cœur battant soudain un peu trop vite.

Blake pose sa main sur la mienne, sans doute pour me rassurer, ou pour que j'arrête de maltraiter ma serviette, puis la serre doucement.

— Tout va bien se passer. Vous êtes tous les deux adultes, après tout.

— Je n'en suis pas si sûr.

Il rit, et je me tends lorsque la petite sonnette de la porte tinte pour signaler leur arrivée. Il ne faut pas très longtemps à Dean pour me repérer et ses muscles se tendent aussitôt. Son air avenant disparaît, et il blêmit un peu. Il se tourne alors vers Carter, et si je ne peux entendre ce qu'il lui dit, ses traits fermés et son masque de colère suffisent à me faire comprendre qu'il est prêt à s'en aller. Banes pose la main sur son épaule et répond, Dean secoue la tête, et je décide d'arracher mon regard de cette scène pour éviter que la douleur s'étende en moi.

Blake me lâche la main et se lève.

— Ça va aller. Et au pire, on sera juste à côté si tu as besoin d'un câlin de réconfort après ça.

J'ai très envie de lui répondre par un doigt d'honneur, ou de lui dire que c'est maintenant que j'en aurais besoin, mais je me contente d'acquiescer, observant Blake se diriger vers les deux hommes.

Voir Dean avancer à contrecœur jusqu'à la table où je suis installé est un coup de poignard en plein estomac. Comme s'ils craignaient qu'il essaie de s'enfuir, le couple se tient toujours près de la porte, et attend que Dean s'installe face à moi pour disparaître.

— Salut, murmuré-je, la gorge sèche.

Dean ne me répond pas, se contente de me toiser.

Putain, jamais je n'aurais cru qu'on se retrouverait dans cette situation. Où est passée cette alchimie que nous partagions ?

Où est passée notre amitié ?

Une amitié qui a fini par partir en fumée, me laissant observer les cendres calcinées de ce que nous avons été.

Dean m'observe, bras croisés. Je prends quelques secondes pour le regarder, pour me souvenir à quoi ressemblait ce visage fermé lorsqu'il s'éclairait par un sourire.

— Je sais que je suis sans doute la dernière personne que tu as envie de voir aujourd'hui, mais j'avais besoin de te parler.

Il reste parfaitement immobile, ne bouge pas un muscle. J'essuie mes mains moites sur mon jean, détestant ce sentiment d'impuissance qui gronde en moi.

— J'ai hésité à t'envoyer un message, mais j'avais peur que tu finisses par porter plainte pour harcèlement, reprends-je dans une tentative d'humour qui tombe évidemment à plat.

Génial.

— Tu ne comptes pas me faciliter la tâche, pas vrai ?

Rien. Aucune réaction. Ses yeux marron d'habitude si chaleureux sont éteints. Je peux presque sentir son corps bourdonner de hâte que je termine pour qu'il puisse se barrer de là.

Seigneur... je savais que cette confrontation serait compliquée, je n'avais simplement pas imaginé à quel point.

J'attrape ma tasse et bois une gorgée pour me donner une contenance, grimaçant en me souvenant que mon café est froid. Décidément, rien ne va dans mon sens aujourd'hui.

— Tu veux peut-être boire quelque chose ? Je peux aller te commander un...

— Non, ça ira, me coupe-t-il.

Les trois premiers mots qui sortent de sa bouche tranchent l'air tel de l'acier. Et soudain, je ne reconnais plus l'homme qui se tient en face de moi.

Ce n'est pas le Dean que je connais, le Dean affable, timide, qui rougit à la moindre occasion. Le Dean souriant, plein de vie, qui n'hésite pas à dévoiler ses sentiments. Le Dean qui est capable de rire à gorge déployée à mes blagues les plus stupides, à s'émerveiller de la moindre chose. Le Dean passionné, dont un simple regard suffisait à m'enflammer.

En face de moi se trouve un inconnu.

En face de moi se trouve le Dean blessé, celui qui s'est retrouvé avec le cœur brisé.

Par ma faute.

Et je me sens tellement coupable que l'espace d'un instant, j'ai l'impression de ne plus pouvoir respirer.

Je pousse un soupir et passe une main dans mes cheveux. Je dois me lancer, mais je n'y arrive pas. La façon dont Kesler m'observe, comme si j'étais une mouche qu'il rêvait d'écraser... j'ai la boule au ventre.

Je prends une profonde inspiration, me répétant que rien de ce que je pourrais dire n'empirera les choses, et m'apprête à ouvrir la bouche lorsqu'un adolescent dégingandé se pointe soudain devant notre table.

— Excusez-moi, vous êtes bien Dean Kesler ?

Sans doute une question rhétorique, vu que le gamin porte son maillot, comme beaucoup de monde aujourd'hui, à l'occasion du match de ce soir.

Dean se tourne vers lui, et acquiesce en souriant.

C'est dingue à quel point son visage se transforme totalement en l'espace d'une seconde. Le jeune gars tremble légèrement, mais ses yeux sont emplis d'admiration.

— Vous pouvez signer mon maillot, s'il vous plaît ? Vous êtes mon joueur préféré !

— Avec plaisir, tu as un stylo ?

Un feutre apparaît soudain dans la main du fan, un Sharpie qu'il a sans doute été emprunter au café. Kesler le décapuchonne et se lève pour signer l'arrière du maillot, au-dessus de son numéro.

— Et voilà, déclare-t-il en lui rendant le feutre.

— Merci beaucoup !

— Tu veux qu'on se prenne un selfie ? propose Dean.

Malgré tout, je ne peux m'empêcher de sourire en constatant à quel point il est proche de ses fans. Il est avenant, souriant, et c'est ainsi qu'il est parvenu à conquérir leurs cœurs.

— Oh, oui ! Carrément !

Une fois la photo prise, le gosse s'éloigne après lui avoir souhaité bonne chance.

Le masque de colère est de retour sur les traits de Dean. Au moins, j'aurai eu la chance de le voir sourire, même si ce sourire ne m'était pas adressé.

Je patiente quelques minutes, pour m'assurer que personne ne suive l'exemple du gamin et ne vienne nous déranger, mais le café est à moitié vide et les autres clients ne semblent pas avoir envie d'un autographe. Tant mieux.

Nous nous toisons quelques secondes, et je dois me faire violence pour ne pas tendre le bras pour le toucher. Ce gouffre qui nous sépare, je ne sais pas comment le gérer.

Je n'arrive pas à me mettre dans la tête que la situation est sans doute insurmontable. Je refuse de le croire.

Je me racle la gorge, mon cœur bat trop vite, j'ai l'impression d'étouffer avec le sweatshirt que je porte.

— Je voulais juste te demander pardon pour la dernière fois. Je m'en veux de t'avoir frappé. Ce n'était pas dans mes intentions.

— Vraiment ? demande Dean en haussant les sourcils.

— OK, peut-être, mais pas… pas comme ça. Tu me connais, on sait tous les deux que ça fait partie du show. Mais j'étais en colère, j'étais frustré, je ne savais pas comment attirer ton attention.

— Alors tu as choisi la solution la plus mature.

— Putain, Dean ! grogné-je en serrant le rebord de la table avec tant de force que mes articulations blanchissent. Je ne savais pas comment t'atteindre. Ton silence… je n'en pouvais plus, tu comprends ?

Il ne bronche pas, se contente de me toiser, et je décide de tout lâcher.

— Parfois, je me dis que le mieux serait de laisser tomber, d'oublier ton existence comme tu as voulu le faire pour moi. Et peut-être que de ton côté, ça a fonctionné, mais moi, je n'y arrive tout simplement pas. Je comprends que plus rien ne sera jamais comme avant, mais Dean… tu me manques. Ton amitié, tes messages quotidiens, tes réactions quand tu lis les bouquins que je t'ai conseillés… ça me manque. Et je sais que c'est égoïste de ma part de te dire tout ça, que je devrais me contenter de te supplier de me pardonner et te regarder disparaître, mais j'en suis incapable.

Je ferme brièvement les yeux avant de continuer.

— C'est au-dessus de mes forces. Et l'idée de continuer à t'affronter sur la glace pendant des années sans pouvoir apaiser les choses… est-ce que ça te convient ? Parce que moi pas. Et je ne sais pas quoi faire pour arranger les choses, pour réparer ce qui a été brisé.

Je voudrais lui avouer à quel point il me manque, avec tant de force que je me sens paumé. Je n'ai jamais connu ça, le manque de l'autre de manière aussi intense, et c'est une des raisons pour lesquelles je ne veux pas me lancer à corps perdu dans une relation. Je me rends compte que ce n'est même pas nécessaire pour que l'absence de l'autre puisse nous faire perdre nos repères.

Lorsque mon regard croise le sien à nouveau, j'y discerne enfin une lueur d'émotion, et putain, ça me fait autant de mal que de bien. Je suis soulagé de constater que je suis parvenu à susciter une réaction, mais j'aurais préféré ne pas avoir à en arriver là pour ça.

— Dans quelques heures, on se retrouvera à nouveau l'un contre l'autre… et je veux juste… je veux juste que ça se passe bien. Je veux juste que tu….

Ma voix s'éteint avant que je n'aie pu terminer ma phrase. Pourquoi c'est si difficile ? Je déglutis, tente de reprendre le contrôle de mes émotions.

— Je veux juste que tu arrêtes de me détester.

Dean secoue la tête, les yeux brillants.

— Je ne te déteste pas, souffle-t-il. J'ai essayé, mais je n'y arrive pas.

Je me tends, le souffle court, me demandant si c'est tout ce que j'obtiendrai de lui. Je suis quasiment persuadé qu'il n'ajoutera rien, aussi suis-je surpris lorsqu'il ajoute :

— Je n'aurais jamais dû lâcher cette bombe, ce n'était pas très juste de t'imposer ça. Mais j'avais besoin que tu comprennes exactement la raison pour laquelle j'ai préféré tout arrêter.

Je pensais que ça suffirait pour t'oublier, pour passer à autre chose, mais tu vois...

Il s'arrête, hausse les épaules.

— Même gagner la coupe Stanley me semble moins compliqué.

— Peut-être que tu y parviendras quand je ne serai pas là pour t'en empêcher.

Dean s'esclaffe, et jamais un tel son n'a paru plus doux à mes oreilles.

L'espace de quelques secondes bénies, nous partageons à nouveau cette complicité, mais elle disparaît rapidement lorsque Dean grimace.

— Je ne peux rien te promettre, Farrow. Mais moi aussi, je suis fatigué de cette situation. Alors, peut-être qu'on pourrait, tu sais... retrouver une entente cordiale ?

Une entente cordiale ?

Ces mots me donnent l'impression de crever.

— Ce n'est pas ce que je veux, et tu le sais, murmuré-je.

— Mais c'est tout ce que je peux te donner.

Alors je suis prêt à l'accepter. Parce que rien ne sera pire que le silence. Et peut-être qu'au fur et à mesure, avec du temps et de la patience, nous parviendrons à recoller les morceaux fracturés pour reconstruire notre amitié.

CHAPITRE 39

Dean Kesler

Juin

Je n'avais pas très envie de venir mater le match des Kings contre Vegas ce soir, mais Carter ne m'a pas vraiment laissé le choix. Il m'a menacé de me désinviter du mariage si jamais je ne venais pas. Évidemment, je me doute qu'il bluffe, mais dans le doute, j'ai préféré ne pas tenter le diable. Et certes, même si les choses entre Farrow et moi sont loin d'être au beau fixe, j'ai tout de même envie de le soutenir à travers l'écran. Si les Kings assurent ce soir, ils remporteront la coupe Stanley. Et ils méritent de la remporter. Ils ont été incroyables tout au long des *playoffs*. Honnêtement, je suis content de ne pas avoir eu à jouer contre eux cette saison, sinon, je suis quasiment certain que nous n'aurions pas été aussi loin.

En attendant le début du match, je vais nous chercher à boire pendant que Carter et Blake se prennent la tête sur le plan de table pour leur mariage. Il a lieu dans moins d'un mois et si tout est quasiment prêt, cette histoire de disposition des invités semble être un véritable casse-tête.

Lorsque je m'installe autour de la table à leurs côtés, j'avise tous les petits Post-it de différentes couleurs qui jonchent une affiche sur laquelle sont dessinées les différentes tables.

Je m'attarde sur les noms. Ils ont invité pas mal de nos coéquipiers ainsi que leur moitié, qui sont quasiment tous à la même table que moi.

— Je suis le seul célibataire ? m'enquiers-je.

Ça craint.

— Non, pas du tout, répond Carter.

— Puisque tu en parles…, ajoute Blake.

Je lui coule un regard en coin, me demandant ce qu'il s'apprête à dire.

— Honnêtement, on avait espéré que d'ici là, Lynch et toi formeriez un couple.

Ma mâchoire se décroche presque à ses mots. C'est une blague ?

— Vous plaisantez ?

— Non. Mais j'aurais dû me souvenir que Farrow était une vraie tête de con qui n'arrive pas à voir plus loin que le bout de son nez, déclare Carter. On a espéré que les choses s'arrangeraient quand vous avez discuté tous les deux, mais apparemment, on s'est montrés trop présomptueux…

— En effet, répliqué-je d'une voix sèche.

Pourtant, je ne leur en veux pas un seul instant d'avoir fomenté ce piège. Ça nous a permis, à Farrow et moi, d'évoquer nos dissensions tout en mettant la rancœur de côté. Et même si nous n'avons pas échangé depuis, je ne lui en veux plus. J'hésite toujours à faire le premier pas vers une véritable réconciliation, mais au moins, nous pourrons assister au mariage de Cake en nous montrant cordiaux l'un envers l'autre.

Je sais qu'il veut plus que ça, il me l'a avoué, et moi aussi, pour être honnête. Je songe souvent à nos retrouvailles lors du mariage. Peut-être que cet événement nous permettra de nous rapprocher à nouveau. Je l'espère de toutes mes forces, même si l'idée de revoir Farrow me met toujours dans tous mes états, comme à chaque fois.

— Ce type a simplement besoin d'un déclic pour ouvrir les yeux, déclare Banes, me sortant de mes pensées.

Je fronce les sourcils.

— Comment ça ?

Les deux hommes se jettent un coup d'œil, comme s'ils avaient une de ces discussions silencieuses que certains couples sont capables de partager, un don que je n'ai jamais compris.

— Il y a ce mec, Clark…, commence Blake.

Et je comprends immédiatement où il veut en venir.

— Non. Hors de question.

— Tu n'as même pas écouté ce que j'ai à dire !

— Parce que je le sais déjà ! Il est hors de question que je me pointe avec un mec juste pour rendre Farrow jaloux. Déjà parce qu'il y a de grandes chances pour qu'il s'en tape complètement. Et surtout, je n'ai pas envie de faire semblant de jouer les amoureux !

— Jouer les amoureux… tu es vraiment trop mignon, ricane Carter.

Je lève les yeux au ciel. Sérieusement, ces gars sont complètement fêlés. Après la rencontre piégée, voilà qu'à présent ils veulent me caser avec un type pour faire chier Farrow. On aura tout vu.

— Surtout que ce n'est pas le projet.

— Ouais ? Alors c'est quoi le projet ?

— Si tu m'avais écouté jusqu'au bout au lieu de m'interrompre, j'aurais eu le temps de t'expliquer, réplique Blake.

Je me rencogne dans mon siège et croise les bras, lui intimant de continuer d'un signe du menton.

— Clark est un mannequin avec qui je bosse souvent. Beau à tomber par terre.

Carter se racle la gorge et je ricane.

— Mais pas aussi beau que toi, chaton.

— Me voilà rassuré.

Je souris, parce que ces deux-là m'éclatent. Parfois, je les observe interagir, et je me demande si j'aurai la chance de connaître la même chose un jour, cette parfaite alchimie. Pendant un temps, j'ai placé mes espoirs en Farrow, me disant que peut-être, je pourrais le faire changer d'avis. Après tout, c'est souvent ce qui arrive dans les bouquins qu'il m'a fait lire. Le célibataire endurci qui finit par craquer pour le héros et hop… tout est bien qui finit bien. Hélas, j'ai découvert à mes dépens que ça ne se passait pas comme ça dans la vraie vie. *Pas du tout.*

— Bref, reprend Blake. Il est invité au mariage. Il devait venir avec son homme, mais il n'est pas disponible. Alors je lui ai demandé s'il pouvait me rendre un petit service.

— Et son mec est d'accord ? m'exclamé-je.

— On ne vous demande pas de coucher ensemble. Même pas de vous toucher. Juste, tu sais… discuter, vous amuser, danser…

Cette idée est complètement saugrenue. Pourtant, je ne peux nier que ça a attisé mon intérêt. C'est sans doute ridicule, et inutile, mais honnêtement, l'idée d'avoir quelqu'un à mes côtés pour affronter Farrow me semble loin d'être une mauvaise idée. Peut-être qu'il verra que j'ai avancé, que je suis passé à autre chose – même si ce n'est qu'une comédie. Je risque probablement de le regretter quand je constaterai que me voir avec un autre ne lui fera ni chaud ni froid, mais plus j'y pense, plus l'idée est tentante.

Finalement, je suis clairement aussi fêlé que Cake.

♛

Les pizzas sont terminées depuis longtemps lorsque commence la troisième période du match. Les Kings mènent deux buts à un, et c'est encore loin d'être gagné. La défense de l'équipe de Vegas est féroce, et plus les minutes s'égrènent, plus la tension est palpable sur la glace. Tout autant que dans le salon. Le nez rivé à l'écran, ma main tenant ma bouteille de bière avec tant de force que le verre risque de se briser entre mes doigts, j'observe la rencontre avec attention. Idem pour Carter et Blake, et nos cris s'élèvent à l'unisson à la moindre faute, au moindre impact, à la moindre chute sur la glace, à la moindre tentative ratée pour marquer un but. Je jure que ce match va avoir raison de mes nerfs.

Il reste moins de dix minutes avant la fin lorsque Vegas égalise.

— Bordel de merde, s'écrie Carter en tapant contre l'accoudoir du canapé.

De mon côté, je serre les dents, priant pour que les Kings renversent la vapeur. Tous mes muscles sont crispés, mon cœur bat un peu vite. J'ai tellement envie de voir Farrow tenir cette coupe entre ses mains. Il n'a jamais été aussi près du but, et si les Kings perdent ce soir, je vais péter un plomb, tout comme mes comparses à côté de moi.

Nous parlons à peine, focalisés sur chaque action.

Lorsque Farrow s'empare du palet et fonce vers la cage de but, je me mords la lèvre.

Allez, putain. Allez!

— Vas-y Lynch, bordel! Tire! éructe Carter.

Comme si Farrow avait entendu son pote à travers l'écran, il choisit cette seconde pile pour balancer le palet dans la cage, avec tant d'ardeur qu'il glisse sur le sol. Le gardien s'élance pour tenter de le rattraper, mais son gant se referme sur le vide.

Un cri de victoire résonne dans le salon.

Avant même de comprendre ce qui m'est arrivé, je me retrouve debout, à enlacer Banes de toutes mes forces.

Blake nous observe, amusé, puis il nous tape dans la main.

Nous finissons par nous rasseoir, et les coudes sur les genoux, je me perds à nouveau sur l'écran.

♛

Ils ont gagné.

Les Kings ont gagné la coupe Stanley.

Et ce soir, ils ne sont pas les seuls à avoir les larmes aux yeux.

Carter ne cherche même pas à les essuyer lorsqu'elles coulent sur ses joues. Il est si heureux, si fier de son pote. Moi aussi. La joie m'étreint, ma vision est un peu floue à cause des pleurs que je retiens. Et c'est encore pire au moment où la caméra se trouve braquée sur Farrow. Son sourire est immense, il pourrait suffire à éclairer le monde entier. Son beau regard vert est brillant, ses joues sont rouges et humides de sueur et de larmes.

Il l'a fait, putain.

Et quand il récupère la coupe pour la soulever, mon cœur bat si fort que j'ai peur de m'évanouir.

Nous restons devant l'écran jusqu'à ce que les joueurs disparaissent dans les vestiaires, puis Carter prend son téléphone.

— Tu crois vraiment qu'il va te répondre ? demandé-je lorsque je comprends qu'il est sur le point d'appeler son ami

— Il a plutôt intérêt.

Honnêtement, je parie le contraire. Il doit être en train de faire la fête, le vestiaire doit être en liesse, il n'entendra sans doute même pas son portable sonner.

— On a gagné, putain ! On a gagné ! crie la voix de Farrow en décrochant.

J'ai bien fait de ne pas parier.

Sa voix est étouffée par les cris, les sifflements, les éclats de rire qui s'élèvent autour de lui.

— Banes ? Je te rappelle quand ça sera plus calme, OK ?

— Ça marche. Bravo mon pote.

Pendant plusieurs minutes, Cake et moi discutons de ce match sous haute tension, heureux comme si nous étions ceux qui avaient brandi cette coupe. Certes, j'aurais tout donné pour que ce soit le cas, mais quitte à ce qu'une équipe la gagne, autant que ce soient les Kings.

Farrow tient sa promesse et vingt minutes plus tard, le portable de Carter sonne à nouveau.

— Désolé, c'était la folie tout à l'heure !

— J'imagine ! Félicitations, Lynch.

— Merci ! J'espère que vous avez maté le match !

— Bien sûr, on s'est tous réunis pour l'occasion. Tu penses bien qu'on n'aurait manqué ça pour rien au monde.

— Qui ça « tous » ?

Je me tends à cette question. Je devine qu'il cherche à savoir si je suis présent, si j'ai été témoin de sa victoire. Il était hors de question que je loupe ça. Pour être franc, même si les choses ne s'étaient pas arrangées, j'aurais tout de même regardé cette rencontre. J'aurais tout de même été fier de lui, comme je le suis ce soir.

— Tu sais, Blake, Dean, Clark et moi.

Je fronce les sourcils en direction de Carter. Qu'est-ce qu'il raconte ? Pourquoi ment-il en mentionnant Clark ?

— C'est qui Clark ? s'enquiert Farrow. Un nouvel ami imaginaire ?

Carter me jette un regard rapide avant de répondre.

— Haha très marrant. Et non, c'est le... heu... le pote de Dean.

— Quoi ? m'exclamé-je, et je me retrouve avec la main de Blake sur ma bouche.

Ce n'était pas du tout ce qui était prévu. Ce Clark était censé n'être que mon rencard au mariage, rien de plus. Son existence n'était pas censée être mentionnée avant ça.

Je repousse la main de mon pote au moment où Farrow répond.

— Vraiment ?

— Ouais... bref. On va te laisser tranquille pour que tu puisses fêter ta victoire. Encore bravo, mec. C'était dingue !

— Merci. Hâte de vous voir pour trinquer à ça.

Il raccroche et je fixe les deux hommes d'un regard courroucé. Il n'a jamais été question de créer une relation en amont. C'est vraiment n'importe quoi.

— Tu as entendu sa réaction ? m'interroge Carter devant mon agacement évident.

— Pas vraiment non, grogné-je.

Honnêtement, il n'y a pas de quoi se réjouir.

— Ce temps d'arrêt ? Son « vraiment » ? ajoute Blake.

Mon Dieu, mais qui fait ça ? Qui analyse à ce point une simple hésitation ? Un simple mot ?

— Phase un du plan réalisé avec succès..., se félicite Carter, puis il tape dans la main de son mec avec fierté. Hâte de passer à la phase deux.

Je cligne des paupières, ne sachant pas vraiment comment réagir.

Est-ce que j'ai le droit de flipper ?

INTERLUDE

14/06 - 11.48 PM

> Félicitations pour cette victoire, c'était un match incroyable. Je suis vraiment heureux pour toi. Tu dois être aux anges.

> Ouais, presque autant qu'en recevant un message de toi 😊 Je n'y croyais plus. Merci beaucoup. Et un jour, ce sera à mon tour de t'envoyer ce genre de message.

> J'ai pensé à t'écrire plus tôt, mais... tu sais... c'est toujours un peu délicat.

> Je n'ai pas envie que ce le soit.

> Je sais. Et ça finira par ne plus l'être. Tu sais, je repense souvent à notre conversation dans ce café. Et si j'étais en colère en te voyant, ce jour-là, avec le recul, je suis content que tu aies fait ça.

> Je préférais gérer ta colère que ton silence, Kesler. Et j'espère ne plus jamais avoir à me retrouver confrontée à ton silence. Il a failli me tuer.

> Je ne promets rien, mais je vais essayer.

♛

22/06 - 2.12 PM

> Dis-moi que je ne suis pas le seul à ne pas avoir trouvé de costume pour le mariage ?

> T'es sérieux ???

> Ça veut dire que toi, si ? Merde. Ça y est je panique.

> On a des tas de costumes dans nos armoires, comment c'est possible ?

> Je ne vais pas me pointer avec un de ceux qu'on porte pour les matchs ! T'es dingue. Il m'en faut un neuf.

> Excuse-moi la fashion victim.

> Te foutre de ma gueule ne va pas faire avancer les choses.

> Non, en effet, mais ça me fait marrer 😊

♛

28/06 - 3.23 PM

Victoire! J'ai enfin trouvé le costume parfait!

Hâte de voir ça!

Je suis canon dedans, j'ai peur de faire de l'ombre aux mariés.

Ce qui va leur faire de l'ombre, c'est ton ego tellement surdimensionné qu'il va protéger tout le monde du soleil.

Hahaha. C'est simplement la vérité, mec. Pourquoi est-ce que je ferais dans la fausse modestie?

Je suis surpris que tu connaisses même la définition du terme modestie.

Je dois remercier mes nombreuses lectures. J'apprends plein de mots de vocabulaire grâce à elles.

♛

30/06 - 7.12 PM

Je n'arrive pas à croire que Cake se marient dans moins d'une semaine! C'est dingue.

En tout cas, j'ai hâte d'y assister... et de te voir.

Moi aussi.

Est-ce que tu crois que tu pourras m'accorder une danse ? Tu sais, en souvenir du bon vieux temps...

Enfin si ton compagnon accepte, évidemment.

Mon compagnon ?

Clark ? Carter a fini par cracher le morceau... Si tu dois engueuler quelqu'un, c'est lui.

Oh... c'est encore assez nouveau entre nous.

Je suis content pour toi. Sincèrement. Tu mérites quelqu'un qui te traite à ta juste valeur, Dean. Tu mérites d'être heureux.

Merci.

Même si je m'en veux toujours de ne pas avoir pu être cet homme-là.

CHAPITRE 40

Farrow Lynch

Juillet

Tous les invités arrivent au compte-gouttes, et en tant que témoin qui prend sa mission à cœur, je les guide en direction de la fontaine devant laquelle va se tenir la cérémonie. Carter et Blake ont opté pour un mariage intimiste, et des journalistes et paparazzis ont déjà tenté de forcer l'entrée. Alicia – la sœur de Blake et l'une de ses témoins – et moi sommes donc chargés de vérifier si les convives sont bien présents sur la liste, au cas où certains indésirables tenteraient de s'incruster.

Le mariage de Cake, c'est *the place to be* aujourd'hui, vu que l'empire Banes est au complet, ce qui n'arrive pour ainsi dire jamais.

— Ils vont me rendre folle, grogne Alicia en me rejoignant.

Elle est magnifique dans sa longue robe bleue qui fait ressortir la couleur de ses yeux. Elle a troqué ses escarpins pour des baskets le temps que tout le monde s'installe, et je ne peux pas lui en vouloir. Je serais incapable de faire un pas avec des talons aussi vertigineux.

— Dommage qu'on ne soit pas sur une patinoire, j'aurais été ravi de faire jouer mes poings.

Alicia lève les yeux au ciel.

— Il faudrait vraiment que vous, les mecs, vous arrêtiez d'être persuadés qu'être violents vous rend sexy, parce que ce n'est pas du tout le cas.

— Mais ça peut aider à se débarrasser des nuisibles.

— Oui, je suis sûre que le staff des Kings adorerait que tu finisses au poste de police pour coups et blessures…quoique… mon frère et Carter te tueraient avant.

— Et tout le monde finirait en procès. Très belle idée, répliqué-je en riant.

Alicia me donne une tape sur le bras et je l'abandonne, rebroussant chemin en direction de l'entrée du parking. La bonne nouvelle c'est qu'avec le nombre de pas que je vais faire aujourd'hui, mon coach sera fier de moi. Même sans sa présence pour me faire souffrir le martyre, je fais quand même du sport.

Alors que je barre le nom des invités qui viennent de se pointer, j'entends rugir un puissant moteur. Je lève les yeux vers la Lamborghini qui vient d'apparaître sur le parking. Elle est magnifique. Tout comme le mec qui en sort.

Un mètre quatre-vingt-dix, des cheveux dorés artistiquement coiffés, un costume qui met en valeur sa carrure élancée. Ce type est une gravure de mode. Je n'ai cependant pas l'occasion de le mater plus longtemps, car un autre homme s'extirpe de l'habitacle côté passager.

Un homme qui n'est autre que Dean.

Bordel.

Sérieusement ?

Un pic de jalousie malvenue me tord soudain le bide, et c'est encore pire lorsque Dean passe son bras sous celui de son rencard.

Enfoiré.

Bizarrement, cet homme – que je suppose être Clark – vient de devenir en une fraction de seconde celui que je déteste le plus au monde. Il se place tout en haut de ma liste de mes pires ennemis.

En les regardant discuter et rire, la colère m'envahit avec tant de force que ça me laisse le souffle court. Je n'ai jamais haï personne de ma vie, mais il n'est jamais trop tard pour commencer, pas vrai ?

Le « couple » – bon sang, ce terme m'arrache la gorge – s'avance vers moi. J'en profite pour m'attarder sur Dean. J'avais presque oublié à quel point il est beau. Son pantalon couleur chocolat épouse ses cuisses puissantes et ses bretelles par-dessus sa chemise aux manches retroussées ajoutent une touche rétro à sa tenue. Il est craquant. Mes mains me démangent de le toucher, de passer mes doigts sur sa barbe taillée, d'effleurer les côtés plus courts de ses cheveux pour redécouvrir la sensation de leur texture sous mes doigts.

Alors qu'ils parviennent à ma hauteur, mon cœur cesse de battre tandis que Kesler marque un temps d'arrêt. Ni lui ni moi ne pouvons discerner les yeux de l'autre derrière le verre fumé de nos lunettes de soleil, pourtant, je suis certain qu'il me rend mon regard. Je peux presque le sentir me brûler bien plus fort que le soleil de juillet.

Je baisse la tête pour chercher son nom dans la liste, refusant de m'attarder plus longuement sur eux deux, et le raye.

— Salut, souffle Dean en me rejoignant.

Soudain, je me sens tel un ado devant le gars pour qui il a craqué. J'ignore si je dois lui serrer la main, l'enlacer. Lui aussi semble hésiter, et je prends la décision pour nous deux. Je comble la faible distance qui nous sépare et le prends dans mes bras. J'ai trop besoin de ce contact pour m'en empêcher. Dean se tend imperceptiblement puis me rend mon étreinte. Si ça ne tenait qu'à moi, je le tiendrais ainsi des heures entières. En fait, je crois que je ne le lâcherais jamais. Son odeur m'assaille, la chaleur de son corps contre le mien me donne l'impression d'avoir retrouvé un havre de paix perdu depuis longtemps.

— Je suis content de te voir, murmuré-je à son oreille.

Il ne répond pas et je finis par le lâcher pour me tourner vers Clark. Je lui tends la main, parce qu'après tout, je suis un adulte, même si je serre la sienne un peu trop fort, me retenant de la broyer.

— Farrow Lynch, enchanté.

Pas du tout.

— Clark Sawyer. Ravi aussi.

Enfoiré.

Je libère sa main et rature son nom avec frénésie pour le faire disparaître totalement sous l'encre. Si seulement je pouvais faire pareil avec sa présence physique.

Vous avez dit mature ?

Tel un ange tombé du ciel pour me sauver la mise, Alicia apparaît et je lui demande si elle peut accompagner les nouveaux venus vers le lieu de la cérémonie. Elle accepte sans broncher, et je la remercie du bout des lèvres, m'attardant un peu trop longuement sur Dean et le connard qui ont l'air de s'entendre comme larrons en foire.

Bon sang, ça va être une longue journée.

♛

Tout le monde est installé sur des chaises en bois blanches de chaque côté de l'allée recouverte d'un tapis menant à la fontaine. Toute la longueur est ornée de vases emplis de fleurs immaculées, et au centre de la petite estrade décorée d'une arche de roses blanches et de verdure se tient Carolyn, la sœur de Carter qui a l'honneur d'animer l'union des deux tourtereaux.

Je me poste sur le côté, près de Cameron. Et dire que la dernière fois que nous nous sommes vus, c'était dans un lit, et j'ai été incapable de bander. Ce n'est pas un souvenir très agréable, mais fort heureusement, il ne m'a encore fait aucune réflexion. Je me doute qu'elle finira par arriver, parce que Cam est un enfoiré. Mais un enfoiré plutôt sympa et doué au lit. Alicia me suit de près, prenant place à côté de son mari, Sasha, le meilleur ami de Blake depuis l'université.

Quelques minutes plus tard, la musique commence à résonner à travers les haut-parleurs installés de part et d'autre des chaises, et le silence se fait.

Je souris lorsque les premières paroles de *Wildest Dreams* s'élèvent dans l'air. Cake ont opté pour mon choix de chanson, et je ne suis pas peu fier. Vu que je ne compte pas me marier un jour, autant que quelqu'un d'autre profite de la perfection de cette chanson de Taylor Swift pour cette occasion.

La foule sourit et pousse des petites exclamations en découvrant Charlotte, la fille d'Alicia et Sasha, remonter l'allée en jetant des pétales de roses autour d'elle. Elle est si mignonne dans sa petite robe blanche et ses souliers vernis. Elle marche d'un pas décidé, pas le moins du monde intimidée d'être au centre de l'attention.

— Tu n'as pas oublié les alliances, au moins, me souffle Cam d'une voix amusée.

Je lui jette un regard noir.

— Ne me confonds pas avec toi, mec, grogné-je en retour.

Malgré tout, je n'ai pas arrêté de tâter la poche intérieure de ma veste pour m'assurer qu'elles n'avaient pas disparu, et Cameron ricane en me voyant le faire à nouveau.

Ils ont tous décidé de me faire chier aujourd'hui ou quoi ?

Heureusement, il n'a pas le temps de répliquer, car les futurs mariés font leur entrée.

Bon sang, ils sont magnifiques. Ils portent un costume similaire, excepté que celui de Blake est bleu nuit et celui de Carter gris clair.

Tout le monde les admire tandis qu'ils approchent, et j'entends déjà des gens renifler. Honnêtement, je n'en suis pas loin non plus. Je ne pensais pas être aussi émotif – pas aussi tôt en tout cas –, mais ce sourire sur leur visage, le bonheur qui irradie de chaque fibre de leur être me noue la gorge. Ils sont si beaux, si amoureux. Chacun a trouvé le partenaire parfait et je suis si heureux pour eux. Ils méritent tout le bonheur du monde.

Je m'attarde sur les invités, et évidemment, dévie rapidement sur Dean. Comme s'il l'avait senti, il tourne la tête et croise mon regard. Nos yeux s'ancrent l'espace d'un instant, et le sentiment de perte, de regret que je ressens tout à coup me prend par surprise et me coupe le souffle. Je cligne des paupières puis reporte mon attention sur Cake.

Carolyn prend la parole pour commencer à officier la cérémonie, puis c'est au tour des futurs mariés de se lancer.

Alicia leur tend à chacun le petit carnet dans lequel ils ont écrit leurs vœux, et Blake est le premier à se lancer.

Le monde plonge dans un silence parfait lorsque la musique s'arrête, brisé par le raclement de gorge de Blake.

— Carter, tu es arrivé dans ma vie alors qu'elle partait à la dérive. Tu lui as rendu tout son sens et ses couleurs par tes sourires, tes rires, ton affection, ton amitié. L'amour est venu après, même si je suis tombé amoureux de toi bien avant que j'aie le courage de me l'avouer. Ce qui avait commencé comme un mensonge est rapidement devenu une réalité. Quand j'ai croisé ton regard pour la première fois dans ce couloir, j'ai eu l'impression que le monde autour de moi cessait d'exister. Puis j'ai appris à te connaître, à découvrir tes failles, mais surtout tes plus belles qualités. Et je veux passer le reste de ma vie à continuer de te découvrir. Je t'aime chaton, et je passerai le reste de mon existence à te le prouver.

Ses yeux brillent d'émotion, tout comme ceux de Banes, de tous les invités… et des miens.

Je n'ai jamais vraiment cru au mariage, mais voir cet amour profond qui lie ces deux hommes… ça me retourne totalement. À tel point que lorsque Blake me tend sa paume pour que j'y dépose l'alliance, je reste interdit l'espace d'un instant.

Merde.

— Pardon, murmuré-je en déposant le bijou dans sa main avec un temps de retard.

Bien sûr, tout le monde m'a entendu, et des petits rires se font entendre.

Blake s'esclaffe également, et sourit toujours lorsqu'il passe l'alliance au doigt de Carter.

Ce dernier s'essuie les yeux et ouvre à son tour son carnet.

Sa voix tremble légèrement lorsqu'il prononce ses vœux à son tour.

— Blake, tu as été mon plus grand fan et je suis devenu le tien. Tu es l'homme qui me rend meilleur chaque jour. Celui qui a toujours cru en moi, même quand je n'y croyais plus moi-même. Tu m'as tiré vers le haut et tu m'as apporté tout ce dont j'aurais pu rêver. Je n'arrive plus à me souvenir à quoi ressemblait ma vie avant de te connaître, et je n'en ai pas envie. Grâce à toi, j'ai découvert ce que c'était d'aimer quelqu'un plus que soi-même. Aucun mot ne suffira pour décrire ce que je ressens pour toi. Mais merci d'avoir accepté de partager ta vie avec moi, merci d'être mon meilleur ami.

Cette fois-ci, je suis prêt, et malgré ma vision un peu floue tout à coup, je parviens tout de même à donner la bague à Banes sans hésiter.

La voix de Carolyn s'élève à nouveau.

— Carter, mon petit frère préféré, acceptes-tu de prendre pour époux Blake, et de le traiter comme il le mérite pour avoir le courage de s'unir à toi jusqu'à la fin de sa vie ?

Tout le monde laisse échapper un rire, et Banes hoche la tête.

— Plutôt deux fois qu'une.

— Blake, acceptes-tu de prendre pour époux Carter, et de le supporter jusqu'à ce que la mort vous sépare ? Courage, d'ailleurs.

Nouveaux éclats de rire tandis que Blake répond :

— Il n'y a rien dont je rêverais plus.

— Parfait. Je vous déclare donc unis par les liens du mariage, déclare Carolyn. Vous pouvez vous embrasser, mais chastement, je rappelle qu'il y a des enfants.

Et ils n'hésitent pas. Ils s'enlacent comme s'ils étaient restés trop longtemps éloignés. Ils s'embrassent comme s'ils avaient attendu cet instant toute leur vie.

Et à ce moment-là, mon cœur se gonfle de joie et d'amour pour ces hommes extraordinaires.

♛

La soirée bat son plein et tout le monde s'éclate. Les coéquipiers de Banes sont en feu, criant et chantant tout en se trémoussant.

Après un délicieux dîner, les convives ont rejoint les jeunes mariés sur la piste et y mettent le feu. Et même si je suis un piètre danseur, je me suis sans hésitation joint à l'euphorie. Mais entre la chaleur et l'alcool, je dois avouer que je commence à fatiguer.

Je me laisse tomber sur une chaise, et me sers un verre d'eau que j'avale d'un trait, tout en observant la foule se déhancher.

Mon regard se porte irrésistiblement sur Dean, qui s'agite à corps perdu, un sourire jusqu'aux oreilles. Lui non plus n'a pas vraiment le rythme dans la peau, mais il semble s'amuser. C'est le principal, j'imagine. Même si le voir passer du bon temps avec un autre que moi me fout en rogne.

Je ne peux pas m'empêcher de me questionner sur sa relation avec Clark. En fait, je me demande surtout s'ils ont déjà couché ensemble. Cette idée ne devrait pas être si douloureuse, mais c'est le cas. Kesler n'est pas comme moi sur ce point-là. Même s'il s'est laissé séduire ce soir-là, et plusieurs fois par la suite, il n'est pas du genre à se taper le premier mec venu. Et envisager la possibilité qu'il ait pu faire l'amour avec Clark me donne des sueurs froides.

On dit souvent qu'on se rend compte de ce qu'on avait la chance d'avoir trouvé une fois qu'on l'a perdu, et cet adage ne m'a jamais paru aussi vrai. Parce qu'alors que je regarde Dean danser avec Clark, que la douleur est telle, qu'elle creuse un trou dans mon estomac, je réalise une fois de plus à quel point j'ai merdé. J'ai voulu imposer à Dean mes conditions, j'ai refusé d'accepter les siennes… et à présent, je m'en mords les doigts. Même si je ne suis toujours pas convaincu d'être prêt pour une relation sérieuse, s'il y en a un qui aurait pu me faire changer d'avis, c'est Dean. Mais je ne l'ai pas laissé faire.

Je suis resté campé sur mes positions.

J'ai refusé de sauter dans le vide, ayant trop peur de me casser les dents.

Je l'ai perdu.

Et avec lui, la possibilité d'une belle histoire.

Quel con.

— C'est quoi cette tête ? demande Cameron en se laissant tomber sur la chaise à côté de moi.

— Quelle tête ?

— On dirait que ton chien est mort.

— Je n'ai pas de chien.

Je lui réponds sans même le regarder, ne pouvant m'arracher au spectacle pénible de Dean et Clark. C'est encore pire maintenant que le DJ a décidé de lancer une vague de slows. Il cherche à m'achever où quoi ?

— Je crois que suis un peu maso, murmuré-je, davantage pour moi-même que pour Cam.

— Oh, c'est peut-être pour ça que tu n'as pas réussi à bander la dernière fois... tu avais sans doute envie que je te fasse mal.

Cette fois-ci, je me tourne vers lui et lui lance un regard meurtrier. J'ai envie de lui rétorquer que c'est sûrement sa faute, finalement, si je n'ai pas été foutu d'avoir une érection, mais ce serait faux, injuste et cruel. Heureusement, il reprend la parole avant que je n'aie eu l'occasion de me montrer mesquin.

— Je plaisante, mec. Ça arrive à tout le monde. Tu n'étais sans doute pas dans les bonnes dispositions, et je n'étais clairement pas le type dont tu avais envie ce soir-là.

Je fronce les sourcils, me demandant où il veut en venir. Mon expression le fait éclater de rire.

— Tu crois que je n'ai pas remarqué comment tu mates Dean depuis tout à l'heure ? Si on était dans un dessin animé, tu aurais des cœurs dans les yeux et la langue qui pend sur la table.

Je grimace à cette image pas très ragoûtante.

— Pourquoi tu ne l'invites pas à danser ?

Ce qui est marrant, c'est que j'avais fait cette demande à Dean dans un message, mais il n'a jamais relevé ma proposition, donc autant laisser tomber.

— Il est déjà occupé à danser avec quelqu'un d'autre, rétorqué-je.

— Et alors ?

— Alors je ne vais pas m'immiscer dans leur couple. Ce serait puéril et déplacé.

Les yeux de Cam pétillent d'amusement, et ça m'agace prodigieusement.

— Ravi de voir que ma détresse t'amuse, craché-je.

Il éclate franchement de rire et j'ai envie de l'insulter.

— Oh, Farrow... tu es si naïf, parfois, déclare Cameron en souriant.

— Qu'est-ce que tu racontes ?

Il se contente de secouer la tête puis pose la main sur mon épaule. Son souffle est chaud et charrie l'odeur d'alcool lorsqu'il murmure :

— Arrête de flipper. Ce n'est qu'une danse…

C'est tellement plus que ça, pourtant. Mais Cameron a raison, pour une fois. Je dois arrêter de flipper. J'attrape mon verre de gin que j'ai déjà rempli trois fois et le vide d'un trait.

Allez un peu de courage.

Je chancelle légèrement quand je me relève, ma tête tournant d'avoir ingurgité autant d'alcool cul sec. Je me stabilise, puis avance d'un pas décidé jusqu'à la piste. Je navigue entre les corps puis arrive devant Dean et Clark. Ils dansent en discutant doucement. La bonne nouvelle, c'est que je ne les ai pas vus échanger un seul baiser de toute la journée. Ils ne se sont même pas tenu la main. Je me demande s'ils ont agi par timidité, ou par égard pour moi.

Ça va sans doute te paraître inconcevable, mais tu n'es pas le centre du monde, Lynch.

Une phrase que Kesler m'a dite une fois, et dont je me souviens encore. Peut-être qu'un jour, je finirai par le croire.

Prenant une profonde inspiration, je pose ma main sur l'épaule de Clark.

— Salut, je peux te l'emprunter quelques instants ?

— Ce n'est pas à moi qu'il faut demander.

Je me tourne vers Dean, qui me fixe d'un air surpris.

— Tu m'as promis une danse.

— Tu m'as demandé de t'accorder une danse, je ne t'ai rien promis, nuance, réplique-t-il.

Un point pour lui. Pourtant, il recule et se sépare de Clark qui, j'imagine, part se mêler à la foule, mais honnêtement, j'oublie son existence à peine les bras de Dean se sont-ils refermés autour de mon cou. J'enlace sa taille et le serre contre moi.

Puis je ferme les yeux, me gorgeant de la perfection de son corps contre le mien, de la manière dont nous tournons doucement, enlacés. Je veux graver chaque seconde dans ma mémoire, même si cet instant ne fait que me rappeler à quel point j'ai merdé, à quel point j'ai laissé cet homme exceptionnel partir.

Putain, ce qu'il me manque. Je donnerais tout ce que je possède pour retrouver ce lien unique que nous partagions autrefois, mais je ne sais pas comment faire.

— Tu sais depuis combien de temps je rêve de te sentir à nouveau dans mes bras ? murmuré-je.

— Farrow...

— Je sais. Je ne devrais pas te dire ça. Tu as avancé, tu as rencontré quelqu'un et je devrais la fermer et te dire à quel point je suis heureux pour toi. Mais je ne le suis pas.

Dean recule pour pouvoir croiser mon regard. Ses beaux yeux bruns sont brillants, et je ne peux m'empêcher de porter mes doigts à son visage. Même en sachant que c'est mal, même en sachant qu'il a choisi quelqu'un d'autre que moi.

— Arrête. S'il te plaît.

Son visage est un livre ouvert sur ses émotions. Et bordel, même si je hais lui faire du mal, je suis content que l'homme froid et fermé qui s'est retrouvé devant moi dans ce café ait disparu, je suis soulagé d'avoir retrouvé le Dean que j'ai toujours connu.

Mon Dean.

Celui qui m'a fait craquer.

Celui qui a mis mon monde sens dessus dessous sans même que je m'en rende compte.

Celui qui a empli ma vie de rires.

Celui qui m'a fait frissonner sous ses baisers, qui m'a fait jouir sous ses caresses.

Celui qui m'a montré qu'avouer ses sentiments était une preuve de force et non de faiblesse.

Celui que je suis incapable d'oublier.

Celui dont je suis tombé amoureux.

Celui qui a préféré continuer sans moi.

Celui qui, malgré tous mes efforts pour me barricader, a fini par me briser le cœur.

Et sans qui je ne crois pas être capable de le réparer.

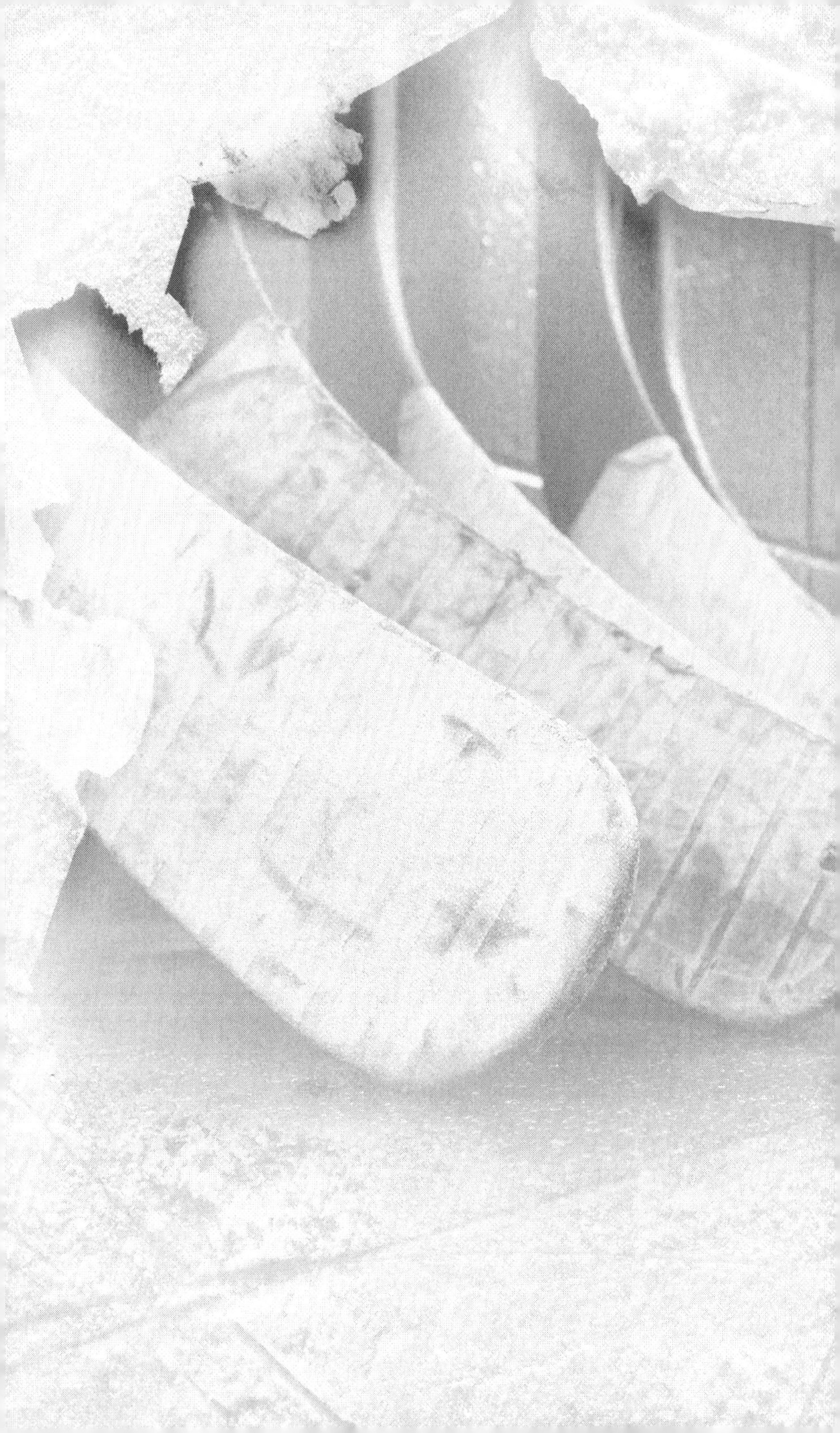

CHAPITRE 41

Dean Kesler

La légère brise estivale qui parcourt ma peau lorsque je franchis les portes menant au parc du domaine me fait du bien. Elle rafraîchit mon corps humide d'avoir passé plus d'une heure sur la piste de danse.

J'emboîte le pas à Clark jusqu'à un banc installé devant un parterre de fleurs multicolores et me laisse tomber à ses côtés.

L'odeur du tabac s'immisce dans mes narines lorsqu'il allume sa cigarette et aspire sa première bouffée.

— Je suppose que ça ne sert à rien de t'en proposer une, déclare-t-il.

— Non, en effet.

— Vous les sportifs, vous n'avez aucun vice. Votre vie est bien trop saine.

Je m'esclaffe à sa remarque. Il n'a pas tort. C'est le prix à payer pour vivre de sa passion, et je le paie volontiers.

Durant plusieurs minutes, nous restons assis en silence, Clark fume tandis que j'observe le jardin. Le domaine est immense, et magnifique. Carter et Blake ont trouvé le lieu idéal pour se lier à jamais.

C'était un mariage splendide et très émouvant et je me sens privilégié d'avoir assisté à leur union. Lorsque j'ai été recruté par les Renegades, je n'aurais jamais cru nouer une amitié aussi forte avec l'un de mes coéquipiers. Je ne pensais pas non plus tomber amoureux d'un type sur qui j'avais passé plusieurs années à fantasmer.

Un frisson parcourt ma peau en songeant au corps de Farrow contre moi, à la manière dont il me tenait dans ses bras tandis que nous évoluions sur la piste. J'aurais voulu que ça ne s'arrête jamais, rester dans ses bras pour l'éternité. Mais ses mots... *Je devrais te dire à quel point je suis heureux pour toi. Mais je ne le suis pas.* Je ne cesse de me les répéter en boucle depuis qu'il les a prononcés. Et je trouve ça tellement injuste de sa part, de continuer à me faire de tels aveux alors qu'il sait ce que j'éprouve pour lui. Comme s'il cherchait à remuer le couteau dans la plaie en me rappelant que c'est ma faute, si tout est terminé, parce que je n'ai pas accepté ce qu'il avait à m'offrir. Parce que je voulais plus, et qu'il n'était pas prêt à me le donner.

Je pousse un soupir et lève le nez vers le ciel étoilé.

La sonnerie du portable de Clark me tire de mes pensées et je me tourne vers lui en l'entendant éclater de rire.

— C'est Simon. Il me demande si notre plan machiavélique a fonctionné.

Simon. Son compagnon de longue date. Je n'imagine même pas la confiance que ça demande d'accepter que l'homme qu'on aime joue la comédie avec un autre. Certes, les choses étaient claires dès le début. Aucun geste déplacé, aucun baiser, mais tout de même. Je ne suis pas certain que j'aurais été capable d'accepter une telle chose. Mais pour être honnête, je suis content qu'il ait été là. Clark est un type très sympa, et j'espère vraiment avoir l'occasion de le revoir, de rencontrer Simon. Il m'a tant parlé de lui que j'ai déjà l'impression de le connaître.

— Tu peux lui dire que non, murmuré-je.

Clark se tourne vers moi, sourcils froncés. Il a vraiment un très beau visage, je comprends pourquoi il est aussi sollicité.

— T'es sérieux ?

— Je suis désolé de t'avoir embarqué là-dedans. C'était une idée stupide, je n'aurais pas dû écouter Cake.
— Cake ? répète Clark.
— Carter et Blake. Le surnom que Farrow leur a donné.

Bon sang, rien que prononcer son nom à voix haute me tord le bide. Combien de temps est-ce que je continuerai à ressentir ça ? Combien de temps vais-je mettre avant d'enfin l'oublier et passer à autre chose ?

Nous nous sommes à peine adressé la parole depuis six mois et je ne parviens pas à le sortir de ma tête. Vous avez dit pathétique ? Putain.

Clark éclate de rire, se laissant glisser le long du banc, ses grandes jambes étendues devant lui.

— Ce n'était pas une idée stupide. C'était brillant, reprend-il.
— Mais inutile.

Certes, j'ai bien compris que me voir en compagnie d'un autre homme ne l'a pas enchanté, mais il n'a rien dit qui pourrait me faire espérer qu'il aurait changé d'avis nous concernant. Alors si, c'était une idée stupide, mais au moins, à présent, je suis fixé, même si finalement, je crois que j'aurais préféré rester dans le flou un peu plus longtemps. On dit que l'espoir est une chose dangereuse, mais l'absence d'espoir est pire encore. J'ai l'impression que quelque chose s'est brisé à l'intérieur.

Foutus sentiments qui se sont mêlés de tout alors que je n'avais rien demandé. À cause d'eux, j'ai gâché l'une de mes plus belles amitiés. À vouloir voler trop près du soleil, on finit par se brûler les ailes… les miennes se sont retrouvées calcinées à cause de ce que j'éprouve pour Farrow.

— Est-ce que tu es dans le déni, aveugle, ou complètement abruti ? me lance Clark.
— Hé ! Ne m'insulte pas.
— Désolé. En revanche, est-ce que j'ai le droit de te secouer pour te remettre la tête à l'endroit ? Ce mec n'a pas arrêté de te regarder de toute la journée. Et son air de chien battu ? Il m'a presque fait de la peine… si je n'avais pas eu l'impression qu'il aurait été ravi de m'étrangler.

Mon rire est un peu tremblant, et je ne parviens pas à étouffer l'étincelle d'espoir qui refait surface, celle qui s'est rallumée un peu plus tôt quand Farrow et moi avons dansé, nos corps enlacés.

— Et après ? Qu'est-ce que ça change ? murmuré-je.

Clark se redresse et se penche vers moi, ancrant ses jolis yeux noisette dans les miens.

— Ça change qu'il sait ce qu'il a perdu. Je ne lui donne pas une semaine avant de venir ramper.

— N'importe quoi, répliqué-je en secouant la tête.

— Tu as raison. Trois jours. Voire moins.

Si seulement ses paroles pouvaient être prophétiques...

♛

Lorsque mon réveil sonne le lendemain matin, je pousse un grognement et tâtonne à la recherche de mon portable pour l'éteindre. Je suis claqué, j'ai besoin de faire la grasse matinée. Il était presque quatre heures du matin lorsque Clark m'a déposé chez moi, en me faisant promettre de le tenir au courant de la suite des événements. Je l'ai remercié une nouvelle fois d'avoir joué le jeu, et une fois rentré, j'ai mis plus d'une heure à trouver le sommeil, mon esprit encombré d'images de Farrow, des paroles rassurantes de Clark et de scénarios improbables dans lesquels il aurait eu raison.

Je reste un long moment à observer le plafond, me perdant dans les souvenirs de la veille. Je fouille ma mémoire pour me souvenir de chacune des expressions de Farrow que j'ai entraperçues la veille. Le souci, c'est que j'ai fait de mon mieux pour l'ignorer, pour ne pas croiser son regard, pour faire semblant que j'étais vraiment passé à autre chose. Ce qui a été impossible au moment où il a refermé ses bras autour de moi pour danser.

Si j'avais été dans l'une des romances que j'ai lues, Farrow m'aurait couru après en me voyant partir avec un autre, il m'aurait dit qu'il était fou amoureux de moi et nous nous serions embrassés sous les étoiles. Dommage que la réalité ne soit pas aussi simple ni aussi romantique.

Décidant qu'il est temps d'arrêter de nourrir mon obsession pour un type qui ne veut de toute façon pas de moi, je finis par me lever.

Le soleil est éclatant derrière mes vitres donnant sur une avenue animée. La journée promet d'être belle. Je pourrais peut-être aller me balader, plus tard dans l'après-midi. Je ne pars pour le Colorado que dans une semaine, il me reste pas mal de temps à tuer.

Après un petit déjeuner frugal devant la télévision et une douche fraîche, j'enfile un short et m'avachis sur le canapé, mon livre en cours dans la main.

Je me plonge dans ma lecture, trop impatient de connaître le dénouement pour lâcher mon bouquin. Même lorsque je me lève pour me faire couler un café, je traverse l'appartement le nez plongé dans mon livre.

Le bruit de la sonnette me fait sursauter. Je fronce les sourcils, me demandant qui ça peut être. Surtout un dimanche en plein mois de juillet.

À regret, je pose mon livre sur le comptoir de la cuisine et me dirige vers la porte d'entrée.

Mon cœur s'arrête lorsque je découvre le visage de Farrow à travers le judas.

Impossible. Je dois être tellement focalisé sur lui que mon cerveau attribue son visage à n'importe qui. Sauf que lorsque je jette un nouveau coup d'œil, c'est toujours lui.

Merde.

Je sursaute au moment où il frappe à ma porte.

— Dean ? Ouvre-moi !

Je me rends compte que je suis resté figé un peu trop longtemps. Ou alors peut-être que Farrow est simplement trop impatient.

Prenant une profonde inspiration, je saisis la poignée. Je ne suis pas certain d'être prêt pour cette confrontation, mais je n'ai pas envie de prétendre être absent pour l'éviter. Faire semblant est épuisant, et j'ai eu mon compte de mensonges jusqu'à la fin de ma vie.

J'ouvre la porte et aussitôt, nos regards s'ancrent l'un à l'autre. Je déglutis, puis souris en avisant l'attention de Farrow s'attarder sur mes tatouages. J'ai bien fait de ne pas mettre de tee-shirt finalement, même si je me sens soudain un peu trop exposé pour le genre de conversation que nous nous apprêtons à avoir.

— Mon visage est un peu plus haut, Lynch, lancé-je.

Il éclate d'un rire bref.

— Désolé, j'ai été distrait.

Je m'appuie contre le chambranle et le fixe sans sourciller. Je n'ai pas envie de lui faciliter la vie alors qu'il a rendu la mienne si misérable.

— Qu'est-ce que tu veux ?

Il avance d'un pas, jusqu'à ce que nous nous retrouvions séparés par moins de dix centimètres. Je devrais reculer, parce que sa proximité risque de me faire flancher, je me connais.

— Largue ce connard, déclare-t-il.

Je fronce les sourcils, faisant mine de ne pas comprendre.

— De qui tu parles ?

— Comment ça ? Tu sors avec plusieurs mecs en même temps ? Tu te construis un harem ?

Voilà pourquoi c'est si difficile pour moi de garder un air impassible avec Farrow. Parce qu'il trouve toujours le moyen de me faire sourire. C'est une des choses qui me plaisent le plus chez lui, l'une des raisons pour lesquelles je suis tombé amoureux de cet homme.

— Ce n'est pas un connard. Clark est un mec adorable, répliqué-je.

— OK, alors largue ce *mec adorable*. Il ne l'est pas plus que moi, de toute façon.

— Permets-moi d'en douter.

Il affiche une expression faussement outrée et je me détourne pour qu'il ne voie pas mes lèvres s'incurver.

— Tu devrais peut-être entrer, je n'ai pas envie que tout l'étage entende notre discussion.

Certes, la plupart de mes voisins ont déjà quitté Boston pour les vacances, mais je préfère parler dans le confort et l'intimité de mon appartement.

Farrow ôte ses baskets et se dirige vers le salon. C'est la première fois qu'il voit où j'habite. Personne n'est venu ici depuis que j'ai emménagé, il y a un peu plus d'un an.

Bon sang, le temps a filé à toute vitesse, c'est carrément dingue.

— C'est très mignon chez toi. Il ne manque plus qu'une photo de moi et ce sera parfait.

Ouais, parfait pour enfoncer le couteau dans la plaie et le tourner encore et encore. Super idée.

Je lève les yeux au ciel et me rends dans ma cuisine pour récupérer ma tasse.

— Tu veux boire quelque chose ? Je viens de me faire couler un café, déclaré-je en m'adossant contre le plan de travail.

Farrow secoue la tête.

— Tout ce que je veux, c'est que tu envoies un message à Clark pour lui dire que c'est terminé.

— Et pourquoi est-ce que je ferais une chose pareille ?

Je tente de garder un ton égal, malgré mon pouls qui s'emballe et les nœuds qui s'entortillent dans mon estomac.

Farrow ne répond pas immédiatement. Non, il préfère s'approcher de moi, jusqu'à – une fois encore – envahir mon espace personnel. Ses mains agrippent le comptoir de chaque côté de moi, m'emprisonnant. Si j'avais une once de jugeote, je le repousserais, parce que sa proximité me fout le cerveau en vrac et me rend incapable de réfléchir.

Ses yeux verts sont si brillants de près, et je tente de ne pas baisser les yeux vers ses lèvres, sachant combien je serai tenté de les embrasser. La tension entre nous est si épaisse que je serre mon mug de café comme s'il était un bouclier empêchant le corps de Farrow de se coller contre le mien, et surtout de combler cette distance minime qui nous sépare encore.

— Parce que ce n'est pas lui que tu veux, murmure Farrow, sûr de lui.

Cette arrogance ne devrait pas me faire fondre.

— C'est vrai, j'avais oublié que tu pouvais lire dans mes pensées.

Farrow se penche davantage vers moi, et sa bouche effleure la mienne avant de dévier vers mon oreille.

— Ose me dire que j'ai tort.

Je ferme les paupières, ma peau crépitant de cette proximité. Il sait parfaitement l'effet qu'il a sur moi, il sait à quel point tout m'échappe quand il est là, son souffle sur ma peau, son odeur s'infiltrant dans mes narines.

Je voudrais être plus fort que ça, mais je n'y parviens pas. Quand Farrow se trouve si près, mon monde se rétrécit pour se focaliser uniquement sur lui.

— Et après ? En quoi ça te regarde ?

Farrow se redresse et j'ouvre les yeux. Il me fixe sans bouger, et mon souffle se fait plus haché.

— Je savais que ça me ferait chier de te voir avec un autre. Mais je n'aurais jamais pensé que ça ferait aussi mal.

Il éclate d'un rire bref et recule d'un pas pour passer une main sur son visage.

— Et tu vois, j'ai compris un truc. Un truc que j'aurais compris depuis longtemps si je n'avais pas été aussi borné, si je ne m'étais pas évertué à nier l'évidence.

Ma gorge est si sèche tout à coup que lorsque j'ouvre la bouche pour parler, aucun mot n'en sort. Mes doigts se crispent très fort autour de mon mug. Je me retourne pour le poser sur le comptoir et murmure :

— Quel truc ?

Je suis dos à lui, les muscles tendus, incapable de lui faire face. Parce que s'il ne prononce pas les mots que je rêve d'entendre, je ne pourrai pas retenir mes larmes de douleur. Elles sont juste là, sous mes paupières. Je suis tellement épuisé de lutter contre moi-même, contre ce que je ressens, que je suis sur le point de craquer.

La main de Farrow se pose sur ma hanche, glisse sur mon ventre. Son torse se colle à mon dos et je respire profondément pour calmer les battements erratiques de mon cœur.

— Je t'aime, Dean. Je t'aime et je suis mort de trouille.

Les larmes sont là. Elles coulent sur mes joues, mouillent mes lèvres.

Sa bouche qui effleure mon épaule m'arrache un frisson.

— Je sais qu'il est peut-être trop tard, que j'aurais dû ouvrir les yeux avant. Mais hier soir… ça m'a percuté comme un putain de train, Kesler. Je t'aime et je voulais que tu le saches.

Doucement, presque craintivement, je fais volte-face pour croiser son regard.

— Je suis désolé d'avoir été si con, et de t'avoir fait du mal. Ce n'était pas… Ce n'était pas ce que je voulais. Et si… et si tu estimes que j'ai laissé passer ma chance, je comprendrai. Mais ne me laisse plus en dehors de ta vie, Dean. Je t'en supplie.

Je me tiens au milieu d'un tremblement de terre, incapable de bouger. Tout mon monde est en train de basculer, de la meilleure manière qui soit… comme s'il voulait se remettre à l'endroit.

Je tends le bras et pose la main sur le visage de Farrow, effleurant sa pommette. Ses yeux verts brillent de larmes contenues.

— Redis-le, murmuré-je.

— Tu as un souci d'audition ?

Je ris et renifle en même temps. On a fait plus sexy, mais tant pis.

— Je veux juste m'assurer que je n'ai pas rêvé.

Il sourit et attrape mon poignet pour déposer un baiser sur ma paume.

— Je t'aime. Et si tu veux toujours de moi, alors… je suis là.

— Et si j'ai besoin de réfléchir à tout ça ?

Les traits de Farrow se tordent en une grimace, mais il ne bronche pas.

— J'attendrai le temps qu'il faudra.

— Qu'est-il advenu de ton refus catégorique d'avoir une relation sérieuse ?

Il hausse les épaules.

— Je ne promets pas que ça sera facile. Souviens-toi, combien de fois est-ce qu'on s'est vus en plus d'un an ? On peut les compter sur les doigts de nos deux mains.

Il a raison, bien sûr. Trouver du temps pour être ensemble ne va pas être simple, mais je m'en fous. Parce que Farrow est là, devant moi et qu'il vient de m'avouer qu'il est amoureux de moi. Peu importe le reste, peu importe ce qui nous attend. Cette confession est un baume cicatrisant apposé sur mes plaies et je suis certain que nous trouverons une solution.

— Est-ce que ça veut dire que tu es d'accord pour te lancer là-dedans ? demandé-je.

J'ai besoin d'être sûr de lui, sûr de nous.

— Oui. Je n'ai jamais rien voulu avec autant de conviction de toute ma vie.

Mon sourire est si grand qu'il doit aveugler Farrow. Et je ne me retiens plus. Je l'attrape par la nuque et écrase ma bouche sur la sienne.

Tout mon corps entre en combustion lorsque nos lèvres s'épousent et que Farrow me rend mon baiser.

Les mois de douleur, de doutes, s'effacent sous la force de notre baiser, sous la douceur des mains de Farrow qui glissent le long de mon dos jusqu'à ma taille pour me serrer contre lui.

Nous nous embrassons comme si le monde était sur le point de prendre fin.

Nous nous embrassons comme si nous voulions rattraper le temps perdu, toutes ces étreintes que nous nous sommes refusées.

Nous finissons par nous séparer, haletants.

— Au fait, je devrais peut-être t'avouer un truc... Clark et moi... on n'a jamais été ensemble.

J'ai besoin qu'il le sache. Je refuse qu'il puisse croire un seul instant que je suis le genre de mec qui tromperait le sien.

— Vraiment ? s'enquiert-il, sourcils levés.

— Ouais, c'était juste... tu sais. Je voulais te montrer que j'avais avancé. Et peut-être te rendre jaloux.

Il éclate de rire et m'embrasse furtivement.

— Et ça a fonctionné, murmure-t-il contre mes lèvres.

Carrément.

Et si j'étais dubitatif, je crois que je vais devoir trouver un putain de cadeau à Cake pour les remercier.

CHAPITRE 42
Farrow Lynch

Bordel, je n'arrive toujours pas à croire que je viens de faire ça. Que je viens d'avouer à Dean être amoureux de lui.

Moi qui avais toujours été persuadé que l'amour n'était pas dans mes projets, qu'il était incompatible avec ma carrière... il a fallu que ce foutu Dean Kesler se pointe et mette toutes mes certitudes sens dessus dessous. Et malgré le fait que je ne sache pas vraiment de quoi demain sera fait, que ce saut dans le vide me fasse profondément flipper, je n'aurais pas cru me sentir aussi heureux, aussi en paix avec moi-même. Comme si chacune de mes décisions avait mené à cet instant, dans cette cuisine éclairée par la lumière du soleil, avec ce mec incroyable dans mes bras.

— Je peux t'avouer un truc moi aussi ? demandé-je entre deux baisers.

Parler est difficile alors que tout ce que je veux, c'est continuer à l'embrasser jusqu'à ne plus pouvoir respirer, jusqu'à étouffer.

— Vas-y.
— J'étais au courant pour Clark.

— Quoi ?!

— Pas immédiatement, mais durant la soirée, j'ai discuté avec le frère de Carter. Ses mots m'ont mis la puce à l'oreille, alors j'ai été jeter un coup d'œil sur son compte Instagram. Quelle n'a pas été ma surprise quand j'ai découvert qu'il formait un couple heureux et épanoui depuis un paquet de temps avec un certain Simon.

Dean éclate de rire. Un rire franc et profond qui éclaire son visage et me file des frissons.

Bon sang, je n'aurais jamais cru l'entendre à nouveau rire de cette façon un jour, et il n'y a pas son plus doux à mes oreilles.

À partir de maintenant, je me fais la promesse de toujours faire en sorte de le rendre heureux. De ne plus jamais le faire pleurer.

— C'était l'idée de Cake, explique-t-il.

Ça ne me surprend nullement.

— Je l'aurais parié. Ces deux-là sont passés maîtres en l'art du *fake dating*.

J'ai toujours du mal à croire que c'est comme ça qu'ils ont fini par se mettre ensemble. C'est digne d'un bouquin.

— Raison pour laquelle je tiens à écrire leur histoire un jour.

— Tu crois que tu saurais le faire ? Écrire un roman ?

— Tu insinues que je ne serai pas doué en tant qu'écrivain ? Parce que je te rappelle que je suis doué dans de nombreux domaines.

Son regard s'éclaire d'une lueur de convoitise.

— Vraiment ? Dis-m'en plus.

— Je pourrais tout aussi bien te montrer, murmuré-je avant de reprendre sa bouche. Dean gémit quand je le coince contre le plan de travail à l'aide de mon corps. Je commence à onduler contre lui, l'embrassant profondément, puis entreprends de lécher sa peau, d'embrasser chaque dessin.

— Putain, ces tatouages m'ont vraiment manqué, murmuré-je en retraçant son papillon.

— Ton fétichisme va bientôt devenir flippant.

Je ris et continue mon exploration.

— Il faut vraiment qu'on organise une séance photo avec Blake.

— T'es sérieux ?

— Je n'ai jamais été aussi sérieux de ma vie. Un shooting de nu, comme ça je pourrai les mater pour me caresser quand on ne se verra pas.

Dean ricane et glisse sa main dans mes cheveux.

— Tu sais qu'il existe un truc très pratique qui s'appelle FaceTime…

Je me redresse et lui jette un regard amusé.

— Tu es en train de me proposer des *sex-cam*, Kesler ?

Ses joues se colorent de ce joli rose qui m'avait tant séduit. Je crois que je ne me lasserai jamais de faire rougir Dean.

— Pourquoi pas ? Je veux dire… je n'ai jamais essayé, mais ça doit être sympa ?

— Oh, je n'en doute pas… Mais on pourra gérer ça plus tard, pour l'instant, on est là, tous les deux, et on a juste à profiter.

— Tu as raison… j'ai toujours du mal à le croire, pour être honnête, souffle Dean en jouant avec une mèche de mes cheveux qui tombe sur mon front.

Je me penche pour l'embrasser, pour lui montrer qu'il peut le croire, qu'il n'y a nulle part où je souhaite être davantage qu'ici, et que je ne compte pas m'en aller.

— Crois-le. Je vais prendre mon temps pour explorer ton corps, pour te laisser explorer le mien.

Nos précédentes étreintes ont toujours été emplies d'urgence, et ont toujours eu lieu la nuit, comme si faire l'amour en plein jour aurait contrevenu aux règles fixées. Mais l'urgence a disparu, remplacée par un besoin de faire durer cet instant pour l'éternité.

Je repars donc à l'assaut de sa peau, attrapant l'élastique de son short pour le faire glisser le long de ses jambes. Sa queue gonflée s'offre à ma vue et je ne résiste pas à enrouler ma langue autour de son gland avant de l'aspirer entre mes lèvres.

— Farrow ?

— Ouais ?

— Comment ça se fait que je suis à poil alors que tu es encore habillé ?

Je ris et décide de remédier à ce problème dans la foulée. J'ai à peine le temps d'ôter mes derniers vêtements que Dean se jette sur moi et m'embrasse fiévreusement. Nos bouches se dévorent, il mord ma lèvre inférieure puis l'aspire entre ses dents, me provoquant un gémissement.

— J'ai tellement envie de toi.

— Moi aussi, putain. Je n'ai pas arrêté de penser à toi, murmuré-je avant de nous entraîner dans un autre baiser affamé.

Les mains appuyées sur mon torse, Dean me pousse légèrement, m'incitant à reculer. Je le laisse faire, et un glapissement s'échappe de ma gorge lorsque c'est à mon tour de me retrouver plaqué contre le comptoir de bar séparant la cuisine du salon.

— J'ai besoin de te sentir en moi, ajouté-je lorsqu'il dévie sur ma mâchoire, ma gorge, aspirant ma chair, glissant jusqu'à mes tétons qui durcissent sous ses assauts.

— Dis-moi que tu as une capote.

— Non.

— Vraiment ?

Je ris de sa surprise.

— Vraiment. Même si j'espérais que tu me pardonnerais de t'avoir fait du mal, je n'avais pas envie de me porter la poisse en mettant la charrue avant les bœufs. Sans compter que ça aurait été présomptueux.

— Comme si ce n'était pas un trait de ta personnalité.

— Haha. De toute façon, je n'ai couché avec personne depuis mon dernier test. En fait, je n'ai couché avec personne depuis plus de six mois.

Et je n'ai pas ressenti cette excitation fulgurante qui a embrasé mes veines la dernière fois que j'ai baisé avec Kesler.

Dean se fige.

— Farrow Lynch, abstinent ? s'enquiert-il en fronçant les sourcils.

Son insistance me prouve qu'il a du mal à le croire. Ce que je comprends.

Je pousse un soupir et passe ma main dans mes cheveux.

— Pour être tout à fait franc, j'ai essayé, le soir du Nouvel An, mais... je n'ai pas réussi à bander.

Je n'ai même pas honte de lui avouer.

— Sérieusement ?

— Ouais, et après ça, je n'ai même pas fait d'autres essais. En fait, je n'en avais même plus envie, ça ne m'intéressait pas. Je crois... je crois que j'aurais dû comprendre à cet instant-là que, peu importe sur qui je tombais, je ne retrouverais jamais ce que j'éprouvais quand on était ensemble. Parce que tu vois, Kesler, ces mecs, ils n'étaient pas... ils n'étaient pas toi.

Le sourire de Dean est doux et empli d'une telle affection que mon cœur se serre.

— Comment tu veux que je ne craque pas quand tu me dis des choses pareilles ?

J'emprisonne son visage entre mes mains et dépose un baiser bref, mais appuyé sur ses lèvres. Il saisit ma queue et commence à me caresser.

— Et si on s'assurait que tu n'es pas juste un beau parleur, déclare-t-il, amusé.

— Je crois que tu peux déjà t'en rendre compte. C'est plutôt évident, vu mon érection.

— Je vais faire en sorte qu'elle ne retombe pas, dans ce cas, réplique-t-il avec un clin d'œil.

Joignant le geste à la parole, il s'agenouille sur le parquet et lèche mon sexe sur toute sa longueur. C'est tellement bon, de sentir sa bouche chaude avaler ma queue, d'observer la sienne disparaître dans son poing pendant qu'il se masturbe. Il n'y a rien de plus sexy que de voir Dean prendre son pied pendant qu'il me suce. Et quand il glisse deux doigts en moi, effleurant ma prostate, un frisson brûlant dévale ma colonne vertébrale.

— Putaiiiin.

Je rue contre lui, mes doigts agrippent ses cheveux pour lui intimer une cadence plus soutenue. Il me lèche, m'aspire et me suce jusqu'à ce que j'aie l'impression que chaque parcelle de ma peau est en feu, que chacune de mes terminaisons nerveuses crépite.

Il laisse glisser ma verge hors de ses lèvres avant d'embrasser mon gland.

— J'ai envie d'essayer quelque chose, déclare-t-il.

Je baisse les yeux pour croiser son regard.

— Est-ce que je dois avoir peur ?

Il s'esclaffe et secoue la tête.

— Non, enfin, je ne crois pas. J'ai vu ça dans un film l'autre jour, et ça avait l'air sacrément bon.

— Quel genre de film ? Plutôt du genre «Hostel» ou plutôt du genre «Vive les gang bangs ?»

— Est-ce que tu as un message à faire passer ? me taquine-t-il.

— Et toi ? Savoir si je dois prendre mes jambes à mon cou et m'enfuir sans même me rhabiller, ce qui ravirait sans doute tout le quartier, d'ailleurs.

— Je suis certain que si je regarde la définition du mot «humilité» dans le dictionnaire, je trouverai ton nom.

J'éclate de rire. Tout ça, cet instant entier, ce mélange de complicité et de désir, ses sourires et ses rires alors que nous nous chauffons, cette facilité qui existe entre Dean et moi… je ne pourrais dire à quel point je suis soulagé de les retrouver. Le sexe devrait toujours ressembler à ça. À quelque chose d'amusant, de léger. J'aime cette familiarité entre nous, j'aime à quel point nous sommes à l'aise ensemble.

— Je t'écoute.

— Tu peux refuser.

— Vraiment, Kesler, arrête de me faire flipper.

Il sourit, puis rougit.

Seigneur. Il veut me tuer.

— J'aimerais te baiser avec ma langue.

Bordel de merde.

Dean, à la fois si naïf et si cru. J'adore ça. J'adore vraiment ça. Je cligne des paupières, puis caresse sa lèvre de mon pouce.

— Tu pensais réellement que j'allais dire non à ça ?

Il hausse les épaules, ses joues à présent écarlates.

— Je ne sais pas trop. Tu te rends compte que la plupart du temps, je ne sais même pas vraiment ce que je fabrique ?

— Alors continue, parce que tu fais ça très bien.

Il hoche la tête et m'offre un sourire timide, mais ravi. Je sais que Dean n'a pas eu beaucoup d'expériences en matière de sexe, ce que je trouve génial, parce qu'il s'émerveille constamment. Et j'aime qu'il ait envie de tenter de nouvelles choses avec moi, cela prouve qu'il me fait suffisamment confiance pour oser, et il n'y a rien de plus excitant que ça.

Satisfait, il lèche ma longueur, puis pose la main sur ma hanche pour m'inciter à me retourner. J'obéis, me penchant légèrement en avant. Ses paumes remontent le long de mes mollets, effleurent mes cuisses. Je glapis quand il plante ses dents dans ma chair, frémis lorsqu'il écarte mes fesses, gémis à l'instant où sa langue lèche mon intimité.

Bordel. Je me cambre davantage, lui intimant de continuer. S'il est timide au début, rapidement, il glisse sa langue en moi, me baisant doucement. C'est tellement bon que je préfère ne pas me caresser, pour éviter de jouir sur place. Je veux faire durer cet instant, je veux ressentir tous les picotements que la langue de Dean provoque en moi, la montée du plaisir quand il ajoute ses doigts.

Je me pousse contre son visage, ondulant au rythme de sa langue qui me lèche avidement. Mes muscles sont tendus, je serre les dents pour lutter contre l'orgasme qui cherche à s'emparer de moi.

— Je ne vais pas tenir très longtemps, gémis-je.

— Tu veux jouir comme ça?

— Non. Je te veux en moi, Kesler.

J'ai besoin de le sentir me remplir, que nos corps ne fassent qu'un.

— Mais tu pourras recommencer quand tu veux, ajouté-je, pour m'assurer qu'il sache à quel point sa langue m'a retourné le cerveau.

Il rit et mord ma fesse avant de se relever. Soudain, son gland est contre mon entrée. Je tremble d'impatience, de besoin. Et quand il commence à s'enfoncer en moi, je ne retiens pas le cri de soulagement qui m'échappe. Lentement, il se glisse à l'intérieur de mon corps, et j'accueille cette intrusion avec un gémissement de plaisir.

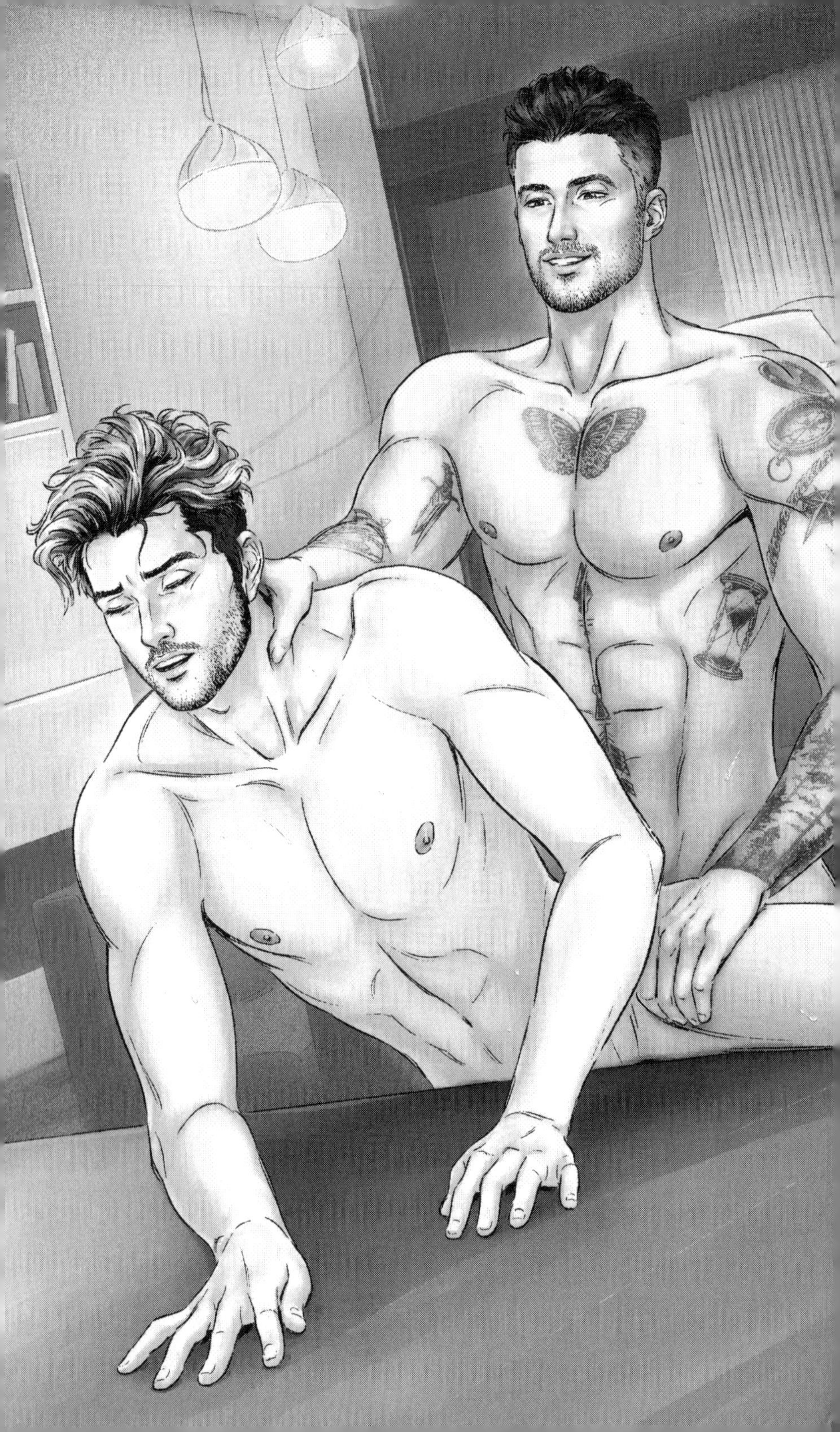

Dean me baise doucement, restant immobile quelques instants avant d'entamer un va-et-vient. Je ferme les yeux, souhaitant ne rien perdre des sensations qui m'assaillent en cet instant, de ce désir qui grimpe, partant de la base de mes reins, enflammant mon corps. Dean caresse mes hanches, mes bras, sa main remonte le long de mon dos, ses doigts agrippent ma nuque. Un grognement de frustration quitte mes lèvres tandis qu'il sort de mon corps, me laissant vide… pour mieux me remplir d'un coup de reins qui me fait gémir.

Nous ondulons ensemble, et lorsqu'il attrape ma jambe pour la poser sur le comptoir, m'ouvrant davantage à lui, et qu'il s'enfonce d'un coup en moi, une vague de plaisir intense s'empare de moi.

— Putain, Dean…, haleté-je.
— C'est bon ?
— Ouais. Continue.

Il se penche pour mordre mon épaule tandis qu'il me prend profondément. Sa chair claque contre la mienne, l'odeur de sueur et de sexe emplit l'air, me plongeant dans un océan de luxure et de désir si intense que mon cœur s'emballe, battant à un rythme frénétique.

L'orgasme est proche, je le sens s'insinuer dans mes veines.

— Caresse-moi, intimé-je à Dean.

Il lâche ma cuisse pour refermer son poing autour de ma queue sans arrêter de me baiser.

Des étoiles dansent devant mes yeux, je perds totalement pied. Je laisse mon orgasme m'envelopper.

— Farrow ! s'écrie Dean au moment où il jouit, son sperme giclant en moi.

Je le suis de près, me laissant submerger par une vague d'un plaisir si violent que j'ai du mal à respirer. Dean continue à me masturber jusqu'à ce que j'explose dans sa main avec un râle sonore sorti du plus profond de mes tripes.

Ma tête retombe sur le comptoir, et je pose ma joue sur le meuble frais.

Je tente d'avaler de l'air, de calmer les battements erratiques de mon cœur. Mon intimité pulse lorsque Dean se retire, et je sens son sperme couler à l'intérieur de mes cuisses.

Puis des bras forts enveloppent ma taille, une bouche se pose sur mon dos et tandis que nous restons ainsi, enlacés, je me rends compte à quel point j'ai été con, de nous avoir fait perdre autant de temps, de nous avoir fait souffrir inutilement.

♛

Le sexe nous a ouvert l'appétit, et en attendant que le livreur arrive, nous buvons une bière sur la terrasse de l'appartement de Dean. Après une douche sensuelle où nos bouches gonflées se sont à peine quittées, j'ai enfilé l'un des shorts de Dean pour être plus à l'aise. Torse nu, je profite des rayons du soleil qui réchauffent ma peau.

— J'ai hâte d'être en Floride, soupiré-je en avalant une gorgée de bière fraîche.

— Tu pars bientôt ?

— Dans trois jours.

Il ne répond rien, se contente de me fixer. Cette fois, je n'hésite pas une seule seconde avant de me lancer :

— Je me suis dit que tu pourrais venir avec moi. On passerait l'été là-bas, on s'entraînerait ensemble, et on profiterait de la maison.

Le visage de Dean s'éclaire, mais je devine que quelque chose cloche.

— J'ai prévu d'aller voir mes parents.

— Oh.

Ma déception doit être visible, mais je comprends. Dean est proche de sa famille, c'est normal qu'il ait envie de passer du temps avec elle.

— Et tu as prévu d'y rester combien de temps ?

— Aucune idée, répond-il en haussant les épaules. Je n'ai pas pris de billet de retour. Mais hé, je pourrais rester juste une semaine et te rejoindre ensuite ? Ou même mieux ! Tu pourrais m'accompagner ? Tu découvrirais l'endroit où j'ai grandi, on irait pêcher, faire de la randonnée, nager. Ce serait génial.

Bon sang, je crois que j'aime son exaltation tout autant que je l'aime, lui. Il est si vrai, si entier, si... parfait.

— Et on ne serait même pas obligés de rester à la maison, on pourrait prendre une chambre d'hôtel. Bon, mes parents voudront évidemment te rencontrer. Ils me tueraient s'ils apprenaient que Farrow Lynch était avec moi et que je ne l'ai pas présenté. Mais ne t'inquiète pas, je pourrai leur dire que tu es juste un bon ami.

— Hors de question, le coupé-je.

Ses traits se décomposent, et je m'en veux aussitôt lorsque je me rends compte qu'il a mal interprété ma réaction. Je dépose ma bière et me lève pour le rejoindre. Il est adossé contre la rambarde, les yeux baissés.

— Je suis désolé, je me suis emballé, murmure-t-il.

— Hé, hé. Arrête ça.

J'attrape son menton entre mon pouce et mon index pour l'obliger à relever la tête.

— Regarde-moi, Dean.

Il obéit, malgré ses yeux fuyants.

— Je suis désolé, je me suis mal exprimé. Mon «hors de question» n'était pas... tu sais. Bien sûr que je serais ravi de t'accompagner, et de rencontrer tes parents, pour leur dire quel fils merveilleux ils ont.

Son sourire est faible, mais il est là, et je suis soulagé.

— Mais si je viens, ce ne sera pas en tant qu'ami, Kesler. À moins que tu préfères que ça ne se sache pas, ou que tes parents ne soient pas au courant que tu es gay ou...

— Si. Bien sûr que si. Mais... est-ce que ce n'est pas... trop ?

— Trop quoi ?

— Trop tôt ? Trop tout ? Et si ça ne marche pas ? Et si dans six mois, on décide finalement qu'on n'est pas compatibles, toi et moi.

— Premièrement, je crois qu'on a eu le temps de s'apercevoir durant l'année écoulée qu'on était clairement compatibles. Sur tous les points. Deuxièmement – et le plus important –, je n'ai pas envie de me cacher. Ce n'est pas moi. Ça m'est égal que tout le monde sache qu'on est ensemble. Au contraire, je serais fier de pouvoir dire «je suis amoureux de Dean Kesler, et j'ai la chance qu'il le soit de moi.»

— Ah bon ? Où est-ce que tu as entendu ça ?

Je ris et me penche pour l'embrasser.

— J'ai un texto pour le prouver…

Il se mord les lèvres et murmure :

— J'ai tout effacé.

La culpabilité se peint sur ses traits, et la mienne refait surface.

— Ce n'est pas grave. Au contraire. Toi et moi, on va faire table rase du passé, et prendre un nouveau départ. Qu'est-ce que tu en penses ?

Son sourire est de retour, plus brillant que jamais.

Il lève sa bière et je me retourne pour choper la mienne.

Nous trinquons, les yeux dans les yeux.

— Aux nouveaux départs.

CHAPITRE 43

Dean Kesler

Août

Assis autour de la table à l'ombre de la terrasse, nous déjeunons de poulet grillé au barbecue et de frites de patates douces. Mes muscles me tirent à la suite de notre entraînement de ce matin, et j'ai hâte de piquer une tête dans la piscine pour m'aider à faire disparaître mes courbatures. En entendant le bruit d'un jet ski, je lève les yeux vers la baie. Les rayons du soleil se reflètent sur l'eau, la faisant étinceler de milliers de diamants éclatants.

Deux semaines que nous sommes dans la maison de Farrow et j'ai l'impression de flotter sur un nuage constant. Pas une ombre n'est venue perturber le tableau idyllique de ma relation avec lui.

Honnêtement, j'ai cru qu'il n'allait pas survivre à notre séjour dans le Colorado. Pas tant à cause des nombreuses randonnées et matinées de pêche où il m'a traité de tortionnaire pour l'obliger à se lever si tôt, mais parce que mes parents ne l'ont pas lâché. Sérieusement, leur interrogatoire était comparable à celui de la Gestapo. Ils voulaient tout connaître de sa vie, à tel point qu'à la fin, j'aurais pu écrire sa biographie. Cela dit, je suis certain qu'elle se vendrait comme des petits pains.

— À quoi tu penses ? me demande Farrow en attrapant le broc d'eau.

— À ta patience. Je ne sais pas si j'aurais tenu aussi longtemps que toi face à mes parents.

Il éclate de rire.

— N'abuse pas non plus. Et puis j'adore tes parents. Comment ne pas les aimer ? Tu es leur portrait craché.

Je souris. Je dois avouer que je suis soulagé, et profondément heureux, que le courant soit aussi bien passé. Mes parents l'ont aussitôt adopté, et il s'est montré exemplaire avec eux. Je crois que si un jour, notre histoire venait à prendre fin, ils seraient aussi dévastés que moi.

La sonnerie du portable de Farrow nous coupe dans notre conversation. Il jette un coup d'œil à l'écran avant de le tourner vers moi. Il s'agit d'un texto de Carter. Il nous envoie des photos chacun à notre tour de leur lune de miel à travers l'Europe. En ce moment ils sont à Venise, et ils ont l'air de s'amuser comme des fous.

— J'aimerais leur offrir un truc, tu sais… pour les remercier de nous avoir aidés…, déclaré-je entre deux bouchées de poulet.

— Pour les remercier de m'avoir obligé à me sortir la tête du cul, tu veux dire ?

— Exactement. Cela dit, je comprends. Tu as un très joli cul et tu l'aimes particulièrement.

Farrow ricane et me fait un doigt d'honneur.

— Tu l'aimes aussi pas mal, aux dernières nouvelles.

— Je ne peux pas dire le contraire, m'esclaffé-je.

Ses yeux rieurs se plantent dans les miens, et comme souvent quand je croise le regard de Farrow, mon cœur s'emballe et je frissonne.

Si, le soir où j'ai débarqué dans sa chambre d'hôtel, on m'avait prédit que nous finirions ici aujourd'hui, je ne l'aurais pas cru – bien que je l'aurais voulu de toutes mes forces.

Je me demande ce que j'ai fait de si admirable dans ma vie pour qu'elle soit aussi parfaite. J'ai fait de ma passion ma carrière, j'ai des amis en or, un homme que j'aime profondément... si je devais décrire la plénitude, c'est exactement comme ça que je la verrais. J'ai conscience que le plus dur reste à venir, que nous allons bientôt devoir reprendre notre quotidien, chacun de notre côté. Nous avons déjà discuté des solutions envisageables, mais elles ne sont pas nombreuses. Notre planning est chargé, nous passons notre temps à voyager. Les seuls moments où nous aurons la chance de passer du temps ensemble seront lorsque nous combattrons sur la glace. Cette réalité me serre le cœur, mais j'ai envie de voir ça comme un test, une épreuve à affronter pour découvrir si nous serons suffisamment forts, suffisamment solides pour la traverser. Et malgré le fait que je ne puisse pas prédire l'avenir, tout mon être me crie «oui. Nous le serons. Et notre relation ne pourra en sortir que grandie.»

♛

Allongés sur le pouf énorme que nous avons acheté pour pouvoir nous prélasser ensemble au soleil – OK, et faire l'amour, aussi –, Farrow bouquine à côté de moi tandis que j'observe le soleil se coucher sur l'océan tout en échangeant des messages avec Clark. Il m'a fait promettre d'aller boire un verre à mon retour à Boston pour tout lui raconter et rencontrer Simon. Depuis le mariage, nous avons échangé quelques textos, et je suis content d'avoir gardé contact. L'autre jour, je l'ai même découvert dans une pub pour un parfum en feuilletant un magazine. Quand je lui ai envoyé la photo, Farrow m'a dit «je crois qu'il est déjà au courant qu'il est dessus». Parce qu'évidemment, c'est un empêcheur de tourner en rond qui est incapable de la fermer. Il m'a tout de même avoué qu'il l'avait trouvé canon avant de comprendre que c'était mon rencard, et qu'il est content que je me sois fait un nouvel ami. J'aime qu'il ne ressente aucune once de jalousie envers Clark, maintenant qu'il sait que tout ça n'était qu'un coup monté.

— À ton avis, si on était les personnages d'un roman, à quel moment tu crois que l'auteur écrirait le mot fin ?

Je laisse tomber mon portable et me tourne vers Farrow.

— Je n'en sais rien, c'est toi qui m'as dit que tout le monde se foutait de l'après, pas vrai ?

Il acquiesce.

— Alors, je dirais…

Je réfléchis, retraçant nos dernières semaines.

— Quand tu m'as dit «je t'aime», sans doute.

Clairement, si je ne devais retenir qu'une seule chose de notre relation – même si c'est impossible, je veux me gorger du maximum de souvenirs possibles, de tout ce que je peux stocker au sein de ma mémoire – ce serait cet instant. Sa fragilité, sa mise à nu… ça m'a complètement retourné. Et je sais que dans les moments difficiles, quand le doute surviendra, ou que le manque sera trop grand, je me souviendrai de cet instant.

— Vraiment ? demande-t-il en haussant les sourcils.

— Tu pensais à autre chose ?

Son sourire est narquois, et son regard brillant.

— Carrément.

— Dis-moi…

— Perso, je m'arrêterais sur cet énorme poisson que j'ai péché. Il était si gros, ça aurait mérité un chapitre entier.

Mon rire est si bruyant que j'ai l'impression qu'il résonne dans tout le quartier.

— Ce n'est pas ce que tu avais en tête ? demande-t-il d'un ton faussement innocent.

— Non, mais j'avais oublié que tu es toujours persuadé que le monde ne tourne qu'autour de toi.

— C'est faux. Tout ce qui m'intéresse, c'est que *ton* monde ne tourne qu'autour de moi… Et, d'accord, peut-être aussi autour du hockey.

Je ris et me penche pour l'embrasser. Ses lèvres ont le goût de café, sa peau sent le soleil et l'été.

Je me pelotonne contre lui et ferme les yeux tandis qu'il reprend sa lecture.

Je me souviens m'être fait la réflexion l'an dernier que si le paradis existait, il ressemblerait à ça.

Aujourd'hui, j'en suis persuadé.

Le paradis existe, et il est ici.

Avec lui.

EPILOGUE
Farrow Lynch

Novembre

Sous les rugissements du public, je patine aussi vite que le vent vers le but adverse. Du coin de l'œil, je vois que Kesler est sur mes talons et je dévie ma trajectoire. Travis apparaît dans ma vision périphérique et je lui lance le palet. Sa crosse cogne contre celle de Banes et je m'élance pour lui filer un coup de main avant de me retrouver percuté par Dean. Le choc est si brutal que je lâche ma crosse et Kesler et moi perdons tous les deux notre équilibre. Nous nous relevons rapidement, je lui fais un clin d'œil avant d'aller récupérer ma crosse qui a glissé un peu plus loin, puis nous rejoignons les mêlées de nos coéquipiers respectifs qui essaient de s'emparer du palet. L'arbitre finit par siffler un arrêt de jeu et je me dirige vers le banc, ôtant mon casque pour dégager mes cheveux de mon front.

J'attends toujours les matchs contre les Renegades avec impatience. Pas uniquement parce que ce sont quasiment les seuls jours où Dean et moi pouvons passer du temps ensemble, mais surtout parce que j'adore jouer contre lui. J'aime sa combativité, j'aime son envie de se surpasser, et de *me* surpasser. Comme s'il tenait à prouver sa valeur, son talent, à chacune de nos rencontres. En fait, je suis persuadé que, malgré les difficultés liées à notre boulot, je n'aurais jamais pu partager ma vie avec quelqu'un d'autre qu'un hockeyeur, qu'un homme qui comprend ma passion, qui la partage. Qui ne me reprochera jamais mes absences prolongées, parce qu'il est dans le même cas. Avoir quelqu'un sur qui compter en cas de coup dur, qui sait exactement ce que je ressens à chaque moment, c'est plus précieux que je n'aurais pu l'imaginer.

Alors, certes, lors de nos affrontements, il y a toujours un déçu, mais nous avons un moyen infaillible pour faire retrouver au perdant sa bonne humeur.

♛

Ma mâchoire est toujours douloureuse lorsque je sors de la douche, une serviette autour de la taille. Je la frotte, espérant éviter un hématome.

Le match de ce soir était sous tension, comme souvent, mais nous avons fini par gagner par sept buts à quatre.

Je me laisse tomber sur mon siège quand Travis m'interpelle :

— En fait, vous taper dessus, c'est une sorte de préliminaires ?

Je m'esclaffe tout en lui faisant un doigt d'honneur.

— Nope, c'est une excuse pour pouvoir jouer au docteur, répliqué-je en faisant jouer mes sourcils.

Travis éclate de rire, tout comme mes coéquipiers à portée d'ouïe. Encore une fois, je me suis retrouvé à me battre avec Dean, mais il l'avait bien cherché. J'avoue qu'il ne m'a pas loupé, cet enfoiré.

— Tu ne vas pas pouvoir lui tailler de pipe, il aurait dû y penser avant de t'en coller une, ajoute Will.

Je lève les yeux au ciel, même si je ne parviens pas à cacher mon amusement. Je sais qu'ils finiront par arrêter de me charrier, mais l'annonce de ma relation avec Dean auprès de mon équipe — et lui de la sienne — est encore nouvelle pour mes coéquipiers, et je sens qu'ils vont continuer à me titiller pendant plusieurs semaines. Peu importe. Je suis content de leur en avoir parlé. Je trouvais ça plus juste qu'ils soient au courant, surtout pour nos matchs contre les Renegades, et personne n'y a trouvé rien à redire.

La seule réflexion est venue du coach qui m'a fait promettre de ne pas lui faire de cadeau.

À croire qu'il ne me connaît pas. Sans compter que s'il y en a bien un contre qui je ne compte pas faiblir, c'est bien Dean. Il me détesterait pour ça. Pour ne pas donner le meilleur de moi-même face à lui.

C'est un des nombreux points que nous avons en commun. Et je l'aime encore plus fort pour ça.

Dean Kesler

Février

Me réveiller auprès de Farrow est tellement rare que je n'ai pas envie de quitter le lit, ainsi que le cocon douillet dans lequel nous sommes nichés. Ma main repose sur son ventre, ma joue au creux de son épaule, et j'écoute le bruit régulier de sa respiration.

Ce soir, nous serons à nouveau adversaires, pour la première fois depuis novembre, et si j'ai hâte de me retrouver face à lui sur la glace, je voudrais tout de même arrêter le temps, l'espace de quelques heures, pour profiter de sa présence.

Nous savions que tenir sur la durée ne serait pas évident. Raison pour laquelle Farrow a longtemps refusé de se lancer dans une relation. Mais chaque jour, je remercie le ciel qu'il soit revenu sur sa décision.

Bien sûr, il y a des hauts et des bas, des moments de doute, de stress. Parfois, il me manque tant que ça me fout en vrac et me donne envie de chialer, mais le positif l'emporte toujours sur notre négativité.

Nos retrouvailles sont aussi intenses qu'aux premiers jours.

Nos échanges par textos plus nombreux qu'ils ne l'ont jamais été.

Nous ne risquons pas de finir bouffés par la routine, car elle n'existe pas.

À chaque jour son lot de surprises, et je ne m'en lasse pas.

Et chaque nuit passée avec Farrow suffit à me sentir comblé, vivant, à me donner l'impression de vivre un rêve éveillé.

Un baiser sur mes cheveux m'incite à lever la tête. Je croise le regard endormi de Farrow et souris avant de me redresser pour l'embrasser.

Ses bras s'enroulent aussitôt autour de moi et à partir de cet instant, tout ce qui nous entoure cesse d'exister. Plus rien d'autre ne compte que son corps contre le mien, que ses mains caressant mes cheveux, mon dos.

Malheureusement, notre câlin est écourté par l'alarme de son portable.

Farrow grogne de frustration et se frotte les paupières tandis que je tends le bras pour éteindre le réveil. Je souris en avisant sa photo de fond d'écran… on m'y voit de dos, chaque tatouage à découvert. Farrow a finalement eu gain de cause et Blake a organisé un shooting le jour du Nouvel An, avant que nous ne passions la soirée tous les quatre chez Carter.

— Tu sais, on peut toujours finir ça sous la douche. Si on la prend ensemble, on gagnera du temps, dis-je avec un clin d'œil.

— J'en doute fortement, mais j'aime ton optimisme.

Je ris et m'assieds sur le bord du lit, la fraîcheur soudaine m'arrachant un frisson, après avoir passé une nuit pelotonné sous la couette.

Farrow en profite pour embrasser mon épaule, mordiller ma peau.

— J'ai hâte de lécher ce nouveau tatouage, ronronne-t-il, en faisant courir sa langue le long du dessin sur mon omoplate.

— Tu es toujours partant pour m'accompagner ?

— Bien sûr.

Cet après-midi, après l'entraînement, j'ai rendez-vous pour me faire tatouer le R des Renegades. Deux ans après, pratiquement jour pour jour, avoir intégré cette équipe, je trouve que c'est une jolie manière de fêter cet anniversaire.

— Tout ça parce que tu as envie de me voir souffrir.

Farrow s'esclaffe et dépose un dernier baiser sur ma peau.

— S'il y a bien une chose que je ne veux pas, c'est te voir souffrir, murmure-t-il. J'ai déjà eu mon compte pour une vie entière.

Une boule se forme dans ma gorge et je déglutis.

Est-il possible d'aimer quelqu'un chaque jour un peu plus fort ? Parce que c'est exactement ce que je ressens.

Ça m'effraie, parfois. Malgré tout, je ne peux m'empêcher de redouter que ce que nous partageons prenne fin un jour, et je ne suis pas sûr d'être capable de me relever si ça devait arriver.

Couper les ponts avec Farrow, essayer de l'oublier a été la chose la plus difficile que j'aie jamais eu à faire. Et je croise les doigts pour ne jamais avoir à recommencer.

— Mec, si tu ne bouges pas ton cul, on ne va pas avoir le temps pour tout ce que j'ai prévu de te faire sous cette douche.

Quelques mots qui suffisent à faire frémir ma peau, à embraser mes veines.

Et tandis que je me précipite dans la salle de bains, Farrow m'emboîte le pas, riant aux éclats.

INTERLUDE

10/06 - 10.12 AM

— Je viens de mater ton interview.

— Fais gaffe, tu deviens aussi impertinent que moi.

— Que veux-tu, j'ai appris du meilleur.

— Peut-être que l'élève finira par dépasser le maître ?

— Ne rêve pas non plus.

— Mais vraiment quand tu lui as demandé si sa prochaine question porterait sur tes positions du Kâmasûtra préférées, j'ai recraché mon verre d'eau.

— Haha, désolé. Mais je te jure, bientôt ils vont nous demander de copuler sur la glace pendant un match.

— Copuler ?

— Fous la paix à mon vocabulaire.

— Non😊 Mais je comprends ta frustration.

— J'ai l'impression de faire partie de la famille de Banes. Qu'on s'arrache une interview davantage pour parler de toi que de ma carrière. Cette fascination me met mal à l'aise.

— Cela dit, je comprends, je suis fascinant.

— Évidemment. Et humble. Mais je suppose que je te l'ai suffisamment dit.

— Mais sérieusement, ça ne te dérange pas ?

— Je suis partagé. Ça me gonfle qu'on veuille s'immiscer dans ma vie privée, mais je suis toujours content d'avoir l'occasion de parler de toi.

— C'est malin, je me sens coupable d'avoir râlé, maintenant.

— Ne le sois pas. Toi et moi, on vit les choses différemment, et je sais que tu veux que le monde te connaisse en tant que hockeyeur. Mais c'est déjà le cas. Et quand notre relation ne sera plus une nouveauté pour eux, ils passeront à autre chose. D'ailleurs, Taylor et Travis sont déjà en train de nous remplacer, et crois-moi, on aura été des petits joueurs à côté.

— Parce que le football sera toujours plus populaire que le hockey.

— Non, parce qu'on parle de la chanteuse la plus connue au monde, mec.

— D'ailleurs, ça fait quel effet que l'une de tes artistes préférées ait porté son dévolu sur un footballeur ?

— Personne n'est parfait.

— Pas même toi ?

— Tu t'ennuierais si c'était le cas.

— Crois-moi, quand je suis avec toi, l'ennui ne fait pas partie de mon vocabulaire.

♛

23/06 - 4.43 PM

— Je suis tellement stressé que je crois que je vais gerber...

— Respire, Kesler, ça va bien se passer.

— C'est facile pour toi. Tu as gagné une coupe Stanley la saison dernière.

— Oui, et cette fois, c'est ton tour.

— Arrête de me porter la poisse.

— je flippe. je flippe tellement... si on perd... oh mon Dieu...

— J'aurais tant aimé que tu sois là.

— C'est vrai ?

— C'est quoi cette question ? Bien sûr que c'est vrai !

— Et qu'est-ce que ça changerait ?

— tout, putain ! ça changerait tout.

— Ok, dans ce cas... retourne-toi.

REMERCIEMENTS

Un immense merci à toute l'équipe d'alpha/bêta-lectrices et amies qui m'ont accompagnée dans cette histoire. Amélie, Floe, Laëti, Maude, Sam, merci pour votre temps, votre aide. Merci de toujours être présentes pour lire toutes les histoires qui me passent par la tête et m'aider à les améliorer.

Un grand merci à ma maman et à Audrey, qui s'arrachent les cheveux avec mes fautes et mes répétitions.

Et un énorme merci à vous, les lecteurices, qui êtes toujours là pour découvrir mes histoires ! J'espère que celle de Farrow & Dean vous a plu.

DEJA PARUS

- Seconde Chance
- An Unexpected Love
- Sinners & Saints, tome 1 : Escort
- Rebel Love (réédition de Ce que nous sommes - City Éditions)
- Blessures Muettes (Éditions Bookmark)
- Dark Skies
- Désirs défendus (Hugo Publishing)
- Summer Lovin'
- Chroniques de l'ombre, tome 1 : De désir et de sang (Éditions Bookmark)
- Chroniques de l'ombre, tome 2 : De rage et de passion (Éditions Bookmark)
- Fucked Up
- Slayer, tome 1 : Initiation (Éditions Bookmark)
- Slayer, tome 2 : Addiction (Éditions Bookmark)
- Maybe it's love (Hugo Publishing)
- Gambling with the Devil
- Lost in Paradise
- Jusqu'à ce que la neige cesse de tomber
- Il suffira d'un peu de poussière d'étoile
- Les Dieux du campus, tome 1 : Leander (Hugo Publishing)
- Les Dieux du campus, tome 2 : Sander (Hugo Publishing)

- Les Dieux du campus, tome 3 : Dante (Hugo Publishing)
- Les Dieux du campus, tome 4 : Knox (Hugo Publishing)
- Les Dieux du campus, tome 5 : Silas (Hugo Publishing)
- Les Dieux du campus, tome 6 : Scott (Hugo Publishing)
- Elites, tome 1 : Popul(i)ar
- Elites, tome 2 : Hide & Sick
- Elites, tome 3 : Under Your S(k)in
- Elites, tome 3.5 : Now & Forever
- Elites, tome 4 : Body & Soul
- Elites, tome 4.5 : Be my (naughty) Valentine
- Elites, tome 5 : (in)teammate
- Elites, tome 5.5 : Love & Lust
- Elites : Intégrale 1
- Our Love Story – avec Marie H.J
- Wild and reckless (Silver Lake Academy #0)
- The Beauty of the Beast

Dans la même série :
- The Renegade Prince (Ice hockey dynasty)

Printed in France by Amazon
Brétigny-sur-Orge, FR

21095064R00205